W0346926

[...]

Diskursbuch

SPRACHLOSIGKEIT

Staatliche Kunstsammlungen Dresden (Hg.)
Museum für Völkerkunde Dresden (Hg.)

Diskursbuch SPRACHLOSIGKEIT

Ein Reader zur Ausstellung
Sprachlosigkeit – Das laute Verstummen
im Japanischen Palais, Museum für Völkerkunde Dresden,
16. April bis 1. August 2021

Staatliche Kunstsammlungen Dresden

HENTRICH & HENTRICH

INHALT

VORWORT

Wie lässt sich über scheinbar Unaussprechliches sprechen? Wie überwinden Menschen und Gesellschaften Zustände der Sprachlosigkeit nach kollektiven Verlust- und Gewalterfahrungen?

Literatur eröffnet Möglichkeitsräume sogar dort, wo Sprachen und Gemeinschaften bedroht sind oder verschwinden. In den Denkräumen der Dichtung verwandeln und übersetzen sich Schmerz- und Verlustlandschaften in Bilder und Orte des zukünftigen Erinnerns und gegenseitigen Verstehens. Ausgehend von den Überwindungs- und Übersetzungsfähigkeiten der Literatur thematisiert die Ausstellung *Sprachlosigkeit – Das laute Verstummen* die Widerstands- und Selbstheilungskräfte derer, die sich und ihrer Gemeinschaft eine Stimme geben und eine Sprache zurückgewinnen.

Das *Diskursbuch Sprachlosigkeit* sammelt ausgewählte literarische und wissenschaftliche Texte von Teilnehmer*innen und Stichwortgeber*innen in anthologischer Form. Es kartographiert die Knotenpunkte und Schnittstellen der Sprachfindungsprozesse während der Ausstellungskonzeption und bildet einen komparativ-interdisziplinären Resonanzraum ergänzender Stimmen, Ansätze und Perspektiven zwischen dichterischem und ethnologischem Denken.

Das Japanische Palais ist ein Haus der kollektiven Erinnerung, ein Gedächtnisort Dresdens, ein Buch mit verschiedenen Kapiteln – Krise, Bruch, Neuanfang – und ein Palimpsest. Seine Geschichte, vom barocken Porzellanschloss bis zur „Narbe am anderen Ufer" nach 1945, von der verlorenen Bibliothek bis zum Völkerkundemuseum, ist voller Ein- und Überschreibungen, Schweigen und Vergessen. Die Frage nach dem Erbe des Kolonialismus im öffentlichen Raum, nach Provenienz, Restitution und Repräsentation in Ethnologie und Museum ist auch Teil der Gedächtnis-Topographie Japanisches Palais. Diese Grabungsschichten, Ablagerungen und immanenten Spuren finden ihre Entsprechung in den transkulturellen und intertextuellen Rekonfigurationen von Wissen und Sprache im *Diskursbuch Sprachlosigkeit*.

Die verheerenden Auswirkungen struktureller Gewalt, die Stimmen der Über- und Weiterlebenden in Flucht, Exil, Shoah und Diaspora, die verborgenen Geflechte der Überwindung und Übersetzung führen von Paul Celans Czernowitz über Südosteuropa, den Nahen Osten, Armenien, Südostasien und die Karibik bis zurück nach Dresden. Gedächtnis- werden Möglichkeits- werden Handlungsräume: Gedichte und Poetologien zwischen Sprachskepsis und Sprachutopie; Betrachtungen und Analysen zu Erinnerungskulturen und zum „Schweigen der Archive“; kleine, verlorene und geheime Sprachen; Sprachschulen, ABCs und Wörterbücher; Feminismen, Empowerment, Bilder und Worte der Heilung schildern vielstimmig die Übersetzbarkeiten und die Unübersetzbarkeiten menschlicher Erfahrung.

Wir danken im Namen des Museums für Völkerkunde Dresden und der Staatlichen Kunstsammlungen Dresden allen beteiligten Autor*innen, Teilnehmer*innen und Beitragenden nah und fern, ohne die diese Ausstellung und diese Publikation nicht möglich gewesen wäre.

Keep up the good work!

Leon Doorlag, Léontine Meijer-van Mensch

DER MEHRWERT DES DUNKLEN

Prof. Dr. Marion Ackermann,
Generaldirektorin der Staatlichen Kunstsammlungen Dresden,
Léontine Meijer-van Mensch,
Direktorin der Staatlichen Ethnographischen Sammlungen Sachsen,
und Leon Doorlag, Literaturwissenschaftler,
im Gespräch über Paul Celan

Léontine Meijer-van Mensch: Liebe Frau Ackermann, können Sie vielleicht zu Beginn ganz kurz auf die Zeit Ihres literaturwissenschaftlichen Studiums in Göttingen, die Bedeutung des Dichters Paul Celan für Sie ganz persönlich und in diesem Zusammenhang auf Ihren Lehrer, Prof. Albrecht Schöne, eingehen?

Marion Ackermann: Ja, ich habe ein Oberseminar zu Paul Celan besucht in meiner Göttinger Studienzeit bei Albrecht Schöne, der ihn persönlich noch gekannt hatte und ihm tief verbunden war. Er brachte uns mit einem existenziellen Ernst die Lyrik von Paul Celan nahe; diese Intensität hat mich für mein eigenes Leben geprägt. Das Seminar hatte er mit einer eindringlichen Prüfung unserer Kenntnisse des Nationalsozialismus und des Holocaust begonnen – und mit denen, die bestanden, setzte er es fort. Er verwies uns auf die absolute Bedingung des präzisen Wissens um die Geschichte vor dem Beginn einer Lektüre der Gedichte Celans, im Sinne einer notwendigen inneren Verpflichtung des Lesenden. Celans Haltung könnte man ja so beschreiben: Nach Auschwitz ist kein Gedicht mehr möglich, es sei denn, aufgrund von Auschwitz. Dabei ist seine Dichtung im Wesentlichen nicht bekenntnishaft, sondern unpersönlich. Es ging in diesem Seminar damals immer um äußerste Genauigkeit, sei es um die Kenntnisse der klassischen Versmaße und der großen Tradition der Lyrik, auf der Celan fußt, sei es um die Entschlüsselung der vielen Anspielungen auf andere Wissenskontexte oder die Analyse der Strukturen innerhalb seiner Gedichte bis hin zu den Satzzeichen oder der Zerlegung der Komposita. Aber es ging natürlich auch um die äußerste Präzision der eigenen Sprache, und bis heute fällt es mir schwer, überhaupt zu wagen, Worte zu finden, über Celans Gedichte zu sprechen. Die Hemmung, der Zweifel, die Sprechbehinderung, das Abbrechen von Sprache – für Celan so charakteristisch – übertragen sich auf einen selbst, und es war weit mehr als eine rhetorische Übung, dass wir unsere Referate in einer perfektionierten Schriftform abzugeben hatten und anschließend für jedes einzelne Wort im Plenum der Mitstudierenden einzustehen hatten. Aus den Versuchen, sich Celans Gedichten zu nähern, erwuchsen Fragen für das Leben, Fragen, die mich heute noch umtreiben, zum Beispiel die Frage nach dem *Mehrwert des Dunklen.*

Und das ist etwas, was bei Paul Celan so eine unglaubliche Spannung auslöst, dass er einerseits diese extreme Präzision anstrebt und auf der anderen Seite eine Hermetik erzeugt, nein, Hermetik ist vielleicht nicht der richtige Begriff, es ist eher eine Vielschichtigkeit, die sich neben- und übereinander lagert und nicht komplett erfasst werden kann. Dann sind es wie im Symbolismus einzelne Worte wie Herz und Hirn und Mund, Stein und Blume und Schnee, die einerseits ein großes mögliches Bedeutungsspektrum eröffnen, andererseits auch einen Sog des Entzuges von Bedeutung auslösen, so dass der Leser tiefer involviert wird und sich auf Suche begibt. Daneben hat Celan persönliche biographische Bezüge eingebaut, die vom Leser nicht zu entschlüsseln sind (es sei denn, er hat spezifische Informationen eingeholt) oder ihn sogar in die Irre führen. Ein Beispiel, beim „Einhorn" wird der nicht vorinformierte Leser zunächst an einen mythologischen Kontext denken, aber nichts von seinem Jugendfreund Erich Einhorn und dessen Biographie wissen können. Im Spätwerk kommt dann die bruchstückhafte Aufnahme von Wissenschaftssprache, von Fachtermini, die nur von Spezialisten verstanden werden, bis eben zum Schluss seine Gedichte diese absolute Verknappung aufweisen – bis hin zum Stottern und Verstummen –, auch typographisch große Leerräume und Weißflächen eröffnen, überhaupt visuell immer wichtiger werden, wie konkrete Poesie. Sich mit Celan zu befassen, bedeutet unglaubliche Arbeit, die auch bei der Re-Lektüre nie vollendet ist ... Ich habe die drei Bände, vollgeschrieben mit meinen Bemerkungen, immer noch bei mir.

LMvM: Wäre das vielleicht ein schönes Ausstellungsobjekt für unsere Bibliothek?

MA: Naja, da sind natürlich meine damaligen Anmerkungen und Fragen drin, teilweise in Lexika nachgeschlagen. Wenn in einem Gedicht Celans zum Beispiel die „Elbe" vorkommt, dann nimmt er die lateinische Form „Alba", oder wenn er biografische Details bringt, dann sind sie ohne Recherche nicht zu verstehen. Er beschreibt die Deportation seiner Eltern an den „Ort ohne Namen", und er bezieht sich darauf, dass dieser Ort damals tatsächlich einfach „Steinbruch" genannt wurde. Hierdurch eröffnet sich das weite Feld um die „Steine", die in seinen Gedichten leitmotivisch vorkommen und gegen das „Blühende" gesetzt werden. Die „Steine" stehen vielleicht für etwas wie die äußere Realität, für den Tod oder das Ende, und das „Blühende" für die Welt der Poesie und die Utopie, die bei ihm so eine große Rolle spielt.

LMvM: Über die Utopie werden wir auch nochmal sprechen müssen, vor allem in Bezug auf das „verlorengegangene" Mitteleuropa, speziell Czernowitz, als Epizentrum kultureller Verschmelzungen, Sprachvermischung, Pluralismen usw. Wie können wir möglicherweise hier in Dresden, im Japanischen Palais, einen utopischen Raum bilden, der diesem Verlust nachgeht? Vielleicht dazu noch eine Frage, nicht so sehr an Sie, sondern an uns: Wenn man das alles verstehen will, die tiefen Verwundungen und die Unwiederbringlichkeit dieser untergegangenen Welt, kann man dann überhaupt noch eine Ausstellung machen, insbesondere, wenn Celan ganz am Anfang dieser Entdeckungsreise stand? Ist das nicht Hybris von uns, von mir?

MA: Vielleicht, aber es kommt immer darauf an, wie man definiert, was eine Ausstellung ist. Wenn man eine Ausstellung als eine perfekte, glatte Form sieht, dann wäre es in der Tat Hybris. Wenn man aber eine Ausstellung als eine intensive Suche betrachtet, die etwas auslöst in den Menschen und die eben auch wirklich mit geistiger Arbeit verbunden ist und die einen nicht unverändert zurücklässt, dann gibt es kaum eine bessere Figur, um sie an den Anfang zu stellen, als Paul Celan. Die uns natürlich auch an die Grenzen unserer selbst führt.

LMvM: Diesen Prozess auszuhalten, aber letztendlich den Besucher*innen das auch zumuten zu wollen, das ist vielleicht eine Grenzüberschreitung. Ich habe jedoch das Gefühl, dass wir das möglicherweise bisher nicht genügend tun.

MA: Und es stellt sich auch die Frage, wie wir grundsätzlich mit Kunst, mit Literatur, mit ihrer jeweiligen Ambivalenz oder dem Grad an Abstraktion umgehen. Es erhebt sich ja gerade im Fall Celans diese Frage in Bezug auf das „Dunkle", ob man es als solches respektiert, unberührt stehen lässt, das, was Kunst an Mehrwert erzeugt, aushält ... man insofern vielleicht auch das Geheimnis bewahrt ... oder ob man alles zu entschlüsseln sucht und positivistisch in lauter Details auflöst. Was bedeutet das für uns? Ich würde sagen, Wissen zu vermitteln über die Setzung eines Rahmens, innerhalb dessen ein solches Werk überhaupt entstehen konnte, Wissen über die Fragilität des Kulturraums der Bukowina, die Beziehung Celans zur Vielsprachigkeit, – er übersetzte aus und in acht Sprachen, blieb aber als Dichter dem Deutschen verhaftet. Es sollte die Aufgabe einer Ausstellung sein, den Kontext aufzuzeigen, in dem eben auch Ingeborg Bachmann und Rose Ausländer ihre Rollen haben, oder Ossip Mandelstam, ein wichtiges lyrisches Vorbild, der viel älter war als Celan – auch Rose Ausländer übrigens war zwanzig Jahre älter –, und letztlich auch diesen Widerstand gegen jede Form äußeren Erfolgs, der Kontrast zu den erfolgreichen Schriftstellern der Gruppe 47, wie u. a. Günter Grass. Also, wenn wir eine Rahmung schaffen könnten, die der Dichtung selbst Raum ließe ...

LMvM: Jetzt sind schon einige „große" Namen gefallen, die bei uns eine Rolle spielen.

Leon Doorlag: Ich würde schon sagen, dass das ein ambivalentes Unternehmen sein muss, das Ausstellen von Celan, denn es gibt ja auch bei ihm selbst viele Widersprüche. Um jetzt nochmal auf das Verhältnis zur Gruppe 47 einzugehen, da ist dieses Gefühl, infrage gestellt zu werden. Das scheint bei ihm sehr stark und er hat in seinen Briefen äußerst sensibel darauf reagiert. Da waren Wut und Empörung und Hilferufe an sehr, sehr viele Rezipient*innen. Aber das, was er eigentlich wollte, den unbedingten Rückhalt des Gegenübers, hat er selten erreicht. In Bezug auf seine Gedichte, die er ja auch als „Flaschenpost" bezeichnet im Meridian, seiner Rede für den Georg-Büchner-Preis 1960, verweist er aber immer auf die Kommunikationsebene, das Miteinander, die „Atemwende". Das Auseinandernehmen der Gedichte in voreingenommener oder gar ablehnender Weise führt ihn und sein Schreiben in die Krise, durchaus auch produktiv, aber es entsteht ein Leiden oder es kehrt zurück, mehrfaches und in sich verschränktes Leiden sogar. Werk und Leben sind hier eins. Das Infragestellen seiner Gedichte fällt zusammen mit der Infragestellung seiner Existenz und mit der Vernichtung seiner Eltern in der Shoah. Was er seinen Gedichten dagegen wünscht, ist die Verbindung zum Gegenüber, zum Menschen, zum anderen Ich. Wenn ein Museum es schafft, Celans Gedichte in ein Gespräch zu bringen mit anderen Positionen, anderen Perspektiven, Zwischentöne und sprachliche Nuancen aufzugreifen, dann folgt es diesem Wunsch. Wenn es aber darum geht, Celans mythopoetische und ikonische Sphäre nicht angreifen zu wollen, sein Geheimnis, dann muss man verstehen: Zu seinem Geheimnis gehören auch die Meridiane, die Verbindungslinien und Korrespondenzen in die Welt, ob das jetzt der Stockholm-Paris-Meridian zu Nelly Sachs oder der ganz starke Ingeborg-Bachmann-Komplex ist, der dann aber doch sehr traurig auseinandergeht, wie man mittlerweile weiß. Das war lange Zeit nur andeutungsweise bekannt und verschlossen, es werden also nach wie vor Geheimnisse gelüftet, auch den widersprüchlichen Menschen Celan betreffend.

LMvM: Eine große Rolle in der Ausstellung spielen die Ambivalenzen bei der Überwindung der Sprachlosigkeit. Heilung ist ein sehr wichtiges Thema, auch in der ethnologischen Forschung. Es gibt auch ein großes gesellschaftliches Bedürfnis danach, was man z.B. auch am Titelspektrum populärer Ratgeberliteratur ablesen kann. Wege und Bewegungen der Heilung finden wir aber in der Ausstellung auch in den Empowerment-Strategien und im Aktivismus von Künstler*innen und Kollektiven. Aber es gibt da noch diese andere Seite: Dass es trotz allem „nie wieder gut werden" wird. Und diese Ambivalenzen, die Wut und die Grenzen des Verständnisses in uns selbst, wollen wir uns trauen anzuerkennen und ihr auch Raum geben. Darüber konsequent nachzudenken, dafür bleibt Celan unser Referenzpunkt. Letztendlich ist die Tatsache, dass er sich 1970, mit 50 Jahren, das Leben genommen hat, auch Merkmal der Anerkennung dieser Ambivalenzen. Oder wie sehen Sie das, Frau Ackermann?

MA: Zuerst mal muss man ja sagen, dass es für unsere Generation wahnsinnig wichtig war, zu erfahren, dass es trotz des Diktums von Adorno einem Dichter gelingen konnte, Worte zu finden, die ein Gedenken an das schreckliche Leid mit einschlossen, zugleich aber auch immer einen utopischen Moment noch innehatten, dass das überhaupt möglich war – und das ist für mich wie bei Francis Bacon, bei seinen Kreuzigungsszenen, die er nach 1945 gemalt hat: das pure Fleisch, die reine Kreatur, das Animalische am Kreuz hängend – und dass trotzdem Kunst geschaffen wurde, also auch im Sinne einer Überwindung von Sprachlosigkeit. Aber es ist ja eigentlich eine umgekehrte Reihenfolge bei Celan. Es scheint ihm ja in seinem Frühwerk ganz gut zu gelingen – ich hab es nochmal nachgelesen in seinem ersten Band – es ist unfassbar, wie konkret er die furchtbaren persönlichen Erfahrungen, die er gemacht hat, mit seinen Eltern, der Familie und Freunden, in diesen Gedichten auftauchen lässt. Und wie dann nach und nach, immer mehr, jenes Aggressiver-Werden zu beobachten ist, das dann am Ende ins Verstummen mündet. Auch in seinem Umgang mit der dichterischen Sprache: am Anfang noch Daktylen, Rilke und Mallarmé, später dann Elemente einer eher rohen Jugend- und Alltags- oder kalten Wissenschaftssprache. Schließlich vermeint man in den letzten Gedichten vor dem Selbstmord ein Sich-aus-dem-Leben-Ziehen ablesen zu können. Also ist es so: die Überwindung steht eigentlich am Anfang und scheitert dann doch, vielleicht.

LMvM: Die Ambivalenzen sind in ihm selbst verankert, das Scheitern der Überwindung, das sehe ich bei ihm. Aber ich sehe da auch dieses unermüdliche Weitermachen, das Weiterleben im Falschen, diese trotzige Stärke.

LD: Kurz vor unserem Gespräch hatte ich ein Francis-Bacon-Zitat gefunden, aus der Durs-Grünbein-Dankesrede für den Büchner-Preis: „In tiefstem Grunde ist man seiner Natur nach ohne Hoffnung und doch besteht das Nervensystem wohl aus optimistischem Zeug." Das fand ich ganz schön, denn da geht es ja auch um Georg Büchners Schädelnerven-Traktat. Das kam mir gerade wieder in den Sinn, als Francis Bacon eben kurz aufkam.

MA: Georg Büchner selbst war für Celan natürlich auch extrem wichtig. Er bezieht sich mehrfach auf seinen „Lenz", und auf den ersten Satz „Den 20. Jänner ging Lenz durch ´s Gebirg", den er in seiner Büchner-Preis-Rede kommentiert hat: „Vielleicht darf man sagen, dass jedem Gedicht sein ‚20. Jänner' eingeschrieben bleibt?" Für Celans Dichtung war es der 20. Januar 1942, der Tag der Wannseekonferenz, bei der die systematische Organisation des begonnenen Holocaust an den Juden im Detail festgelegt wurde.

LMvM: Erinnerungskultur nimmt sehr viel Raum ein in dieser Ausstellung, es ist wie ein Gewebe und durchzieht alles. Celan ist für mich eine Art Brückenbauer zwischen den einzelnen Themeninseln, ein Garant der Erinnerungskultur. Bei der Lektüre entwickelte sich das ganz natürlich, gedanklich-evolutionär sozusagen, und dann wieder, beim Zurücklesen, konnte ich so vieles, was wir hier zusammengebracht haben, wiederum aus Celans Biografie und Werk ableiten. Es bleibt einfach faszinierend, wie sich alles zusammenfügt.

MA: Wie würden Sie die Erinnerungsmechanismen bei Celan beschreiben? Manchmal sind es harte Bruchstücke, „Ready-mades", Daten, die hoch aufgeladen in den Gedichten montiert sind, manchmal sind geradezu archaische, einfache, leitmotivisch wiederkehrende Nomina wie Stein, Sand, Meer, Eis, Schnee, Licht, Luft, Aug', Lid, Mund, Herz, einige davon wiederum kombiniert zu Komposita ...

LMvM: Ganz genau. Das ist auf der einen Seite sehr konkret und im Hier und Jetzt, und auf der anderen Seite fast schon spürbar metaphysisch, im Noch-Nicht. Und wenn es metaphysisch wird, dann wirkt es fast wieder so plakativ, man sprach da auch manchmal von sprachlichem Manierismus und Pathos. Da muss man aufpassen.

LD: Ich will noch einmal kurz auf „Tübingen, Jänner" zu sprechen kommen, da und auch in anderen Gedichten wird das „Lallen" erwähnt, ganz lautmalerisch wird das dann und die Sprache kommt ins Stottern und Stolpern. Das ist so ein Punkt, wo Sprachlosigkeit bei Celan ganz konkret angesprochen wird. Was man ihm oft vorgeworfen hat, die sprachliche Hermetik, dass im Grunde keine Verständigung mehr stattfindet, das stimmt ja eben nicht, aber er verweist explizit auf das Nicht-Verstehen-Können. Celans Gedichte leben im Versteck der Sprache, es sind Aufforderungen zur Kommunikation und zur Skepsis, vor allem dann, wenn sie die verfahrene Situation der Sprache, die „Täterschaft der Sprache" im 20. Jahrhundert – man denke nochmal an das Diktum Adornos – ganz im Bewusstsein tragen. Wir haben hier auch Ruth Klüger im Blick, die ja leider im Herbst 2020 verstorben ist. Und bei Ruth Klüger waren die Gedichte, schon als Kind in den Lagern, in Auschwitz, ihre Möglichkeit, um zu überleben und später, um darüber zu sprechen.

LMvM: Und auch, um politisch aktiv zu sein.

LD: Und sie war auch eine hervorragende Literaturwissenschaftlerin – also das Schreiben *über* Literatur gehört auch dazu. Es ist im Grunde eine tiefgreifende Prägung, eine Erziehungssache vielleicht und eine Kindheitserinnerung. Sie schreibt, dass sie viele der Gedichte, die sie damals auswendig gelernt hatte, gar nicht richtig verstehen konnte. Aber sie hat sie weitergetragen, mit sich genommen und hat überlebt. Ruth Klüger hat übrigens auch gesagt, dass sie niemals vergessen, niemals verzeihen könne. Auch für sie wurde es „nie wieder gut". Und dennoch war die Literatur ihr wichtiger.

LMvM: Hannah Arendt schreibt an Benjamin über die *Literatur als poetischer Widerstand* und wir möchten in der Ausstellung diesen poetischen Widerstand untersuchen. Wir möchten ja mehr ein Gespräch als ein Interview führen, aber wenn ich sage „poetischer Widerstand", Frau Ackermann, was sagen sie dann dazu? Auch in Anbetracht unserer Arbeit als Museumskolleginnen, auch in diesem Jahr der Empathie und Einsamkeit?

MA: Vielleicht ist jene Frage nach dem *Mehrwert des Dunklen* auch eine dieser Antworten. Es entsteht eben in guter Dichtung oder in großer Kunst immer auch ein Mehr. Ein Mehr, das nicht kontrollierbar ist, ein Mehr, das nicht fassbar ist, eine Form von Dunkelheit, die einen ganz, ganz weiten Raum aufspannt, sich dabei auch jeder Form von politischer Kontrolle entzieht und gleichzeitig eine unheimliche Kraft haben kann.

LMvM: Und für dich, Leon?

LD: Also ich habe bei der Schriftstellerin Yoko Tawada gemerkt, dass diese Zeit, in der wir jetzt gerade leben, direkt in Literatur fließen kann, was ja immer ein schönes Hoffnungszeichen ist. Ich hatte das in ihrem neuen Buch – „Paul Celan und der chinesische Engel", was wiederum sehr gut zu uns passt – lesen können, wie ganz kleine Spuren dieser Situation, wie wir sie jetzt erleben, literarisch verarbeitet werden, aber auf so zurückhaltende und liebevoll versteckte Art – ich wurde einfach froh davon, dass ich jetzt nicht wieder auf die ganze Misere aufmerksam gemacht wurde. Die nebensächlichen Verrücktheiten spielten sich im Hintergrund ab, wie ganz selbstverständlich, ein harmloses Rätselspiel oder offensichtliches Geheimnis, an dem wir alle teilhaben. Plötzlich war diese verfahrene und gefährliche Situation verarbeitbarer Stoff, also poetisch geworden. Und das hat mir Hoffnung gemacht, dass wir da sehr gut rauskommen werden, auch mit so einer Ausstellung.

LMvM: Ich merke, dass ich selber an meine eigenen Grenzen und inneren Widersprüche stoße. Auf der einen Seite umarme ich schon lange das Vermittlungs-Paradigma und auf der anderen Seite würde ich in dieser Ausstellung den eigenen Übersetzungsleistungen der Besucher*innen möglichst viel Raum lassen wollen, gerade weil die Objekte und Themen so eng mit dem Literarischen verbunden sind und die Literatur selbst so stark im Fokus steht. Letztendlich bleibt das aber auch immer ein Versuch: Was kann eine ethnologische Sammlung im 21. Jahrhundert aussagen? Welche

Fragen sind da wichtig? Wie dialogisch kann und muss es sein und wie transdisziplinär? Da ist Literatur sicherlich nicht die unkomplizierteste Dialog-Partnerin im Bunde, aber eine spannende Provokation des Denkens, des Lernens durch Zuhören – auch wenn es mal dissonant wird – ich will das angehen.

MA: Ich würde sagen, dass Literatur die abstrakteste der Künste ist. Darüber kann man natürlich auch diskutieren, aber ich war immer überzeugt davon. In einer Ausstellung steuern wir natürlich präzise die visuellen Eindrücke. Es geht nicht nur um das einzelne Werk, in das ein Einzelner sich lesend vertieft, sondern um das von uns gesteuerte Arrangement, um den aufgeladenen Raum, der begehbar und über die Sinne erfahrbar ist. Wenn man davon ausgeht, dass die Literatur die abstrakteste aller Künste ist und den größten Raum für die Imagination lässt, was bedeutet das dann für eine Ausstellung von Literatur? Und überführt man die prinzipiell zunächst einsame Begegnung des Lesenden mit der Literatur in ein Gemeinschaftserlebnis, wie wir es ja mit den Ausstellungen erzeugen? Oder entstehen da Brüche?
Celan selbst war ein Einsamer. Einsamkeit klingt in seinen Gedichten immer wieder an. Aber er hat ja „gesendet“, wie Leon gesagt hat, er wollte kommunizieren. Er war auch erfolgreicher als beispielsweise Rose Ausländer, bei der es erst im höheren Alter zu regelmäßigen Veröffentlichungen kam. Celan kommuniziert, aber doch schwingt etwas mit, was einen beinahe beschämt, weil es so intim, so persönlich, so fürchterlich ist. Ich habe jetzt gerade mal zufällig den einen Band aufgeschlagen:

> Schwarze Flocken
> Schnee ist gefallen, lichtlos. Ein Mond
> ist es schon oder zwei, dass der Herbst unter mönchischer Kutte
> Botschaft brachte auch mir, ein Blatt aus ukrainischen Halden [...]

Und so weiter, es ist ein wunderschönes Gedicht. Es ist so poetisch, dass man sich von der Schönheit der Sprache verführen lässt. Und dann habe ich meine Kommentare hier nachgelesen und da steht ...

LMvM: Wie alt war Marion Ackermann, als sie dort ihre Kommentare eingeschrieben hat?

MA: Ich glaube, ungefähr Anfang zwanzig.
Also da hatte ich geschrieben: „Celan gedenkt des einzigen Briefes seiner vertriebenen Mutter, in dem er im Herbst 1942 vom Tod seines Vaters erfuhr. Das einzige Gedicht, in dem er den Vater dezidiert nennt, sonst nur verhüllt. Und da nimmt er auch konkret Bezug auf dessen zionistische Haltung: ‚... deines Vaters, unter den Hufen zerknirscht das Lied von der Zeder.‘“
Dieses Beispiel zeigt doch eindrücklich, was es bedeutet, Celan zu lesen. Schreckliche Vorstellung, dass jemand nur an der Oberfläche hängenbleibt und sich von der Schönheit der Metaphorik irreführen lässt. Also kann man die Gedichte gar nicht anders lesen, als sich mit harter Arbeit daran zu begeben, mit Werkzeugen. Man braucht Zusatzinformationen, man muss analytisch vorgehen. Und das ist ja irgendwie auch ein einsames Geschäft, das ist keine Ausstellungs-Kollektiv-Glückserfahrung.

LD: Diese harte Arbeit, die man braucht, das Vorwissen, das Wissen darum, dass wir da in Celan auch einen Leser haben, das finde ich wichtig. Wir haben einen Leser und einen Briefeschreiber. Jemanden, der seine Netzwerke in die Welt spannt und der vieles aufsaugt. Diese Gedichte sind Produkte einer weitreichenden Lektüre und eines düsteren Erfahrungsschatzes von tiefgreifendem Leid, Schmerz und Verlust, aber das ist so durchwirrt und durchwirkt, dass man hier wirklich auch Schichtenarbeit leisten kann, wie ein Archäologe. Das ist wiederum eine schwierige Metapher, gerade bei Celan, die Schaufel, das Wühlen und Graben, weil das sehr stark auf die Lagererfahrung verweist. Wenn er davon spricht, vom Stein und von der Erde, dann ist das immer aufgerufen. Aber der „Stein" ist wiederum auch Ossip Mandelstams früher Gedichtband, also Celans Lektüreerfahrung und auch seine Freude über diesen Gefundenen, diesen „Wahlverwandten". Sind wir jetzt aufgerufen, das zu trennen oder sind wir aufgerufen, das in seiner Vielschichtigkeit zu bewahren und in Kommunikation zu bringen? Ich glaube, man muss bei Celan immer wieder zeigen, welche Lektüren dahinterstehen und welche Erfahrungen. Wenn wir diese Topographien dann (wieder)herstellen, dann haben wir Erinnerungslandschaften und auch Verlustlandschaften und vielleicht gelangen wir dann auch zu der spezifischen Utopie, die bei Celan existiert und die in seinem 50. Jahr so gewaltsam einen Abbruch erfahren hat. Übrigens ist ja nicht abschließend zu klären, ob er sich wirklich selbst und bewusst das Leben genommen hat. Sein Projekt, eine Sprache zu finden, war jedenfalls damit beendet. Seine Gedichte sind aber noch da und nähren uns, die Nachgeborenen, mit dem was war und für das, was kommen wird. Wir haben ja immer dieses Problem, dass wir die neuen Zustände nur mit alten Begriffen, alter Sprache fassen können. Sprache ist anachronistisch. Celans Dichtung kann hier helfen, seine Sprache enthält potenzielle Spuren der Zeitlosigkeit, des Gegenwärtigen.

LMvM: Erinnerungskultur und kollektives Gedächtnis, da benutzen wir die Begrifflichkeiten des multidirektionalen Ansatzes von Michael Rothberg. Ich finde es wichtig, das Multidirektionale aufzumachen, eine emphatische Perspektive, damit sehr unterschiedliche, letztendlich aber tiefst menschliche Aspekte auch nebeneinanderstehen und in einer Ausstellung erfahrbar gemacht werden können, ohne auf struktureller Ebene das eine gleichzusetzen mit dem anderen. Michael Rothberg kommt auch hier im Diskursbuch Sprachlosigkeit vor und begleitet mich schon seit Längerem. Ich glaube, Celan und seine Gedichte passen zu dieser multiperspektivischen Idee und so kann man ihn auch lesen. Dieser utopische Ort – wir haben schon über die Bukowina gesprochen – mein Plan war, in die Bukowina zu fahren, mit meiner Kamera, aber das hat dann unter den Umständen 2020 nicht funktioniert. Es gibt also keine ethnologische Feldforschung, aber dieser Ort, die Diversität, das multikulturelle Potenzial – sicherlich auch voller Konflikte, aber das war gelebter Alltag – ich finde es nach wie vor unglaublich spannend. Celans Sprachschatz von acht Sprachen ist natürlich nur ein Beispiel, aber das ist alles verloren gegangen. Diese Bukowina gibt es nicht mehr. Da ist auch eine große Melancholie, die ich persönlich spüre, wenn ich an Mitteleuropa denke. Aber wir können vielleicht neue Utopien und neue Räume des Erinnerns und der Vergegenwärtigung schaffen. Schaffen wir es in Dresden, gerade jetzt, solch einen utopischen Kontrapunkt gegen das

Vergessen zu setzen? Vielleicht ist es nicht gleich hier und jetzt im Realen zu verwirklichen, aber wir sollten zumindest anfangen darüber zu spinnen. Können wir das überhaupt als Institution und wenn ja, fängt das mit einer bestimmten Haltung an – ich glaube schon, ich gucke sie jetzt an – und wie setzen wir das dann um in der Praxis? Wir nehmen diese Vorstellung auf, vom Japanischen Palais als „Narbe am anderen Ufer“, als ein historisches Palimpsest, dieses „Buch“ mit sehr vielen Kapiteln, viele längst vergessen, mit Ein- und Umschreibungen, Ausradierungen und Neubesetzungen und jetzt kommen wir da möglicherweise mit einer Utopie. Was ist dann diese Utopie für Sie als Generaldirektorin von 15 Museen in Dresden, mit diesem enormen institutionellen Potenzial aber natürlich auch immer, strukturell bedingt, übergeordneten Einschränkungen und politischen Erwägungen, beispielsweise sichtbar an der Frage der Restitution der Benin-Bronzen. Was kann das Japanische Palais für ein utopischer Raum sein oder generell die SKD in Dresden und in Sachsen?

MA: Ich versuche die Antwort über eine Verknüpfung zur Bukowina zu geben: Auch die Utopie kommt vermutlich nicht ohne den Gegenpol aus. Gerade durch das Beispiel Bukowina sollte einem Warnung sein und klar vor Augen führen, wie Kultur letztlich doch einer unglaublichen Fragilität unterworfen sein kann. Die Bukowina als eine blühende Kulturlandschaft, in der so viele Sprachen nebeneinander existierten oder sich überlagerten, nicht immer auf friedliche Weise, aber doch durch diese Vielschichtigkeit große Kunst hervorbringend ... es gibt sie nicht mehr. Jene Bukowina ist zerstört und für immer vergangen. Was leitet sich hieraus für unseren eigenen Auftrag ab? Zu erkennen, dass es dieser Tiefenschichtungen, Überlagerungen – heute sagen wir transkulturellen Prozessen –, ja, dieser Kompliziertheit bedarf, um Kultur lebendig zu halten. Paul Celan hat seine Methode sogar an seinem eigenen Namen, Paul Ancel, angewandt: Er bricht seinen Namen auseinander und setzt ihn anders zusammen. Wenn man das überträgt auf unsere Arbeit, sei es im Japanischen Palais oder anderswo, bedeutet es, dass wir Bruchlinien erzeugen, kenntlich machen, nicht glätten oder reinzeichnen und Neues daraus schöpfen sollten. Ist das schon Utopie genug?

LMvM: Es ist natürlich auch eine eigentlich nicht zu beantwortende Frage. Vielleicht hilft hier auch wieder das Wort Ambivalenz. Die konsequente Umarmung der Ambivalenz, unsere eigene Rolle immer zu reflektieren, das wäre ein Weg. Wir können es natürlich auch immer nur versuchen und werden immer wieder scheitern.

MA: Diese Brüche und Abbrüche gehören einfach als Erfahrung dazu.

LD: Ich gehe nochmal zurück zum Namen, zu Paul Ancel/Celan, dem Annagramm, zu diesem Bruch im Namen. Wir haben einen Dichter als Ausgangspunkt unserer ganzen Überlegungen gewählt, den du mitgenommen hast in deinem „Rucksack“ aus dem Jüdischen Museum in Berlin. Erfahrung ist immer auch Lektüre oder andersherum. Also im Namen haben wir die Brüche, die Scherben (Porzellan?). Wir haben Czernowitz, dem er entstammt, ein Riss in der Geschichte, ein nicht mehr gut zu machendes, zerstörtes Projekt des multikulturellen Zusammenlebens. Ich denke, Paul Celan steht als eine Art Metapher für die Aufgabe, vor der wir alle stehen und über die wir sprechen müssen.

LMvM: Oder ist das eine Vereinnahmung? Ich frage mich, ob die Projektionsfläche nicht zu groß ist und ihm, dem Geschundenen, eine weitere Bürde auflastet. Wer spricht für und über wen? Ist das auch hier notwendige Selbstkritik?

LD: Ausgehend vom Veranstaltungsort Japanisches Palais, dem Porzellanschloss Augusts des Starken und damit Teil des kolonialen Erbes, sehe ich das als eine notwendige Projektion und eine wichtige Verbindungslinie. Wenn wir anfangen, im 18. Jahrhundert und über diese Bilder nachzudenken und über das, was das Japanische Palais mal war, dann haben wir auch die Möglichkeit zu schauen: Was ging von Dresden aus und was kommt wieder zurück? Also wieder die Meridiane, um an das schöne Wort anzuknüpfen. Nur diesmal beschreiben sie die Rolle, die Dresden seit vielleicht dreihundert Jahren im globalen Zusammenhang spielt. Paul Celan – der ja mit Dresden nicht viel zu tun hatte ... Sie haben aber vorhin gesagt, über die Elbe hätte er zumindest entschieden, dass er sie die „Weiße" nennt, so wie in *Alba Longa* – kann uns über diese und andere Meridiane berichten. Er hält eine Poetologie für uns bereit, er gibt uns geheime Wörterbücher und Gebrauchsanweisungen. Auch wenn vieles im „Dunklen" bleibt, steht dahinter „Lichtzwang", wie er seinen letzten Gedichtband nannte, der drei Monate nach seinem Tod veröffentlicht wurde. Letztendlich ist er aber in der Vielstimmigkeit der Ausstellung auch nur eine Stimme.

MA: Diese Frage der Vereinnahmung kenne ich auch als Problem und Herausforderung. Ich fände es wichtig, dass, wenn man Celan so eine herausragende Rolle gibt, an irgendeiner Stelle innerhalb der Ausstellung sehr präzise mit Celan umgegangen wird und es einen Bereich gibt, in dem man sich komplett auf Celan konzentriert.

LD: Im Diskursbuch wird Celan ja von vielen Seiten betrachtet und auch subjektiv bzw. poetisch verarbeitet. Diese Präzision, dass man einen Text beispielhaft und schichtenweise auf Spuren untersucht, das erscheint mir im Ausstellungskontext aber als vielversprechende Möglichkeit.

LMvM: Du meinst, dass wir wie unter einem Mikroskop versuchen, eine literaturwissenschaftliche Analyse vorzunehmen und damit, pars pro toto auch unsere eigene Poetologie, unsere eigene Erzählweise erklären?

LD: Das ist dann wieder das Archäologische, das feine Abtragen der Textschichten und dass man wirklich genau hinschaut: Was steht da eigentlich dahinter, welche Lektüre, welche Erfahrung, welche Korrespondenzen und in der Biografie, welche besondere Situation? Es gibt z. B. diese schlimmen Zusammenbrüche. Das ist auch wichtig, aber mich persönlich interessieren mehr die intertextuellen Zusammenhänge, das gebe ich zu. Ob da jetzt die Nervenklinik im Hintergrund steht – wer weiß? Ich glaube, Paul Celan funktioniert als entzündliches Material und als Brennglas, mit Fokus auf eine bestimmte Sache, die uns z. B. an Dresden, am Japanischen Palais, an der Geschichte und Praxis der Ethnologie, an den Leerstellen der Archive, an der Erinnerungskultur und am jetzigen Umgang damit interessiert. Das ist alles hochentzündlich und brisant. Wenn Celan dann immer wieder selbst aufleuchtet, in einer Reflexion, dann finde ich, darf es da auch Unschärfen geben, es ist ja auch eine Hommage.

LMvM: Es ist eine Hommage und es ist auch eine Liebeserklärung an ihn.

MA: Celan hat es uns eigentlich ein für alle Mal ausgetrieben, dieses Denken, dass die Künste ein schönes Gegenbild zur schrecklichen Welt böten. Das saß in manchen Köpfen noch lange fest. Wenn wir an die Herausforderung denken, die herrlichen Werke der ethnologischen Sammlungen im Japanischen Palais auch in ihrer großen künstlerischen Qualität auszustellen, aber zugleich auch die brutalen Geschichten der Inbesitznahme zu erzählen, – und das in Dresden, an einem Ort, an dem das Museum noch bis in die 1930er Jahre „Tier- und Völkerkundemuseum" hieß und wo Gebeine ornamental im Zwinger ausgestellt waren, noch in den vierziger Jahren ... ich meine nur, die Referenz auf Celan kann uns vielleicht in unserer Aufgabe bestärken, dass wir all dies mit aufnehmen und darüber sprechen müssen, so schwer es ist.

LMvM: Aber ist das dann nicht gerade diese, unsere, neue Utopie?

MA: Ja, wahrscheinlich.

LMvM: Oder vielleicht ist das Utopische, vielleicht auch das Dystopische, also die Kehrseite des Begriffs, eine neue Haltung, die daraus entstehen kann, wenn wir alles ganz transparent annehmen, das Ausgraben und Zeigen und auch das Vergraben und Nicht-Zeigen, da wo es stattfindet. Ich finde, das ist eigentlich schon ein utopischer Gedanke. Damit kann ich mich sehr gut anfreunden.

MA: Ja, allerdings ist dies noch eine diesseitige Utopie. Celans Ansatz ging vermutlich noch weit darüber hinaus ...

LD: Es gibt eine ganz kleine Notiz im Manuskript der Meridian-Rede, mit Bleistift oder Kugelschreiber geschrieben von Celan selbst: „Schweigen inhärent dem Sprechen." Man *muss* es also immer mitdenken.

Das brennende Japanische Palais, Farbfotografie, Walter Hollnagel, 14.02.1945

© Archiv Eisenbahnstiftung

1.
DIE NARBE AM ANDEREN UFER
Das Japanische Palais lesen

Katrin Nitzschke (SLUB Dresden)

Das Japanische Palais in Flammen

Eine sensationelle fotografische Entdeckung

(SLU Blog, 13.04.2019)

Das damalige Domizil der Sächsischen Landesbibliothek befand sich seit 1786 im Japanischen Palais. Bei den Bombenangriffen am 13. Februar 1945 wurde das Gebäude getroffen, aber nicht völlig zerstört. Walter Hollnagel fotografierte das brennende Gebäude am 15. Februar 1945 von einem kleinen Hügel im Park des Palais aus. Das Datum lässt sich eingrenzen, weil auf einer zweiten Aufnahme vom gleichen Standpunkt aus, nur ein wenig nach rechts gedreht, die Stadtsilhouette bereits ohne Frauenkirche zu sehen ist.

Das Palaisdach ist durch die Nachtangriffe am Faschingsdienstag, dem 13. Februar 1945, bereits zerstört worden. Offensichtlich haben aber die verstärkten Decken des Gebäudes einer Ausbreitung des Feuers nach unten standgehalten. Durch die Explosion wurden die Fensterscheiben zerstört, aber ein größeres Feuer im Innern der Räume scheint auf den kleinen Teil des Elbflügels, am rechten Bildrand, und auf dem größeren Teil des Westflügels bis auf den Mittelteil des ersten Stockes nicht ausgebrochen zu sein, sonst wären die kleinteiligen Holzrahmen nicht mehr vorhanden. Gut sichtbar sind auch mehrere Schutzwände vor den Kellerfenstern, die als Splitterschutz dienten, denn hinter diesen Fenstern war ein Teil des Buchbestandes, des alten Bibliothekskataloges und des Archivs untergebracht, außerdem in dem darunterliegenden Tiefkeller die größten Kostbarkeiten der Bibliothek.

Offenbar wurde das Palais bei den Tagesangriffen am 14. bzw. am 15. Februar getroffen. Der Einschlag ist auf dem Bild links oberhalb des ersten Rundfensters an dem aufgeplatzten hellen Sandstein zu erkennen. So ist wahrscheinlich auch zu erklären, dass das Feuer genau an dieser Stelle ausbrach. In der Zoomansicht des Bildes sind die Metallregale im Feuer zu erahnen, auch sind die brennenden Häuser des davor liegenden Palais-Platzes zu sehen.

Walter Hollnagel (1895–1983) war für die Deutsche Reichsbahn als Fotograf tätig und auf einer Reise nach Oberschlesien im Februar 1945 in Dresden.

Dort machte er mehrere Farbaufnahmen kurz nach den Angriffen auf die Stadt, die er bereits auf seiner Hochzeitsreise 1938 und im Spätsommer 1944 besucht hatte. Damals hatte er die unversehrte Stadt bereits in Farbe aufgenommen. Umso mehr wird der schreckliche Kontrast auf den Fotografien 1945 zu den tags zuvor zerstörten Gebäuden deutlich.

Hollnagel arbeitete über die Erreichung der Altersgrenze hinaus für die spätere Deutsche Bundesbahn. Ein Teil seiner Aufnahmen, darunter die oben beschriebene, wird heute im Archiv Eisenbahnstiftung aufbewahrt. Als 2008 das vorliegende Foto in dem Band „Eisenbahnraritäten" veröffentlicht wurde, versah man das brennende Palais mit einer falschen Beschriftung, indem man den Bau als R(eichs)B(ahn)D(irektion) Dresden bezeichnete. Heute, 74 Jahre nach dem Zweiten Weltkrieg, berührt diese Aufnahme den Betrachter umso mehr.

Julia Weber
(Direktorin Porzellansammlung,
Staatliche Kunstsammlungen Dresden)

Eine Lektüre des Japanischen Palais

Das Porzellanschloss Augusts des Starken

(unveröffentlicht)

Das Japanische Palais in seiner heutigen Form entstand um 1730 als bauliche Hülle für die einzigartige Sammlung ostasiatischen und Meissener Porzellans Augusts des Starken. In seiner architektonischen Gestaltung sollte sich die zentrale Botschaft vermitteln, die der sächsische Kurfürst und polnische König mit der bei weitem größten und bedeutendsten europäischen Sammlung auf diesem Gebiet verknüpfen wollte. Die Kernaussage konnte der Besucher bereits an der Eingangsfassade ablesen (Abb. 1). Sie richtete sich an ein gebildetes und bereistes europäisches Publikum, das mit der visuellen, durch das höfische Zeremoniell geprägten Sprache der Kunst und Architektur seiner Zeit vertraut war.

Ein kundiger Gast erkannte den hohen repräsentativen Anspruch der residenzartigen Vierflügelanlage bereits am vorspringenden Mittelrisalit der Fassade: Mit den gekoppelten Kolossalsäulen korinthischer Ordnung auf hohem Sockelgeschoss und dem Dreiecksgiebel paraphrasiert es das Mittelrisalit der Ostfassade des Pariser Louvre. Unter Ludwig XIV. wurde dieses Aufrissschema zu einem Merkmal der Königsschlösser in Frankreich. Der Rückgriff darauf in der Fassadengestaltung des Japanischen Palais betonte die Königswürde des Bauherrn: Mit seiner Wahl zum König in Polen war es August dem Starken 1697 als erstem deutschen Landesfürsten gelungen, in den europäischen Kreis der gekrönten Häupter aufzusteigen. Um seinen neuen Rang sichtbar zu behaupten und gegenüber den alten Erbmonarchien durchzusetzen, steigerte er die repräsentative Prachtentfaltung seiner Hofhaltung ungemein. Perspektivisch zielte der sächsisch-polnische Kurfürst-König dabei noch höher: Aus der Vermählung seines Sohnes Friedrich August mit der habsburgischen Kaisertochter Maria Josepha im Jahr 1719 leitete er künftige Ansprüche seines Hauses auf den deutschen Kaiserthron ab. Sein letztes großes Bauvorhaben, das Japanische Palais, sollte die Kaiserwürde seiner Dynastie demonstrieren und den Führungsanspruch der Wettiner in Europa formulieren.

Ausgangspunkt für die sich in schwindelerregende Höhen schraubende Argumentation war ein aufsehenerregender Erfolg Augusts des Starken, um den ihn alle Fürsten beneideten: die Gründung der ersten europäischen Porzellanmanufaktur im Jahr 1710. In Sachsen war gelungen, was in ganz Europa mehr als 200 Jahre vergeblich versucht worden war: Die Entdeckung der Rezeptur für das so begehrte fernöstliche Material. In nicht einmal zwei Jahrzehnten gelang es, die komplexen Fertigungsprozesse so weit zu perfektionieren, dass nicht nur ostasiatische Originale täuschend echt kopiert werden konnten, sondern mit den monumentalen Meissener Tierplastiken Werke ohne Vorbilder in China und Japan entstanden, die die plastische Qualität des Porzellans bis an die Grenze des Möglichen ausreizten (Abb. 2). Sie waren für die stadtseitige Galerie im Obergeschoss des Japanischen Palais bestimmt. Im vorgeblendeten Mittelrisalit der Eingangsfassade sollten letztlich nie ausgeführte Reliefs mit Allegorien auf die Gefäßbildnerei und Porzellanmalerei in Meissen von dieser sensationellen technologisch-künstlerischen Meisterleistung Sachsens künden.

August der Starke wollte den großen Erfolg des Meissener Porzellans als einen Triumph über das ostasiatische verstanden wissen. Auch darauf wurde der Besucher schon vor Betreten des Schlosses eingestimmt: In der Mitte des allegorischen Reliefs im Giebelfeld thront Saxonia mit Zepter, Kurhut und polnischer Königskrone im Schatten Sieg verheißender Palmen. Sie blickt auf die durch spitze Hüte, Schnurrbärte und Schirme charakterisierten Asiaten zu ihrer Rechten herab, die unterwürfig ihre von weit hergebrachten Porzellane darbieten. Von der anderen Seite nähern sich die Sachsen mit ihren Vasen und Geschirren. Ganz im Gegensatz zur knienden Asiatin setzt die Personifikation Dresdens an der Spitze der sächsischen Delegation selbstbewusst einen Fuß auf die erste Stufe zum Thron. So ist am Außenbau bereits der Ausgang des Wettkampfs zwischen Jangtse (im linken Giebeleck) und Elbe (im rechten Giebeleck) vorweggenommen, der im Innern ausgetragen und zugunsten Letzterer entschieden werden sollte.

Hatte der Besucher das Eingangsportal durchschritten, sollte er sich beim Rundgang durch das Erdgeschoss zunächst mit der Qualität und Vielfalt der chinesischen und japanischen Porzellane in der Sammlung Augusts des Starken vertraut machen, von der es hieß, sie überträfe an Schönheit und Umfang alle übrigen Kollektionen. Die weit mehr als 25.000 Einzelstücke sollten nach

Typen und Farbklängen gruppiert auf die Räume des Erdgeschosses verteilt und in geometrischen Wandarrangements präsentiert werden. Nach dem Tod Augusts des Starken im Februar 1733 kamen die Arbeiten am Japanischen Palais zum Erliegen und die im Detail geplanten Interieurs wurden letztlich nie ausgeführt. Doch vermitteln erhaltene Entwurfszeichnungen einen anschaulichen Eindruck von der ursprünglichen Konzeption der Innenausstattung (Abb. 3). Sie war dazu angetan, die allgemein hohe Wertschätzung des fernöstlichen Porzellans noch zu steigern. Umso größer musste die Bewunderung für das Meissener Porzellan ausfallen, das den Wettstreit mit diesen begehrten Importgütern aufnahm.

Dabei ließ August der Starke keinen Zweifel daran, dass seine blutjunge Manufaktur triumphierte und die Chinesen und Japaner mit ihrer jahrhundertealten Erfahrung in der Porzellanherstellung beschämte. Die Gewissheit der eigenen Überlegenheit, verbunden mit einem klaren Gestus der Herabwürdigung des vermeintlich übertroffenen Kontrahenten, ist den Hermen der Innenhoffassaden und am Treppenaufgang im Foyer unmissverständlich eingeschrieben: Klischeehaft widergegebene Asiaten mit spitzen Hüten, schrägstehenden Augen und langen Schnurrbärten sind genötigt, das allein den sächsischen Produkten vorbehaltene Obergeschoss zu tragen. Die physische wie symbolische Last lässt bei den der Lächerlichkeit preisgegebenen Figuren mit hängenden Brüsten vielfach die Adern in den schlaffen Körpern hervortreten (Abb. 4).

So vorbereitet und eingestimmt betrat der Besucher zunächst die stadtseitige Galerie des Obergeschosses, wo ihn eine Menagerie aus überwiegend lebensgroßen Porzellantieren empfing, die mit nichts in der zuvor in ihrer ganzen Vielfalt dargebotenen Porzellankunst Ostasiens zu vergleichen waren. Die monumentalen Plastiken sollten vor Augen führen, was der sächsische Erfindungsgeist aus diesem exotischen Material zu formen vermochte. Mit der bewundernswürdigen Beherrschung des Materials verband sich die künstlerische Gestaltung nach europäischen Maximen im Gegensatz zu den „irregulären" fernöstlichen Vorbildern, bei denen aus europäischer Sicht weder die Anatomie der Körper noch die perspektivische Darstellung von Räumen in den gemalten Dekoren korrekt wiedergegeben waren.

Höhepunkt des Rundgangs durch das Japanische Palais aber sollte die als prachtvoller Audienzsaal gestaltete Throngalerie mit Blick auf den Garten und über die Elbe bilden. Sie war als Zentrum einer Raumfolge geplant, die den Charakter eines fürstlichen Paradeappartements in einem barocken Residenzschloss besaß. Die Wände des Thronsaals sollten Meissener Kopien japanischer Kakiemon-Porzellane zieren – den seltensten und teuersten Porzellanen aus Fernost. Ursprünglich waren die Kopien von einem französischen Händler in Meissen bestellt worden, der sie in Paris mit großem Gewinn als japanische Originale weiterverkaufte. Doch flog der Schwindel schnell auf. Die Tatsache aber, dass anfänglich die besten Kenner auf die Meissener Fälschungen hereinfielen, verhalf dem sächsischen Porzellan zu großer Anerkennung und letztlich zum Durchbruch in Paris.

Wegen ihres unverhofften Erfolgs auf dem wichtigsten europäischen Kunstmarkt der Zeit wurden just die Meissener Kakiemon-Kopien für den Thronsaal des Japanischen Palais bestimmt. Sie waren physischer Beweis für den Sieg des sächsischen Porzellans, den das Giebelfeld über dem Eingang ankündigte und der im Deckengemälde der Throngalerie ausbuchstabiert werden sollte: Das erhaltene schriftliche Konzept sah vor, dass Minerva über die Porzellane urteilt, die ihr von einer fernöstlichen Delegation auf der einen und Saxonia auf der anderen Seite dargeboten werden. Die Göttin der Weisheit und Patronin der Künste reicht den Siegeskranz an Sachsen, während Eifersucht und Verdruss den Asiaten signalisieren, ihre Porzellane dorthin mit zurückzunehmen, von wo sie gekommen waren. Sie wurden nach sächsischer Überzeugung nicht länger benötigt, da Meissen von nun an weit besser den Bedarf in Europa befriedigen könne.

Natürlich durfte August der Starke nie tatsächlich auf eine Gesandtschaft aus China hoffen, weshalb die geplante und nie verwirklichte Inszenierung einer Audienzsituation inklusive Porzellanthron ohnehin utopisch bleiben musste. Nichtsdestotrotz oder vielmehr genau deswegen eignete sich das imaginäre Setting in geradezu idealer Weise, gefahrlos das Konkurrieren des sächsischen und ostasiatischen Porzellans zu einem Wettstreit zwischen dem sächsisch-polnischen Kurfürsten-König und dem Kaiser von China zuzuspitzen. Denn in der Frühen Neuzeit waren öffentliche Audienzen hochkompetitive Schauspiele, in denen sich das Rangverhältnis zweier Herrscher zugleich konstituierte und für die Teilnehmer am reinsten zur Anschauung kam.

Zudem waren es gerade die Berichte von Gesandtenempfängen in Peking, die entscheidend das europäische Bild vom allmächtigen Kaiser von China prägten. In der unterwürfigen, gottgleichen Verehrung seiner Person, die im dreifachen Kotau kulminierte, zeigte sich seine scheinbar absolute Souveränität. Untertanen wie Gäste waren gezwungen, sich vor dem Thron – selbst wenn er leer blieb – dreimal niederzuknien und mit ihrer Stirn je dreimal den Boden zu berühren. Europäer wurden an Prostrationen in der christlichen Liturgie erinnert und fühlten sich gedemütigt. Überdies empfing sie der Kaiser nicht etwa als Repräsentanten ihm ebenbürtiger Fürsten, sondern als Abgesandte seiner Vasallen. Ihre kostbaren Geschenke galten ihm als Tributgaben. Die Eindrücke, die europäische Gesandte in Peking gewannen, waren deshalb zwiespältig. Einerseits zeigten sie sich beeindruckt von der Machtfülle des chinesischen Kaisers, die bei den Audienzen zur vollen Geltung kam. Andererseits mussten sie sich seiner Autorität selbst unterwerfen und sich dafür erniedrigen.

In Europa paarten sich bei dem Gedanken an das Reich der Mitte deshalb Bewunderung mit verletztem Stolz. Auch in Sachsen kursierte das Gerücht, wonach die „super-klugen Chinesen" (so der Meissener Rat) von sich behaupteten, sie alleine besäßen zwei Augen, die Europäer eines, der Rest der Welt aber sei blind. Davon zeugen Berichte aus der Meissener Manufaktur an August den Starken, wonach gleich zu Beginn Porzellane nach China übersandt worden seien, so dass der Ruhm Sachsens nun auch dort erschollen sei und sich die Chinesen nicht länger damit schmeicheln könnten, als einzige zwei Augen zu haben und in den Wissenschaften die Klügsten zu sein. Vielmehr hätten die Sachsen erwiesen, dass sie genug Scharfsinn und Sachverstand besäßen, das von den Ostasiaten so wohl gehütete Geheimnis der Porzellanherstellung zu lüften und sie in der chinesischen Kunst par excellence sogar noch zu übertreffen.

August der Starke glaubte über ein schlagendes Argument zu verfügen, um stellvertretend für alle europäischen Fürsten die bei den Audienzen in Peking erlittene Schmach zu rächen. In der fiktiven Gegenaudienz akzeptierte er die fernöstlichen Porzellane noch nicht einmal als Tributgaben. Mit diesem argumentativen Kniff deutete August der Starke den vermeintlichen Sieg des Meissener Porzellans über das ostasiatische als einen politischen Triumph des sächsisch-polnischen Kurfürsten-Königs über den Kaiser von China. Diese Kernbotschaft des Japanischen Palais ist ebenfalls bereits in der Gestaltung der Eingangsfassade formuliert (Abb. 5): Die beiden Eckakroterien über dem Giebel repräsentieren Asien und Europa. Die Begegnung im Tympanon zwischen Ostasiaten und Sachsen mit ihren jeweiligen Porzellanen wird so zu einem Wettstreit zwischen den beiden nach damaliger Überzeugung am höchsten entwickelten Kontinenten, in dem Sachsen stellvertretend den Vorrang Europas behauptet.

Ob die übersandten Meissener Porzellane den Kaiser von China tatsächlich beeindrucken konnten, so sie ihn denn erreichten, darf bezweifelt werden. Und eine Demütigung, von der er nie erfuhr, konnte ihn kaum kränken. Die eigentlichen Adressaten des einseitig ausgefochtenen Wettstreits waren vielmehr die imaginären Teilnehmer der Audienz, also der sächsische Adel und die Repräsentanten europäischer Fürsten am Dresdner Hof, die auch zum potentiellen Besucherkreis des Japanischen Palais gehörten. Als Angehörigen der höfischen Welt war ihnen fraglos bewusst, dass öffentliche Audienzen ein

Vorrecht von Souveränen waren. Als König von Polen war August der Starke nicht dem Kaiser verpflichtet und somit souverän. Doch auch wenn ihm das Völkerrecht theoretisch den gleichen Rang zusprach, bedeutete dies nicht, dass die jahrhundertealten Erbmonarchien ihn auch für ebenbürtig hielten. Umso nachdrücklicher musste August der Starke seinen neu gewonnenen Rang behaupten. Denn – wie der Philosoph und Jurist Gottfried Wilhelm Leibniz lapidar konstatierte – ein König war nur, wem auch die gebührenden Ehren entgegengebracht wurden. August der Starke konnte die übrigen europäischen Fürsten nicht zwingen, ihm die Ehre einer formellen Botschaft zu erweisen. Stattdessen inszenierte er die Audienz einer Delegation aus Fernost, die er scheinbar zwingt, seine Überlegenheit anzuerkennen. Mit dieser provokanten Geste spielte August der Starke über Bande, denn wer gegenüber dem allmächtigen Kaiser von China Europas Vorrang verteidigte, empfahl sich oder seine Dynastie für den deutschen Kaiserthron.

Literatur (mit ausführlicher Argumentation und Nachweisen):
Julia Weber: Meißener Porzellane mit Dekoren nach ostasiatischen Vorbildern. Stiftung Ernst Schneider in Schloss Lustheim. München 2013, Bd. 1.
Julia Weber: Copying and Competition. Meissen Porcelain and the Saxon Triumph over the Emperor of China. In: The Transformative Power of the Copy. A Transcultural and Interdisciplinary Approach. Hrsg. v. Corinna Forberg, Philipp Stockhammer. Heidelberg 2017, S. 331–373.
Stefan Hertzig, Kristina Friedrichs, Henrik Karge: Das Japanische Palais in Dresden. Porzellanschloss – Staatsmonument – Museum. Petersberg 2019.

1 | **Entwurf für die stadtseitige Eingangsfassade des Japanischen Palais**,
Jean de Bodt, 1730, H. 50,2 cm, B. 130,1 cm (Sächsisches Hauptstaatsarchiv Dresden, 10006 Oberhofmarschallamt, Plankammer, Cap. 02, Nr. 16, Bl. 09).

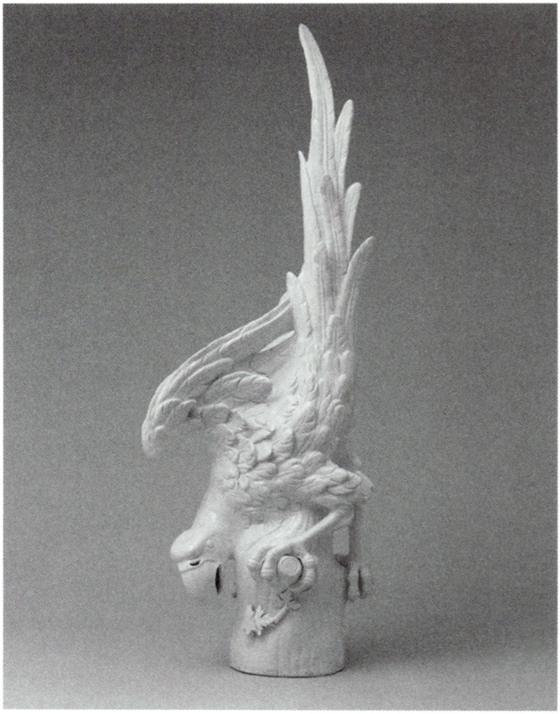

2 | **Ara**, Porzellanmanufaktur Meissen, Modell von Johann Joachim Kaendler, 1732, 123 cm x 40,1 cm x 37,1 cm (Staatliche Kunstsammlungen Dresden, Porzellansammlung, Inv. Nr. PE 688). https://skd-online-collection.skd.museum/Details/Index/119428

3 | **Entwurf zu einer Wandgestaltung** mit chinesischen Porzellanen mit unterglasurblauen Fonds, Matthäus Daniel Pöppelmann, 1729, 47,1 cm x. 67,6 cm (Sächsisches Hauptstaatsarchiv Dresden, 10006 Oberhofmarschallamt, Plankammer, Cap. 02, Nr. 15, Bl. 26d/1).

4 | **Herme** im Innenhof des Japanischen Palais, Johann Christian Kirchner und Johann Matthäus Oberschall, um 1730/33 (Foto von Stefan Hertzig in: Das Japanische Palais in Dresden 2019, S. 363, Abb. 286).

5 | **Allegorien Asiens und Europas,** Benjamin Thomae, um 1730/33 (Foto von Stefan Hertzig in: Das Japanische Palais in Dresden 2019, S. 391, Abb. 321, 322).

2.
ERINNERUNGS- UND VERLUSTLANDSCHAFTEN, ÜBERLEBENSLYRIK, UTOPISCHE MÖGLICHKEITSRÄUME

[de Waal, Edmund: *The White Road. A Journey Into Obsession*, London 2015, S. 358-365, 387-389.]

Edmund de Waal
The White Road. A Journey Into Obsession

On Allach ...

I

I go to Dachau to find out what happened.

It is early autumn and there is low mist. Pumpkins and squashes are stacked up outside the houses by the side of the road. Each pile has an honesty box.

It is so grey and humid that everything seems caught. I mean that I'm caught in being here and I notice the height of the perimeter fence, the watchtowers, the ground where the punishments took place, the walls for the executions, the beds of gravel that mark the run of demolished barracks for the prisoners. The poplars on the boundary are unmoving in the still air.

The archivist meets me. There is a long table, a library of research books and files. A woman is sitting quietly, whitely, looking at photographs. She makes very small pencil marks in her notebook.

The archivist has been here for fifteen years, knows the intricacies of the SS subcamps, how prisoners were detailed to work in particular factories, the terrible realities of the granite quarries, the manifests, the trains, the death marches.

And he is kind. He brings out the documents I need to see. There is one testimony that is central, he says, and he tells me about Hans Landauer, who worked in the factory and wrote testimony, spent his life after the war speaking about what happened. His home was Vienna but he came here often.

I ask him if by any chance Herr Landauer can still be visited?

And he gestures to his office where there is a photograph of a large, openfaced, smiling man above his desk. He died last week, he says. He was a great man.

II

Hans Landauer was an Austrian socialist who had joined the International Brigade at sixteen and was arrested fighting against Franco in the Spanish Civil War. He was deported to the French camp at Gurs and arrived in Dachau on 6 June 1941.

The archivist gives me the context for his story.

It is May 1941 and a note is circulated to Buchenwald, Auschwitz, Flossenbürg, Mauthausen, Neuengamme, Gross-Rosen and Sachsenhausen:

due to various civil workers having to go to war, the running of the porcelain factory in Allach cannot be kept up ... the order has been made that the possibility to use useful prisoners for this command has to be considered. This concerns modellers, kiln-firers, formers and ceramicists. There has to be an immediate check-up on forces in the concentration camps to find who has already been working in the area of ceramics and who is capable of working here.

Ten days later there is a list of names. They have located one Jew, four ASR – antisocial prisoners – one Bib-F – a Jehovah's Witness – and twelve political prisoners.

Six days after this, Buchenwald says they can't find any workers for the kilns, or modelling, but they have fourteen people for forming porcelain, one person to work a mill, one person to paint and one person to throw porcelain. These include one Jew and one labelled only as 'ill'.

On 5 July 1941, thirteen prisoners arrive in Allach to make porcelain. This group contained no kiln specialists, so an Austrian and a Spanish fighter, Franz Pinker and Karl Soldan, two Rotspanier, Communists, were selected to work on the firings in the factory.

And these men in turn select Hans Landauer, their comrade newly arrived from a French camp. Initially, he is to work on the railway, pulling coal from the station at Dachau to the porcelain factory, 'in the way that boats were pulled on the Volga'.

This, writes Landauer, in his memoirs, is Glücksfall, the piece of luck.

III

Dachau is not an extermination camp. Death here is both deliberate and it is random.

The work is deliberate and it kills. Reveille is at 4 a.m., there is an hour or more of standing to attention at roll call and then the march to your work detail to clear rubble, work on the underground bunkers, in the factories, in the granite quarries where you carry blocks until you drop, or the plantation, where you dig ditches. Then there is the march back, the roll call of one or more hours of standing to attention, then cleaning your barracks. Lights out at 9 p.m.

The conditions are deliberate. You are given very little food. Six months later there is even less. You are debilitated. The numbers increase. There are six times as many prisoners in 1944 as 1942 in the same barracks. You are given little medical care. Every illness is endemic. Then there is no medical care.

Being here in Dachau is random.
You are here because you are asocial, political, Sinti, Christian, homosexual, Jewish, Polish, Czech, Communist.

> Death comes to you randomly. You are killed trying to escape. You are killed as an example. You are killed in the quarries and on the plantation. You are killed because you are too slow marching home. You are killed through typhoid. You are killed by a kapo. You are killed because you despair.

And you try everything to make a difference, to find the way of eating a little more, keeping your strength up, not stumbling, not attracting the attention of a kapo, not dropping a block of granite though your hands run with blood.

IV

I'm sitting in the archive and Landauer's memoirs make this contingent moment, this Glücksfall, seem incredibly close. This is the moment when whilst he was unloading coal in the courtyard at the factory, he was asked if he could draw. He said yes and drew a small sketch.

This sketch takes him from the cruelty of dragging the coal wagons outside over the threshold and into Allach. It was the first step for him in the 'direction of surviving hell'. He starts work on the candleholders and then he works on the figurines and then becomes 'irreplaceable' when he works on the horse riders that Hitler and Himmler so value.

> I only had to look out of the basement window from my desk, when the emaciated figures of the Kommando Kiesgrube, the gravel quarry, stumbled while pushing carts full of dead prisoners, or those not capable of walking anymore, back into the camp ... It must be understood from a human point of view that I was trying to produce good work, particularly because with this production it wasn't important for the war ... When the factory was extended – from 1942 we also produced plates, cups and cups for cream in field hospitals – we also had increased the amount of prisoners who had no formal training who were able to learn how to make these things very quickly.

And he records how strange it was that this group of workers in the Allach Porcelain Factory, from so many different nations, were the people who had to produce the cult symbol of the party, the Julleuchter lantern, for the solstice celebrations, and that making this product could give him and his fellow prisoners a higher chance of surviving the camp.

In Allach, the working hours were extended which meant that the prisoners didn't have to return for roll call at midday, reducing the danger of being punished for 'bad singing or bad marching' by the SS guards. From 1943, Allach allowed the prisoners in the factory to wear proper leather shoes because it was impossible to carry the porcelain products on long boards whilst wearing wooden clogs.

Landauer is an extraordinary witness. He recalls seeing the closed carriages arriving from France, full of the dead and dying.

He recalls his fellow workers, Franz Okroy, Herbert Hartmann, Franz Schmierer. There were two more Polish prisoners, whose names he can't remember, who worked on the small figurines. One was a professor from Krakow who committed suicide in 1942 or 1943, by running into the electric fence. There was Erwin Zapf, and the porcelain painter Gustav Krippner. There was Karl Schwendemann, who after an argument with an SS modeller, was taken out of the factory and back to Dachau main camp.

Reading these names is salutary. I read them again.

Landauer is a careful man. He says when he cannot remember something. And he is careful too to say that there are moments of kindness in Allach, 'sometimes only a shy, well-meaning look', or when one of the SS guards gives Kärner's radio to the men in the kiln room to listen to at night.

I try to take care with this testimony. It isn't mine.

V

In the manner of archives, the next sheet of paper is a letter of thanks to Himmler. It comes from SS-Brigadeführer Friedrich Uebelhoer and profusely thanks the Reichsführer Himmler for his gift of a porcelain standard-bearer and the card, and the recognition of his support for all the work he's doing in building a New Germany in the East. He is the governor of Lódz, and is building the ghetto.

The second letter is from Frau Himmler to Frau E.R., which says she is very sorry to cause trouble, but has 'little Ekhart' received his kinder-relief candle as a gift from his godfather, the Reichsführer, yet. 'Also whether Sigrid and Irmtraut have received their candles as well.' Frau Himmler sends condolences for the bombing.

The third letter, dated 15 January 1945, is from Dr Hopfner to an unknown recipient stating that the Julleuchter should no longer be produced, but the production of the plates with SS phrases on the bottom should be increased. The texts can be uplifting in 'the coming difficult months' to those who use them.

There is to be no more coal for the crematorium in Dachau, but supplies will continue to be delivered to fire the Allach kilns.

I need air and go outside for ten minutes. And when I return, the archivist explains that a local collector of Nazi memorabilia has died and his daughter has gifted a box to the archives. He brings in a grey plastic washing basket filled with Nazi objects in bags and wrapped in newspaper. There is Allach porcelain, he says, but on top there is a belt, some buttons, a chart of the thirty-eight divisions of the SS and magazines. He puts them on the table.

Then he unwraps the first object. It is Bambi.

And then following that, there is a sleeping dachshund, another standing up looking mournful, and then a deer lying down, legs tucked under it.

I'd expected a storm trooper, something white.

And I'm faced with Bambi, liquid-eyed, spindly legs, head tilted, carefully glazed. I pick it up and look underneath as you should always do and there is the cartouche with Allach and TH Kärner and the SS runes.

This is my fifth white object in the world.

VI

I thank the archivist and wrap up the porcelain again and put it back in the laundry basket. I walk down across the ground, down the long avenue between the barracks, all the way to the perimeter fence.

And on the way back to the airport, I make a detour to the first Allach factory, on the outskirts of Munich.

It is a safe jigsaw of small streets, kids on bicycles, a dog walker, trimmed hedges. A road sign says dead end, and unexpectedly there is an industrial site, prewar factories, something big alongside the road.

The taxi stops at No. 8. The street has been renamed. It is now Reinhard von Frank Strasse. No. 8 is a high gabled house, six steps up to a front door, a workshop running to the right behind a tangled hedge. It is derelict. The windows are broken and the gate is padlocked. It looks exactly like the workshop I was apprenticed in.

This is where it began, a suburban street nowhere special. Keep Out warns the notice.

On Paul Celan ...

I've been reading the poet Paul Celan. His poetry has been a constant for me over thirty years, but I only found his Darmstadt lecture a couple of years ago. It was 1960 and Celan had won a prize. He rarely wrote prose, rarely gave lectures. There are only two interviews. A response to a request is five lines long.

This lecture is hard and hesitant. It keeps trying to start. His first sentence begins with a word and a pause. 'Art, you will remember, is a ...'

There are snags, he writes, after nine lines. He is right. There are snags. He is trying to find out how a poem happens, how it comes into being. So he looks with concentration at the routes towards a poem and he tries to find when exactly the critical moment happens, the 'terrifying falling silent' that presages poetry.

This is what he calls the breathturn, the strange moment of pause between breathing in and breathing out, when your sense of self is suspended and you are open to everything.

Celan cannot find words to fit together easily. German is his language, but he is Jewish and German is also the language that killed his family. So Celan brings words together into newness, Lichtzwang, lightduress. Atemwende, breathturn. He compacts words and he breaks them open, spills them from one line to another.

His poems get shorter. They become fragments, cries, exhalations, attempts to start, attempts to make sound. The spaces around the poems get larger. There is more white page than words in his last books of poetry.

And in this lecture, as he writes of the routes into poems, he explores how these can also be re-routings and detours from who you are. He says that you send yourself ahead, in search of yourself. The imagery is of paths, of setting out, of digressions and a 'kind of homecoming'.

There is no straight road to finding yourself, to making something.

And then he thanks us for listening: 'Ladies and gentlemen, I find something which consoles me a bit for having walked this impossible road in your presence, this road of the impossible.' And Celan walks off down the impossible road.

Celan makes me think of how grateful you are for some company on the road, that it is this consolation, someone walking part of the way by your side, that means almost everything. Everything.

I think that Père d'Entrecolles had his friend the Mandarin, and that Tschirnhaus had Leibniz, and that William had Swedenborg and always had Sally, lost, but promised for the white eternity ahead. I have found their company on this journey too.

And I have Sue and our children. This is my white road.

© Edmund de Waal

[Celan, Paul: *Gesammelte Werke*, Frankfurt a. M. 2000.]

Paul Celan (1920 Czernowitz – 1970 Paris)

Gedichte

„Sprachgitter": Paul Celan, Die Niemandsrose/Sprachgitter. Gedichte.
© 1980, S. Fischer Verlag GmbH, Frankfurt am Main

SPRACHGITTER

Augenrund zwischen den Stäben.

Flimmertier Lid
rudert nach oben,
gibt einen Blick frei.

Iris, Schwimmerin,
traumlos und trüb:
der Himmel, herzgrau,
muß nah sein.

Schräg, in der eisernen Tülle,
der blakende Span.
Am Lichtsinn
errätst du die Seele.

(Wär ich wie du.
Wärst du wie ich.
Standen wir nicht
unter einem Passat?
Wir sind Fremde.)

Die Fliesen. Darauf,
dicht beieinander, die beiden
herzgrauen Lachen:
zwei
Mundvoll Schweigen.

„Allerseelen": Paul Celan, Die Niemandsrose/Sprachgitter. Gedichte.
© 1980, S. Fischer Verlag GmbH, Frankfurt am Main

ALLERSEELEN

Was hab ich getan?
Die Nacht besamt, als könnt es
noch andere geben, nächtiger als
diese.

Vogelflug, Steinflug, tausend
beschriebene Bahnen. Blicke,
geraubt und gepflückt. Das Meer,
gekostet, vertrunken, verträumt. Eine Stunde,
seelenverfinstert. Die nächste, ein Herbstlicht,
dargebracht einem blinden
Gefühl, das des Wegs kam. Andere, viele,
ortlos und schwer aus sich selbst:
erblickt und umgangen.
Findlinge, Sterne, schwarz
und voll Sprache: benannt
nach zerschwiegenem Schwur.

Und einmal (wann? auch dies ist vergessen);
den Windhaken gefühlt,
wo der Puls den Gegentakt wagte.

„Corona“: Paul Celan, Mohn und Gedächtnis.
© 1952, Deutsche Verlags-Anstalt, München,
in der Penguin Random House Verlagsgruppe GmbH

CORONA

Aus der Hand frißt der Herbst mir sein Blatt: wir sind
Freunde.
Wir schälen die Zeit aus den Nüssen und lehren sie gehn:
die Zeit kehrt zurück in die Schale.
Im Spiegel ist Sonntag,
im Traum wird geschlafen,
der Mund redet wahr.
Mein Aug steigt hinab
zum Geschlecht der Geliebten:
wir sehen uns an,
wir sagen uns Dunkles,
wir lieben einander wie Mohn und Gedächtnis,
wir schlafen wie Wein in den Muscheln,
wie das Meer im Blutstrahl des Mondes.
Wir stehen umschlungen im Fenster,
sie sehen uns zu von der
Straße:
es ist Zeit, daß man weiß!
Es ist Zeit, daß der Stein
sich zu blühen bequemt,
daß der Unrast ein Herz schlägt.
Es ist Zeit, daß es Zeit wird.
Es ist Zeit.

„Psalm“: Paul Celan,
Die Niemandsrose/Sprachgitter. Gedichte.
© 1980, S. Fischer Verlag GmbH, Frankfurt am Main

PSALM

Niemand knetet uns wieder
aus Erde und Lehm,
niemand bespricht unseren Staub.
Niemand.

Gelobt seist du, Niemand.
Dir zulieb wollen
wir blühn.
Dir
entgegen.

Ein Nichts
waren wir, sind wir, werden
wir bleiben, blühend:
die Nichts-, die
Niemandsrose.

Mit
dem Griffel seelenhell,
dem Staubfaden himmelswüst,
der Krone rot
vom Purpurwort, das wir sangen
über, o über
dem Dorn.

„Tübingen Jänner“: Paul Celan,
Die Niemandsrose/Sprachgitter. Gedichte.
© 1980, S. Fischer Verlag GmbH, Frankfurt am Main

TÜBINGEN, JÄNNER

Zur Blindheit über-
redete Augen.
Ihre – „ein
Rätsel ist Rein-
entsprungenes“ –, ihre
Erinnerung an
schwimmende Hölderlintürme,
möwen-
umschwirrt.

Besuche ertrunkener Schreiner bei
diesen
tauchenden Worten:

Käme
käme ein Mensch,
käme ein Mensch zur Welt, heute,
mit
dem Lichtbart der
Patriarchen: er dürfte,
spräche er von dieser
Zeit, er
dürfte
nur lallen und lallen,
immer, immer-
zuzu.

(„Pallaksch. Pallaksch“)

„Eine Gauner und Ganovenweise“: Paul Celan,
Die Niemandsrose/Sprachgitter. Gedichte.
© 1980, S. Fischer Verlag GmbH, Frankfurt am Main

EINE GAUNER- UND GANOVENWEISE

gesungen zu Paris Emprés Pontoise
von Paul Celan aus Czernowitz bei Sadagora

„Manchmal nur, in dunkeln Zeiten“
Heinrich Heine, An Edom

Damals, als es noch Galgen gab,
da, nicht wahr, gab es
ein Oben.

Wo bleibt mein Bart, Wind, wo
mein Judenfleck, wo
mein Bart, den du raufst?

Krumm war der Weg, den ich ging,
krumm war er, ja,
denn, ja,
er war gerade.

Heia.

Krumm, so wird meine Nase.
Nase.

Und wir zogen auch nach Friaul.
Da hätten wir, da hätten wir.
Denn es blühte der Mandelbaum.
Mandelbaum, Bandelmaum.

Mandeltraum, Trandelmaum.
Und auch der Machandelbaum.
Chandelbaum.

Heia.
Aum.

Envoi

Aber,
aber er bäumt sich, der Baum. Er,
auch er
steht gegen
die Pest.

[„Der Meridian. Rede anläßlich der Verleihung des Georg-Büchner-Preises (1960)", aus: Paul Celan, Gesammelte Werke in sieben Bänden. Herausgegeben von Beda Allemann und Stefan Reichert unter Mitwirkung von Rolf Bücher, Band 3. © Suhrkamp Verlag Frankfurt am Main 1983. Alle Rechte bei und vorbehalten durch Suhrkamp Verlag Berlin.]

Paul Celan
DER MERIDIAN

Dankesrede anlässlich der Verleihung des Georg-Büchner-Preises der Deutschen Akademie für Sprache und Dichtung in Darmstadt, am 22. Oktober 1960 (Auszug)

[...]
Ich verlasse den Selbstvergessenen, den mit Kunst Beschäftigten, den Künstler. Ich habe bei Lucile der Dichtung zu begegnen geglaubt, und Lucile nimmt Sprache als Gestalt und Richtung und Atem wahr –: ich suche, auch hier, in dieser Dichtung Büchners, dasselbe, ich suche Lenz selbst, ich suche ihn – als Person, ich suche seine Gestalt: um des Ortes der Dichtung, um der Freisetzung, um des Schritts willen.

Der Büchnersche Lenz, meine Damen und Herren, ist ein Fragment geblieben. Sollen wir, um zu erfahren, welche Richtung dieses Dasein hatte, den historischen Lenz aufsuchen?

„Sein Dasein war ihm eine notwendige Last. – So lebte er hin ..." Hier bricht die Erzählung ab.

Aber Dichtung versucht ja, wie Lucile, die Gestalt in ihrer Richtung zu sehen, Dichtung eilt voraus. Wir wissen, wohin er lebt, wie er hinlebt.

„Der Tod", so liest man in einem 1909 in Leipzig erschienenen Werk über Jakob Michael Reinhold Lenz – es stammt aus der Feder eines Moskauer Privatdozenten namens M. N. Rosanow –, „der Tod als Erlöser ließ nicht lange auf sich warten. In der Nacht vom 23. auf den 24. Mai 1792 wurde Lenz entseelt in einer der Straßen Moskaus aufgefunden. Er wurde auf Kosten eines Adligen begraben. Seine letzte Ruhestätte ist unbekannt geblieben."

So hatte er hingelebt. Er: der wahre, der Büchnersche Lenz, die Büchnersche Gestalt, die Person, die wir auf der ersten Seite der Erzählung wahrnehmen konnten, der Lenz, der „den 20. Jänner durchs Gebirg ging", er – nicht der Künstler und mit Fragen der Kunst Beschäftigte, er als ein Ich.

Finden wir jetzt vielleicht den Ort, wo das Fremde war, den Ort, wo die Person sich freizusetzen vermochte, als ein – befremdetes – Ich? Finden wir einen solchen Ort, einen solchen Schritt?

„... nur war es ihm manchmal unangenehm, daß er nicht auf dem Kopf gehn konnte." – Das ist er, Lenz. Das ist, glaube ich, er und sein Schritt, er und sein „Es lebe der König".

„... nur war es ihm manchmal unangenehm, daß er nicht auf dem Kopf gehn konnte."

Wer auf dem Kopf geht, meine Damen und Herren, – wer auf dem Kopf geht, der hat den Himmel als Abgrund unter sich.

Meine Damen und Herren, es ist heute gang und gäbe, der Dichtung ihre „Dunkelheit" vorzuwerfen. – Erlauben Sie mir, an dieser Stelle unvermittelt – aber hat sich hier nicht jäh etwas aufgetan? –, erlauben Sie mir, hier ein Wort von Pascal zu zitieren, ein Wort, das ich vor einiger Zeit bei Leo Schestow gelesen habe: „Ne nous reprochez pas le manque de clarté car nous en faisons profession!" – Das ist, glaube ich, wenn nicht die congénitale, so doch wohl die der Dichtung um einer Begegnung willen aus einer – vielleicht selbstentworfenen – Ferne oder Fremde zugeordnete Dunkelheit.

Aber es gibt vielleicht, und in einer und derselben Richtung, zweierlei Fremde – dicht beieinander.

Lenz – das heißt Büchner – ist hier einen Schritt weiter gegangen als Lucile. Sein „Es lebe der König" ist kein Wort mehr, es ist ein furchtbares Verstummen, es verschlägt ihm – und auch uns – den Atem und das Wort.

Dichtung: das kann eine Atemwende bedeuten. Wer weiß, vielleicht legt die Dichtung den Weg – auch den Weg der Kunst – um einer solchen Atemwende willen zurück? Vielleicht gelingt es ihr, da das Fremde, also der Abgrund und das Medusenhaupt, der Abgrund und die Automaten, ja in einer Richtung zu liegen scheint, – vielleicht gelingt es ihr hier, zwischen Fremd und Fremd zu unterscheiden, vielleicht schrumpft gerade hier das Medusenhaupt, vielleicht versagen gerade hier die Automaten – für diesen einmaligen kurzen Augenblick? Vielleicht wird hier, mit dem Ich – mit dem hier und solcherart freigesetzten befremdeten Ich, – vielleicht wird hier noch ein anderes frei?

Vielleicht ist das Gedicht von daher es selbst ... und kann nun, auf diese kunst-lose, kunstfreie Weise, seine anderen Wege, also auch die Wege der Kunst gehen – wieder und wieder gehen?

Vielleicht.

Vielleicht darf man sagen, daß jedem Gedicht sein „20. Jänner" eingeschrieben bleibt? Vielleicht ist das Neue an den Gedichten, die heute geschrieben werden, gerade dies: daß hier am deutlichsten versucht wird, solcher Daten eingedenk zu bleiben?

Aber schreiben wir uns nicht alle von solchen Daten her? Und welchen Daten schreiben wir uns zu?

Aber das Gedicht spricht ja! Es bleibt seiner Daten eingedenk, aber – es spricht. Gewiß, es spricht immer nur in seiner eigenen, allereigensten Sache.

Aber ich denke – und dieser Gedanke kann Sie jetzt kaum überraschen –, ich denke, daß es von jeher zu den Hoffnungen des Gedichts gehört, gerade auf diese Weise auch in fremder – nein, dieses Wort kann ich jetzt nicht mehr gebrauchen –, gerade auf diese Weise in eines Anderen Sache zu sprechen – wer weiß, vielleicht in eines ganz Anderen Sache.

Dieses „wer weiß“, zu dem ich mich jetzt gelangen sehe, ist das einzige, was ich den alten Hoffnungen von mir aus auch heute und hier hinzuzufügen vermag.

Vielleicht, so muß ich mir jetzt sagen, – vielleicht ist sogar ein Zusammentreffen dieses „ganz Anderen“ – ich gebrauche hier ein bekanntes Hilfswort – mit einem nicht allzu fernen, einem ganz nahen „anderen“ denkbar – immer und wieder denkbar.

Das Gedicht verweilt oder verhofft – ein auf die Kreatur zu beziehendes Wort – bei solchen Gedanken.

Niemand kann sagen, wie lange die Atempause – das Verhoffen und der Gedanke – noch fortwährt. Das „Geschwinde“, das schon immer „draußen“ war, hat an Geschwindigkeit gewonnen; das Gedicht weiß das; aber es hält unentwegt auf jenes „Andere“ zu, das es sich als erreichbar, als freizusetzen, als vakant vielleicht, und dabei ihm, dem Gedicht – sagen wir: wie Lucile – zugewandt denkt.

Gewiß, das Gedicht – das Gedicht heute – zeigt, und das hat, glaube ich, denn doch nur mittelbar mit den – nicht zu unterschätzenden – Schwierigkeiten der Wortwahl, dem rapideren Gefälle der Syntax oder dem wacheren Sinn für die Ellipse zu tun, – das Gedicht zeigt, das ist unverkennbar, eine starke Neigung zum Verstummen.

Es behauptet sich – erlauben Sie mir, nach so vielen extremen Formulierungen, nun auch diese –, das Gedicht behauptet sich am Rande seiner selbst; es ruft und holt sich, um bestehen zu können, unausgesetzt aus seinem Schon-nicht-mehr in sein Immer-noch zurück.

Dieses Immer-noch kann doch wohl nur ein Sprechen sein. Also nicht Sprache schlechthin, und vermutlich auch nicht erst vom Wort her „Entsprechung“.

Sondern aktualisierte Sprache, freigesetzt unter dem Zeichen einer zwar radikalen, aber gleichzeitig auch der ihr von der Sprache gezogenen Grenzen, der ihr von der Sprache erschlossenen Möglichkeiten eingedenk bleibenden Individuation.

Dieses Immer-noch des Gedichts kann ja wohl nur in dem Gedicht dessen zu finden sein, der nicht vergißt, daß er unter dem Neigungswinkel seines Daseins, dem Neigungswinkel seiner Kreatürlichkeit spricht.

Dann wäre das Gedicht – deutlicher noch als bisher – gestaltgewordene Sprache eines Einzelnen, – und seinem innersten Wesen nach Gegenwart und Präsenz.

Das Gedicht ist einsam. Es ist einsam und unterwegs. Wer es schreibt, bleibt ihm mitgegeben.

Aber steht das Gedicht nicht gerade dadurch, also schon hier, in der Begegnung – im Geheimnis der Begegnung?

Das Gedicht will zu einem Andern, es braucht dieses Andere, es braucht ein Gegenüber. Es sucht es auf, es spricht sich ihm zu.

Jedes Ding, jeder Mensch ist dem Gedicht, das auf das Andere zuhält, eine Gestalt dieses Anderen.

Die Aufmerksamkeit, die das Gedicht allem ihm Begegnenden zu widmen versucht, sein schärferer Sinn für das Detail, für Umriß, für Struktur, für Farbe, aber auch für die „Zuckungen“ und die „Andeutungen“, das alles ist, glaube ich, keine Errungenschaft des mit den täglich perfekteren Apparaten wetteifernden (oder miteifernden) Auges, es ist vielmehr eine aller unserer Daten eingedenk bleibende Konzentration.

„Aufmerksamkeit“ – erlauben Sie mir hier, nach dem Kafka-Essay Walter Benjamins, ein Wort von Malebranche zu zitieren –, „Aufmerksamkeit ist das natürliche Gebet der Seele“.

Das Gedicht wird – unter welchen Bedingungen! – zum Gedicht eines – immer noch – Wahrnehmenden, dem Erscheinenden Zugewandten, dieses Erscheinende Befragenden und Ansprechenden; es wird Gespräch – oft ist es verzweifeltes Gespräch.

Erst im Raum dieses Gesprächs konstituiert sich das Angesprochene, versammelt es sich um das es ansprechende und nennende Ich. Aber in diese Gegenwart bringt das Angesprochene und durch Nennung gleichsam zum Du Gewordene auch sein Anderssein mit. Noch im Hier und Jetzt des Gedichts – das Gedicht selbst hat ja immer nur diese eine, einmalige, punktuelle Gegenwart –, noch in dieser Unmittelbarkeit und Nähe läßt es das ihm, dem Anderen, Eigenste mitsprechen: dessen Zeit.

Wir sind, wenn wir so mit den Dingen sprechen, immer auch bei der Frage nach ihrem Woher und Wohin: bei einer „offenbleibenden“, „zu keinem Ende kommenden“, ins Offene und Leere und Freie weisenden Frage – wir sind weit draußen.

Das Gedicht sucht, glaube ich, auch diesen Ort.

Das Gedicht?

Das Gedicht mit seinen Bildern und Tropen?

Meine Damen und Herren, wovon spreche ich denn eigentlich, wenn ich aus dieser Richtung, in dieser Richtung, mit diesen Worten vom Gedicht – nein, von dem Gedicht spreche?

Ich spreche ja von dem Gedicht, das es nicht gibt!

Das absolute Gedicht – nein, das gibt es gewiß nicht, das kann es nicht geben!

Aber es gibt wohl, mit jedem wirklichen Gedicht, es gibt, mit dem anspruchslosesten Gedicht, diese unabweisbare Frage, diesen unerhörten Anspruch.

Und was wären dann die Bilder?

Das einmal, das immer wieder einmal und nur jetzt und nur hier Wahrgenommene und Wahrzunehmende. Und das Gedicht wäre somit der Ort, wo alle Tropen und Metaphern ad absurdum geführt werden wollen.

Toposforschung?

Gewiß! Aber im Lichte des zu Erforschenden: im Lichte der U-topie.

Und der Mensch? Und die Kreatur?

In diesem Licht.

Welche Fragen! Welche Forderungen!

Es ist Zeit, umzukehren.

Meine Damen und Herren, ich bin am Ende – ich bin wieder am Anfang.

[...]

Die Kunst, also auch das Medusenhaupt, der Mechanismus, die Automaten, das unheimliche und so schwer zu unterscheidende, letzten Endes vielleicht doch nur eine Fremde – die Kunst lebt fort.

Zweimal, bei Luciles „Es lebe der König" und als sich unter Lenz der Himmel als Abgrund auftat, schien die Atemwende da zu sein. Vielleicht auch, als ich auf jenes Ferne und Besetzbare zuzuhalten versuchte, das schließlich ja doch nur in der Gestalt Luciles sichtbar wurde. Und einmal waren wir auch, von der den Dingen und der Kreatur gewidmeten Aufmerksamkeit her, in die Nähe eines Offenen und Freien gelangt. Und zuletzt in die Nähe der Utopie.

Die Dichtung, meine Damen und Herren –: diese Unendlichsprechung von lauter Sterblichkeit und Umsonst!

Meine Damen und Herren, erlauben Sie mir, da ich ja wieder am Anfang bin, noch einmal, in aller Kürze, und aus einer anderen Richtung nach dem Selben zu fragen.

Meine Damen und Herren, ich habe vor einigen Jahren einen kleinen Vierzeiler geschrieben – diesen:

„Stimmen vom Nesselweg her: / Komm auf den Händen zu uns. / Wer mit der Lampe allein ist, / hat nur die Hand, draus zu lesen."

Und vor einem Jahr, in Erinnerung an eine versäumte Begegnung im Engadin, brachte ich eine kleine Geschichte zu Papier, in der ich einen Menschen „wie Lenz" durchs Gebirg gehen ließ.

Ich hatte mich, das eine wie das andere Mal, von einem „20. Jänner", von meinem „20. Jänner", hergeschrieben. Ich bin ... mir selbst begegnet.

Geht man also, wenn man an Gedichte denkt, geht man mit Gedichten solche Wege? Sind diese Wege nur Um-Wege, Umwege von dir zu dir? Aber es sind ja zugleich auch, unter wie vielen anderen Wegen, Wege, auf denen die Sprache stimmhaft wird, es sind Begegnungen, Wege einer Stimme zu einem wahrnehmenden Du, kreatürliche Wege, Daseinsentwürfe vielleicht, ein Sich-vorausschicken zu sich selbst, auf der Suche nach sich selbst ... Eine Art Heimkehr.

Meine Damen und Herren, ich komme zum Schluß – ich komme, mit dem Akut, den ich zu setzen hatte, zum Schluß von ... „Leonce und Lena".

Und hier, bei den letzten zwei Worten dieser Dichtung, muß ich mich in acht nehmen.

Ich muß mich hüten, wie Karl Emil Franzos, der Herausgeber jener „Ersten Kritischen Gesammt-Ausgabe von Georg Büchner's Sämmtlichen Werken und handschriftlichem Nachlaß", die vor einundachtzig Jahren bei Sauerländer in Frankfurt am Main erschienen ist – ich muß mich hüten, wie mein hier wiedergefundener Landsmann Karl Emil Franzos, das „Commode", das nun gebraucht wird, als ein „Kommendes" zu lesen!

Und doch: Gibt es nicht gerade in „Leonce und Lena" diese den Worten unsichtbar zugelächelten Anführungszeichen, die vielleicht nicht als Gänsefüßchen, die vielmehr als Hasenöhrchen, das heißt also als etwas nicht ganz furchtlos über sich und die Worte Hinauslauschendes verstanden sein wollen?

Von hier aus, also vom „Commoden" her, aber auch im Lichte der Utopie, unternehme ich – jetzt – Toposforschung:

Ich suche die Gegend, aus der Reinhold Lenz und Karl Emil Franzos, die mir auf dem Weg hierher und bei Georg Büchner Begegneten, kommen. Ich suche auch, denn ich bin ja wieder da, wo ich begonnen habe, den Ort meiner eigenen Herkunft.

Ich suche das alles mit wohl sehr ungenauem, weil unruhigem Finger auf der Landkarte – auf einer Kinder-Landkarte, wie ich gleich gestehen muß.

Keiner dieser Orte ist zu finden, es gibt sie nicht, aber ich weiß, wo es sie, zumal jetzt, geben müßte, und ... ich finde etwas!

Meine Damen und Herren, ich finde etwas, das mich auch ein wenig darüber hinwegtröstet, in Ihrer Gegenwart diesen unmöglichen Weg, diesen Weg des Unmöglichen gegangen zu sein. Ich finde das Verbindende und wie das Gedicht zur Begegnung Führende.

Ich finde etwas – wie die Sprache – Immaterielles, aber Irdisches, Terrestrisches, etwas Kreisförmiges, über die beiden Pole in sich selbst Zurückkehrendes und dabei – heitererweise – sogar die Tropen Durchkreuzendes –: ich finde... einen Meridian.

[...]

Ingeborg Bachmann
Die Wahrheit ist dem Menschen zumutbar
Dankesrede für die Verleihung des Hörspielpreises der Kriegsblinden, gehalten am 17. März 1959 im Bundeshaus in Bonn

Der Schriftsteller – und das ist in seiner Natur – wünscht, sich Gehör zu verschaffen. Und doch erscheint es ihm eines Tages wunderbar, wenn er fühlt, daß er zu wirken vermag – um so mehr, wenn er wenig Tröstliches sagen kann vor Menschen, die des Trostes bedürftig sind, wie nur Menschen es sein können, verletzt, verwundet und voll von dem großen geheimen Schmerz, mit dem der Mensch vor allen anderen Geschöpfen ausgezeichnet ist. Es ist eine schreckliche und unbegreifliche Auszeichnung. Wenn das so ist, daß wir sie tragen und mit ihr leben müssen, wie soll dann der Trost aussehen und was soll er uns überhaupt? Dann ist es doch – meine ich – unangemessen, ihn durch Worte herstellen zu wollen. Er wäre ja, wie immer er aussähe, zu klein, zu billig, zu vorläufig.

So kann es auch nicht die Aufgabe des Schriftstellers sein, den Schmerz zu leugnen, seine Spuren zu verwischen, über ihn hinwegzutäuschen. Er muß ihn, im Gegenteil, wahrhaben und noch einmal, damit wir sehen können, wahrmachen. Denn wir wollen alle sehend werden. Und jener geheime Schmerz macht uns erst für die Erfahrung empfindlich und insbesondere für die der Wahrheit. Wir sagen sehr einfach und richtig, wenn wir in diesen Zustand kommen, den hellen, wehen, in dem der Schmerz fruchtbar wird: Mir sind die Augen aufgegangen. Wir sagen das nicht, weil wir eine Sache oder einen Vorfall äußerlich wahrgenommen haben, sondern weil wir begreifen, was wir doch nicht sehen können. Und das sollte die Kunst zuwege bringen: daß uns, in diesem Sinne, die Augen aufgehen.

Der Schriftsteller – und das ist auch in seiner Natur – ist mit seinem ganzen Wesen auf ein Du gerichtet, auf den Menschen, dem er seine Erfahrung vom Menschen zukommen lassen möchte (oder seine Erfahrung der Dinge, der Welt und seiner Zeit, ja von all dem auch!), aber insbesondere vom Menschen, der er selber oder die anderen sein können und wo er selber und die anderen am meisten Mensch sind. Alle Fühler ausgestreckt, tastet er nach der Gestalt der Welt, nach den Zügen des Menschen in dieser Zeit. Wie wird gefühlt und was gedacht und wie gehandelt? Welche sind die Leidenschaften, die Verkümmerungen, die Hoffnungen …?

Wenn in meinem Hörspiel ‚Der gute Gott von Manhattan' alle Fragen auf die nach der Liebe zwischen Mann und Frau und was sie ist, wie sie verläuft und wie wenig oder wieviel sie sein kann, hinauslaufen, so könnte man sagen: Aber das ist ein Grenzfall. Aber das geht zu weit ...

Nun steckt aber in jedem Fall, auch im alltäglichsten von Liebe, der Grenzfall, den wir, bei näherem Zusehen, erblicken können und vielleicht uns bemühen sollten, zu erblicken. Denn bei allem, was wir tun, denken und fühlen, möchten wir manchmal bis zum Äußersten gehen. Der Wunsch wird in uns wach, die Grenzen zu überschreiten, die uns gesetzt sind. Nicht um mich zu widerrufen, sondern um es deutlicher zu ergänzen, möchte ich sagen: Es ist auch mir gewiß, daß wir in der Ordnung bleiben müssen, daß es den Austritt aus der Gesellschaft nicht gibt und wir uns aneinander prüfen müssen. Innerhalb der Grenzen aber haben wir den Blick gerichtet auf das Vollkommene, das Unmögliche, Unerreichbare, sei es der Liebe, der Freiheit oder jeder reinen Größe. Im Widerspiel des Unmöglichen mit dem Möglichen erweitern wir unsere Möglichkeiten. Daß wir es erzeugen, dieses Spannungsverhältnis, an dem wir wachsen, darauf, meine ich, kommt es an; daß wir uns orientieren an einem Ziel, das freilich, wenn wir uns nähern, sich noch einmal entfernt.

Wie der Schriftsteller die anderen zur Wahrheit zu ermutigen versucht durch Darstellung, so ermutigen ihn die anderen, wenn sie ihm, durch Lob und Tadel, zu verstehen geben, daß sie die Wahrheit von ihm fordern und in den Stand kommen wollen, wo ihnen die Augen aufgehen. Die Wahrheit nämlich ist dem Menschen zumutbar.

Wer, wenn nicht diejenigen unter Ihnen, die ein schweres Los getroffen hat, könnte besser bezeugen, daß unsere Kraft weiter reicht als unser Unglück, daß man, um vieles beraubt, sich zu erheben weiß, daß man enttäuscht, und das heißt, ohne Täuschung, zu leben vermag. Ich glaube, daß dem Menschen eine Art des Stolzes erlaubt ist – der Stolz dessen, der in der Dunkelhaft der Welt nicht aufgibt und nicht aufhört, nach dem Rechten zu sehen.

Eine festliche Pause zwischen zwei Arbeiten, wie die heutige, ist zugleich eine Bedenkzeit; sofern sie meine Bedenkzeit ist, erbitte ich sie für die vielen Fragen, die Sie zu Recht noch stellen könnten und auf die erst immer neue Arbeiten und Bemühungen versuchen können, Antworten zu sein. So komme ich zum Dank für die Ehrung, die Sie mir heute widerfahren lassen. Weil man, wenn man seinen Dank sagt, es nicht nur im allgemeinen tun mag, will ich ihn richten an jene, die oft meine Arbeit und die so vieler Autoren erst ermöglicht oder erleichtert haben durch ihre Großzügigkeit, an die deutschen Rundfunkanstalten; darüber hinaus an die Hörer, die ich gefunden habe, die unbekannten, deren Namen ich nicht kenne; vor allem aber an die Kriegsblinden, die mehr noch als alle anderen Gehör schenken dem Wort und die, als eine würdige Instanz, diesen Preis vergeben.

Ich danke Ihnen.

[Aus: Werke, Bd. 4. Essays, Reden, vermischte Schriften, Ingeborg Bachmann: *Die Wahrheit ist dem Menschen zumutbar/Literatur als Utopie.* © 1978 Piper Verlag GmbH, München]

Ingeborg Bachmann
Literatur als Utopie
5. Frankfurter Poetik-Vorlesung, gehalten am 24. Februar 1960 (Auszug)

[...] So ist die Literatur, obwohl und sogar weil sie immer ein Sammelsurium von Vergangenem und Vorgefundenem ist, immer das Erhoffte, das Erwünschte, das wir ausstatten aus dem Vorrat nach unserem Verlangen – so ist sie ein nach vorn geöffnetes Reich von unbekannten Grenzen. Unser Verlangen macht, daß alles, was sich aus Sprache schon gebildet hat, zugleich teilhat an dem, was noch nicht ausgesprochen ist, und unsere Begeisterung für bestimmte herrliche Texte ist eigentlich die Begeisterung für das weiße, unbeschriebene Blatt, auf dem das noch Hinzuzugewinnende auch eingetragen scheint. [...]

Die Literatur aber, die selber nicht zu sagen weiß, was sie ist, die sich nur zu erkennen gibt als ein tausendfacher und mehrtausendjähriger Vorstoß gegen die schlechte Sprache – denn das Leben hat nur eine schlechte Sprache – und die ihm darum ein Utopia der Sprache gegenübersetzt, diese Literatur also, wie eng sie sich auch an die Zeit und ihre schlechte Sprache halten mag, ist zu rühmen wegen ihres verzweiflungsvollen Unterwegssein zu dieser Sprache und nur darum ein Ruhm und eine Hoffnung der Menschen. Ihre vulgärsten und preziösesten Sprachen haben noch teil an einem Sprachtraum; jede Vokabel, jede Syntax, jede Periode, Interpunktion, Metapher und jedes Symbol erfüllt etwas von unserem nie ganz zu verwirklichenden Ausdruckstraum. [...]

Bei Musil kann man diesen Worten ‚Utopie‘, ‚utopisch‘ hie und da begegnen im Zusammenhang mit der Literatur, mit der schriftstellerischen Existenz; er hat die Gedanken nicht ausgeführt, nur das Stichwort gegeben, das ich heute aufzugreifen versuchte. Wenn aber nun die Schreibenden den Mut hätten, sich für utopische Existenzen zu erklären, dann brauchten sie nicht mehr jenes Land, jenes zweifelhafte Utopia anzunehmen – etwas, das man Kultur, Nation usw. zu benennen pflegt und in dem sie sich bisher ihren Platz erkämpften. [...]

Denn dies bleibt doch: sich anstrengen müssen mit der schlechten Sprache, die wir vorfinden, auf diese eine Sprache hin, die noch nie regiert hat, die aber unsere Ahnung regiert und die wir nachahmen. [...]

Aber Nachahmung eben dieser von uns erahnten Sprache, die wir nicht ganz in unseren Besitz bringen können. Wir besitzen sie als Fragment in der Dichtung, konkretisiert in einer Zeile oder einer Szene, und begreifen uns aufatmend darin als zur Sprache gekommen. Es gilt weiterzuschreiben ...

[Damm, Ulrike: *schweige wund das wort*, Berlin 2015, S. 10f.]

Ulrike Damm
schweige wund das wort

(Auszug aus dem Vorwort)

Wie immer bei der Liebe gibt es Gründe, die Menschen zusammenbringen, und wie kommt sie in überschwänglichen Herzens- und Erkenntnisblitzen, die zu diesem Buch führen, einem Buch, das der deutsch- und russischsprachigen Dichtung gewidmet ist.
Dafür stehen vier Menschen, die sich in politisch schwierigen Zeiten auf unterschiedlichen Ebenen immer wieder begegnet sind und lebenslange gegenseitige Verehrung, künstlerisch-kritische Auseinandersetzung und Freundschaft miteinander gesucht haben. Ich bewundere sie zutiefst. Und ich liebe ihre Gedichte.
Es geht um Ingeborg Bachmann, Anna Achmatowa, Paul Celan und Ossip Mandelstam.

Zwei der berühmtesten Dichterinnen deutscher und russischer Sprache begegneten sich 1964 in Rom. In Verehrung widmete die junge Ingeborg Bachmann der russischen Dichterin Anna Achmatowa eines ihrer schönsten Gedichte. Als Mitglied der Jury reiste sie im Dezember nach Sizilien zur Preisverleihung des Premio Etna-Taormina, der in jenem Jahr Anna Achmatowa verliehen wurde. Dort trug sie der begeisterten Russin das Gedicht „Wahrlich“ vor.
Während der stalinistischen Herrschaft zum Schweigen gezwungen, trafen Ingeborg Bachmanns Worte den Kern Anna Achmatowas heimlich entstandener Dichtung. Sie begegneten sich im Wissen um die Bedeutung des Schweigens: bei Anna Achmatowa, das von außen verursachte, gewaltsame Sprachverbot, bei Ingeborg Bachmann die künstlerisch-emotional bedingte Sprachlosigkeit; beides entsprach ihrer jeweiligen Lebenssituation.

Anna Achmatowas Werke wurden nicht mehr gedruckt, weil sie den kommunistischen Machthabern zu alltäglich war. Ihre einfachen Sätze trafen zu sehr ins Herz.
Dennoch blieb Anna Achmatowa in Russland. Ihr Sohn und ihr Mann wurden inhaftiert, und viele ihrer Freunde kamen ums Leben.
So auch der Dichter Ossip Mandelstam, ein in Warschau geborener Jude, der mit seinen Eltern früh nach St. Petersburg kam. Später gründete er mit Anna Achmatowa und ihrem Ehemann Nikolai Gumiljow die Dichtervereinigung der Akmeisten.
Sie schrieben heimlich. In nächtelangen gemeinsamen Sitzungen lernten sie gegenseitig ihre Gedichte auswendig. Bis zu Mandelstams Tod blieben sie enge Freunde.
Wegen konterrevolutionärer Aktivitäten wurde Ossip Mandelstam 1938 verhaftet und verurteilt. Er starb bei Wladiwostok in einem sowjetischen Lager. Seine Frau Nadeshda rettete viele seiner Gedichte durch mündliche Überlieferung.

Ingeborg Bachmann wurde in Österreich geboren. Als sie acht Jahre alt war, marschierten die Nationalsozialisten in ihren Heimatort Klagenfurt ein. Auch ihr Vater war Mitglied in der Partei.
Als Dichterin wusste sie um die Unzulänglichkeit der Sprache. Das Grauen der nationalsozialistischen Herrschaft, wie sie es erlebt hatte, war zu groß für die Worte, die es hätten beschreiben sollen.
Mit Anfang zwanzig traf sie auf Paul Celan, einen in Czernowitz geborenen deutschsprachigen Juden, dessen Eltern 1942 in einem Lager in Transnistrien umgekommen waren.

Beide, Bachmann und Celan, verarbeiteten das Drama der erlebten Kriegsjahre und dessen Folgen im Schreiben von Gedichten und Texten. Als sie sich 1948 trafen, war die Bachmann bereits in Österreich und Deutschland bekannt, Paul Celan hatte schon seine berühmte Todesfuge verfasst. Sie verliebten sich.
Das Bedürfnis nach einer Auseinandersetzung mit ihren ganz unterschiedlichen Familienbiographien und die Anteilnahme an der Entwicklung ihres jeweiligen Erfolges schuf zwischen beiden eine starke Verbindung, die sie im Laufe ihres Lebens immer wieder zusammenführte.

Der vielsprachige Paul Celan liebte die russische Literatur – besonders die Gedichte Ossip Mandestams. Er fühlte eine brüderliche Zuneigung zu ihm, dem er nie begegnet ist. Viele Gedichte Ossip Mandelstams übertrug Celan erstmals ins Deutsche. „Im Grunde", sagte er, „bin ich wohl ein russischer Dichter."
Nach dem Tod Anna Achmatowas sollte beim Piper Verlag ein Gedichtband von ihr erscheinen. Ingeborg Bachmann schlug für die Übersetzung Paul Celan vor. Der Auftrag war schon vergeben an den im Nationalsozialismus äußerst erfolgreichen Autor und ehemaligen HJ-Führer Hans Baumann. Ingeborg Bachmann verließ daraufhin den Verlag.

Die Gedichte und Texte von Ingeborg Bachmann, Anna Achmatowa und ihrer Dichterfreunde Paul Celan und Ossip Mandelstam zeigen, wie sehr sie im Schweigen verbunden waren. Eine Möglichkeit, der Wahrheit näherzukommen, war dies nicht.
Also wurde geflüstert und trotz allem weitergeschrieben. In ihrer poetischen Widerstandskraft fanden sie sehr eigene Worte, die uns das Geschehene niemals vergessen lassen.
Dieses Buch soll ein weiterer Beleg dafür sein. Mandelstam schreibt, dass Gedichte den Dialog brauchen.
Besonders in politisch schwierigen Zeiten darf der kulturelle Dialog nicht abbrechen. Vielmehr hat die Kultur die Pflicht, Menschen zusammenzuführen und das Verständnis des jeweils anderen zu fördern. [...]

© Ulrike Damm/Damm und Lindlar 2015

[Boihmane, Sandra: Malina – *Versteck der Sprache. Die Chiffre ,Malina' in Ingeborg Bachmanns Werk und in Zeugnissen von ZeitzeugInnen*, Berlin 2014, S. 15f., 17-21, 36f., 48-51, 53-57, 59-61, 68-71, 226-229, 290-293.]

Sandra Boihmane

Malina – Versteck der Sprache

Die Chiffre „Malina" in Ingeborg Bachmanns Werk und in Zeugnissen von ZeitzeugInnen (Auszüge)

Forschungsstand zum titelgebenden Wort in der Rezeption von Ingeborg Bachmanns „Malina"

1. Malina: Decodierungsergebnisse

EIN KRYPTISCHER NAME

Ingeborg Bachmann war der Auffassung, dass die Treue zu den Namen, „Gestaltnamen, Ortsnamen, fast die einzige ist, deren die Menschen fähig sind."[1] In der vierten Frankfurter Poetikvorlesung „Der Umgang mit Namen" resümierte sie: „In der neuen Literatur ist, was die Namen anbelangt, nun einiges geschehen, das nachdenklich macht, eine bewußte Schwächung der Namen und eine Unfähigkeit, Namen zu geben, obwohl es weiterhin Namen gibt und manchmal noch starke Namen."[2]

Kurt Bartsch zufolge wurde in der germanistischen Forschung über die Herkunft des Namens Malina viel gerätselt.[3] Die GermanistInnen haben sich nach Ingvild Folkvord vielfach mit der Interpretation des Titelnamens beschäftigt.[4] Trotz zahlreicher Versuche, die Frage zu beantworten, wer Malina sei,

1 Ingeborg Bachmann: Der Umgang mit Namen. In: Dies.: *Werke*, Bd. 4, S. 238–254, hier S. 240.

2 Ebd., S. 241–242. Annette Klaubert schreibt: „[...] der Titel des Romans Malina deutet darauf, dass eigentlich Malinas Geschichte erzählt wird, und er als der überlegene Teil sollte den Leser mehr interessieren." (Annette Klaubert: *Symbolische Strukturen bei Ingeborg Bachmann: Malina im Kontext der Kurzgeschichten*. Bern / Frankfurt am Main / New York: Lang 1983, S. 75.) Klaubert bekräftigt, dass Ingeborg Bachmann auf die Namensvergabe stets großen Wert gelegt hat: „Ingeborg Bachmann nennt bewusst." (Ebd., S. 74.)

3 Kurt Bartsch: „Malina" davor, „Malina" danach. Vorläufige Anmerkungen zum „Malina"-Roman im Lichte der kritischen Ausgabe des „Todesarten"-Projekts. In: Irene Heidelberger-Leonard (Hrsg.): *„TextTollhaus für Bachmann-Süchtige?" Lesarten zur Kritischen Ausgabe von Ingeborg Bachmanns Todesarten-Projekt. Mit einer Dokumentation zur Rezeption in Zeitschriften und Zeitungen*. Opladen / Wiesbaden: Westdeutscher Verlag 1998, S. 107–117, hier S. 114.

4 Ingvild Folkvord: Sich ein Haus schreiben: Drei Texte aus Ingeborg Bachmanns Prosa. Hannover: Wehrhahn 2003, S. 93–94.

behält der Titel bislang „etwas Rätselhaftes und Fremdes an sich".[5] Folkvord vertritt die Ansicht, Bachmanns Malina sei einem „fremdklingenden slawischen Namen untergeordnet",[6] der Titel markiere einen „verschlüsselten Ansatz".[7] Maria Behre hält das titelgebende Wort für ein „verschwiegenes Geheimzeichen".[8] Elisabeth Reichart ist der Meinung, der Titelname sei nicht zufällig gewählt.[9] Am 29. März 1971 erschien im Spiegel eine Rezension von Gabriele Wohmann zum neuen Prosawerk Ingeborg Bachmanns. Bachmanns Titelwahl hat Wohmann irritiert: „Ich bin auf Seite 135, und ich weiß vieles noch nicht, auch nicht, warum das Buch ‚Malina' heißt und nicht ‚Ivan' oder am besten: ‚Ich'".[10]

In Wohmanns Rezension blieb die Frage nach dem Titel des Buches unbeantwortet. Auch beim Suhrkamp Verlag sorgte Bachmanns „Geheimzeichen" für Irritationen. Heidi Borhau zufolge machte das ungewöhnliche Wort verlagsinterne Regelungen der Aussprache notwendig, damit eine einheitliche Sprechweise nach außen vertreten werden konnte.[11] Mehr als drei Jahrzehnte später hat Heike Hendrix den Namen Malina als außergewöhnlich charakterisiert.[12] Bachmann muss die Wahl ihres Buchtitels sorgfältig getroffen haben. Mit einer zyklisch wiederkehrenden Permanenz regt das titelgebende Wort zu neuen Deutungen an. Offenbar hat Ingeborg Bachmann mit dem ungewöhnlichen Titel einen chiffrierten Sachverhalt zu präsentieren gewusst, dessen interpretatives Potenzial auch 40 Jahre nach dem Erscheinen des Buches ein Geheimnis darstellt. Denn seit Jahrzehnten beschäftigen sich zahlreiche ForscherInnen mit seiner Dechiffrierung. Auch diese Arbeit versucht, das Titelwort zu dechiffrieren. Zunächst sollen die einschlägigen Ergebnisse, die sich in der germanistischen Forschung durchgesetzt haben, vorgestellt werden. Im Anschluss an den rezeptionsgeschichtlichen Überblick werde ich eine neue Deutung des Buchtitels vorschlagen und den Vorschlag begründen.

---

5 Folkvord: *Sich ein Haus schreiben*, S. 94.

6 Ebd.

7 Ebd.

8 Maria Behre: Das Ich, weiblich: „Malina" im Chor der Stimmen zur „Erfindung" des Weiblichen im Menschen. In: Andrea Stoll (Hrsg.): *Ingeborg Bachmanns „Malina"*. Frankfurt am Main: Suhrkamp 1992, S. 210–232, hier S. 225.

9 Elisabeth Reichart: Poesie ist Brot: Ingeborg Bachmanns Radikalität. In: *neue deutsche literatur* 45,515 (1997), S. 95–104, hier S. 100.

10 Gabriele Wohmann: Nachtwald voller Fragen. In: *Der Spiegel*, 29.03.1971. https://www.spiegel.de/kultur/nachtwald-voller-fragen-a-ba57609b-0002-0001-0000-000043279330 (Zugriff am 15.03.2021).

11 Heidi Borhau: *Ingeborg Bachmanns „Malina" – eine Provokation?: Rezeptions- und wirkungsästhetische Untersuchungen*. Würzburg: Königshausen & Neumann 1994, S. 49.

12 Heike Hendrix: *Ingeborg Bachmanns „Todesarten"-Zyklus: Eine Abrechnung mit der Zeit*. Würzburg: Königshausen & Neumann 2005, S. 125.

EIN NAME ZUR TARNUNG DER BEDEUTUNG „HIMBEERE"?

Als *Malina* 1971 erschien, hatte Marcel Reich-Ranicki vor, das Bachmann-Buch für die *Zeit* zu besprechen. Doch Reich-Ranicki gab das Vorhaben, eine Rezension zu verfassen, auf:

> In diesem Buch schrieb sie immer wieder: „Ich habe Angst, ich werde verrückt, ich verliere den Verstand" und dergleichen. Ich fand das wirklich sehr aufregend. Und ich dachte mir, dass es schlecht enden werde mit der Bachmann, ich weiß nicht wie, Selbstmord oder so, Irrenanstalt oder Selbstmord, und ich erinnerte mich an das große Wort von Matthias Claudius: „Ich begehre, nicht Schuld daran zu sein." Ich rief den Literaturredakteur der *ZEIT* in Hamburg an und sagte: „Ich habe das Buch gelesen, ich habe die Hälfte der Kritik geschrieben. Doch ich bitte um Verständnis, aber ich kann darüber nicht schreiben. Sie können sagen, dass ich an dem Buch gescheitert bin, ich möchte mich über dieses Buch nicht äußern, und ich begehre, nicht Schuld daran zu sein." Wenig später ist die Bachmann umgekommen, und wir wissen bis heute nicht, was passiert ist.[13]

Viele Jahre nach dem Erscheinen des *Malina*-Buches, das Reich-Ranicki für „ein trübes Gewässer" hält,[14] beschäftigt ihn noch eine unbeantwortete Frage. Sie betrifft die ungewisse Herkunft des Namens Malina. Reich-Ranicki fragt sich, woher Bachmann „den Namen Malina hatte. Es ist ein polnisches Wort und bedeutet Himbeere."[15] Seit Jahrzehnten wird in der germanistischen Forschung als eine mögliche Referenz die Bedeutung „Himbeere" gehandelt. Der renommierte Bachmann-Forscher Hans Höller vertritt die Ansicht, mit der Chiffre „Malina" sei im Titel die Bedeutung „Himbeere" getarnt.[16] Höller hält das Titelwort für eine harmlose Camouflage der Autorin, doch ihr Werk *Malina* könne „auch weniger harmlos verstanden werden [...]": „Ingeborg Bachmann hat die erzählte Innenwelt von *Malina* als Interieur eines Kriminal- und Schauer-

13 Marcel Reich-Ranicki: Sie suchte Schutz in der Verstellung. In: Ders.: *Lauter schwierige Patienten: Gespräche mit Peter Voß* über *Schriftsteller des 20. Jahrhunderts*. München: List 2003, S. 253–274, hier S. 263.

14 Zit. n. Hans Höller: *Ingeborg Bachmann*. Reinbek: Rowohlt 1999, S. 159. Siehe auch Marcel Reich-Ranicki: *Am liebsten beim Friseur: Ingeborg Bachmanns neuer Erzählungsband „Simultan"*. In: Constance Hotz: *Die Bachmann. Das Image der Dichterin: Ingeborg Bachmann im journalistischen Diskurs*. Konstanz: Faude 1990, S. 227–231, hier S. 228.

15 Reich-Ranicki: Sie suchte Schutz, S. 262.

16 Hans Höller: *Ingeborg Bachmann. Das Werk: Von den frühesten Gedichten bis zum „Todesarten"-Zyklus*. Frankfurt am Main: Hain 1993, S. 228, 342, Anm. 34.

stücks skizziert."[17] Zeitweise hat sich der Suhrkamp Verlag bemüht, dem entschlüsselten Titelwort Rechnung zu tragen: Der Einband des Buches wurde entsprechend der enttarnten „Malina" mit einem Pflanzenmotiv versehen.[18]

[...]

Wie GermanistInnen herausgearbeitet haben, bedeutet „malina" nicht nur im Polnischen oder im Russischen „Himbeere": Das Wort „malina" kann in mehreren slawischen Sprachen als „Himbeere" übersetzt werden.[19] Das sind: Bulgarisch, Mazedonisch, Polnisch, Russisch, Serbokroatisch, Slowakisch, Slowenisch und Tschechisch.[20]

[...]

Mein Fazit lautet: Der Name Malina kommt nicht aus Belgrad. Seine Übersetzung als „Himbeere" wird Tzanevas plausibler, treffend formulierter These über das „in einer quälenden Sprachlosigkeit" bewusst eingesetzte Wort, das „aus Mehrsprachigkeit entsprungen ist",[21] nicht gerecht. Der Sprachlosigkeit sei Bachmann, wie Tzaneva annimmt, mit einem Fremdwort begegnet.[22] Es stellt sich aber die Frage, worauf diese Sprachlosigkeit und das ‚Geheimzeichen' „Malina" zu beziehen sind. In einem Interview mit Karol Sauerland 1973 hat sich Bachmann während ihres Aufenthaltes in Polen dazu geäußert:

> Ich habe Dokumentationen gelesen... und ich habe hier, wo ich zum erstenmal in Polen bin, jeden Tag Angstträume und Alpträume. Denn es ist etwas anderes, wenn man eine Dokumentation über Auschwitz oder Birkenau liest... Ich habe gebeten, daß wir dorthin fahren. Dort zu sein ist etwas anderes, als darüber zu lesen. Ich habe eine große Bibliothek mit Dokumentationen, und auch über Warschau. Ich weiß überhaupt nicht, wie man damit leben kann. Denn die anderen Länder, die sicher sehr Schweres durchgemacht haben, wie Italien, Jugoslawien, Griechenland oder Frankreich, die ich gesehen habe, lassen sich mit Polen überhaupt nicht vergleichen. Es gibt da nichts zu sagen. Es ist wirklich, es macht einen sprachlos.[23]

17 Ebd., S. 228

18 Ebd., S. 342, Anm. 34

19 Magdalena Tzaneva: Die Welt ist *meine* Welt: Österreich und das Bild der Himbeere in Ingeborg Bachmanns *Malina*. In: *Modern Austrian Literature* 30,3/4 (1997), S. 170–184, hier S. 170.

20 Ebd., S. 182–183, Anm. 3.

21 Tzaneva: Die Welt ist *meine* Welt, S. 171.

22 Ebd.

23 Ingeborg Bachmann: *Wir müssen wahre Sätze finden. Gespräche und Interviews*, hrsg. v. Christine Koschel / Inge von Weidenbaum. München / Zürich: Piper 1983, S. 142.

Sprachlosigkeit bezieht Bachmann hier auf den Holocaust. Heike Hendrix zufolge ist die zeitgeschichtliche Erfahrung kollektiver Amnesie der nationalsozialistischen Verbrechen für Bachmanns Werk zentral.[24] Hendrix weist darauf hin, dass Bachmann den kollektiven Verdrängungsstrategien der Nachkriegsgesellschaften Deutschlands und Österreichs literarisch Widerstand entgegenzusetzen versucht hat.[25] Dazu zählt Hendrix auch Bachmanns Auseinandersetzung mit der Sprache:

> Ihr größtes Misstrauen galt der Sprache der Täter, in der die Greueltaten des Nationalsozialismus propagiert und durchgeführt worden waren, und in der der Faschismus als geistiges Prinzip über die „Stunde Null" hinaus fortlebe. Immer wieder betonte sie die besondere moralische Verantwortung der Literatur im Umgang mit der Sprache. So wehrte sie sich auch entschieden gegen die ästhetische Vereinnahmung ihrer Werke, vor allem ihrer Gedichte, und problematisierte ihr eigenes lyrisches Schaffen zunehmend, was schlussendlich unter anderem den Wechsel zur Prosa motivierte.[26]

Ich vertrete die Ansicht, dass Bachmann der unbestreitbaren ‚Amnesie' geschichtsbewusst mit der Titel- und Namenschiffre „Malina" begegnet ist. Sie hat weitsichtig die Entscheidung getroffen, als Schlüssel zu ihrem einzigen großen Prosawerk das ‚Fremdwort'[27] „Malina" einzusetzen.

[...]

MALINA – EIN NAME OHNE ZEITGESCHICHTLICHE RELEVANZ?

Weitsichtig, doch mit geringem Erfolg, wie sich im Nachhinein feststellen lässt, hat Bachmann versucht, der Fehleinschätzung ihres Werkes vorzubeugen. Ulrich Schleith folgert hierzu:

> Bachmann versuchte jedoch bis zuletzt durch Vortragsreisen in Polen sowie durch die demonstrativen Besuche der Konzentrationslager Auschwitz und Birkenau, dieser Erniedrigung ihrer Person sowie der Fehleinschätzung ihres Werkes vorzubeugen, und den Blick von den biographischen Vor-

24 Hendrix: *Ingeborg Bachmanns „Todesarten"-Zyklus*, S. 207.

25 Ebd.

26 Ebd.

27 Über das komplizierte Verhältnis Bachmanns zur deutschen Sprache siehe Jacob Taubes: Aus einem Non-Lieux des Archivs: Jacob Taubes an Aharon Agus, Berlin 11. November 1981. In: *Trajekte* 10 (2005), S. 8–11, hier S. 10.

urteilen auf die ästhetisch-intellektuelle Welt des Romans in seiner gesellschaftspolitischen Relevanz zu lenken.[28]

Ingeborg Bachmann hat die Gegenwart, das ist belegt, als historisch bedingt gesehen. Für eine Schriftstellerin seien Geschichtskenntnisse etwas Unerlässliches: „Man kann nicht schreiben, wenn man die ganzen sozialhistorischen Zusammenhänge nicht sieht, die zu unserem Heute geführt haben."[29] In einem Interview hat Bachmann betont, viel Material über den Holocaust, „eine große Bibliothek mit Dokumentationen", zu besitzen.[30] Zu ihrer bevorzugten Lektüre zählten Sachbücher und Abhandlungen über den letzten Krieg.[31] Außerdem bekundete sie ein ausdrückliches Interesse an Geschichtsphilosophie.[32] Bachmann hat sich intensiv mit Geschichte und Geschichtsschreibung auseinandergesetzt. In ihrem künstlerischen Schaffen vermied sie jedoch eine unmittelbare Thematisierung sowohl der historisch-politischen als auch der aktuellen gesellschaftlichen Missstände:

> Und wenn ich zum Beispiel in diesem Buch „Malina" kein Wort über den Vietnamkrieg sage, kein Wort über soundso viele katastrophale Zustände unserer Gesellschaft, dann weiß ich aber auf eine andere Weise etwas zu sagen – oder ich hoffe, daß ich es zu sagen weiß.[33]

Als Malina 1971 erschien, waren nach Hans Höller die meisten Rezensenten davon überzeugt, dass „der erste Roman der österreichischen Schriftstellerin mit der geschichtlichen Realität nichts zu tun habe".[34] 1984 hat Marta Jakubowicz-Pisarek das „Unterschätzen bzw. Nicht-Beachten der gesellschaftlich-historischen Inhalte des Bachmannschen Oeuvres" und die „Überbetonung der ‚Traditionsverbundenheit' Bachmanns bei mangelnder Berücksichtigung ihrer ‚Aktualität' innerhalb der gegenwärtigen österreichischen Literatur" kritisiert.[35] Seit 1984 rückt die kritische Beschäftigung Bachmanns mit zeitgeschichtlich

28 Ulrich Schleith: *Zur Genese der Erzählinstanz in Ingeborg Bachmanns Roman Malina*. Frankfurt am Main / Berlin / Bern / New York / Paris / Wien: Lang 1996, S. 114–115.

29 Bachmann: *Wir müssen*, S. 133.

30 Ebd., S. 142. Der Katalog zum Bestand der Privatbibliothek Ingeborg Bachmanns befindet sich seit mehreren Jahren in der Vorbereitung für den Druck (s. http://www.ingeborg-bachmann-forum.de/ib-buch08.htm (Zugriff am 09.08.2014)). Der Katalog wird gestatten, die allgemeinen Angaben zum Bücherbestand über den Zweiten Weltkrieg zu präzisieren.

31 Bachmann: *Wir müssen*, S. 42.

32 Ebd.

33 Ebd., S. 90–91.

34 Höller: *Ingeborg Bachmann. Das Werk*, S. 225.

35 Marta Jakubowicz-Pisarek: *Stand der Forschung zum Werk von Ingeborg Bachmann*. Frankfurt am Main / Bern / New York: Lang 1984, S. 94.

brisanten Fragestellungen, die in ihrem Werk verhandelt werden, verstärkt ins Blickfeld der RezipientInnen. In ihrem Werk habe Bachmann, wie Ulrich Schleith feststellt, „aufgrund unbewältigter historisch-politischer Krisen" zeitgenössisch-soziale Kritik geübt und diese als eine „Funktionsbestimmung der Literatur" formuliert.[36] Heike Hendrix zufolge liegen die thematischen Schwerpunkte Bachmanns nah „am Puls der Zeit".[37] Die Frage aber nach der möglichen zeitgeschichtlichen Relevanz des titelgebenden Wortes „Malina" wurde in der Forschung bislang nicht gestellt. Eine plausible Antwort, warum Bachmann den Titel Malina gewählt hat, gibt auch Schleith nicht.[38] Ich will zeigen, dass bisherige Untersuchungen, die den Namen Malina gezielt zu orten versuchen, keine zeitgeschichtlich relevanten Ergebnisse erzielt haben.

[...]

Der Begriff „Malina" im Spannungsfeld medialer Vermittlungsverhältnisse

1. Malina während der Pest (Nationalsozialismus): Ouvertüre

> [...] die Menschen werden schwarze, finstere Augen haben, von ihren Händen wird die Zerstörung kommen, die Pest wird kommen, es wird diese Pest, die in allen ist, es wird diese Pest, von der sie alle befallen sind, sie dahinraffen, bald, es wird das Ende sein.
>
> (Ingeborg Bachmann, *Malina*)

> Am Graben, vor der Pestsäule, seliges Andenken. Was wird man da eines Tages hinstellen, wenn man nicht mehr wissen wird, was die Pest war? Man wird erinnern wollen an Wahn und Verbrechen.
> (Ingeborg Bachmann: *„Todesarten"-Projekt,* Bd. 3.1)

Im Gedichtband *Die Niemandsrose* von Paul Celan, gewidmet dem Andenken Ossip Mandelstams, findet sich *EINE GAUNER UND GANOVENWEISE GESUNGEN ZU PARIS EMPRÈS PONTOISE VON PAUL CELAN AUS CZERNOWITZ*

36 Schleith: *Zur Genese der Erzählinstanz,* S. 143.
37 Hendrix: *Ingeborg Bachmanns „Todesarten"-Zyklus,* S. 207.
38 Schleith: *Zur Genese der Erzählinstanz,* S. 97–99.

BEI SADAGORA, in der die fragwürdige Grenze zwischen Gaunern und Nicht-Gaunern in den Mittelpunkt gerückt und durchlässig gemacht wird.[39] Celan subvertiert in seiner *GAUNER UND GANOVENWEISE* Vorurteile über Judenbärte, Galgen und krumme Wege[40]: Doch der „krumme" „Mandelbaum", „Mandeltraum", „Bandelmaum", „Trandelmaum", „Machandelbaum", „Chandelbaum" richtet sich auf, denn seine krummen Wege sind gerade. In Celans *GAUNER UND GANOVENWEISE* erhebt sich der krumme Baum gegen die „Pest":

> Aber,
> aber er bäumt sich, der Baum. Er, auch er
> steht gegen
> die Pest.[41]

Im Mittelalter wurden Beschuldigungen laut, „die Juden" hätten die Pest verursacht.[42] Die Ermordung von Juden war Klaus Bergdolt zufolge das „fürchterlichste Begleitphänomen des Pestalltags im Spätmittelalter".[43] Erst der Genozid Hitlers hat nach Bergdolt den „Alptraum der jüdischen Gemeinden von 1348/49 übertroffen".[44] Im 20. Jahrhundert wurden die Pestbeschuldigungen

39 Paul Celan: Eine Gauner- und Ganovenweise. In: Ders.: *Werke. Historisch-Kritische Ausgabe*, Bd. 6,1: Die Niemandsrose, hrsg. v. Axel Gellhaus, unter Mitarbeit v. Holger Gehle / Andreas Lohr, in Verbindung mit Rolf Bücher. Frankfurt am Main: Suhrkamp 2001, S. 31–32. Nach Martin Pollack galt Sadagóra als „Zentrum des Pferdehandels und -schmuggels und seine Bewohner, fast ausschließlich Juden, genossen daher in der Bukowina einen denkbar schlechten Ruf: sie galten als Gauner, Roßtäuscher und Betrüger. Geschmuggelt wurden vor allem die berühmten ‚Orlow-Traber' aus dem nahen russischen Reich, die über die großen Pferde-Wochen in Sadagóra ihren Weg bis nach Galizien, Ungarn und auch Österreich fanden." (Martin Pollack: *Nach Galizien: Von Chassiden, Huzulen, Polen und Ruthenen. Eine imaginäre Reise durch die verschwundene Welt Ostgaliziens und der Bukowina*. Wien / München: Brandstätter 1984, S. 154.)

40 Die eingeschränkte Berufswahl der Juden führte zu einem engeren Umgang mit sozialen Randgruppen, ohne dass die Juden mit Gaunern und Räubern zu identifizieren wären, wie es auf der repräsentativen Ebene jedoch oft geschah. Vgl. Christoph Kühn: *Jüdische Delinquenten in der Frühen Neuzeit: Lebensumstände delinquenter Juden in Aschkenas und die Reaktionen der jüdischen Gemeinden sowie der christlichen Obrigkeit*. Potsdam: Universitätsverlag Potsdam 2008, S. 28–35, 48–49, 79–86.

41 Celan: Eine Gauner- und Ganovenweise, S. 32. Elke Brüns zitiert Ralf Dutli: „Mandelstam erklärte zu seinem Stalin-Gedicht, das ihm Verbannung und Tod eintrug: ‚Ich hasse nichts so sehr wie den Faschismus, in welcher Form er auch auftreten möge.'" (Brüns: Außenstehend, S. 220.) Vgl. die Aussage Mandelstams im Original bei Julija Melamed: „Следователь особенно интересовался тем, что послужило стимулом к написанию стихов. Тогда-то Мандельштам и огорошил его неожиданным ответом: ‚Больше всего мне ненавистен фашизм!..'" [„Der Ermittler interessierte sich insbesondere für die Gründe, die zur Entstehung der Gedichte geführt haben. Mandelstam verblüffte ihn daraufhin mit der Antwort: ‚Am meisten hasse ich Faschismus!..'"] (Julija Melamed: Сталин без символизма [Stalin ohne Symbolismus]. http://www.jewish.ru/columnists/2013/03/news994316013.php (Zugriff am 09.08.2014). Aus d. Russ. v. S. B.) Während eines Verhörs sagte Mandelstam, Stalin sei ein Faschist (vgl. ebd.).

42 Salcia Landmann: *Jiddisch: Das Abenteuer einer Sprache*. Frankfurt am Main: Ullstein 1986, S. 41; Josefin Burkhardt: Pestjahre und Pogrome. Die Judenpogrome während der Pestepidemien in Europa. http:// www.judentum-projekt.de/geschichte/mittelalter/pest/index.html (Zugriff am 09.08.2014).

43 Klaus Bergdolt: *Der schwarze Tod in Europa: Die große Pest und das Ende des Mittelalters*. München: Beck 1994, S. 119. Vgl. auch ebd., S. 119–151. Siehe Manfred Vasold: *Die Pest: Ende eines Mythos*. Darmstadt: WBG 2003, S. 113.

44 Bergdolt: *Der schwarze Tod*, S. 145.

erneut aktualisiert. Die abgesperrten Ghettos in den osteuropäischen Städten, wie z. B. in Polen oder in Litauen, galten als „Seuchensperrgebiete".[45] Dan Michman erinnert an die diskriminierende Bezeichnung der Juden als „Pestbeule":

> [...] es wäre durchaus möglich gewesen, die Juden dort zu lassen, wo sie sich befanden. Es war vielmehr die tiefsitzende Angst vor „den Juden", insbesondere den „Ostjuden", wie sie sich etwa in ihrer Bezeichnung als „Pestbeule" äußerte, was es „gebot", Schutzmaßnahmen zu ergreifen – ihre Absonderung in einem Ghetto – gegenüber allen Übrigen.[46]

In ihrem Buch *Ich muss erzählen* schreibt die Zeitzeugin Mascha Rolnikaite, dass die deutsche Okkupationsgewalt auch das Ghetto in Wilna zu einem Seuchengebiet erklärt hatte: „Am Tor zu unserem Ghetto prangt außen ein Schild mit der Aufschrift: ‚Achtung! Judenviertel! Seuchengefahr! Zutritt für Unbefugte streng verboten!'"[47]

Die Zusammensetzungen „**коричневая чума**" („braune Pest"), „**чума двадцатого века**" („Pest des 20. Jahrhunderts")[48] und „**фашистская чума**" („faschistische Pest") sind im Russischen weit verbreitet. Das Wort „**чума**" („Pest") zählt zu einer der bekanntesten „Chiffren" für den Faschismus. Gelegentlich verwenden auch Überlebende das Wort „Pest", um die nationalsozialistische „Seuche" zu benennen. 1990 wurde im Keller des ehemaligen Wilnaer Ghettos ein verstecktes Manuskript des berühmten jiddischen Dichters und Schriftstellers Abraham Sutzkever[49] gefunden. Zum Manuskript seiner Gedichte *Gesichter im Morast* hat Sutzkever am 16. Mai 1942 notiert:

> *Bemerkung*: Die neun Gedichte „Gesichter im Morast" schrieb ich während der ersten zehn Tage, nachdem die Pest in Wilna einmarschiert war. Ungefähr vom 25. Juni bis zum 5. Juli. Ich schrieb sie im Liegen, versteckt in einem zerstörten Kamin in meiner alten Wohnung in der Wilkomirer Straße 14.[50]

---

45 Siehe das Foto auf dem Buchdeckel von Dan Michman: *Angst vor den „Ostjuden": Die Entstehung der Ghettos während des Holocaust*, aus d. Engl. v. Udo Rennert. Frankfurt am Main: Fischer 2011. http://www.fischerverlage.de/media/fs/15/eb_u1_978-3-10-400713-7.438054.jpg (Zugriff am 18.06.2014).

46 Michman: *Angst vor den „Ostjuden"*, S. 92.

47 Mascha Rolnikaite: *Ich muss erzählen: Mein Tagebuch 1941–1945*, aus d. Jidd. v. Dorothea Greve, mit einem Vorwort v. Marianna Butenschön. Berlin: Kindler 2002, S. 67.

48 **Словарь синонимов: „фашизм"** [Wörterbuch der Synonyme: „Faschismus"]. http://dic.academic.ru/ dic.nsf/dic_synonims/188586 (Zugriff am 09.08.2014).

49 Andere Schreibweisen des Namens sind: Awrom Sutskewer, Avrom Sutskever, Avrom Sutzkever, Avrum Sutzkever, Abraham Sutzkewer, Abram Suzkever, u. a.

50 Abraham Sutzkever: Gesichter im Morast. In: Ders.: *Geh über Wörter wie über ein Minenfeld: Lyrik und Prosa*, ausgew., aus d. Jidd. u. mit Anm. v. Peter Comans. Frankfurt am Main / New York: Campus 2009, S. 113.

Am 27. Februar 1946 sagte Abraham Sutzkever vor dem Nürnberger Tribunal als Zeuge gegen die „Pest“ aus.[51]

> [...] denn verpestet
> ist das Land von blindgläubigen Wörtern.[52]

Der Ingenieur Karl Plagge verfasste am 26. April 1956 einen Brief an den Rechtsanwalt Dr. Raphael Strauss, der unter anderem Restitutionsansprüche in „Wiedergutmachungsverfahren“ vertrat.[53] Karl Plagge, der zur Rettung Wilnaer Juden beigetragen hat, fragt in diesem Brief, ob Strauss das Buch *Die Pest* (1947) von Albert Camus kenne, aus dem im Brief zitiert wird.[54] Wie Sutzkever vergleicht auch Plagge die Pest mit dem Nationalsozialismus. In seinem Brief an Strauss ist Plagge bemüht, die Frage zu beantworten, warum er zu den Vorkommnissen in Wilna[55] schweige, statt sie niederzuschreiben.[56] Fast 12 Jahre zuvor, am 1. Juli 1944, hatte der Wehrmachtsoffizier Karl Plagge vor den jüdischen Zwangsarbeitern des von ihm geleiteten Heeres-Kraftfahr-Parks 562[57] eine Rede gehalten.[58] Sie enthielt eine versteckte Warnung, die bei den Zwangsinhaftierten sofort ankam.[59] In dieser Rede deutete Plagge an, dass die Wehrmacht aus Wilna abziehen und die SS das Lager übernehmen werde.[60] Die ‚Stunde X‘ schlug. Ein Teil der Inhaftierten ergriff, zuletzt unter dem Beschuss der SS, die Flucht, wobei viele ermordet wurden, andere tauchten unter:

> Für alle übrigen Bewohner wurde das Wort „Malina“ (Versteck) zum Zentrum, um das alle Gedanken und Bemühungen kreisten. Einige hatten

51 Abraham Sutzkever: *Wilner Getto 1941–1944*, aus d. Jidd., mit einem Vorwort und Nachwort v. Hubert Witt. Zürich: Ammann 2009, S. 260–261

52 Sutzkever: Gesichter im Morast, S. 113.

53 Marianne Viefhaus: *Zivilcourage in der Zeit des Holocaust: Karl Plagge aus Darmstadt; ein „Gerechter unter den Völkern“*. Darmstadt: Darmstädter Geschichtswerkstatt e. V. / Magistrat der Wissenschaftsstadt Darmstadt 2005, S. 41.

54 Viefhaus: *Zivilcourage in der Zeit des Holocaust*, S. 41

55 Für das okkupierte Vilnius (jidd. Wilne / poln. Wilno) wird der Stadtname Wilna benutzt. Zum Stadtnamen siehe das Kapitel „Das Wort ‚Malina‘ in historischen Dokumentationen und Zeugnissen der Holocaustüberlebenden“, Abschnitt 5.4, und den Wikipedia-Beitrag Vilnius. http://de.wikipedia.org/wiki/ Vilnius (Zugriff am 09.08.2014).

56 Viefhaus: *Zivilcourage*, S. 41–45.

57 Viefhaus zufolge erhielt Karl Plagge 1941 „im Rahmen der Vorbereitung auf den deutschen Überfall auf die Sowjetunion“ das Kommando über den Heereskraftfahrpark 562, den „er mit den ihm zugeordneten Instandsetzungskolonnen 731 und 732 – etwa zweihundertfünfzig deutsche Wehrmachtsangehörige – aufbaute und bis zum Abzug der deutschen Wehrmacht im Frühsommer 1944 leitete. Aufgabe der Einheit war die Reparatur von Heereskraftfahrzeugen und Beutefahrzeugen zur Versorgung der kämpfenden Truppe sowie zu deren Umrüstung auf Holzgasbetrieb.“ (Ebd., S. 11.)

58 Ebd., S. 23.

59 Ebd., S. 22–23.

60 Ebd.

Nischen im Mauerwerk und hinter Schränken oder im Fußboden ihrer Wohnräume vorbereitet, wo sie sich verbargen. Viele von ihnen wurden aufgespürt und erschossen. Auch in mehreren Werkstätten und Einrichtungen des Heereskraftfahrparks gab es Verstecke. Die weitaus größte Malina war das bei der „Kinderaktion" entdeckte Versteck im Abwasseruntergrund der „Blocks", das von einigen Männern erweitert und sicherer gemacht worden war. [...] Da die Verstecke bei weitem nicht für alle Bewohner ausreichten und manche nicht genügend gesichert werden konnten, fielen der endgültigen Liquidierung des Lagers durch die SS noch viele Juden zum Opfer. Insgesamt überlebten etwa 200 Menschen die Zeit bis zur Befreiung durch die Rote Armee.[6]

Im Brief an Raphael Strauss hat Plagge bemerkt, dass die Schilderung der „Pest" keine Schlagzeilen bringen wird.[62] Selbst Primo Levis *Ist das ein Mensch?* (1947) wurde vom „durchaus engagierten und linken Verlag Einaudi 1947 zunächst abgelehnt" und erschien bei Einaudi erst 1958.[63] Die Erinnerungen der Überlebenden waren auf dem Buchmarkt lange Zeit nicht erwünscht.[64] Pearl Good (Gdud, geb. Perella Esterowicz) überlebte die Mordaktionen während der Liquidierung des Heeres-Kraftfahr-Parks 562 in einem Versteck.[65] Der ehemalige Wehrmachtsmajor Karl Plagge wurde unter anderem dank der Bemühungen der Familie Good (Gdud) durch den Staat Israel 2005 posthum als „Gerechter unter den Völkern" geehrt.[66]

61 Marianne Viefhaus: Für eine Gemeinschaft der „Einsamen unter ihren Völkern" – Major Karl Plagge und der Heereskraftfahrpark 562 in Wilna. In: Wolfram Wette (Hrsg.): *Zivilcourage: Empörte, Helfer und Retter aus Wehrmacht, Polizei und SS*. Frankfurt am Main: Fischer 2004, S. 97–113, hier S. 108–109. Vgl. auch Viefhaus: *Zivilcourage*, S. 23.

62 Viefhaus: *Zivilcourage*, S. 44

63 Ulisse Dogá: *„Port Bou – deutsch?": Paul Celan liest Walter Benjamin*. Aachen: Rimbaud 2009, S. 61–62. Myriam Anissimov schreibt: „Primo Levi schickte das Buch mit einer kurzen Widmung an seine Familie und Freunde. Im Grunde wurde der kleine Band mehr verteilt als verkauft. Sechshundert Exemplare, die in einem Remittenden-Lager in Florenz gestapelt waren, wurden durch das Arno-Hochwasser im Herbst 1966 zerstört." Anissimov zufolge wurde „so gut wie kein Buch" verkauft. (Myriam Anissimov: *Primo Levi: Die Tragödie eines Optimisten. Eine Biographie*. Darmstadt: WBG 1999, S. 380.) Über den Schriftsteller Leo Perutz schreibt Doron Rabinovici: „Perutz hatte überlebt, aber die deutschsprachigen Leser wollten das nicht wahrhaben. Für sie sollte er gestorben sein. Sein Verlag veröffentlichte zwar Anfang der fünfziger Jahre seine alten Romane wieder, aber vor *Nachts unter der steinernen Brücke* schreckte das Haus wegen des jüdischen Themas zurück. Perutz empörte sich über den Verlag: ‚(...) Zsolnay schont die Empfindlichkeiten jenes Wiener Gesindels, das nicht gerne daran erinnert werden will, daß es Juden gibt, gegen die es sich schlecht benommen hat. Ich will aber nicht warten, bis – wie Zsolnay schreibt – die deutsche Seele sich Werken jüdischen Geistesgutes wieder öffnet (...).'" (Doron Rabinovici: Wohin oder Der Preis der Nacht. In: Ders.: *Credo und Credit: Einmischungen*. Frankfurt am Main: Suhrkamp 2001, S. 22–47, hier S. 43–44.) Der Schriftsteller François Mauriac assistierte dem Zeitzeugen Elie Wiesel und verhalf seinem transformierten Werk *Un di velt hot geshvigen* mit *La Nuit* der ‚verschwiegenen' Erinnerung zum Durchbruch. Vgl. Naomi Seidman: Elie Wiesel and the Scandal of Jewish Rage. In: *Jewish Social Studies* 3,1 (1996), S. 1–19, hier S. 14–16.

64 Dogá: *„Port Bou – deutsch?"*, S. 61–62.

65 Viefhaus: *Zivilcourage*, S. 22, 48–51

66 Ebd., S. 98–101, 123–127.

In der repräsentativen Erinnerungskultur erlangt der Zufluchtsort, Malina, einen immer höheren Bekanntheitsgrad. Dennoch: Viele Jahre nach dem Zweiten Weltkrieg ist die Bedeutung „Versteck" in der Bachmann-Forschung noch unbekannt. Als ‚Parole' durchzieht das existenzielle Malina-Motiv die Erinnerungen der Ghettoüberlebenden und dieses Wort/diesen Namen greift Bachmann in *Malina* auf.

[...]

2. Abspaltung der kryptischen „Malina" – das unsichtbare Bedeutungsfeld

In den medientheoretischen Sprachreflexionen wird oft eine scheinbar saubere Grenzziehung zwischen der mündlich tradierten „Muttersprache" und der „abgekühlten" Schriftsprache („Vatersprache") suggeriert.[67] Dabei gilt die Schriftsprache als das höhere kulturelle Gut.[68] Der Medientheoretiker Hartmut Winkler hat diesen dualistischen Spaltungsvorgang beschrieben:

> Die Sprache selbst also wird von einem Riß durchzogen, der – nach dem binären Geschlechtercode – Mutter und Vater trennt. Und was gereinigt zur Grundlage der Mathematik (und später der Datenverarbeitung) werden kann, muß allererst gewonnen werden durch eine Abspaltung eines Teils der Sprache selbst, der ‚vergessen' und das heißt dem Unbewußten der Sprache und der Individuen überantwortet wird.[69]

Statt eine Abspaltung zum Zweck der „Reinigung" und ein bedenkliches „Vergessen" zu tradieren, soll hier an den Einfluss des Jiddischen und dessen Slang auf die europäischen Sprachen erinnert werden. Evelyn Torton Beck, Klaus Hödl und Naomi Seidman zufolge galt Jiddisch als die Sprache des „weibischen Juden", als „die Sprache der Frauen" und vor allem als die inferiore Sprache der Groß-

67 Hartmut Winkler: *Docuverse: Zur Medientheorie der Computer*. München: Boer 1997, S. 319.
68 Sandra Boihmane: Alphabet @ Gender: Media Change and Gender in the History of the Baltic Region. In: Irina Novikova (Hrsg.): *Gender Matters in the Baltics*. Rīga: LU Akadēmiskais apgāds 2008, S. 155–189, hier S. 162–165.
69 Winkler: *Docuverse*, S. 320.

mütter,[70] „bar grammatikalischer Regeln".[71] Auf repräsentativer Ebene wurde diese „Frauensprache" im Zuge des Wiederholens des schon Wiederholten für antiintellektuell, unlogisch und emotional deklariert.[72] Der Zeitzeuge Abraham Sutzkever musste 1946 in Nürnberg sein Zeugnis in russischer Sprache ablegen.[73] Als Gerichtssprache war Jiddisch nicht zugelassen.[74] Es galt seinerzeit als „eine Pervertierung der deutschen Sprache".[75] Jiddisch wurde für ein „verdrehtes Deutsch" und für einen „Jargon" gehalten.[76] Es galt als immoral, hybrid und undurchsichtig.[77] Es war lange vor allem eine gesprochene,[78] ‚wilde' Sprache. Galt Hebräisch als Kultursprache, wurde Jiddisch von Gebildeten oft als „Jargon" diffamiert, welchen sie in ihren Schriften mit deutschen Ausdrücken zu „ver-

---

70 Naomi Seidman schreibt: „[...] 'mame-loshn' evokes the specific set of cultural characteristics and stereotypes associated with the Eastern European Jewish mother. Implicit in this identification is the generational dimension: Yiddish is not only the language of woman, it is also the language of older rather than younger women." (Naomi Seidman: *A Marriage Made in Heaven: The Sexual Politics of Hebrew and Yiddish*. Berkeley / Los Angeles / London: University of California Press 1997, S. 31.)

71 Evelyn Torton Beck: The Many Faces of Eve: Women, Yiddish, and I. B. Singer. In: *Studies in American Jewish Literature* 1 (1981), S. 112–123, hier S. 112–113. Vgl. hierzu auch Klaus Hödl: *Als Bettler in die Leopoldstadt: Galizische Juden auf dem Weg nach Wien*. Wien / Köln / Weimar: Böhlau 1994, S. 196.

72 Ebd. Zum Jiddischen als „Weibersprache" siehe Jacques Picard: Jerusalem, Babylon und andere Orte der Erinnerung: über das Woher und Wohin in der jüdischen Geschichtsschreibung. In: *Schweizerische Zeitschrift für Religions- und Kulturgeschichte* 100 (2006), S. 89–104, hier S. 94: „[...] Jiddisch als ‚weibliche' Sprache war ein Argument, das seit der frühen Neuzeit bis in die erste Hälfte des 20. Jahrhunderts die Vorurteile und Debatten nicht wenig prägte. Das Jiddische galt als ‚Weibersprache', wurde aber mit dem Prozess der ‚Kultivierung' von seinen modernen Propagandisten gleichsam ‚vermännlicht' und politisch akzeptabel gemacht." Mit Bezug auf Naomi Seidman schreibt Picard: „Wilna, so hiess es zum Beispiel, war die ‚männliche' Stadt der hebräischen Haskalah (Aufklärung) mit ihrem Rationalismus, während das ‚weibliche' Warschau die Emotionalität des Chassidismus und dann der bürgerlichen Romantik emblematisierte." (Ebd.) Im „männlichen" Wilne (Jidd.) formte man aus dem Wilner Jiddischen eine vereinheitlichte jüdische Nationalsprache. Für die Vereinheitlichung der jiddischen Sprachvarietäten war das Jiddische Wissenschaftliche Institut (heute bekannt als YIVO-Institute) zuständig. Ein bedeutender Vertreter dieses Instituts war Max Weinreich. Über die Auseinandersetzungen zwischen den ‚JargonistInnen' und HebräistInnen (ZionistInnen) siehe Armin Eidherr: *Sonnenuntergang auf eisig-blauen Wegen: Zur Thematisierung von Diaspora und Sprache in der jiddischen Literatur des 20. Jahrhunderts*. Göttingen: V & R unipress / Universität Wien 2012, S. 64–78.

73 Sutzkever: *Wilner Getto*, S. 260.

74 Vgl. Heather Valencia: Sutzkevers Leben und Lyrik. In: Sutzkever: *Geh über Wörter*, S. 19–70, hier S. 41–42.

75 Hödl: *Als Bettler*, S. 275. Martin Pollack schreibt: „Die Juden wurden von der österreichischen Statistik nicht als eigene Nationalität geführt, denn diese wurde allein durch die ‚Umgangssprache' definiert; die überwiegende Mehrheit der 600.000 Juden, die um 1900 in Ostgalizien lebten, sprachen zwar Jiddisch, aber dieses galt von Amts wegen nicht als Sprache, die es lohnte, in eine Statistik zu schreiben [...]. Auf diese Weise wurden die galizischen Juden von der österreichischen Bürokratie den Polen, Deutschen oder, seltener, Ruthenen zugeschlagen, ein Irrtum, der die Betroffenen selbst freilich nicht besonders zu stören schien: sie hatten andere Sorgen." (Pollack: *Nach Galizien*, S. 19.)

76 Hödl: *Als Bettler*, S. 152.

77 Vgl. Naomi Seidman: *Faithful Renderings: Jewish-Christian Difference and the Politics of Translation*. Chicago / London: University of Chicago Press 2006, S. 168–175.

78 Thomas Soxberger: Wilne – Jeruscholajim deLite: Zur Geschichte der jüdischen Gemeinde in Wilna. In: Florian Freund / Franz Ruttner / Hans Safrian (Hrsg.): *Ess firt kejn weg zurik.. : Geschichte und Lieder des Ghettos von Wilna 1941–1943*, mit einem Vorwort v. Simon Wiesenthal. Wien: Picus 1992, S. 15–29, hier S. 22.

edeln" und aufzuwerten suchten.[79] Der ausufernden Diversität jiddischer Sprachpraxis und den zahlreichen lokalen Sprachbesonderheiten begegnete man mit Standardisierungsversuchen, die um eine planmäßig vereinheitlichte Orthographie und Aussprache bemüht waren.[80] Demgegenüber hebt Bachmann die Vielfalt der Mundarten als einen bedeutsamen Bezugspunkt möglicher bereichernder Differenzierungen hervor. Sie assoziiert die mundartliche Sprachpraxis mit Erkenntnis, Ambivalenz und einer noch zu entfaltenden, noch im Kommen begriffenen Kreativität.[81] In Bachmanns Gedichtentwurf für Nelly Sachs mit dem Titel *Mundarten,* der nach Sigrid Weigel „um die Sprache der Verfolgten kreist" und den sie in ihrem Buch *Ingeborg Bachmann* (1999) anführt, heißt es:

> An ihrer Mundart wird man sie erkennen.
> die Schläger und die Geschlagenen,
> die Verfolger und die Verfolgten,
> auch die Törichten und die Weisen,
> Mundart die nicht den heimatlichen Klang ablegt.[82]

[...]

„MALINA" AUS DER GAUNERSPRACHE – HERAUSFORDERUNG FÜR DIE FORSCHUNG

Ingeborg Bachmann hat die Sprache, die Worte der Sprache, hinterfragt.[83] Der Sprache brachte sie Mißtrauen entgegen[84]: „Verdächtige dich genug, verdäch-

---

79 Ebd. Franz Kafka schreibt über den „Jargon": „Er [der „Jargon" bzw. das Jiddische – S. B.] hat keine Grammatiken. Liebhaber versuchen Grammatiken zu schreiben, aber der Jargon wird immerfort gesprochen; er kommt nicht zur Ruhe. Das Volk läßt ihn den Grammatikern nicht. Er besteht nur aus Fremdwörtern. Diese ruhen aber nicht in ihm, sondern behalten die Eile und Lebhaftigkeit, mit der sie genommen wurden. Völkerwanderungen durchlaufen den Jargon von einem Ende bis zum anderen. Alles dieses Deutsche, Hebräische, Französische, Englische, Slawische, Holländische, Rumänische und selbst Lateinische ist innerhalb des Jargon von Neugier und Leichtsinn erfaßt, es gehört schon Kraft dazu, die Sprachen in diesem Zustande zusammenzuhalten. Deshalb denkt auch kein vernünftiger Mensch daran, aus dem Jargon eine Weltsprache zu machen, so nahe dies eigentlich läge. Nur die Gaunersprache entnimmt ihm gern, weil sie weniger sprachliche Zusammenhänge braucht als einzelne Worte. Dann, weil der Jargon doch lange eine mißachtete Sprache war." (Franz Kafka: Rede über die jiddische Sprache. In: Ders.: Sämtliche Werke, mit einem Nachwort v. Peter Höfle. Frankfurt am Main: Suhrkamp 2008, S. 1275–1278, hier S. 1275–1276.)

80 Soxberger: Wilne, S. 27.

81 Bachmann: Das schreibende Ich, S. 228–229

82 Zit. n. Weigel: *Ingeborg Bachmann*, S. 480.

83 Bachmann: *Wir müssen*, S. 25.

84 Ebd.

tige die Worte, die Sprache, das habe ich mir oft gesagt, vertiefe diesen Verdacht – damit eines Tags, vielleicht, etwas Neues entstehen kann – oder es soll nichts mehr entstehen."[85] Die langjährigen Recherchen der GermanistInnen zum Buchtitel *Malina* scheinen sich 40 Jahre nach dem Erscheinen des Buches *Malina* erschöpft zu haben. Jutta Schlich ist der Ansicht, die wörtliche Auslegung des Titelnamens Malina sei „gründlich abgearbeitet".[86] Doch auch nach 40 Jahren ist das Bedeutungsspektrum des Wortes „Malina" unerkannt geblieben. Aus einer 1990 verfassten Erzählung der Schriftstellerin Mariam Juzefovskaja habe ich zwei Sätze ausgewählt, die das Wort „Malina" („малина") beinhalten.

Beispiel:
a 1) ,Ты знаешь, что ждет завтра этих детей в нашей бандитской малине?'[87]
Beispiel:
b 1) ,Засадили кукурузой пол-Советского Союза',[88]
b 2) ,А вторую половину – сплошь воро́вскою малиной.'[89]

In den angeführten Beispielen aus der russischsprachigen Literatur lässt sich das Wort „Malina" weder mit „Himbeere" noch mit „verbrecherischer Plan" übersetzen. Es handelt sich weder um irgendwelche Vornamen noch um jüdische, polnische, tschechische oder russische Nachnamen. Zu beachten ist, dass Juzefovskaja das Wort „Malina" nicht in Anführungszeichen setzt, d. h. sie geht davon aus, dass die LeserInnen ihrer literarischen Texte die diversen Bedeutungen von „Malina" auseinanderhalten können. Die Relevanz der hier vorgestellten Beispielsätze liegt in der Betonung des kriminellen Milieus, das mit einem

85 Ebd. Vgl. auch den Brief an Paul Celan v. 03. 09. 1959: „[...] ich versuche ein wenig zu arbeiten, aber ich fühle mich immer müde, erschöpft von Zweifeln, noch ehe ich anfange. Ich denke und denke, aber immer in dieser Sprache, in die ich kein Vertrauen mehr habe, in der ich mich nicht mehr ausdrücken will. – Leb wohl, lieber Paul. Ingeborg." (Ingeborg Bachmann: Brief an Paul Celan v. 03.09.1959. In: Dies. / Paul Celan: *Herzzeit: Ingeborg Bachmann – Paul Celan. Der Briefwechsel*, hrsg. v. Bertrand Badiou / Hans Höller / Andrea Stoll / Barbara Wiedemann. Frankfurt am Main: Suhrkamp 2008, S. 120–121.) Viele Jahre später bezieht sich Judith Butler auf Ingeborg Bachmann und Paul Celan, um ihr Studium in Deutschland zu rechtfertigen: „Laut Butler ist es nur einem Machtwort ihrer Großmutter zu verdanken, dass die Philosophiestudentin in das Land der Täter der Shoah aufbrechen durfte. Diese hatte darauf hingewiesen, dass man in ihrer Familie schließlich schon immer zum Studieren nach Deutschland gegangen sei, während Butler selbst sich damit verteidigte, dass Deutsch auch die Sprache sei, in der Bachmann und Celan schrieben." (Eva von Redecker: *Zur Aktualität von Judith Butler: Einleitung in ihr Werk*. Wiesbaden: VS 2011, S. 22.)

86 Schlich: *Inzest und Tabu*, S. 244.

87 a 1) „Weißt du, was für eine Zukunft diese Kinder in unserer Banditen-Malina erwartet?" In Mariam Juzefovskaja: Ришельевская 12 [Rišeljevskaja 12]. In: Dies.: Дети победителей: повести и рассказы [Die Kinder der Sieger: Novellen und Erzählungen]. Moskva: Slovo 1993, S. 125–176, hier S. 130–131.

88 Ebd., S. 155: b 1) „Die Hälfte der Sowjetunion bepflanzte man mit Mais."

89 Ebd.: b 2) „Die andere Hälfte – bloß mit der diebischen Malina."

spezifischen Wortschatz von der Autorin hervorgehoben wird. In den Nachschlagewerken steht an erster Stelle meistens die schon erwähnte Bedeutung: „воровской притон“[90] („Diebesquartier“, „Diebesspelunke“). Als eine weitere Erklärung figuriert der Begriff „organisierte Bande der Diebe“, der im zweiten Satzbeispiel (b 2) präsent ist.[91] Auffallend ist das possenhafte Wortspiel zwischen der diebischen „Malina“ und dem „braven“ Mais. Die polnische Gaunersprache kennt ebenfalls eine ähnliche Bezeichnung für das Diebesquartier“: Das Wort lautet „Melina“. Neben der Bedeutung „konspiratives Versteck“, „Diebesquartier“, gibt es ähnlich wie im Russischen die Bedeutung „organisierte Verbrecherbande“.[92] „Melina“ meint auch billige Kneipen, suspekte Lokale bzw. zwielichtige Orte, die von Kriminellen frequentiert werden.[93] Bei „Melina“ handelt es sich um einen Ort, einen Platz, der im Verborgenen situiert ist.[94] Die älteren Bedeutungen von „Melina“ lauten „Versteck für Kriminelle“, „ein Platz, um sich zu verbergen“, „ein Platz, um sich zu verkriechen, um sich einzugraben, um sich zu verstecken.“[95] Andrzej Kątny nimmt an, dass es sich bei den polnischen Gaunerwörtern „melina/melinka/malina/malinka“ um Hebraismen handelt, die über das Jiddische in die polnische Gaunersprache entlehnt seien.[96] Das ***JLR*** hebt aber die Rückwirkung des Jiddischen auf das moderne Hebräisch hervor: „Yiddish (specifically Southern Yiddish [and probably Central Yiddish to be exact]) is the immediate source of Modern Hebrew melina […].“[97] Die Herleitung von „Malina“ („малина“) sehen die Übersetzerin Ljubov Summ und die Hebraistin Alla Kučerenko in einer möglichen Entlehnung aus dem hebräischen Wort „Melina“ („Bunker“, „Unterschlupf“) oder „Meluna“ („Spelunke“).[98] Wie jedoch in *JLR* argumentiert wird, beruht diese weit verbreitete Annahme auf einer Unterschätzung des Jiddischen,[99] unter dessen Einfluss

---

90 Dancik S. Baldaev / Vladimir K. Belko / Igor I. Isupov: Словарь тюремно-лагерного-блатного жаргона [Wörterbuch des Knast-Lager-Blat-Jargons]. Moskva: Kraja Moskvy 1992, S. 134.

91 Ebd. Siehe auch Jurij P. Dubjagin / Arkadij G. Bronnikov (Hrsg.): Толковый словарь уголовных жаргонов [Das erklärende Wörterbuch der kriminellen Jargons]. Moskva: Inter-Omnis / Romos 1991, S. 102.

92 Andrzej Kątny: Zu den deutschen Lehnwörtern in der polnischen Gaunersprache. In: Studia Germanica Gedanensia 10 (2002), S. 93–104, hier S. 98. Siehe auch Klemens Stępniak: Słownik tajemnych gwar przestępczych [Wörterbuch des verbrecherischen Geheimdialekts], unter Mitarbeit v. Zbigniew Podgórzec. London: Puls 1993, S. 308.

93 Maciej Widawski: *The Polish-English Dictionary of Slang and Colloquialism*. New York: Hippocrene 1998, S. 153.

94 Ebd.

95 Ebd.

96 Kątny: Zu den deutschen Lehnwörtern, S. 96, 98.

97 Responsa, S. 358.

98 Vgl. Summ: 20 фактов. Siehe auch Alla Kučerenko: Ксива для бегемота. Ивритские заимствования в русском языке [Kassiber (Ksiwa) für einen Behemoth: Entlehnungen aus dem Hebräischen ins Russische]. http://www.sem40.ru/evroplanet/languages/hebrew/17723 (Zugriff am 09.08.2014).

99 Responsa, S. 358.

sich die modernen Bedeutungen von „Melina“ herausgebildet haben. Die Zeitschrift kritisiert, dass die Relevanz der jiddischen Sprachpraxis in ihrer Rückwirkung auf das Hebräische oft übersehen wird:

> Avraham Even –Shoshan's Hamilon Hechadash (1977) defines Heb. top melina as 'bunker, machavo; miklat ben chorovot, befinat binyan, bit'alot mitachat laadama – lehistater meeyney rodef' (i. e., 'bunker, hideout; place of refuge among ruins, in the corner of a building, [or] dug underground – for hiding from a pursuer'). His etymology is "from [Hebrew] lun / lin; meluna" (i. e., from a Hebrew verb meaning 'to stay overnight, lodge, abide' and from a Hebrew noun [derived from the same verb] meaning 'watchman's hut' in Biblical Hebrew [see Isaiah 1:8 and 24:20] and '[dog] kennel; doghouse' in today's Hebrew). Even-Shoshan's etymology is odd since Heb. meluna > Heb. melina has no analog nor does a verb having the structure of lun / lin give a noun having the structure of melina. [...] As is often the case in Even-Shoshan's dictionaries, the role of Yiddish in the development of Hebrew has been overlooked. [...]
> From the fact that the Hebrew meluna is hardly attested (it occurs twice in the Jewish Scriptures) we may assume that the Yiddish-speaking criminal who introduced it into Yiddish had a good knowledge of Scripture.[100]

Es steht fest, dass „Melina“ und „Malina“ zum oral tradierten Wortschatz der DiebInnen gehörten. In der Forschung wird also vermutet, dass das fragliche Originalwort über die Transfersprache Jiddisch, von Gaunern slawisiert als „Malina“ („малина“), den Einzug in die Sprachpraxis der osteuropäischen DiebInnen gehalten hat.[101] Das *JLR* beruft sich auf den renommierten Sprachwissenschaftler Baruch Podolsky:

> Baruch Podolsky writes the JLR that Russian slang has malina ['thieves'] hideout'. Was it borrowed directly from Yiddish or, rather, is Ukrainian,

100 Ebd. Jiddisch galt als eine „passive“ und „weibliche“ Sprache. Die Reproduktion dieses Klischees verlangt den Einfluss des „weiblichen“ Jiddisch auf das „maskuline“ Hebräisch zu leugnen und/oder zu unterschlagen. Evelyn Torton Beck resümiert: „In the nineteenth century, Yiddish language and its literature were attacked on a number of grounds which closely resemble the above list of stereotypical female attributes: Yiddish was not considered an independent language but a derivative jargon; it was 'illogical' and followed no rules of grammar; it was too emotional [...]. Furthermore, since Yiddish was spoken by the masses, it could never attain the stature of the elite Hebrew, associated with the traditional Jewish male world. (Interestingly, when the state of Israel was being formed, Yiddish was violently opposed and disparagingly associated with the Eastern European Jews' passivity, a trait ordinarily associated with women. Very likely, this was among the most persuasive reasons that Yiddish failed to become the official language of that country.)“ (Beck: The Many Faces of Eve, S. 113.)

101 Summ: 20 фактов.

> Polish or Belorussian relevant in some way? There is another related word, of immediate Western Yiddish origin, in German-speaking thieves' cryptolect, molun (see Siegmund A. Wolf's Wörterbuch des Rotwelschen / Deutsche Gaunersprache, Mannheim, 1956).[102]

Mit Sicherheit haben die slawischen Sprachen die lautliche Artikulation von „Malina" und „Melina" mitgeprägt. Salcia Landmann betont zudem die abweichende Bedeutung der Entlehnungen, die sich durch einen bedeutungsverändernden Zugewinn auszeichnen.[103] Dies hebt auch das JLR hervor. So sei z. B. die Bedeutung von „Malina" als „organisierte kriminelle Halbwelt" eine Weiterentwicklung innerhalb der russischen mündlichen Sprachpraxis.[104] Ähnlich betont Andrzej Kątny die semantische Umdeutung entlehnter Wörter, die als Mittel der Täuschung und Tarnung sowie zur Geheimhaltung von Informationen dienen.[105] Gauner besitzen einen Sonderwortschatz, der unter anderem vom jiddischen Jargon beeinflusst ist. Jiddisch ist kein Soziolekt der Gauner.[106] Das Vokabular der Gauner erfreut sich in den Massenmedien und auf Internetplattformen wie YouTube einer großen Beliebtheit. Hierzu zählen auch die bekannten Gaunerlieder, in denen das Wort „Malina" tradiert wird. Der Gauner-Wortschatz wird somit, wie ich zeigen werde, in berühmten russischen Ganovenliedern bewahrt.

[...]

Das Wort „Malina" in historischen Dokumentationen und Zeugnissen der Holocaustüberlebenden

[...]

11.4 USQUE AD INFINITUM: EIN RISS GEHT DURCH DAS WORT „MALINA"

Fast 60 Jahre nach dem Krieg beschreibt Michael Good das Territorium des ehemaligen Ghettos der Stadt Vilnius als geisterhaft und verlassen.[107] Die Häuser waren noch immer unbewohnt.[108] Bei seinem Besuch in Litauen stellte Good fest:

102 Responsa, S. 357.
103 Landmann: *Jiddisch*, S. 415.
104 Responsa, S. 359.
105 Kątny: Zu den deutschen Lehnwörtern, S. 94.
106 Landmann: *Jiddisch*, S. 414.
107 Good: *Die Suche: Karl Plagge*, S. 81.
108 Ebd., S. 32, 81.

> Wilna ist nicht in der Lage gewesen, seine jüdischen Bürger zu ersetzen. Ihre Abwesenheit lauert an jeder Ecke [...]. Jiddisch, die Sprache der Juden, ist verschwunden; sie hallt nicht mehr in den Rufen der Straßenhändler wieder, sie erklingt nicht mehr auf den Theaterbühnen, man liest sie nicht mehr in Zeitungen und Romanen.[109]

Im zerstörten jüdischen Viertel von Wilne war das Leben „plötzlich abgebrochen, sozusagen mitten im Wort."[110] Nach dem Krieg schien es, als ob die Ruinen „gleich zu sprechen anfangen" müssten,[111] doch die laute Polyphonie der Stimmen, die jiddischen Mundarten blieben in der Altstadt aus. Die Leere der kleinen Städte des Baltikums (Lettlands und Litauens), die verwilderten und abgetragenen Friedhöfe, die hölzernen Synagogen sind als stumme Spuren der abwesenden Stimmen zurückgeblieben. Ganze Generationen von EuropäerInnen, die ein anderes Europa möglich gemacht hätten, wurden ausgelöscht. Dorothy Leivers Recherchen über das jüdische Leben im ehemals litauisch-jüdischen Kapčiamiestis (Kopcheve), einem kleinen Schtetl in Litauen, dokumentieren gleichfalls die Abwesenheit jiddischer Stimmen:

> All that remains in Kapciamiestis of the Jewish community is a stone where the Synagogue once stood and some 70 gravestones in a deteriorating cemetery with no Jews to tend it. There is no smell of *hallah* (traditional Jewish bread eaten on the Sabbath) baking or gefilte fish cooking. The sounds of children playing and shouting in Yiddish are gone. Somehow in my imagination I can still hear them laughing, praying and crying.[112]

Die Juden und Jüdinnen kehrten nicht nach Kapčiamiestis zurück. Nach dem Krieg lebte dort nur noch Leizer Hofman. Vier Jahre verbarg er sich in einem Versteck bei Familie Kibilanski.[113]

> There were only a very few Lithuanians who tried to help their Jewish neighbours and when the war ended, they were murdered by their nationalist compatriots for saving Jews. In the Kapciamiestis area the Second World War ended with the return of the Russians, but fighting amongst the Lithuanians who had been German allies and those who were Soviet supporters continued until 1954. The Jews did not return.[114]

---

109 Ebd., S. 32

110 Zeitlin: *Lange Gespräche*, S. 76.

111 Ebd.

112 Leivers: *Jews of Kopcheve*, S. 55. Zu Kopcheve siehe Dorothy Leivers / Connie Buchanan / Carol Hofman: Kapciamiestis (Kopcheve, Kopciowo, Koptsiovo). http://www.kapciamiestis.org (Zugriff am 12.08.2014).

113 Leivers: *Jews of Kopcheve*, S. 50.

114 Leivers: *Jews of Kopcheve*, S. 164.

Menschen, die sich für die Verfolgten in Litauen einsetzten, ereilte oft das Todesurteil. Linke Regime-Gegnerinnen[115] – auch Nonnen – beteiligten sich am Waffenschmuggel und leisteten Unterstützung.[116] Die weitaus meisten unter den RetterInnen waren Christoph Diekmann zufolge die „sogenannte[n] einfache[n] Menschen aus den Dörfern und Bauernhöfen auf dem Land."[117] Nach dem Krieg ist Litauen ein jüdisches Massengrab geworden. Der in Kaunas aufgewachsene Zwi Katz stellt fest:

> Was meine Vorfahren als ihre Heimat angesehen hatten, verwandelte sich für ihre Nachkommen in ein einziges großes Massengrab. [...]
> Litauen, das Land, in dem ich meine glücklichen Kinderjahre verbrachte, war jetzt nur noch ein einziges riesiges jüdisches Massengrab. Friedhöfe aber sind kein Platz zum Leben, und ich mußte mir eine andere Heimat suchen.[118]

Über Lettland schreibt Max Kaufmann: „Für uns Überlebende ist Lettland der Inbegriff eines großen Friedhofs, eines Friedhofs ohne Gräber, eines Friedhofs ohne Denkmäler."[119] Friedhof und Überlebensort zugleich waren die Undercover-Plätze Malinas in Belarus. In Minsk gehört ein erhaltenes Kellerversteck zur Geschichtswerkstatt des Internationalen Bildungs- und Begegnungswerkes (IBB).[120] Das erhaltene historische Gebäude, in dem eine Malina eingerichtet war, befindet sich auf dem Gelände des ehemaligen Ghettos.

> Kurz vor der Liquidierung des Ghettos, im Herbst 1943, versteckten sich in dem Gebäude 26 Menschen in einem unterirdischen Versteck, einer „Malina", vor den SS- und Polizeitruppen. Neun Monate lang blieben sie unter der Erde, bis zur Befreiung von Minsk. 13 von ihnen überlebten.[121]

Jetzt ist in diesem Malina-Gebäude eine Dauerausstellung untergebracht, die „an die jüdische Bevölkerung von Minsk und Belarus" erinnern will,[122] die es einmal gab und so nicht mehr gibt. Ihren Platz nehmen Museen ein, darunter auch die erhaltene Minsker Malina: „‚Malina' – eigentlich Himbeere – nannte

115 Sutzkever: *Wilner Getto*, S. 170–171.
116 Ebd., S. 169–170.
117 Dieckmann: *Deutsche Besatzungspolitik*, S. 1325.
118 Katz: *Von den Ufern der Memel ins Ungewisse*, S. 153–154.
119 Kaufmann: *Churbn Lettland*, S. 532.
120 Aus dem Leben der Geschichtswerkstatt. Rundbrief. http://www.ibb-d.de/fileadmin/user_upload/pdf-2009/Rundbrief_2009.pdf (Zugriff am 12.08.2014).
121 Dauerausstellung in der Geschichtswerkstatt des IBB. http://gwminsk.com/de/ausstellungen/Dauerausstellung (Zugriff am 05.07.2012).
122 Ebd.

man die Verstecke, in denen sich verfolgte Juden vor ihren Peinigern zu retten suchten. [...].“[123] Heute stellen Museen das „jüdische Leben“ aus, das es vielerorts in den kleinen Städten und Dörfern nicht mehr gibt. Auf den europäischen Massengräbern lässt sich, wie Verena Dohrn präzise formuliert hat, „das ‚gemeinsame Haus Europa‘ nicht unbehelligt bauen.“[124] Über den „Verlust des Judentums“, der in Europa als „Riß ins Auge fällt“, schreibt die Rabbinerin Eveline Goodman-Thau: „Das Ausmaß dieses Verlustes hat eine Tragweite für die europäische Kultur als Ganzes und greift tief in die Wurzeln dieser Kultur als Erbe Europas ein.“[125] Jeder Versuch den Verlust zu überspielen wird scheitern, ähnlich wie durch die rosaroten Farben der Himbeere der verbrämte Ort Malina als ein unheilbarer Riß herausbricht. Abraham Sutzkever verfasste weise Gedichtzeilen, die vor einer Schließung der nie heilenden Wunde mahnen:

> Und solltest du je übermalen das Bildnis der jüdischen Gasse,
> den Pinsel getunkt in die sonnige, neue Palette,
> so wisse: die Farben, die frischen, sie werden sich schälen.
> Und anfallen mit einer Axt wird das einstige Bildnis dich später
> und derart verwunden, das neue wird niemals je heilen.[126]

[...]

Malina als Bachmanns Vermächtnis: Schlussbetrachtungen und Ausblick

[...]

6. Malina – Bachmanns Vermächtnis

DAS BUCH MALINA – EIN ORT DER ERINNERUNG

Bachmanns Malina gehört zur „BasisBibliothek“ des Suhrkamp Verlages. In der Ausgabe der „BasisBibliothek“ decodieren Monika Albrecht und Dirk Göttsche fast 70 Jahre nach dem Zweiten Weltkrieg das Schlüsselwort „Malina“ wie folgt: „Malina: Der Name ‚Malina‘ bedeutet im Russ. und anderen slaw. Sprachen

123 Aus dem Leben der Geschichtswerkstatt.
124 Dohrn: *Reise nach Galizien*, S. 11.
125 Eveline Goodman-Thau: *Aufstand der Wasser: Jüdische Hermeneutik zwischen Tradition und Moderne*. Berlin/Wien: Philo 2002, S. 18.
126 Abraham Sutzkever: Kommentare zu einem Gesicht im Spiegel. In: Ders.: *Geh über Wörter*, S. 146.

,Himbeere'."[127] Der von Bachmann bevorzugte Verständigungscode aus dem osteuropäischen Soziolekt der Outlaws hat, wie ich herausgearbeitet habe, zu zahlreichen Herkunftsspekulationen, zu Sinntravestie, zu eigenartigen Deutungen bis hin zu seiner Eliminierung in historischen Zeugnissen geführt. Manchmal sind von dem Wort nur Anführungszeichen übrig geblieben.[128] Die Chiffre „Malina" steht für diese in den Kanälen der Vermittlung verloren gegangenen Worte. Das Buch Malina deute ich als ,Versteck', als „hidden transcript", in dem Bachmann biographisch und zeitgeschichtlich relevante Sachverhalte chiffriert hat. Auch Paul Antschel, den Bachmann nach dem Krieg kennenlernte, verbarg sich in einem Untergrundversteck:

> Es ist ihm niemals leichtgefallen, über dieses Ereignis des 27. Juni 1942 Bericht zu erstatten. Seiner Freundin Ruth Lackner zufolge besorgte sie ihm einen Unterschlupf in einer Kosmetikfabrik. Paul beschwor seine Eltern, sich ebenfalls dort zu verstecken, aber seine Mutter hatte resigniert [...].[129]

Rose Ausländer (Rosalie Beatrice Ruth Scherzer) kannte sich ebenso mit Untergrundkellern aus. Sie hatte in Ghettoverstecken den Massenmord überlebt. Cilly Helfrich schreibt, dass Rose Ausländer Paul Antschel erstmalig in den Kellern getroffen habe.[130] In einem Kellerversteck sollen Paul Antschel und Rose Ausländer einander Gedichte vorgelesen haben.[131] Paul Antschel nannte sich nach dem Krieg Paul Celan:

---

127 Bachmann: *Malina*, S. 362.

128 In *Die Sterne sind Zeugen* wird das Wort „Bunker" ausnahmsweise einmal in Anführungszeichen gesetzt. Von einer „Malina" oder „Melina" fehlt in dieser Übersetzung aus dem Amerikanischen jede Spur: „Im Ghetto wurden intensiv Erdausschachtungen und Bauarbeiten betrieben. Wir hatten uns auf die Errichtung von ,Bunkern' gestürzt, die zur Unterbringung von Menschen und Vorräten dienen sollten. [...] Die Bunker nahmen die verschiedensten Formen an, je nach der Beschaffenheit des Gebäudes und dem Geschick der Erbauer. Manchmal war es eine Doppelwand, parallel zu der alten, mit genügend Zwischenraum, um mehrere Personen aufzunehmen. Zugang zu der Doppelwand war bisweilen ein alter Schrank, der in einer Ecke stand. Er sah wie jeder andere Schrank aus, aber der Eingeweihte wußte, welches Brett sich verschieben oder herausheben ließ, damit man in den Korridor kriechen konnte. Wenn die Doppelwand an die Küche grenzte, konnte man wohl durch den Ofen schlüpfen und hinter sich die Töpfe und Pfannen von innen wieder zurechtrücken. Mitunter war der Bunker ein doppelter Keller, der durch Graben eines Tunnels unter dem alten Keller und durch Verbreitern des Tunnelendes angelegt wurde. Den Eingang überdeckten Staub, Lumpen und anderes Gerümpel. [...] Außer diesen Verstecken wurden Tunnels gegraben, durch die Hinterhöfe miteinander verbunden wurden. Durchgänge durch Keller und Böden wurden geschaffen – ein Verbindungssystem, das sich beim Ghettoaufstand von großem strategischem Wert erwies." (Bernard Goldstein: Die Sterne sind Zeugen: Der Untergang der polnischen Juden. München: dtv 1965, S. 169–170.) Siehe auch ebd., S. 258: „Wie ein Dieb in der Nacht schlich ich mich aus der Stadt, die mein Leben gewesen war und die noch unter ihren Trümmern und ihrer Asche meine Seele gefangen hält. Mit einem falschen tschechischen Paß, auf dem Namen Malinovsky, machte ich mich auf den Weg nach Prag."

129 Felstiner: *Paul Celan*, S. 38.

130 Helfrich: *„Es ist ein Aschensommer in der Welt"*, S. 193.

131 Jüdische Geschichte und Kultur: Rose Ausländer. http://www.judentum-projekt.de/persoenlichkeiten/liter/auslaender/index.html (Zugriff am 11.08.2014).

> Den Familiennamen Antschel hatte er schon 1945 in Ancel rumänisiert und dann daraus das Anagramm Celan gebildet. Das war mehr als eine Sprachspielerei, denn das lateinische Wort celare bedeutet „etwas verbergen, verheimlichen". Paul Celan war ein Virtuose des Verbergens.[132]

Etymologisch sind die lateinischen Worte „celare" („verhelen, verbergen")[133] und „cella" („Vorratskammer, Kammer, Zelle")[134] mit dem Englischen „cellar" verwandt.[135] In ihrem künstlerischen Schaffen haben die Überlebenden ihren Orten des Verbergens, auch ihren Kellerverstecken, den engen Zellen und getarnten Kammern, ein Denkmal gesetzt.

> Als ich
> im Ghetto erstarrte erfror mein Herz
> im Kellerversteck.[136]

Selbstverständlich hat die historisch interessierte Ruth Keller (Pseudonym von Ingeborg Bachmann), die eine Zeitlang in der Gottfried-Keller-Gasse 13 in Wien wohnte, von den überlebenssichernden Kellern, von „Malinas", gewusst und dieses Wissen in *Malina* chiffriert. Sigrid Weigel meint, dass Bachmann der öffentlichen Neugier an ihrer Person, die „die Auseinandersetzung mit ihrem Schreiben und Denken oft vollständig überlagert, mit einer Strategie der Verborgenheit, mit Spurenverwischen und einer List der Andeutungssprache und Chiffrierung" begegnet sei.[137] Weigel weist darauf hin, dass Bachmann Anspielungen auf reale Personen stets durch Chiffren ersetzt habe.[138] Dies sei für ihre narrative Kunstgriffstrategie charakteristisch, wie auch Jens Brachmann hervorhebt.[139] Er bezeichnet Bachmanns Verfahren als eine „narrative Camouflage".[140] Bachmann war der Ansicht, dass in literarischen Werken ein Ich nur übersetzt, reduziert, verkappt, fingiert und mit Erfindungen angereichert vorgeführt werde.[141] Mit diesem Ich hat Bachmann zeitgeschichtliche und literarische Fiktio-

---

132 Werner Fuld: Literatur: Ein Meister des Verbergens. In: *Focus*, 05.05.1997. http://www.focus.de/kultur/buecher/literatur-ein-meister-des-verbergens_aid_164409.html (Zugriff am 11.08.2014).

133 Walde: *Lateinisches Etymologisches Wörterbuch*, S. 149

134 Ebd.

135 Vgl. Eintrag „cell" (verwandt mit „cellar"): „related to Latin *celare* 'to hide, conceal.'" (http://www.etymonline.com/index.php?term=cell&allowed_in_frame=0 (Zugriff am 11.08.2014).

136 Zit. n. Helfrich: *„Es ist ein Aschensommer in der Welt"*, S. 330. Vgl. hierzu das Gedicht *Nadellicht* in Sutzkever: *Geh über Wörter*, S. 206; ders.: Zwischen zwei Schornsteinen. In: Ebd., S. 270–271.

137 Weigel: Korrespondenzen, S. 52.

138 Ebd., S. 54.

139 Brachmann: *Enteignetes Material*, S. 221–222.

140 Ebd., S. 222.

141 Bachmann: Das schreibende Ich, S. 221.

nen konterkariert. In *Malina* verweist sie auf die Strategien des Verbergens und der Tarnung mit Hilfe der Medien: „In die Majuskel würde ich mit einer roten Tinte die Blüten vom Türkenbund zeichnen und verstecken könnte ich mich in der Legende einer Frau, die es nie gegeben hat" (S. 61). Für die Abfassung einer Legende braucht man „ein altes, dauerhaftes Pergament, wie es keines mehr gibt" (S. 61). Mit „einer echten Feder, wie es keine mehr gibt, mit einer Tinte, wie man sie nicht mehr findet" (S. 61), kann man ein „Ich" in einer „Frau" „verstecken", die „es nie gegeben hat" (S. 61), die man aber in einer „Legende" entwerfen kann. Die „alte" „Legende" ist ein nachträgliches Erzeugnis, getippt auf einer Schreibmaschine (S. 69). Die Schrift als Medium ist nicht nur ein Mittel der Täuschung, sondern gleichermaßen ein Mittel der Bloßstellung und Überführung. Zu dieser Überführungs-, Tarn- und Camouflage-Strategie zählen auch Tilgungen und Chiffrierungen, die Bachmann in ihrem Manuskript vornimmt. Die Chiffre „Cz.", wie Sigrid Weigel schreibt, steht in Paul Celans Aufzeichnungen für „Czernowitz".[142] Sie kommt auch in den Vorarbeiten zu *Malina* vor, ist aber in der veröffentlichten Fassung eliminiert.[143] Ebenfalls tilgte Bachmann den Namen Gershom Scholems[144]:

> In dem Entwurf zu einer Traumszene des *Malina*-Romans findet sich ein Nachhall der Begegnung mit Scholem. In dieser Traumszene tritt Scholem genau in jenem Moment auf, in dem die Bibliothek der Ich-Person zusammenstürzt. Es ist zugleich die Szene einer verzweifelten Suche nach Cz.[145]

Jens Brachmann ist der Meinung, durch die Celan-Zitate habe Bachmann in *Malina* Orte der Erinnerung zugänglich gemacht, die „dem Vergessen von Celans Œuvre, der Shoah und auch der gemeinsamen Wiener Zeit der beiden Dichter vorbeugen."[146] So ein Erinnerungsort ist das Buch *Malina*.

[...]

Copyright © 2014 Neofelis Verlag GmbH, Berlin

142 Weigel: Korrespondenzen, S. 54.
143 Ebd.
144 Ebd.
145 Ebd.
146 Brachmann: *Enteignetes Material*, S. 222.

Überlebenslyrik von Dichterinnen in Shoah und Diaspora

Rose Ausländer

(1901 Czernowitz – 1988 Düsseldorf)

[Werkverzeichnis: © 1984, S. Fischer Verlag GmbH, Frankfurt am Main:
Band 2: *Die Sichel mäht die Zeit zu Heu. Gedichte 1957-1965*
Band 3: *Hügel aus Äther unwiderruflich. Gedichte und Prosa 1966-1975*
Band 4: *Im Aschenregen die Spur Deines Namens. Gedichte und Prosa 1976*
Band 5: *Ich höre das Herz des Oleanders. Gedichte 1977-1979*]

[Bd. 4, S. 162]

WER BIN ICH?

Wenn ich verzweifelt bin
schreib ich Gedichte

Bin ich fröhlich
schreiben sich die Gedichte
in mich

Wer bin ich
wenn ich nicht
schreibe

[Bd. 5, S. 23]

IM ATEMHAUS

Unsichtbare Brücken spannen
von dir zu Menschen und Dingen
von der Luft zu deinem Atem
Mit Blumen sprechen
wie mit Menschen
die du liebst
Im Atemhaus wohnen
eine Menschblumenzeit

[Bd. 3, S. 138]

IN MEMORIAM PAUL CELAN

„Meine blonde Mutter kam nicht heim"
Paul Celan

Kam nicht heim
die Mutter

nie aufgegeben
den Tod

vom Sohn gerührt
mit Schwarzmilch

die hielt ihn am Leben
das ertrank
im Tintenblut

Zwischen verschwiegenen Zeilen
das Nichtwort
im Leerraum
leuchtend

[Bd. 2, S. 21]

BUKOWINA I

Grüne Mutter
Bukowina
Schmetterlinge im Haar
Trink
sagt die Sonne
rote Melonenmilch
weiße Kukuruzmilch
ich machte sie süß
Violette Föhrenzapfen
Luftflügel Vögel und Laub
Der Karpatenrücken
väterlich
lädt dich ein
dich zu tragen
Vier Sprachen
Viersprachenlieder
Menschen
die sich verstehn

[Bd. 3, S. 43]

VERWUNDERT

Wenn der Tisch
nach Brot duftet
Erdbeeren der Wein Kristall
denkt an den Raum
aus Rauch
Rauch ohne Gestalt
Noch nicht abgestreift
das Ghettokleid
sitzen wir um
den duftenden Tisch
verwundert

daß wir hier sitze

[Bd. 3, S. 104]

MUTTER SPRACHE

Ich habe mich
in mich verwandelt
von Augenblick zu Augenblick
in Stücke zersplittert
auf dem Wortweg
Mutter Sprache
setzt mich zusammen
Menschmosaik

[Bd. 3, S. 30]

EIN TAG IM EXIL

Ein Tag im Exil
Haus ohne Türen
und Fenster
Auf weißer Tafel
mit Kohle verzeichnet
die Zeit
Im Kasten
die sterblichen Masken
Adam
Abraham
Ahasver
Wer kennt alle Namen
Ein Tag im Exil
wo die Stunden sich bücken
um aus dem Keller
ins Zimmer zu kommen
Schatten versammelt
ums Öllicht im ewigen Lämpchen
erzählen ihre Geschichten
mit zehn finstern Fingern
die Wände entlang

[Bd. 5, S. 86]

NOCH BIST DU DA

Wirf deine Angst
in die Luft
Bald
ist deine Zeit um
bald
wächst der Himmel
unter dem Gras
fallen deine Träume
ins Nirgends
Noch
duftet die Nelke
singt die Drossel
noch darfst du lieben
Worte verschenken
noch bist du da
Sei was du bist
Gib was du hast

Nelly Sachs

(1891 Schöneberg – 1979 Stockholm)

[„Welt, frage nicht die Todentrissenen", „Chor der verlassenen Dinge", „Immer dort, wo Kinder sterben", aus: Nelly Sachs, Werke. Kommentierte Ausgabe in vier Bänden. Herausgegeben von Aris Fioretos, Band 1: Gedichte 1940-1950. Herausgegeben von Matthias Weichelt. © Suhrkamp Verlag Berlin 2010.]

WELT, FRAGE NICHT DIE TODENTRISSENEN

Welt, frage nicht die Todentrissenen
wohin sie gehen,
sie gehen immer ihrem Grabe zu.
Das Pflaster der fremden Stadt
war nicht für die Musik von Flüchtlingsschritten gelegt worden –
Die Fenster der Häuser, die eine Erdenzeit spiegeln
mit den wandernden Gabentischen der Bilderbuchhimmel –
wurden nicht für Augen geschliffen
die den Schrecken an seiner Quelle tranken.
Welt, die Falte ihres Lächelns hat ihnen ein starkes Eisen ausgebrannt;
sie möchten so gerne zu dir kommen
um deiner Schönheit wegen,
aber wer heimatlos ist, dem welken alle Wege
wie Schnittblumen hin –

Aber, es ist uns in der Fremde
eine Freundin geworden: die Abendsonne.
Eingesegnet von ihrem Marterlicht
sind wir geladen zu ihr zu kommen mit unserer Trauer,
die neben uns geht:
Ein Psalm der Nacht.

CHOR DER VERLASSENEN DINGE

Krug im Schutt
War ich der Krug, daraus der Abend floss wie Wein
Und manchmal ein gefangner Mond zum Rosenstock?
Die Sterbenacht der Greisin fing ich ein
Als schon ihr Atem keuchte wie die Geiß am Pflock.
O Krüge, Krüge! in ein Abschiedsmaß gezwängt
Ist was wir halten; rinnende Natur.
Wir sind wie Herzen, draus es weiter drängt
Und stille steht wie Zeit in einer Uhr
Ein halbverbranntes Licht
O Schattenspiegel mein! Ich sah in dir, ich sah –
Die Hand aus Grabesstaub, die sich an einem Stern verging
Die Zeit in ihrer Sterbewiege schrie – ich sah
Israels Mund in Qual, gebogen wie ein Ring.

Ein Schuh
Verlornes Menschenmaß; ich bin die Einsamkeit
Die ihr Geschwister sucht auf dieser Welt –
O Israel, von deiner Füße Leid
Bin ich ein Echo, das zum Himmel gellt.

Chor
Wir aber sind, seitdem wir Erde waren
Getrieben schon von euch durch soviel Tod –
Bist du ein Band, gepflückt von Totenhaaren
Geh ein zum Wunder, werde Brot.
Hier ist ein Buch, darin die Welten kreisen
Und das Geheimnis flüstert hinter einem Spalt –
Wirf es ins Feuer, Licht wird nicht verwaisen
Und Asche schläft sich neu zur Sterngestalt.
Und tragen wir der Menschenhände Siegel
Und ihre Augen-Blicke eingesenkt wie Raub
So lest uns wie verkehrte Schrift im Spiegel
Erst totes Ding und dann den Menschenstaub

IMMER

Immer
dort wo Kinder sterben
werden die leisesten Dinge heimatlos.
Der Schmerzensmantel der Abendröte
darin die dunkle Seele der Amsel
die Nacht heranklagt –
kleine Winde über zitternde Gräser hinwehend
die Trümmer des Lichtes verlöschend
und Sterben säend –
Immer
dort wo Kinder sterben
verbrennen die Feuergesichter
der Nacht, einsam in ihrem Geheimnis –
Und wer weiß von den Wegweisern
die der Tod ausschickt:
Geruch des Lebensbaumes,
Hahnenschrei der den Tag verkürzt
Zauberuhr vom Grauen des Herbstes
in die Kinderstuben hinein verwunschen –
Spülen der Wasser an die Ufer des Dunkels
rauschender, ziehender Schlaf der Zeit –
Immer
dort wo Kinder sterben
verhängen sich die Spiegel der Puppenhäuser
mit einem Hauch,
sehen nicht mehr den Tanz der Fingerliliputaner
in Kinderblutatlas gekleidet;
Tanz der stille steht
wie eine im Fernglas
mondentrückte Welt.
Immer
dort wo Kinder sterben
werden Stein und Stern
und so viele Träume
heimatlos.

AN EUCH, DIE DAS NEUE HAUS BAUEN

Wenn du dir deine Wände neu aufrichtest –
Deinen Herd, Schlafstatt, Tisch und Stuhl –
Hänge nicht deine Tränen um sie, die dahingegangen,
Die nicht mehr mit dir wohnen werden
An den Stein
Nicht an das Holz –
Es weint sonst in deinen Schlaf hinein,
Des kurzen, den du noch tun mußt.

Seufze nicht, wenn du dein Laken bettest,
Es mischen sich sonst deine Träume
Mit dem Schweiß der Toten.

Ach, es sind die Wände und die Geräte
Wie die Windharfen empfänglich
Und wie ein Acker, darin dein Leid wächst,
Und spüren das Staubverwandte in dir.

Baue, wenn die Stundenuhr rieselt,
Aber weine nicht die Minuten fort
Mit dem Staub zusammen,
Der das Licht verdeckt.

Mascha Kaléko
(1907 Chrzanów – 1970 Zürich)

[*Verse für Zeitgenossen*, München 2017, S. 56,
© dtv Verlagsgesellschaft mbH & Co. KG]

EMIGRANTEN-MONOLOG

Ich hatte einst ein schönes Vaterland –
So sang schon der Flüchtling Heine.
Das seine stand am Rheine,
Das meine auf märkischem Sand.
Wir alle hatten einst ein (siehe oben!)
Das fraß die Pest,
das ist im Sturm zerstoben.
O, Röslein auf der Heide,
Dich brach die Kraftdurchfreude.
Die Nachtigallen wurden stumm,
Sahn sich nach sicherm Wohnsitz um,
Und nur die Geier schreien
Hoch über Gräberreihen.
Das wird nie wieder, wie es war,
Wenn es auch anders wird.
Auch, wenn das liebe Glöcklein tönt,
Auch wenn kein Schwert mehr klirrt.
Mir ist zuweilen so, als ob
Das Herz in mir zerbrach.
Ich habe manchmal Heimweh.
Ich weiß nur nicht, wonach …

Ilse Aichinger
(*1921 Wien, † 2016 ebenda)

[*Werke*, Frankfurt a. M. 1991, S. 32
© 1991, S. Fischer Verlag GmbH, Frankfurt am Main]

BAUMZEICHNEN
für Eva, Pia, Florian, Julian
und Manuel Aicher
Hier, jetzt
nehmt diese Zweige
und gebt ihnen recht,
bemalt sie, laßt sie hängen,
spannt sie aus,
laßt auch Mäuse daran
und was euch noch zukommt:
ruhige und zittrige Hände,
Dachse und Sprossen
und die Bitten für die Schwermütigen
eurer Brüder und Schwestern,
weiße und rote Nadeln,
alles so wie es ist
und so wie es nicht ist,
Schnee und Schlemmkreide,
eine Hilfe, aber keine Hilfe,

[Klüger, Ruth: *Zerreißproben*, München 2016, S. 13–15, 35 f., 40–54,
© 2016 Paul Zsolnay Verlag GmbH, Wien]

EXKURS
in memoriam Ruth Klüger
(1931–2020)

kein Trost, aber ein Trost.

Zerreißproben (Auszug)

DEUTSCHE SPRACHE

In diesen Lauten, die ich zu verlernen
versuchte, weil die spitzen Konsonanten
das wunde Fleisch der Kinderjahre kannten,
von deren Land durch Meere zu entfernen

mir auch gelang, um unter andern Sternen,
in einer andern Mundart die verbannten
noch zu begraben, die doch innen brannten,
so wie Metalle, die nicht Asche werden:

Ich habe, bis ich mit sechzehn Jahren in die USA auswanderte, keine andere Sprache gehabt als die deutsche, und so innig mein Verhältnis zur deutschen Literatur war, so innig wollte ich sie loswerden und mir eine neue erobern. Als ich 1942 mit elf Jahren nach Theresienstadt deportiert wurde, konnte ich schon eine ganze Menge deutscher Gedichte auswendig, weil es in Wien nichts anderes mehr für mich zu tun gab, als Gedichte auswendig zu lernen. Da war kaum wer, mit dem ich reden konnte, als die Dichter, deren Wörter ich oft nicht einmal richtig verstand. Über unbekannte Wörter zu stolpern hat aber auch Spaß gemacht. Diese frühe und naive Bekanntschaft mit der deutschen Literatur, die nicht von der Schule herrührte (denn die gab es für mich nicht mehr), hat mich für immer geprägt – mehr, als ich's mir später gewünscht habe.

Die Ausgewanderten, auf die ich in New York stieß, sprachen so wenig Deutsch wie möglich, brachten es ihren Kindern nicht bei. Im College stürzte ich mich in und auf die englische Literatur, eine Bereicherung sondergleichen, und obwohl ich noch immer die deutschen Klassiker las, die in der städtischen Bibliothek leicht auszuleihen waren, so hätte ich mir damals nicht vorgestellt, dass ich einmal Germanistin werden würde. Deutsch war verpönt unter Juden, sogar die Schriftsteller und Philosophen schrieben auf Englisch, wenn sie's konnten. Ich habe mit meinem Mann, der gebürtiger Berliner war und noch dazu deutscher Historiker, in neunjähriger Ehe nie deutsch gesprochen. Heutzutage nehmen mir's meine Kinder übel. „Es wär doch so leicht gewesen, wenn ihr's zu Hause gesprochen hättet, dann könnten wir's auch." Sie können nicht ermessen, wie belastend diese Sprache damals noch für unsereinen war.

Für mich war die deutsche Sprache, samt ihrer Literatur, abwechselnd ein Rucksack, das portative Gepäckstück par excellence, in das man alles Gute und Schöne und Notwendige hineinstopfen konnte und das leicht mitzunehmen war, wohin es einen halt verschlagen würde. Und dann war sie wieder ein Buckel, ein Makel, den man loswerden wollte, aber nicht konnte, weil er nun einmal angewachsen war. Im Gedicht steht dafür der Kontrast zwischen den „spitzen Konsonanten" und den „offenen Vokalen". „Deutsche Sprache" soll in der Regelmäßigkeit der alten, schönen Sonettform das Wiederfinden, Neuakzeptieren des Deutschen ausdrücken. (Ich bin mir übrigens bewusst, dass es sich knapp an der Grenze der Rührseligkeit befindet.)

HELDENPLATZ

Es heißt:
Im Hause des Henkers
sprich nicht
vom Strick.
Ich weiß –
und sprech auf Schritten und Tritten
vom Henken.
Gegen die guten Sitten
verstößt das Gedenken.

Ich bin im Hause des Henkers geboren.
Naturgemäß kehr ich wieder.
In krummen Verstecken
such ich den Strick.
Mir blieb eine Faser davon im Genick.
Meine Hartnäckigkeit war mein Glück.

Doch der Strick ging verloren
und der Henker ist gestorben.
Auf dem Galgenplatz blüht jetzt der Flieder.

HELDENPLATZ

Eine Vorbemerkung zu den Auschwitzlagergedichten, könnte man sagen. Im Hause des Henkers? Aber es ist doch so schön hier. Suche ich hier meine Kindheit? Oder genieße ich einfach den Triumph, der Vernichtung knapp entgangen zu sein? Wie auch immer, dies ist ein Gedicht, mit dem ich zufrieden bin, eines, das mir als ein poetischer Text gelungen scheint.

Die Vorliebe für unreine Reime habe ich im Englischen gelernt, wo sie nicht so verpönt sind wie im Deutschen, und verwende sie gern, weil sie oft ausdrucksfähiger sind als die reinen Reime. Hier zum Beispiel Genick/Glück, was die Frage aufwirft: War es wirklich ein Glück? Und verloren/gestorben – reimt sich nicht und stellt eine positive Bewertung (jetzt ist alles vorbei, Gott sei Dank) wieder in Frage. Die reinen Reimworte Flieder/wieder sind durch sieben Verse voneinander getrennt, so dass und damit man die Erinnerung anstrengen muss.

Der Galgenplatz, auf dem der Flieder blüht. Das ist vielleicht das richtige Symbol für mein Leben und das Leben vieler anderer in der Nachkriegswelt.

JÜDISCHE GEDICHTE

Ich beginne diese Sammlung mit zwei Gedichten, die nur mit Kommentar Aufmerksamkeit verdienen. Diese Gedichte habe ich im Jahr 1944 im Alter von zwölf und dreizehn Jahren im KZ in Anflügen von Todesangst verfasst. Es war das erste, aber nicht das letzte Mal, dass ich mir einbildete, ich schriebe über etwas, das außerhalb von mir stattfand, etwas, das ich beobachtete, nicht etwas, das mich beutelte. Ich meinte, meine Umgebung zu beschreiben, doch in Wahrheit versuchte ich die Herrschaft über meinen Verstand zu bewahren. Im Englischen koppelt man Reime und Verstand in dem – meistens negativ verwendeten Ausdruck »rhyme or reason«. Solange ich reimen konnte, war der Verstand tätig, er offenbarte sich sozusagen in den Reimen.
Die späteren Gedichte sind Gespenstergedichte. Gespenster, wie ich sie erlebe, sind unbegrabene Vergangenheit (ich vermeide das Wort „unbewältigt", nicht weil es unpassend ist – es ist sogar sehr passend –, sondern weil es jetzt schon abgedroschen klingt).

Zwei Lagergedichte

AUSCHWITZ

Kalt und trüb ist noch der Morgen,
Männer gehn zur Arbeit hin,
schwer von Leid, gedrückt von Sorgen,
fern der Zeit, da sie geborgen,
langsam wandern sie dahin.

Aber jene Männer dort
bald nicht mehr die Sonne sehn.
Freiheit nahm man ihnen fort.
Welch ein grauenvoller Mord,
dem sie still entgegengehn.

Gott, du allein darfst's doch nur geben,
das große, heilige Menschenleben,
du gibst das Dasein und du gibst den Tod.
Und du, du siehst dieses endlose Morden,
du siehst diese blutigen, grausamen Horden,
und Menschen verachten dein höchstes Gebot!

Wir haben die herrliche Heimat verlassen,
bleiben wir ewig in Elend und Not?
Willst du, dass alle Menschen uns hassen,
dass wir im Staube der schmutzigsten Gassen
leiden den elendsten, niedrigsten Tod?

Hinter den Baracken brennt
Feuer, Feuer Tag und Nacht.
Jeder Jude es hier kennt,

jeder weiß, für wen es brennt,
und kein Aug', das uns bewacht?

Sag, wofür muss ich hier büßen
nenn mir eines Unrechts Spur.
Darf ich nicht das Leben grüßen?
Darf mich nicht der Morgen küssen
und die Schönheit der Natur?

Fressen unsre Leichen Raben?
Müssen wir vernichtet sein?
Sag, wo werd' ich einst begraben?
Herr, ich will nur Freiheit haben
und der Heimat Sonnenschein.

Fern im Osten liegt ein Dunst,
und Natur zeigt ihre Kunst:
Sieh, die Sonne bricht hervor.
Zeigt mir diese Strahlensonne
eine neue Lebenswonne?
Zieht die Freiheit still empor?

(1944)

Das Gedicht ist so banal wie möglich, in seiner Glätte, seiner Wortwahl, den braven Reimen und in der Ausgewogenheit der Strophen. Und außerdem ist es zu lang. Es ist ein gutes Beispiel von Versen, die nicht um ihrer selbst willen interessant sind, sondern wegen der Umstände, unter denen sie verfasst wurden. Das war im Mai 1944, ich war zwölf Jahre alt und ich werkelte sie vor mich hin, eine Strophe nach der anderen, alles im Kopf, zum Aufschreiben hatte ich nichts, war auch nicht nötig, denn die Wiederholung des eben Gedichteten entsprach meinem Ordnungssinn. Versemachen konnte ich, das hatte ich mir selbst beigebracht und seit einigen Jahren ausprobiert, wie man die verschiedenen Formen der Gedichte, die ich auswendig konnte, nachahmt. Ich habe die Strophen aneinandergereiht, alle nach demselben fünfzeiligen Strickmuster – außer dass ich zweimal, in der fünften und letzten Strophe eine sechste emphatische Zeile einschaltete – und alle demselben Zweck dienend: nämlich die ungeheure Unordnung, die hier herrschte, das heißt, die Aufhebung der gesellschaftlichen Regeln im Vernichtungslager innerlich zu bekämpfen. Und das nicht nur mit dem Angebot der Hoffnung in der letzten Strophe, die in krassem Gegensatz steht zu der Verzweiflung in der vorletzten, sondern durch das Zimmern einer Struktur, der einzigen, die mir zur Verfügung stand, nämlich die der gebundenen Sprache.
Die „herrliche Heimat" bezog sich übrigens nicht auf Österreich, sondern auf ein biblisches und neu erhofftes Israel. Ich war bekennende Zionistin.

DER KAMIN

Täglich hinter den Baracken
seh ich Rauch und Feuer stehn.
Jude, beuge deinen Nacken,
keiner hier kann dem entgehn.
Siehst du in dem Rauche nicht
ein verzerrtes Angesicht?
Ruft es nicht voll Spott und Hohn:
Fünf Millionen berg' ich schon!
Auschwitz liegt in meiner Hand,
alles, alles wird verbrannt.

Täglich hinterm Stacheldraht
steigt die Sonne purpurn auf,
doch ihr Licht wirkt öd und fad,
bricht die andre Flamme auf.
Denn das warme Lebenslicht
gilt in Auschwitz längst schon nicht.
Blick zur roten Flamme hin:
Einzig wahr ist der Kamin.
Auschwitz liegt in seiner Hand,
alles, alles wird verbrannt .

Mancher lebte einst voll Grauen
vor der drohenden Gefahr.
Heut' kann er gelassen schauen,
bietet ruhig sein Leben dar.
Jeder ist zermürbt von Leiden,
keine Schönheit, keine Freuden,
Leben, Sonne, sie sind hin,
und es lodert der Kamin.
Auschwitz liegt in seiner Hand,
alles, alles wird verbrannt.

Hört ihr Ächzen nicht und Stöhnen,
wie von einem, der verschied?
Und dazwischen bittres Höhnen,
des Kamines schaurig Lied:
Keiner ist mir noch entronnen,
keinen, keinen werd ich schonen.
Und die mich gebaut als Grab
schling ich selbst zuletzt hinab.
Auschwitz liegt in meiner Hand,
alles, alles wird verbrannt.

Diesem Gedicht mangelt die Hoffnung, die am Ende von „Auschwitz" steht. Der Grund dafür ist, dass ich das zweite Gedicht übers Vernichtungslager erst verfasste, als ich nicht mehr dort war. Da war ich schon in dem Zwangsarbeiterlager für Frauen, Christianstadt, ein Teil des KZs Groß-Rosen. Auch dieser Aufenthalt war noch keine Garantie fürs Überleben, aber die Chancen schienen wesentlich besser. Wir kamen alle aus Auschwitz und sprachen natürlich darüber. Diesmal weigerte sich mein Lebenswille nicht mehr dagegen, zu begreifen, was dort geschehen war und noch immer geschah. Statt Hoffnung aufs Weiterleben steht am Ende dieses Gedichts die Hoffnung auf Rache. Die Täter werden bestraft werden. (Die Nachkriegswirklichkeit sollte sich natürlich als weitaus komplizierter herausstellen.)

An beiden Gedichten fallt auf, dass sie eine sprachliche Tradition festhalten wollen, die sie wie eine Beschwörung hochhalten. Zerstückelt es und Ungereimtes schiene unserem erwachsenen Geschmack angemessener, aber es ist gerade der diesen Versen innewohnende Verteidigungsversuch, der Beachtung verdient.

Diese Gedichte griffen viele Jahre später in mein Leben ein. Ich hatte sie gleich nach Kriegsende aufgeschrieben (das konnte ich im Lager nicht) und an eine Zeitung geschickt. Später geisterten sie durch verschiedene Anthologien und führten auf Umwegen zu meinem Germanistikstudium und meiner lebenslangen Auseinandersetzung mit einer Kultur und Sprache, von der ich einmal glaubte, ich müsse sie abschütteln.

IM KÄFIG

(in memoriam Peter Heller)

I

Den Käfig der Vergangenheit
willst du entriegeln?
Gib acht!
Nicht nur ein Kind befreist du,
sondern zugleich die alte,
die blinde Wut,
die nur nach innen sieht
und um sich schlägt.

II

Sprich die Namen der Orte:
Theresienstadt, Auschwitz, Groß-Rosen.
Sprich sie deutlich und ohne zu stammeln,
wie man ein Streichholz entzündet
(kräftig, dem Zitternden bricht es),
um den Toten die Kerze zu weihn.

Die Namen der Toten sind Dickicht,
Gestrüpp und wegloser Dschungel.
Du meinst, wer dabei war,
soll Zeugnis ablegen.
Ich weiß noch von damals
die Namen der Orte
und wie man sie richtig sagt.
Sprich sie nach.

IM KÄFIG

Die Hoffnung am Ende des einen Auschwitzgedichts, die Rache am Ende des anderen. Und nachher die Frage, wie man sich im Gestrüpp der Erinnerung einrichtet. Ein Kollege und Freund hatte mich nach vielen Jahren – und auch das ist nun leider schon recht lange her – ermutigt, darüber zu schreiben, und ich fand, dass die Erinnerung ein Käfig ist, in den ich mich nicht sperren wollte. Ich bin kein ausgeglichener Mensch, habe ich geantwortet, ich hab' Wut, wenn ich an die Nazis denke, das Kind in mir versteht nichts von dem, was damals geschehen ist, es gibt gute Gründe, warum die Psyche verdrängt, was ihr nicht in den Kram passt, und Befreiung ist nicht kostenfrei.

Aber man kann anfangen mit Einfachem und Unverrückbarem, wie Ortsnamen. Ich zuckte immer zusammen, wenn sie falsch ausgesprochen wurden, was in Amerika nicht selten vorkommt. Etwas Wahres zu schreiben, mag nicht jedermanns Sache sein, aber etwas Richtiges zu sagen, das kann jeder. Man zeigt Respekt, wenn man Eigennamen richtig ausspricht, und das sollte auch der Fall sein bei Tatorten, wo so außerordentlich übles geschehen war. Dazu kam vielleicht ein gewisser Frust, im Sinne von „Was kann man mehr tun, als mit dem Finger darauf hinzuweisen und zu sagen: ‚Da war's.'"

NETZE DER TOTEN

Morgens beim Augenöffnen vergittert ihr Netz
mir das Licht.

Wenn ich Stiegen steige bringt mich ihr Netz
ins Stolpern.

Als ich treppabwärts stürzte hat mich ihr Netz
gerettet.

Setz ich den Fuß ins Wasser schleppt mich ihr Netz
zu den Fischen.

NETZE DER TOTEN

Das Gedicht ist sowohl ein Gedicht der Trauer wie auch der Empörung darüber, dass die Verstorbenen so viel zu sagen haben, dass sie einem sozusagen immer noch dreinreden („das Licht vergittern"). Sie hindern mich am Weiterkommen, wenn ich stolpere, aber sie retten mich, indem sie bei meinem Sturz ein Rettungsnetz offenhalten. Sie sind immer dabei, und manchmal weiß man nicht, was sie vorhaben. Das drückt die letzte Strophe aus. Fische sind mir fremd, anders als Säugetiere, und ihre Stummheit ist mir unheimlich. Auch der Gedanke an die Zukunft ist mir unheimlich, ein tiefes Wasser, aber ich weiß, dass dort Lebewesen schwimmen.

Das Gedicht ist eine Reflexion über das Nachleben, das Nachherleben, im Schatten der Vorhergegangenen. Sprachlich ist da noch das Spiel mit den verschiedenen Modalitäten, das „wenn" und das „als" und die Gegenwart der ersten drei Verse.

3.
(UN)ÜBERSETZBARKEITEN

Paul Klee, *Angelus Novus*, 1920
Aquarellierte Zeichnung, Tusche und Ölkreide auf braunem Papier.
Von 1921 bis 1940 im Besitz von Walter Benjamin. Nach Benjamins Flucht und Tod über George Bataille und Theodor W. Adorno testamentarisch an Gershom Scholem. Heute im Israel Museum, Jerusalem.

[Knott, Marie Luise: *Korrespondieren. Walter Benjamin.* In: *Hannah Arendt - Von den Dichtern erwarten wir Wahrheit* (Hg. Knott, Marie Luise/Hahn, Barbara), Berlin 2007, S. 129-139]

Marie Luise Knott
KORRESPONDIEREN: Walter Benjamin

Bilder, lauter Bilder. Hannah Arendt und Walter Benjamin haben sich nur wenige Briefe geschrieben. Sie lebten die meiste Zeit ihrer Freundschaft beide in Paris, wo sie sich nach 1933 im Exil kennenlernten. Zwei Personen, die beide – wie es der Schriftsteller Werner Kraft einmal formuliert hat – „an jedem Punkt [ihrer] Entwicklung radikal zur Stelle" waren. Sie debattierten über Literatur, Philosophie, das Judentum, die finanzielle Not, die persönliche Ungewissheit und über die bedrohlichen politischen Entwicklungen. Am Ende nahmen sie als Vorbereitung auf die erhoffte Emigration nach Amerika gemeinsam private Englischstunden.

In ihren wenigen überlieferten Briefen gehen Bilder hin und her – Postkarten, Skizzen, Sprachfiguren. 1936 etwa, als Arendt zur Gründung des Jüdischen Weltkongresses nach Genf reist, sendet sie Benjamin, dem Postkartenliebhaber, eine Karte mit viel Ironie und Schweizer Kitsch: Man sieht Genf, „die Friedensinsel". Drei Männer reichen sich über einem Schweizer Schild die Hand zum Friedensbunde. Zu Füßen eine stillende Frau und überlebensgroß, gleichsam als engelsgleiche Erscheinung, der Frieden, der eben doch nicht von dieser Menschenwelt ist. „Nach langem Suchen fand ich endlich eine Ihrer würdige Karte. [...] ein genaues Konterfei des Völkerbundes. Der Jüdische Weltkongreß sah ein bißchen anders aus. [...] Ein Photo von ihm ließ sich nicht auftreiben. [...] Also mündlich mit allen Illustrationen." Ein Bild des Völkerbundes. Die übrigen Bilder werden mündlich nachgeliefert. Das Versprechen auf ein Gespräch, in dem sie sich werden austauschen können.

Ein Jahr später wieder ein Bild: „Lieber Benjamin, Gott schuf Adam und Eva auf der Insel Poquerolles. Landkarte des Paradieses s. Umseite." Und am 20. August 1937 schreibt Benjamin „Ich hoffe H. wieder wetterfest auf der Kommandobrücke zu finden, wenn ich zurückkomme. Dies wird vermutlich recht bald sein. Meine Springer wiehern bereits vor Ungeduld, sich mit den Ihren herumzubeißen." H., also Heinrich Blücher, der gemeinsame, auch verbindende Freund, soll anders als die „Rahel" („Ich lasse das Leben auf mich regnen wie Wetter ohne Schirm") gegen die Wetter (der Zeit) gewappnet auf der Kommandobrücke stehen, Kurs haltend in der Frage, wie das endgültige Scheitern des revolutionären Traums zu verhindern sei. Am 20. Februar 1939 empfiehlt Walter Benjamin dem fernen Freund Gershom Scholem in Palästina Arendts Varnhagen-Studie und schreibt, Arendt schwimme „mit starken Stößen wider den Strom erbaulicher und apologetischer Judaistik".

In seinem vermutlich letzten Brief an Hannah Arendt, den Benjamin am 9. August 1940 im südfranzösischen Lourdes verfasste, beschreibt er seine Lage: „Je m'émmitouffle de lectures" (Ich mummele mich ein in Lektüre). Wieder ein Bild. Ferner findet sich auf dem Brief eine Skizze – ein Fluchtweg, ein Weg zu einer Unterkunft? Manchmal ist der richtige Weg zur richtigen Zeit Schicksal. In diesem letzten Brief hat Walter Benjamin, der Theodor W. Adorno zu seinem Nachlassverwalter bestimmt hatte, außerdem an Hannah Arendt geschrieben: „La vive angoisse que me donne l'idee du sort de mes manuscrits se fait doublement poignant." (Die große Angst, die mich bei dem Gedanken an das Schicksal meiner Manuskripte befällt, schmerzt doppelt.) Für Arendt, die die Auseinandersetzungen zwischen Walter Benjamin und dem emigrierten „Institut für Sozialforschung" kannte, wurde dieser Satz, nachdem Benjamin sich an der Grenze zur verweigerten Freiheit 1940 in Port Bou das Leben genommen hatte, eine Art Testament – sie fühlte sich fortan für das Schicksal seines Werks verantwortlich. Bei ihrer Flucht nach Amerika trug sie nicht nur seine Briefe bei sich, sondern auch eine handschriftliche Fassung seiner „Geschichtsphilosophischen Thesen", die er zwischen 1939 und 1940 auf Streifbandpapier niedergeschrieben hatte. Er hatte ihr das Manuskript gegeben, und sie ließ es nach ihrer Ankunft in Amerika Adorno zukommen. Nachdem sie sich selbst die Thesen zuvor fotokopiert hatte.

Da das Institut die Thesen anfangs nur intern publizierte, dürfte Hannah Arendt die erste gewesen sein, die 1944 (in einem Essay zum 20. Todestag von Franz Kafka) Benjamins Bild vom Engel der Geschichte öffentlich machte: „Der Engel der Geschichte [...] hat das Antlitz der Vergangenheit zugewendet. Wo eine Kette von Begebenheiten vor uns erscheint, da sieht er eine einzige Katastrophe, die unablässig Trümmer auf Trümmer häuft und sie ihm vor die Füße schleudert. Er möchte wohl verweilen, die Toten wecken und das Zerschlagene zusammenfügen. Aber ein Sturm weht vom Paradiese her, der sich in seinen Flügeln verfangen hat und so stark ist, daß der Engel sie nicht mehr schließen kann. Dieser Sturm treibt unaufhaltsam in die Zukunft. Das, was wir Fortschritt nennen, ist dieser Sturm", endet die Passage. In „Elemente und Ursprünge totaler Herrschaft", wo sie Benjamins Bild noch einmal zitiert, fährt sie fort: „Hier, unter dem Bild des Sturmes, ist die Geschichte als Prozeß bereits in ihrer zweifachen Ausdeutbarkeit als Fortschritt wie als Untergang, ja, genauer als fortschreitender Untergang oder als untergehender, in den Untergang schreitender Fortschritt gesehen." Hannah Arendt zitiert Benjamins Fortschrittskritik. Und sie zitiert sie an dieser Stelle nicht nur, „um Freunde zu haben", wie sie es einmal ausgedrückt hat, sondern sie zitiert auch, um Freund zu sein: wei sie Benjamins Denken und seine Bilder fortleben lassen möchte.

Als Arendt 1968 ihren großen Essay über Leben, Werk und Nachruhm von Walter Benjamin verfasste, waren ihr Benjamins Auseinandersetzungen mit dem emigrierten Institut für Sozialforschung aus den 1930er Jahren immer noch schmerzlich gegenwärtig, wie man noch heute bei einem Blick in ihre umfangreiche Bibliothek feststellen kann. Mitte der 1960er Jahre, im Zusammenhang mit der zweibändigen, von Theodor W. Adorno edierten Briefausgabe entspann sich in Deutschland eine Kontroverse, nicht zuletzt in der Zeitschrift „Merkur", in der sie selber gelegentlich schrieb. Hannah Arendt, die diese Debatte im fernen New York verfolgte, kommentierte die Äußerungen in ihren Exemplaren der Zeitschrift mit unüblicher Heftigkeit: „Keineswegs" notierte sie am Rande einer Stelle, an der Helmut Heißenbüttel im Kontext der Auseinandersetzungen zwischen Benjamin und dem Institut für Sozialforschung behauptete, ein Text von Benjamin sei 1938 nach einigem Hin und Her gedruckt worden. „Haben alle nie Marx gelesen", steht am Rande eines abgedruckten Briefes von Theodor Adorno. Und an der Stelle, an der kurz erwähnt wird, dass Gershom Scholem die Freundschaft von Benjamin und Brecht missbilligte, liest man „Adorno auch!"

Das Wesen von Benjamins Denken sei ein philosophisches, hatte Adorno an Arendt geschrieben. Dagegen wandte sich Arendt explizit in ihrem Essay: „Was Benjamin auszeichnete, war gerade, daß er, ohne ein Dichter zu sein, dichterisch dachte", schreibt sie „und daß die Metapher daher für ihn das größte und geheimnisvollste Geschenk der Sprache sein mußte, weil sie in der Übertragung es möglich macht, das Unsichtbare zu versinnlichen – eine feste Burg ist unser Gott – und so erfahrbar zu machen." Beiden, Brecht und Benjamin, sei es „immer auf das unmittelbar nachweisbar Konkrete, auf ein Einzelnes angekommen, das seine ‚Bedeutung' sinnfällig in sich trägt; die Metapher, die dichterisch die Einheit der Welt stiftet". Der dichterische Denker – die Formulierung erinnert an Klees „bildnerisches Denken" – der, um noch einmal ein Bild Benjamins zu zitieren, danach sucht „auf den Kamm der Sprache" zu gelangen, wo er „das Rauschen aller Quellen im Ursprung vernehmen möge", sollte endlich auch in Amerika neu zu Gehör gebracht werden. Deshalb stellte Arendt einen Textband für das amerikanische Publikum zusammen und verfasste einen einleitenden Essay. Als sie starb, war gerade ein zweiter Band in Vorbereitung.

Als Motto für ihren einleitenden Essay erwog sie zunächst eine Passage aus der Korrespondenz von Walter Benjamin mit Werner Kraft aus dem Jahr 1935. Die angestrichene Stelle, die sie dann verwarf, lautet:

„Es sind auf diesem Planeten schon sehr viele Kulturen in Blut und Grauen zugrunde gegangen. Natürlich muß man ihm wünschen, daß er eines Tages eine erlebt, die beide hinter sich gelassen hat – ja, ich bin, ganz wie Scheerbarth, geneigt, anzunehmen, daß er darauf wartet. Aber ob wir ihm dieses Geschenk auf den hundertsten oder vierhundertmillionsten Geburtstagstisch legen können, das ist eben furchtbar fraglich. Und wenn nicht, so wird er uns schließlich zur Strafe, als seinen unaufmerksamen Gratulanten, das Weltgericht auftragen lassen."

Diese Zeilen haben es in sich. Wer ist dieser „man", der den Planeten derart in sein Herz schließt und ihm etwas wünscht – eine Kultur nämlich, die Blut und Grauen hinter sich gelassen hat? Sind das nicht wir? Und: Wie erstaunlich fundiert ist in diesem Zitat die Gewissheit, dass der Planet „wartet", also in Erwartung, ja Hoffnung ist! Es ist an „uns", sagt Benjamin in diesem letztlich verworfenen Motto, ihm – dem Planeten – diesen Wunsch zu erfüllen; doch diese Aufgabe ist womöglich nicht unserer Generation gegeben, nein, die Zeitspanne, in der Hoffnung realisiert werden kann, ist offensichtlich großzügiger anzusetzen. Soviel jedenfalls ist gewiss: Wenn „uns", und dieses „uns" meint nicht weniger als die Menschheit, aufgrund fehlender Aufmerksamkeit das Geburtstagsgeschenk nicht gelingen sollte, wird der Planet „uns" das Weltgericht auftragen. Auf die Aufmerksamkeit kommt buchstäblich alles an.

An Stelle des verworfenen bildgewaltigen Mottos von der Sehnsucht nach einer Kultur ohne Grauen und von dem drohenden Weltgericht entscheidet sich Arendt für andere Figuren. Ein Kinderlied zum Beispiel: Liebes Kindlein, ach, ich bitt, bet fürs bucklicht Männlein mit. Jeder kennt das Lied und erinnert sich an den märchenhaften Ton, der dem Urschrecken des großen Ungeschicks die (nötige) Leichtigkeit verleiht, die denjenigen, der sie singt, durch das Leben tragen kann.

„Will ich in mein Kämmerlein,
Will mein Bettlein machen,
Steht ein bucklicht Männlein da,
Fängt als an zu lachen.“

Die Begegnung mit dem Ungeschick, dem Missgeschick, war, wie sie schreibt, charakteristisch für Benjamins Leben. Außerdem richtete das Motto sich explizit an die Nachwelt – der es aufgetragen wird, das „bucklicht Männlein“ im Gebet, also im Gedenken, zu bergen.

Ein anderes Bild, das Hannah Arendt als Motto erwählt, entnimmt sie Shakespeares „Sturm“:

Fünf Faden tief liegt Vater dein, Sein Gebein wird zu Korallen, Perlen sind die Augen sein; Nichts an ihm, das soll verfallen, Das nicht wandelt Meereshut in ein reich‘ und seltnes Gut.

Diese Zeilen tauchen auch am Ende ihres Buches „Vom Leben des Geistes“ in dem Kapitel „Wo wir sind, wenn wir denken“, wieder auf. Dort, ebenso wie in dem Benjamin-Essay, erzählen Shakespeares Verse vom Bergen der „Bruchstücke der Vergangenheit nach ihrer Veränderung durch die See“ (Arendt). Wobei „die See“, wie sie sagt, als das Meer der Zeit denkbar ist, in dem auch das Werk Benjamins sich verwandeln und zu „Perlen und Korallen“ werden kann. Geworden ist. Im Mittelpunkt steht die Sprache: „Jede Epoche, der ihre eigene Vergangenheit in einem solchen Maße fragwürdig geworden ist wie der unseren, muß schließlich auf das Phänomen der Sprache stoßen; denn in der Sprache sitzt das Vergangene unausrottbar, an ihr scheitern alle Versuche, es endgültig loszuwerden. Die griechische Polis wird so lange am Grunde unserer politischen Existenz, auf dem Meeresgrunde also, weiter da sein, als wir das Wort Politik im Munde führen.“ Die kristallinen Formen, die – mit Shakespeare – in der „Meereshut“ entstehen, überdauern und warten auf den „Perlentaucher“ (Benjamin), der sie an den Tag bringt: als „Denkbruchstücke“, Fragmente oder „Urphänomene“ (Goethe) – so Arendt.

Als der damalige Herausgeber der Zeitschrift „Merkur“, Hans Paeschke, das Manuskript des Benjamin-Essays erhielt, schrieb er ihr: „Aus 21 Merkur-Jahren wüßte ich nur ganz wenige Beispiele zu nennen, die sich dieser magistralen und Maßstäbe setzenden Deutung an die Seite stellen lassen […] – und nicht eine einzige, die auf dem Feld der Literatur ähnliches leistete. Das ist die Heimholung eines großen Geistes unserer Sprache in unser Bewußtsein.“

[Knott, Marie Luise: *Verlernen. Denkwege bei Hannah Arendt.* Berlin 2011, S. 37–60.]

Marie Luise Knott
Verlernen – Denkwege bei Hannah Arendt
(Auszug)

Ein Fest der Kontamination

Arendt, die zeitlebens „ein bisschen Angst" in der „Sprachenfrage"[1] beibehielt, benötigte Anfang der vierziger Jahre für alle Texte, die nicht beim AUFBAU erscheinen konnten, die Unterstützung eines Vermittlers. Damit ihre Texte die Schwelle überschreiten und in die neue Öffentlichkeit hineingelangen konnten, musste jemand ihr Englisch korrigieren. Die Freunde Randall Jarrell und Rose Feitelson waren die ersten, die ihre Texte über die Sprachgrenzen hinüber transportierten, sie verenglischten ihr „Denglisch": Es war eine schmerzliche Erfahrung, nicht ausdrücken zu können, was man sagen will.

Doch Arendt erkannte die Grenze als Öffnung. Das Übersetzen, das zu Beginn ihres Aufenthaltes in Amerika eine notwendige, nämlich der Not des Exils gehorchende Praxis war, wurde zu einem lebendigen Denkansatz. Noch 1964, 23 Jahre nach ihrer Ankunft, formuliert sie:

> Ich schreibe im Englischen, aber ich habe die Distanz nie verloren. Es ist ein ungeheurer Unterschied zwischen Muttersprache und allen anderen Sprachen. Bei mir kann ich das furchtbar einfach sagen: Im Deutschen kenne ich einen ziemlich großen Teil deutscher Gedichte auswendig. Die bewegen sich da immer irgendwie im Hinterkopf – in the back of my mind. Im Deutschen erlaube ich mir Dinge, die ich mir im Englischen nie erlauben würde ... Man kann die Muttersprache vergessen ... Ich habe es gesehen. Diese Leute sprechen die fremde Sprache besser als ich ... Aber es wird eine Sprache, in der ein Klischee das andere jagt, weil nämlich die Produktivität, die man in der eigenen Sprache hat, abgeschnitten wurde, als man diese Sprache vergaß.[2]

[...]

1 Briefwechsel Hannah Arendt/Heinrich Blücher, S. 316.

2 Gaus-Interview in: Hannah Arendt, *Ich will verstehen. Selbstaukünfte zu Leben und Werk*, S. 61.

Damit Sprache im Werden bleibt, muss sie sich immer neu der Gegenwart aussetzen; sie braucht die Spracherneuerungskraft der Poesie und die anstößige und anstoßende Kraft der Metapher (*meta-pherein* = übertragen). Metaphern, Assoziationen und Begriffe – wie Autonomie, Menschenrecht, Freiheit – tragen das Denken aus der reinen Anschauung des Konkreten hinaus und bieten Erkenntnisse über das Konstrukt, welches die Menschenwelt – trotz alledem – zusammenhält.[3] In der Kunst herrscht auf diese Weise ein Geben und Nehmen: Die Metapher, die aus dem Sichtbaren schöpft, um das Unsichtbare zu bezeichnen,[4] inspiriert den Künstler, woraufhin der Künstler im Schreiben neue Bilder in die Welt setzt. Eine tätige Teilhabe an diesem produktiven Geben und Nehmen im neuen Sprachreich ist dem Fremden lange verwehrt.

Die der rumänischen Diktatur entronnene Grenzgängerin und Schriftstellerin Herta Müller – auch sie eine aus ihrem Sprachraum Vertriebene – gibt eine Ahnung von der Wahrheit, die in solch einem Geben und Nehmen der Bilder entsteht: „Ich traue der Sprache nicht. Am besten weiß ich von mir selbst, dass sie sich, um genau zu werden, immer etwas nehmen muss, was ihr nicht gehört. Ich weiß nicht, warum Sprachbilder so diebisch sind, weshalb raubt sich der gültigste Vergleich Eigenschaften, die ihm nicht zustehen? Erst durchs Erfinden entsteht die Überraschung, und es beweist sich immer wieder, dass erst mit der erfundenen Überraschung im Satz die Nähe zur Wirklichkeit beginnt."[5] Es dauert lange, bis ein Exilant in der fremden Sprache über ausreichend Kenntnis verfügt, um in fremden Texten derartige „erfundene Überraschungen im Satz" zu erkennen.

Hannah Arendt, die mit der deutschen Poesie aufgewachsen war, hatte dem Dadaismus, jener literarischen Strömung, die sich die Schrecken der Wirklichkeit in eine materielle Zerstücklung der Worte und Buchstaben übersetzt hatte, nichts abgewinnen können. Ihr als Nicht-Schriftstellerin lag es damals in Amerika offensichtlich nicht nahe, sich mit dem Material der fremden Sprache freiheitlich einen eigenen Wort- und Sprachreim zu machen, sie unternahm keine Versuche, die Hindernisse in traumtänzerischen Assoziationen zu überwinden, wie man es von Emigranten wie dem mit Arendt befreundeten Schlagertexter Robert Gilbert (der Popocatepetl auf Shtetl reimte) weiß, oder wie man es heute von einigen zeitgenössischen Schriftstellern kennt (etwa Yoko Tawadas *Sprachpolizei* oder Emine Sevgi Özdamars *Mutterzunge*).

[...]

---

3 Durch das Vergessen des metaphorischen Charakters der Sprache, hatte Jaspers 1947 in *Von der Wahrheit* (S. 398) geschrieben, entstehe der Boden vermeintlicher Eigentlichkeit.

4 Hannah Arendt, *Denktagebuch*, S. 728.

5 Herta Müller, *Züricher Poetikdozentur*, 19. November 2007.

Das Mädchen aus der Fremde

Kollektive Identitäten waren Arendts Sache nicht. Sie wusste um die Fragilität ihrer Existenz in der Nachkriegszeit. Eine Jüdin, mit einem Nicht-Juden verheiratet, schreibt über jüdische Belange, als gäbe es sie nicht, die Eckpfeiler der Erinnerungskultur und die Grundvorstellungen jüdischer Geschichtsschreibung. In einem Brief an Martin Heidegger schrieb Hannah Arendt 1950, sie habe sich nie als deutsche Frau gefühlt und seit langem aufgehört, sich als jüdische Frau zu fühlen. „Ich fühle mich als das, was ich nun eben einmal bin, das Mädchen aus der Fremde."[6] Schillers Bild von dem Mädchen, das die Leute mit Früchten beschenkt, die „in einem anderen Licht" und „in einer glücklichern Natur" gereift waren, beschreibt das Wagnis ihrer geistigen Existenz, aber auch den Mut und die Anmut, mit denen Arendt sich in Amerika ansiedeln konnte.

Sprache artikuliert das Denken. Die Welt wird jedem neuen Ankömmling erst einmal in einer bestimmten Einzelsprache gegeben; erst nach und nach kann das Denken über die Sprache hinausdenken. Für das viersprachige Verlagshaus Schocken Books (Englisch, Deutsch, Hebräisch, Jiddisch), in dem sie von 1946 bis 1948 als Lektorin arbeitete und das sie sich als idealen Begegnungsort für Fremde und Amerikaner vorgestellt hatte, plante Hannah Arendt ein kleines Bändchen zum Thema Übersetzen, mit Essays von Franz Rosenzweig, Walter Benjamin und Hermann Broch.[7] Alle drei Essays wenden sich, auf je sehr verschiedene Weise, gegen das assimilatorische Ideal der „Eindeutschung" oder „Einenglischung" fremdsprachiger Originale.

Animiert zu dem Übersetzungsband hatte sie ein Vortrag des befreundeten Schriftstellers Hermann Broch, der am Ende einer hoch poetischen Analyse über die Unübersetzbarkeit des Liedes „Der Mond ist aufgegangen" (Matthias Claudius) die These aufstellte, dass in jedem deutschen Sprachkunstwerk etwas von der deutschen Dichter- und Märchenwelt – Nebel, Wald, Mond, Drachen, Elfen – stecke und dieser Geist in allen Übersetzungen widerhallen müsse.

[...]

6 Hannah Arendt/Martin Heidegger, *Briefe, 1925–1975*, S. 76. In Schillers Gedicht *Das Mädchen aus der Fremde* heißt es: „Sie brachte Blumen mit und Früchte / Gereift auf einer andern Flur / In einem andern Sonnenlichte, / In einer glücklichern Natur. / Und teilte jedem eine Gabe, / Dem Früchte, jenem Blumen aus, / Der Jüngling und der Greis am Stabe, / Ein jeder ging beschenkt nach Haus."

7 Hermann Broch, „Einige Bemerkungen zur Philosophie und Technik des Übersetzens" in: *Dichten und Erkennen*, hg. von Hannah Arendt, 1955, S. 277ff. Walter Benjamin, „Die Aufgabe des Übersetzers", in: *Illuminationen. Ausgewählte Schriften* I, Frankfurt 1977, S. 50–62.; Franz Rosenzweig, „Nachwort zu den Hymnen und Gedichten des Jehuda Halevi", in: *Kleinere Schriften*, 1932, S. 200–219.

Auch in Benjamins Übersetzungs-Essay war das Übersetzenswerte gerade in dem angesiedelt, was sich einer getreuen Übersetzung widersetzt und so die Einzelsprache ergänzt und erweitert.

Die Herauslösung des Werkes aus dem ihm gewohnten Kontext, „befreit" zunächst – das heißt sie setzt das Werk zu etwas Neuem frei. Diese „Nachreife" des Originals verwandelt sich, so Benjamin, im Übersetzen in etwas Neues, das sich im Kontext der neuen Sprache als ein „Wehen" des Fremden zu erkennen gibt. Übersetzungen halten die Sprache im Werden.

Das Schreiben in der fremden Sprache brachte Arendt ein Dilemma: Ihr Stil mit den vielen expliziten und impliziten Zitaten und den Denkbildern, durch die fremde Stimmen und Sichtweisen in die eigenen Ausführungen einbrechen und diese unterbrechen, bescherte ihr Schwierigkeiten beim Transport ihrer eigenen Gedanken in das neue Sprachreich.[8] Sie dachte in Bildern und in Versen, die sie „in the back of her mind" hatte, wie sie das nannte. Wie aber kann man in der fremden Sprache zitieren, also eine Vielstimmigkeit herstellen, wenn es keine oder zumindest keine im Kontext brauchbaren englischen Übersetzungen der Stimmen gibt, die man selbst beim Schreiben mithört oder die man beim Schreiben mitreden lassen möchte?

Unter ihrer Mitwirkung (als deutsch-muttersprachliche Beraterin) entstanden 1946–48 die Übersetzungen von Kafkas Tagebüchern; später beriet sie in den USA Übersetzer von Heidegger, Jaspers, Rilke; und sie lehrte Plato, Kant, Machiavelli und Spinoza – gelesen im dekonstruktivistischen Geist der deutschen Moderne. Das Mädchen aus der Fremde, die einstige Heidegger-Schülerin, trug das Wissen der europäischen geisteswissenschaftlichen Zwischenkriegs-Moderne und deren Scheitern in die USA.

[...]

Eine mehrfache Metamorphose

In Arendts schriftstellerischem Werk ist die landläufige Vorstellung vom „Original" nicht mehr gültig. Arendts „Originale", also die englischsprachigen Fassungen ihrer großen Werke, sind immer schon Übersetzungen. Es gibt sie nicht, die eine, in der Muttersprache verfasste „Vision", von der alle weiteren

8 Zur Zitatmontage siehe Ingeborg Nordmann, „Gedankenexperiment und Zitatmontage", in: W. Heuer und I. von der Lühe (Hg.), *Dichterisch Denken. Hannah Arendt und die Künste*, S. 162–186; zur Bedeutung der Dichtung siehe die ausführlichen Untersuchungen von Barbara Hahn, *Menschen, Leidenschaften und Bücher.*

Fassungen dann „Versionen" sind.[9] Vielmehr handelt es sich bei der amerikanischsprachigen und bei der deutschsprachigen Fassung ihrer Hauptwerke um jeweils zwei verschiedene, wenngleich nahe beieinander liegende Originale. Einzelne Kapitel aus *Elemente und Ursprünge totaler Herrschaft* sind zunächst auf Englisch, andere zunächst auf Deutsch verfasst worden, doch Arendt maß den sprachlichen Unterschieden in diesem Werk keine große Bedeutung bei.[10] Alle weiteren Hauptwerke schrieb Hannah Arendt zunächst vollständig auf Englisch.

Der russische Schriftsteller Vladimir Nabokov, der als Jugendlicher das Land seiner Muttersprache verließ und ein Großteil seines literarischen Werkes zunächst auf Englisch verfasst hat, kommentierte die von ihm selbst erstellte russische Ausgabe von *Erinnerung, sprich:*

> Für die vorliegende, endgültige Fassung von *Speak, Memory* habe ich jedoch nicht nur grundlegende Änderungen vorgenommen und reichliche Ergänzungen in den ursprünglichen englischen Text eingefügt, sondern mich auch der Korrekturen bedient, die ich bei der Übersetzung ins Russische angebracht hatte. Diese Wiederanglisierung einer russischen Wieder-Durcharbeitung dessen, was ganz am Anfang eine englische Wiedergabe russischer Erinnerungen gewesen war, erwies sich als eine höllische Aufgabe, doch bezog ich einigen Trost aus dem Bewusstsein, dass eine solche mehrfache Metamorphose, wie sie Schmetterlingen geläufig ist, von einem Menschen noch nie versucht worden war.[11]

Ähnlich wie bei Nabokov gibt es auch bei Hannah Arendt eine spezifische Metamorphose: Ein auf Amerikanisch abgefasster, aus der deutschen und europäischen Geistesgeschichte und aus der Erfahrung des Zusammenbruchs hervorgegangener Gedanke, der sich im amerikanischen assoziati-

---

9 Die erhellende Unterscheidung zwischen Version und Vision erfand die (zweisprachige) Autorin und Übersetzerin Esther Kinsky auf der Konferenz *„Happy bin ich schon, aber glücklich bin ich nicht". Autoren übersetzen sich selbst*, Übersetzertag 2008, LCB Berlin.

10 Im Vorwort von *Elemente und Ursprünge totaler Herrschaft* liest man dazu: „Es ist keine in jedem Worte treue Übersetzung des englischen Textes. Einige Kapitel hatte ich selbst noch deutsch geschrieben und später ins Englische übersetzt; in diesen Fällen ist hier der Originaltitel eingesetzt. Aber auch sonst haben sich bei der Umarbeitung ins Deutsche hie und da Änderungen ergeben, Streichungen und Zusätze, die hier im Einzelnen aufzuzählen sich nicht verlohnt." Hannah Arendt, *Elemente und Ursprünge totaler Herrschaft*, S. 15.

11 Vladimir Nabokov, *Erinnerung, sprich. Wiedersehen mit einer Autobiographie*, aus dem Englischen von Dieter E. Zimmer. Hamburg 1984, S. 12. Georg Witte hatte auf der Konferenz „Happy bin ich schon, aber glücklich bin ich nicht. Autoren übersetzen sich selbst" in einem Vortrag auf dieses Zitat hingewiesen sowie auf die Kinderlieder und Gedichte, die Nabokov in der russischen Fassung eingefügt hatte.

veren Schreiben verwurzelt hat, wird wieder ins Deutsche gebracht.[12] Vergleicht man die beiden Versionen, dann ist auffällig und aufschlussreich, dass Arendt im deutschen Text das Idiomatische aufbricht und viele Zitate und Anspielungen explizit macht, die beim Schreiben im Englischen schon „im Hinterkopf" mitgeschwungen haben dürften. Außerdem verfügt der deutsche Text über starke aktive Stilmittel – Wiederholungen, Alliterationen, Emphasen, Rhythmen. Doch Zweisprachigkeit bedeutet nicht, dass es eine arme und eine reiche Sprache gibt. Arendt hat mit ihrer Stimme in die beiden sprachlichen Eigenreiche verschieden hineingetönt. An einzelnen Stellen folgt die englische Originalversion anderen Bildern und Gedankengängen als die deutsche Originalversion. Wie aber kommen die verschiedenen Visionen zustande? Arendt erhielt sich zeitlebens ihre „Distanz" zum Englischen, das ab 1950 in der Öffentlichkeit ihre Hauptsprache wurde. Wenn sie je etwas bewusst für die europäische Zivilisation getan habe, lautet ihr Fazit 1975, so habe dies in nichts anderem als der ausdrücklichen Absicht gelegen, die Muttersprache nicht gegen irgendeine andere Sprache auszutauschen, „egal, ob sie mir angeboten oder aufgezwungen wurde".[13]

Drei Jahre dauerte es, bis *The Human Condition*, ihr Magnum Opus aus dem Jahr 1958, unter dem Titel *Vita activa* 1961 auf Deutsch erschien. Die Arbeit war langwierig, aber, wie sich herausstellte, produktiv: Eine befreundete Journalistin, Charlotte Beradt, erstellte eine Rohübersetzung aus dem Englischen. Dieser wahrscheinlich aus Zeitnot als Provisorium erdachte Zwischenschritt des fremden Textes (Rohübersetzung) erwies sich als glückliche Konstellation: Arendt verfasste in englischer Sprache einen vielleicht ursprünglich auf Deutsch gefassten Gedanken, der dann von fremder Hand (Beradt) in die eigene (Mutter-)Sprache rückübersetzt wurde. So konnte die ursprüngliche sprachliche Fremdheit, in der der eigene Gedanke abgefasst worden war, zunächst im Deutschen erhalten bleiben. Arendt stand nun ein Rudiment zur Verfügung, das sie im Deutschen in die eigene und eigenständige Denk- und Sprachbewegung hinübertragen konnte. Trotz des geglückten Zwischenschritt-Konstruktes der fremden Rohübersetzung, blieb das Selbstübersetzen jedoch eine höllische Angelegenheit, unter anderem weil sie deutsche Zitate überprüfte, Fehler korrigierte, erklärende oder auch klärende Passagen ein-

12 Siehe nächstes Kapitel und die Beispiele zum Textvergleich im Anhang; ferner Barbara Hahn in: *Leidenschaften, Menschen und Bücher.*

13 Hannah Arendt, *Ich will verstehen*, S. 4.

fügte.[14] Die deutschen Versionen ihrer englisch geschriebenen Bücher waren jeweils gleichzeitig eine revidierte Ausgabe, wobei sie die Revision dann wieder für die zweite Auflage der englischen Bücher benutzte. Je besser ihr Englisch, desto schwerer war die Selbstübersetzung. „Der Teufel", so schrieb sie 1963 an Jaspers, „sollte die Zweisprachigkeit holen!"[15]

14 Siehe Anhang. Roy T. Tsao hat in seinem äußerst lesenswerten Beitrag „Arendt Against Athens: Rereading *The Human Condition*" in: POLITICAL THEORY, Volume 30, Number 1, February 2002, S. 97–124 analysiert, wie in der deutschen und der englischen Fassung von Vita activa die Darstellung der Griechen voneinander abweicht.

15 „Ich bin mitten in der Übersetzung des Revolutionsbuches, die mir Spaß macht, bei der ich aber doch wieder sehe, wie schwierig diese Umformung in eine andere Sprache ist. Je besser mein Englisch ist, desto schwerer wird die deutsche Fassung. Der Teufel sollte die Zweisprachigkeit holen." Hannah Arendt an Karl Jaspers, 14. August 1963.

[Tawada, Yoko: *Das Tor des Übersetzers oder Celan liest Japanisch*, in: Talisman, Tübingen 1996, S. 121-134.]

Yoko Tawada
Das Tor des Übersetzers oder Celan liest Japanisch

Es gibt Menschen, die behaupten, dass ‚gute' Literatur eigentlich unübersetzbar sei. Als ich noch nicht Deutsch lesen konnte, habe ich diesen Gedanken tröstlich empfunden, weil ich mit der deutschsprachigen Literatur – besonders mit der, die nach dem Zweiten Weltkrieg entstanden ist – nichts anfangen konnte. Ich dachte mir, ich müsste Deutsch lernen und sie im Original lesen, dann würde sich mein Problem mit der deutschen Literatur wie von allein auflösen.

Es gab aber Ausnahmen, wie z.B. die Gedichte von Paul Celan, die mich schon in der japanischen Übersetzung faszinierten. Mir fiel gelegentlich die Frage ein, ob seine Gedichte vielleicht keine Qualität besäßen, weil sie übersetzbar waren. Mit der Frage nach der ‚Übersetzbarkeit' meine ich nicht, ob ein Gedicht sein perfektes Abbild in einer fremden Sprache findet, sondern ob seine Übersetzung auch Literatur sein kann. Außerdem wäre es nicht ausreichend, wenn ich sagen würde, Celans Gedichte seien übersetzbar. Vielmehr hatte ich das Gefühl, dass sie *ins Japanische hineinblicken*.

Nachdem ich gelernt hatte, deutsche Literatur im Original zu lesen, stellte ich fest, dass meine Eindrücke keine Täuschung waren. Es muss zwischen Sprachen eine Kluft geben, in die alle Wörter hineinstürzen. Umso stärker beschäftigte mich die Frage, warum Celans Gedichte eine fremde Welt, die außerhalb der deutschen Sprache liegt, erreichen können.

Eine mögliche Antwort auf meine Frage begegnete mir später auf überraschende Weise. Eines Tages rief mich Klaus-Rüdiger Wöhrmann an, um sich bei mir für die Fotokopie zu bedanken, die ich ihm auf seinen Wunsch hin gemacht hatte. Es war die Kopie der japanischen Übersetzung von Celans Gedichtband *Von Schwelle zu Schwelle* (1955). Der Übersetzer des Bandes war Mitsuo Iiyoshi, durch dessen japanische Version ich Celans Text kennengelernt hatte. Als Wöhrmann mir sagte, dass das Radikal 門 (Tor) für diese Übersetzung eine entscheidende Rolle spiele, blitzte eine Idee durch meinen Kopf: Genau dieses Radikal verkörperte die „Übersetzbarkeit" der Literatur Celans.

Ein Radikal ist so etwas wie der „Hauptbestandteil" eines Ideogramms (Ideogramm = Schriftzeichen, das einen ganzen Begriff ausdrückt und nicht einen Laut wie das Alphabet). Es gibt auch Ideogramme, die nur aus dem Radikal bestehen, wie z.B. 門 (Tor), aber die meisten haben noch zusätzliche Bestandteile. Alle Schriftzeichen, die das Radikal „Tor" in sich tragen, haben auf der semantischen Ebene etwas mit Tor zu tun. Allerdings sind die Bedeutung des Radikals und die des ganzen Schriftzeichens manchmal so weit voneinander entfernt, dass man den Zusammenhang ohne Hilfe des Lexikons nicht erkennen kann. Außerdem denkt man beim Lesen nicht darüber nach, welche Bedeutungen die einzelnen Bestandteile eines Schriftzeichens haben, sondern man erfasst das ganze Zeichen als solches. Deshalb wäre ich alleine nicht auf die Idee gekommen, über ein Radikal bei Celan nachzudenken. Nur der klare Blick von außen konnte mich darauf aufmerksam machen.

Wie aber ist es möglich, dass in diesem schmalen Gedichtband immer wieder an einer entscheidenden Stelle die Ideogramme mit dem Radikal „Tor" auftauchen? Es kann kein Zufall sein, denn einen Zufall gibt es vielleicht in der Literatur, aber nicht in der Lektüre der Literatur. Die Frage nach der Intention des Autors hilft uns gar nicht: Es ist nicht möglich, dass Celan heimlich Japanisch gelernt und mit Absicht so gedichtet hat, dass in der japanischen Übersetzung das Radikal „Tor" zu einem Schlüsselzeichen wird.

Das Radikal „Tor" erscheint bereits zweimal im Titel des Gedichtbandes Von Schwelle zu Schwelle. Das Schriftzeichen 閾 (Schwelle) hat das Radikal „Tor". In diesem Fall ist es nicht schwer, die Gemeinsamkeit zwischen der Bedeutung des Radikals und der des Zeichens zu erraten: Es geht in beiden Fällen um eine Grenze. Dieser Titel zeigt aber schon, dass die Grenzüberschreitung nicht beabsichtigt ist: Es geht nicht darum, eine bestimmte Grenze zu überschreiten, sondern darum, von einer Grenze zu einer anderen zu wandern.

Im ersten Gedicht des Buches taucht schon wieder ein Schriftzeichen mit dem Radikal „Tor" auf: 聞 (Hören). *Ich hörte sagen* heißt das Gedicht und fängt an mit dem Satz:

> Ich hörte sagen, es sei
> im Wasser ein Stein und ein Kreis und über dem Wasser ein Wort,
> das den Kreis um den Stein legt.

In dem Zeichen 聞 (hören) sieht man ein Ohr 耳, das unter dem Tor 門 steht.

Folgt man dem Zeichen, so bedeutet Hören, wie ein Ohr an der Schwelle zu stehen. In der nächsten Strophe sieht das Ich eine andere Figur, die nicht auf der Schwelle stehenbleibt, sondern sie überschreitet.

Ich sah meine Pappel hinabgehn zum Wasser, ich sah,
wie ihr Arm hinuntergriff in die Tiefe,
ich sah ihre Wurzeln gen Himmel um Nacht flehn.

Die Welt unter Wasser befindet sich hinter der Schwelle. Das lyrische Ich sieht, wie die „Pappel" in die fremde Welt des Wassers eintaucht, aber es bleibt Beobachter und eilt ihr nicht nach.

Ich eilt ihr nicht nach, ich las nur vom Boden auf jene Krume,
die deines Auges Gestalt hat und Adel,
ich nahm dir die Kette der Sprüche vom Hals
und säumte mit ihr den Tisch, wo die Krume nun lag.

Das Ich steigt nicht ins Wasser, sondern bleibt auf der Schwelle und treibt ein magisches Spiel: Der Stein und der Kreis werden mit Hilfe der Krume und der Kette nachgezeichnet, und so wird das Bild, das unter Wasser zu sehen sein soll, auf dem Tisch wiederholt.

Dieses magische Spiel wirkt wie ein Übersetzungsvorgang. Der Übersetzer bildet das Bild, das sich unter Wasser befindet, auf dem Schreibtisch nach. Die Pappel ist dagegen keine Übersetzerin. Ihr Körper verschwindet im Wasser.

Wenn man die fremde Welt unter Wasser mit dem Reich der Toten gleichsetzen würde, dann wäre das magische Spiel eine Übersetzung der Sprache der Toten in die Schrift. Der Übersetzer hört das Wort der Toten und liest es (liest er es wie Ähren vom Boden auf oder liest er es wie ein Schriftzeichen?) und stellt es auf den Schreibtisch, also er schreibt. Die Pappel dagegen schreibt nicht. Sie verschwindet wie eine Sterbende im Wasser: Und sah meine Pappel nicht mehr. Das Hören spielt in der ersten Gedichtserie dieses Buches, welche Sieben Rosen später betitelt ist, durchgehend eine wichtige Rolle. Mir kam es vor, als würden die Gedichte mich daran erinnern, dass das Hören nicht von der Schwelle getrennt zu denken ist. Ich hatte das gewusst, als ich noch ausschließlich in der japanischen Sprache lebte. Das Schriftzeichen 聞 (hören) hielt damals dieses Wissen fest, ohne dass es mir bewusst gewesen wäre. Es gibt ein Sprichwort, das vielleicht auch zu diesem Wissen gehört. Es lautet: Monzen na kozoo narawanu kyoo o yomu (Der Knabe, der vor einem Tempeltor lebt, kann das Gebet rezitieren, ohne es zu lernen). Der Knabe, der nicht in den Tempel hineingeht und am Tor steht, verkörperte für mich den Hörenden. Aber seitdem ich oft in der deutschen Sprache denke, hängt das „Hören" hauptsächlich mit dem „Zugehören" zusammen, so dass ich beim Hören das

Bedürfnis bekomme, der fremden Stimme nachzueilen, und nicht an der Schwelle zu bleiben.

Je intensiver ich las, desto stärker wurde mein Eindruck, dass Celans Gedichte ins Japanische hineinblicken. Der Dichter muss den Blick der Übersetzung, der aus der Zukunft auf den Originaltext geworfen wird, gespürt haben. Interessant ist, dass man Celans Fähigkeit, diesen Blick wahrzunehmen, nicht mit sogenannter Sprachkenntnis begründen kann. Es muss eine Fähigkeit geben, beim Schreiben ein oder mehrere fremde Denksysteme (in diesem Fall das System der chinesischen Schriftzeichen, so wie es heute u.a. in der japanischen Sprache weiterlebt), die außerhalb der konkret verwendeten Sprache liegen, zu sich zu rufen und im Text präsent zu machen.

Der Titel des dritten Gedichtes *Leuchten* enthält das Schriftzeichen 閃 (Leuchten), das auch das Radikal „Tor" hat. Hier sieht man, wie ein Mensch 人 unter einem Tor 門 steht. Ich hatte mir noch nie Gedanken darüber gemacht, warum aus der Kombination von einem Tor und einem Menschen ein Leuchten erzeugt werden kann. Vielleicht ist einer, der unter einem Tor (oder auf einer Schwelle) steht, besonders fähig, ein Leuchten aus einer unsichtbaren Welt zu empfangen. (Diese Idee wurde während der weiteren Lektüre bestätigt.)

Außerdem spürte ich etwas, was das deutsche Wort „Leuchten" stark mit diesem Schriftzeichen verbindet: Mir fiel auf, dass das Wort „Ich" in der Mitte des deutschen Wortes „Leuchten" kurz auftaucht, wenn man es deutlich und laut ausspricht. Das Wort „Ich" kommt sonst nicht in dem Gedicht vor, sondern nur „mir", „du" und „uns". Nur in dieser Leuchte blitzt das Ich einmal auf, ganz kurz und gebrochen.

Wenn ich mir ein Gedicht als einen Strahlenempfänger vorstelle, so ist es sinnlos, in einem deutschen Gedicht etwas ‚typisch Deutsches' zu suchen. Denn es empfängt immer etwas Fremdes und niemals sich selbst. Vielleicht gibt es auch deutsche Gedichte, die aus der deutschen Erde gemacht sind. Mich interessieren aber eher die Gedichte, die mit Konstellationen fremder Sprachen und Denkweisen korrespondieren, denen sie bei ihrer Entstehung noch nicht begegnet waren. Ich bezeichne hier die fremden Denksysteme deshalb als Konstellationen, weil jedes Zeichen aus ihnen wie ein Stern ein Licht auf das Original wirft. Wenn man das Gedicht *Strähne* liest, kann man sich vorstellen, dass zwar der Mund des Dichters aus Erde bestehen könnte, aber nicht seine Worte. Dieser Mund spürt ein Sternenlicht und spricht die Worte, die sich von der vertrauten Sprache unterscheiden.

Niedergehn hier die
Fernen, und du,
ein flockiger Haarstern,
schneist hier herab
und rührst an den erdigen Mund.

Der Strahl aus dem Stern ist hier noch nicht sichtbar. Erst wenn der Übersetzer später dem Strahl eine Form gibt, sieht man ihn endlich. Wie ist aber dieser Vorgang zeitlich zu verstehen? Wie soll die ‚Zeit' aussehen, in der die Übersetzung das Original anstrahlen kann? In der ersten Zeile des fünften Gedichtes *Mit Äxten spielend* kommt das Wort „Stunden" vor, deren Übersetzung wieder ein Schriftzeichen mit dem Radikal „Tor" enthält. Das Wort „Stunde" **時間** wird aus „Zeit" **時** und „Zwischenraum" **間** zusammengestellt. In dem zweiten Zeichen **間** sieht man die Sonne **日**, die unter einem Tor steht. In der früheren Form dieses Zeichens stand der Mond und nicht die Sonne unter dem Tor. Das Mondlicht scheint durch die Spalte des leicht geöffneten Tors hindurch: So stellten sich die Menschen damals einen Zwischenraum vor.

Mit Äxten spielend

Sieben Stunden der Nacht,
sieben Jahre des
Wachens: mit Äxten spielend,
liegst du im Schatten aufgerichteter Leichen
– o Bäume, die du nicht fällst! –,
zu Häuten den Prunk des Verschwiegnen,
den Bettel der Worte zu Füßen,
liegst du und spielst mit den
Äxten – und endlich blinkst du
wie sie.

Dieses „Du" blinkt wie die Axt, das heißt, es hat wahrscheinlich keinen eigenen Strahl, sondern es empfängt „endlich" ein fremdes Licht und blinkt. Dieses „Du" kann ein Gedicht sein, das eine Zeitlang auf das Licht der Übersetzung wartet. Dieses Gedicht liegt wie eine Brücke zwischen dem „Prunk des Verschwiegnen" und dem „Bettel der Worte". Dabei bildet das Gedicht einen Zwischenraum. Ein ähnlicher Raum auf einer Schwelle kommt auch im Gedicht *Gemeinsam* vor.

> Da nun die Nacht und die Stunde,
> so auf den Schwellen nennt,
> die eingehn und ausgehn,

Die Begegnung des Originals mit seiner Übersetzung findet bei der Entstehung des Textes statt und nicht später. Das kann man nur verstehen, wenn man sich diese Entstehung nicht in einem Zeitpunkt auf einer fortlaufenden Zeitlinie vorstellt, sondern in einem Zwischenraum auf einer Schwelle. Der Zwischenraum ist kein geschlossenes Zimmer, sondern er ist der Raum unter einem Tor. Ich fing an, Celans Gedichte wie Tore zu betrachten und nicht etwa wie Häuser, in denen die Bedeutung wie ein Besitz aufbewahrt wird. Dabei fiel mir ein Satz ein, den Gershom Scholem in *Religiöse Autorität und Mystik* schrieb:

> Je präziser solche mystische Exegese, desto größer die Chancen der fortdauernden Anerkennung des so verwandelten Textes auch in seinem Wortsinn, der nur das Tor bildet, durch das der Mystiker schreitet, aber ein Tor, das er sich immer wieder offenhält.

Celans Wörter sind keine Behälter, sondern Öffnungen. Ich gehe durch die Öffnung der Tore, jedes Mal, wenn ich sie lese. Das Schriftzeichen 開 (sich auftun) kommt übrigens auch vor, und zwar in der entscheidenden letzten Zeile des Gedichtes *Ein Körnchen Sands*.

> und ich schweb dir voraus als
> ein Blatt, das weiß, wo die Tore
> sich auftun.

Ein Wort zu schreiben bedeutet, ein Tor zu öffnen. Die Lektüre der Schriftzeichen ist die der Wörter, und nicht die der Sätze oder des Klangs. Die faszinierende Übersetzbarkeit der Gedichte Celans kann u.a. an ihrer Wörtlichkeit liegen. Celan selbst spricht immer wieder vom „Wort“, z.B. im ersten Gedicht: „und über dem Wasser ein Wort“, oder in *Strähne*:

> Dies ist ein Wort, das neben den Worten
> einherging, ein Wort nach dem Bilde des
> Schweigens,
> umbuscht von Singrün und Kummer.

In diesem Gedicht wird das Wort klar von der „Sprache“ unterschieden: Das Wort bildet das Schweigen nach, während die Sprache den Körper des Dichters verletzt:

ein Wort, das mich mied,
als die Lippe mir blutet' vor Sprache

Ich vergleiche Celans Wörter mit den Toren und erinnere mich dabei daran, dass Benjamin die Wörtlichkeit einer Übersetzung als „Arkade" bezeichnet:

> Die wahre Übersetzung ist durchscheinend, sie verdeckt nicht das Original, steht ihm nicht im Licht, sondern lässt die reine Sprache, wie verstärkt durch ihr eigenes Medium, nur um so voller aufs Original fallen. Das vermag vor allem Wörtlichkeit in der Übertragung der Syntax und gerade sie erweist das Wort, nicht den Satz als das Urelement des Übersetzers. Denn der Satz ist die Mauer vor der Sprache des Originals, Wörtlichkeit die Arkade.

Eine Arkade besteht – wenn man so will – aus vielen Toren, die hintereinander stehen. Wenn jedes Wort von Celan ein Tor bildet, so kann das ganze Gedicht wie eine Arkade aussehen.

Ich werde jetzt durch das letzte Tor von *Sieben Rosen später* hindurchgehen: Das siebte Zeichen mit dem Radikal „Tor" 門 (Dunkel) taucht in zwei Gedichten auf: in *Von Dunkel zu Dunkel* und in *Der Gast*. Es ist von seiner Zusammensetzung her ein besonders rätselhaftes Zeichen, denn dort steht ein Ton 音 unter dem Tor 門 und soll „Dunkelheit" bedeuten. Ich las Celans Gedicht *Von Dunkel zu Dunkel*, als könnte ich dadurch die Entstehung dieses Zeichens besser verstehen.

Von Dunkel zu Dunkel

Du schlugst die Augen auf – ich seh mein
Dunkel leben. Ich seh ihm auf den Grund:
auch da ists mein und lebt.

Setzt solches über? Und
erwacht dabei? Wes Licht folgt
auf dem Fuß mir,
dass sich ein Ferge fand?

Nach der Lektüre des Gedichtes erkläre ich mir das rätselhafte Schriftzeichen 闇 folgendermaßen: Das sprachlich nicht Darstellbare, das „Dunkel", befindet sich vermutlich hinter dem Tor, aber man kann nicht durch das Tor blicken, weil ein Ton ihm im Weg (d.h. direkt unter dem Tor) steht. Gleichzeitig fürchtet man, dass man überhaupt keinen Zugang mehr zu dem Dunkel haben könnte, wenn es keinen Ton mehr gäbe. Der Ton stopft das Tor zu, aber er ist auch das Medium, das diese Seite des Tors mit der anderen verbindet. Man muss ihn hören, dann verhindert er nicht die Sicht.

Das Gedicht *Von Dunkel zu Dunkel*, besonders die Frage „Setzt solches über?" lädt mich ein, über die Entstehung eines Gedichtes und seiner Übersetzung weiter nachzudenken. In der ersten Strophe blickt eine Übersetzung, die noch nicht existiert, auf den Dichter („Du schlugst die Augen auf"), und er spürt das „Dunkel" in sich selbst. Damit wird die Dichtung in Gang gesetzt. In der zweiten Strophe geht es um die Suche nach einer Übersetzung. Es wird gefragt, ob solches (Dunkel) überhaupt hinübergesetzt (übersetzt) werden kann und ob es dabei erwacht. Es ist eine schöne Vorstellung, dass etwas durch die Übersetzung erwachen kann. Bis der Übersetzer („Ferge") gefunden wird, steht der Autor orientierungslos, einsam und unsicher da. Er fragt sich: „Wes Licht folgt auf dem Fuß mir, dass sich ein Ferge fand?"

Es ist schön, dass es offen bleibt, wann der Arbeitsprozess des Schreibens beginnt und wann er vollendet ist. Vielleicht dauert dieser Prozess so lange, bis das Gedicht in die letzte Sprache übersetzt ist.

Auf jeden Fall ist es ein Wunder, dass Celan ohne Hilfe eines Lexikons chinesischer Schriftzeichen *Sieben Rosen später* geschrieben hat. Das sind genau sieben unterschiedliche Schriftzeichen mit dem Radikal „Tor", die in der Übersetzung verwendet werden: 閾 (Schwelle). 門 (Tor), 聞 (Hören), 開 (Sich auftun), 間 (Zwischenraum), 閃 (Leuchten), 闇 (Dunkel). Das entspricht den sieben Rosen oder den sieben Stunden; die magische Zahl, auf die immer wieder angespielt wird. Die „sieben Rosen" drücken einen Zeitraum aus, wie man an dem Ausdruck „sieben Rosen später" sieht. Bei der Lektüre öffnet sich jede Rose wie ein Schriftzeichen, wie ein Tor oder wie ein Zwischenraum.

Das Radikal „Tor" ist das sichtbare Element in dieser Übersetzung, das zeigt, warum sie als Literatur wirksam ist. Die Übersetzung ist nicht Abbild des Originals, sondern in ihr bekommt eine Bedeutung des Originals einen neuen Körper (in diesem Fall nicht einen Klangkörper, sondern einen Schriftkörper). Walter Benjamin schreibt:

> Übersetzbarkeit eignet gewissen Werken wesentlich – das heißt nicht, ihre Übersetzung ist wesentlich für sie selbst, sondern will besagen, dass eine bestimmte Bedeutung, die dem Original innewohnt, sich in ihrer Übersetzbarkeit äußere.

Yoko Tawada, Talisman, Tübingen, 1996, 8. Auflage 2015, © Konkursbuch Verlag Claudia Gehrke

[Weinberger, Eliot: *19 Ways of Looking at Wang Wei*, New York 2016, S. 3, 5–13, 45 f., 55 f., 61 f.]

Eliot Weinberger
19 Ways of Looking at Wang Wei
(Auszug)

Poetry is that which is worth translating.

For example, this four-line poem, 1200 years old: a mountain, a forest, the setting sun illuminating a patch of moss. It is a scrap of literary Chinese, no longer even pronounced as its writer would have spoken it. It is a thing, forever itself, inseparable from its language.

And yet something about it has caused it to lead a nomadic life: insinuating itself in the minds of readers, demanding understanding -- but always on the reader's own terms -- provoking thought, sometimes compelling writing in other languages. Great poetry lives in a state of perpetual transformation, perpetual translation: the poem dies when it has no place to go.

The transformations that take shape in print--and not in the minds of readers--that take the formal name of „translation," become their own beings, set out on their own wanderings. Some live long and some don't. What kind of creatures are they? What happens when a poem, once Chinese and still Chinese, becomes a piece of English, Spanish, French poetry?

鹿柴
空山不見人,
但聞人語響.
返景入深林,
復照青苔上

The poem is by Wang Wei (c. 700–761), known in his lifetime as a wealthy Buddhist painter and calligrapher, and to later generations as a master poet in an age of masters, the Tang Dynasty. The quatrain is from a series of twenty poems on various sights near the Wang (no relation) River. The poems were written as part of a massive horizontal landscape scroll, a genre he invented. The painting was copied (translated) for centuries. The original is lost, and the earliest surviving copy comes from the 17th century: Wang's landscape after 900 years of transformation.

In classical Chinese, each character (ideogram) represents a word of a single syllable. Few of the characters are, as is commonly thought, entirely representational.

But some of the basic vocabulary is indeed pictographic, and with those few hundred characters one can play the game of pretending to read Chinese.

Reading the poem left to right, top to bottom, the second character in line 1 is apparently a mountain; the last character in the same line a person––both are stylizations that evolved from more literal representations. Character 4 in line 1 was a favorite of Ezra Pound's: what he interpreted as an eye on legs; that is, the eye in motion, to see. Character 5 in line 3 is two trees, forest. Spatial relationships are concretely portrayed in character 3 of line 3, to enter, and character 5 of line 4, above or on (top of).

More typical of Chinese is character 2 of line 4, to shine, which contains an image of the sun in the upper left and of fire at the bottom, as well as a purely phonetic element – key to the word's pronunciation – in the upper right. Most of the other characters have no pictorial content useful for decipherment.

(transliteration)

Lù zhái

Kōng shān bù jián rén
Dàn wén rén yǔ xiǎng
Fǎn jǐng (yǐng) ru shēn lín
Fù zhào qīng tái shàng

The transliteration is from modern Chinese, using the current, quirky pinyin system. Obvious, perhaps, to the Romanians who helped develop it, but not to English speakers, is that the zh is a j sound, the x a heavily aspirated s, and the q a hard eh. The a is the ah of father.

Though the characters have remained the same, their pronunciation has changed considerably since the Tang Dynasty. In the 1920s the philologist Bernhard Karlgren attempted to recreate Tang speech; a transliteration of this poem, using Karlgren's system, may be found in Hugh M. Stim son's 55 Tang

Poems. Unfortunately, the transliteration is written in its own forbidding language, with upside-down letters, letters floating above the words, and a leveled forest of diacritical marks.

Chinese has the least number of sounds of any major language. In modern Chinese a monosyllable is pronounced in one of four tones, but any given sound in any given tone has scores of possible meanings. Thus a Chinese monosyllabic word (and often the written character) is comprehensible only in the context of the phrase: a linguistic basis, perhaps, for Chinese philosophy, which was always based on relation rather than substance.

For poetry, this means that rhyme is inevitable, and Western "meter" impossible. Chinese prosody is largely concerned with the number of characters per line and the arrangement of tones––both of which are untranslatable. But translators tend to rush in where wise men never tread, and often may be seen attempting to nurture Chinese rhyme patterns in the hostile environment of a Western language.

(character-by-character translation)

1. Empty	mountain(s) hill(s)	(negative)	to see	Person people
2. But	to hear	person people	words conversation	sound to echo
3. To return	bright(ness) shadow(s)[1]	to enter	deep	forest
4. To return Again	to shine to reflect	green blue black	moss lichen	above on (top of) top

I have presented only those definitions that are possible for this text. There are others.

A single character may be noun, verb, and adjective.

It may even have contradictory readings: character 2 of line 3 is either jing (brightness) or ying (shadow). Again, context is all. Of particular difficulty to the Western translator is the absence of tense in Chinese verbs: in the poem, what is happening has happened and will happen. Similarly, nouns have no number: rose is a rose is all roses.

1 According to François Cheng, ***returning shadows*** is a trope meaning rays of sunset.

Contrary to the evidence of most translations, the first-person singular rarely appears in Chinese poetry. By eliminating the controlling individual mind of the poet, the experience becomes both universal and immediate to the reader.

The title of the poem, Lu zhai, is a place-name, something like Deer Grove, which I take from a map of Illinois. It probably alludes to the Deer Park in Sarnath, where the Gautama Buddha preached his first sermon.

The first two lines are fairly straightforward. The second couplet has, as we shall see, quite a few possible readings, all of them equally "correct".

THE FORM OF THE DEER

So lone seem the hills; there is no one in sight there.
But whence is the echo of voices I hear?
The rays of the sunset pierce slanting the forest,
And in their reflection green mosses appear.

W. J. B. FLETCHER, 1919
(Fletcher, Gems of Chinese Verse)

The translation is typical of those written before the general recognition of Ezra Pound's Cathay, first published in 1915. Pound's small book, containing some of the most beautiful poems in the English language, was based on a notebook of literal Chinese translations prepared by the orientalist Ernest Fenollosa and a Japanese informant. The "accuracy" of Pound's versions remains a sore point: pedants still snort at the errors, but Wai-lim Yip has demonstrated that Pound, who at the time knew no Chinese, intuitively corrected mistakes in the Fenollosa manuscript. Regardless of its scholarly worth, Cathay marked, in T. S. Eliot's words, "the invention of Chinese poetry in our time." Rather than stuffing the original into the corset of traditional verse forms, as Fletcher and many others had done, Pound created a new poetry in English drawn from what he found was unique to the Chinese.

"Every force," said Mother Ann Lee of the Shakers, "evolves a form." Pound's genius was the discovery of the living matter, the force, of the Chinese poem—what he called the "news that stays news" through the centuries. This living matter functions somewhat like DNA, spinning out individual translations that are relatives, not clones, of the original. The relationship between original and translation is parent-child. And there are, inescapably, some translations that are overly attached to their originals, and others that are constantly rebelling.

Fletcher, like all early (and many later) translators, feels he must explain and "improve" the original poem. Where Wang's sunlight enters the forest, Fletcher's rays pierce slanting; where Wang states simply that voices are heard, Fletcher invents a first-person narrator who asks where the sounds are coming from. (And if the hills are there, where is the narrator?)

In line 4, ambiguity has been translated into confusion: Fletcher's line has no meaning. (What reflection where?) Or perhaps the line has a lovely and unlikely Platonic subtlety: if their refers to the mosses, then what appears is the reflection of moss itself.

Fletcher explains his curious (and equally Platonic) title with a note that zhai means "the place where the deer sleeps, its 'form.'"

DEER-PARK HERMITAGE

There seems to be no one on the empty mountain ...
And yet I think I hear a voice,
Where sunlight, entering a grove,
Shines back to me from the green moss.

WITTER BYNNER & KIANG KANG-HU, 1929
(Bynner & Kiang, The Jade Mountain)

Witter Bynner was a primary purveyor of Chinoiserie translation in English in the 1920s – though not as extreme an exoticist as his Imagist counterparts Amy Lowell and Florence Ayscough, who never translated this poem. His Chinese poet does, however, write from the ethereal mists of tentative half-perception: there seems to be, and yet I think I hear. (Wang, however, quite plainly sees no one and hears someone.)

Where Wang is specific, Bynner's Wang seems to be watching the world through a haze of opium reflected in a hundred thimbles of wine. It is a world where no statement can be made without a pregnant, sensitive, world-weary ellipsis. The I even hears a voice where the sunlight shines back to him from the moss. Such lack of sense was traditionally explained by reference to the mystical, inscrutable Fu Manchu East.

[...]

Empty mountains:
    no one to be seen.
Yet—hear—
    human sounds and echoes.
Returning sunlight
    enters the dark woods;
Again shining
    on the green moss, above.

GARY SNYDER, 1978
(Journal for the Protection of All Beings, No. 4, Fall 1978.
Reprinted in The Gary Snyder Reader)

Surely one of the best translations, partially because of Snyder's lifelong forest experience. Like Rexroth (#11), he can see the scene. Every word of Wang has been translated, and nothing added, yet the translation exists as an American poem.

Changing the passive is heard to the imperative hear is particularly beautiful, and, though unlikely, is not strictly incorrect: it creates an exact moment, which is now. Giving us both meanings, sounds and echoes, for the last word of line 2 is, like most sensible ideas, revolutionary. Translators usually assume that only one reading of a foreign word or phrase may be presented, despite the fact that perfect correspondence is rare.

The poem ends strangely. Snyder takes the last word, which everyone else has read as on, and translates it with its alternative meaning, above, isolating it from the phrase with a comma. What's going on? Moss presumably is only above if one is a rock or bug. Or are we meant to look up, after seeing the moss, back toward the sun: the vertical metaphor of enlightenment?

In answer to my query, Snyder wrote: "The reason for '... moss, above' ... is that the sun is entering (in its sunset sloping, hence 'again' – a final shaft) the woods, and illuminating some moss up in the trees. (NOT ON ROCKS.) This is how my teacher Ch'en Shih-hsiang saw it, and my wife (Japanese) too, the first time she looked at the poem."

The point is that translation is more than a leap from dictionary to dictionary; it is a reimagining of the poem. As such, every reading of every poem, regardless of language, is an act of translation: translation into the reader's intellectual and emotional life. As no individual reader remains the same, each reading becomes a different – not merely another – reading. The same poem cannot be read twice.

Snyder's explanation is only one moment, the latest, when the poem suddenly transforms before our eyes. Wang's twenty characters remain the same, but the poem continues in a state of restless change.

[1979]

[...]

POSTSCRIPT

After the publication of this essay, along with Paz's afterword, in the Mexican magazine Vuelta, the editors received a furious letter from a professor at the Coleg i de México, charging me with nothing less than "crimes against Chinese poetry." Among those criminal acts was the "curious neglect" of "Boodberg's cedule."

The cryptic reference, I later discovered, was to Cedules from a Berkeley Workshop in Asiatic Philology, a series of essays privately published by Peter A. Boodberg in 1954 and 1955. Boodberg was of Russian nobility, was exiled to Manchuria and later the United States after the revolution, and became a beloved and eccentric professor of Chinese at the University of California. (Gary Snyder was one of his students.) He died in 1972.

The relevant essay, "Philology in Translation-Land," is 1½ pages long. It begins:

> Recent readings in translations of Tang quatrains have left us immersed in deep sadness in the face of the Jack of philological acumen, the critical shallowness, and the self-centered irreverence towards great poetry exhibited by would-be competent writers seeming unable to resist the lures of precocious publication.

Boodberg complains that "all translators known to me (including, alas, modern Chinese and Japanese authors) betray their listless misconception of the whole poem" by failing to recognize that shang, usually translated as above, on [top of], top, can also mean, when pronounced in a different tone, to rise or ascend.

This usage is now rare, and was more common in Wang Wei's time. But for those who doubt the accuracy of poetry translated by poets rather than scholars, it should be noted that Octavio Paz, in his latest version of the poem, apparently intuitively divined this reading and translated the word as asciende.

Boodberg ends his "cedule" with his own version of the poem, which he calls "a still inadequate, yet philologically correct, rendition of the stanza (with due attention to grapho-syntactic overtones and enjambment)":

DEER WATTLE (HERMITAGE)

The empty mountain: to see no men,
Barely earminded of men talking––countertones
And antistrophic lights-and-shadows
incoming deeper the deep-treed grove
Once more to glowlight the blue-green mosses––going up
(The empty mountain ...)

To me this sounds like Gerard Manley Hopkins on LSD, and I am grateful to the Furious Professor for sending me in search of this, the strangest of the many Weis.

[1986]

MORE WAYS
(A few German translations)

Günther Debon (1921–2005) was an important scholar whom some consider to be the finest German translator of classical Chinese and Japanese . A rhyming version in poetic language:

IM HIRSCHHAGEN

Am öden Berg – kein Mensch ist rings zu sehn.
Zuweilen hört man Menschenstimmen bloß.
Ein Abendstrahl dringt in den tiefen Wald.
Da liegt er leuchtend auf dem grünen Moos.

GÜNTHER DEBON, 1988
(Debon, Mein Haus liegt menschenfern doch nah den Dingen.
Dreitausend Jahre chinesischer Poesie

[My House Is Far from People, Yet Close to Things:
3000 Years of Chinese Poetry])
[In the Deer Park. On the deserted mountain, no one is seen around. / At times one only hears people's voices. / An evening ray penetrates into the deep forest. / It lies bright on the green moss.]

Another rhyming version that invents an explicit Chinese style parallel (eye / ear) that isn't exactly in the Chinese:

HIRSCHGEHEGE

Bergeinsamkeit, so weit das Auge reicht,
es hört allein das Ohr noch Menschen sprechen.
Den hohen Wald durchdringen Abendstrahlen,
die sich im dunklen Grün des Mooses brechen.

VOLKER KLÖPSCH, 1991
(Klöpsch, Der seidene Faden. Gedichte der Tang)

[Deer Enclosure. Mountain solitude as far as the eye can see, / it is only the ear that still hears people talking. / The high forest is penetrated by evening rays / that refract in the dark green of the moss.]

And this, from the one book of Wang Wei's poetry available in German. It is perhaps most notable as the only translation that has no deer:

AM WILDGEHEGE

Leere Berge – kein Mensch ist zu sehen,
Und dennoch hört man Menschenstimmen widerhallen.
Der Abendsonne Widerschein dringt in den tiefen Wald,
Blitzt abermals zurückgeworfen auf dem grünen Moos.

STEPHAN SCHUHMACHER, 2009
(Wang Wei, Jenseits der weißen Wolken)

[Near the Game Enclosure. Empty mountains – no man to be seen, / And yet one hears human voices echoing, / The evening sun's reflection enters the deep wood, / Flashes again reflected back on the green moss.]

Carolin Schmidt/Kollektiv „kaboom“
das Rätsel das du lösen musst bist du

Über den Dialog mit dem Gedicht, die drei Leben eines Textes und das Spiel mit Literatur im Raum.

(Für Barbara Köhler, unveröffentlicht)

ich trenne dich von den anderen aussen
von ihnen liest du mich trenne ich dir
nähte auf nähe und ferne entferne dich
von dem was du siehst buchstaben worte
verbünden sich zum unbegreiflichen ver
binden dich mit den anderen machen dich
einsamer mit ihnen erreichst du nichts
was ich nicht sage: alles mögliche und
unmögliches in aller munde eine andere
bin ich die fremde das geflügelte wort
wesen die sphinx grenze sprache & text
zeig ich dir was du nicht sehen kannst

: das Rätsel das du lösen musst bist du

Barbara Köhler[1]

[Barbara Köhler, Vermischte Schriften. Mixed Media.
© Suhrkamp Verlag Frankfurt am Main 1999]

Der Ursprung jeder guten Ausstellung ist eine gute Frage. Eine meiner ersten Fragen an die Ausstellung ‚Sprachlosigkeit – Das laute Verstummen‘ im Japanischen Palais in Dresden war: Wie können wir als Kollektiv „kaboom“ Sprachlosigkeit, Traumata, aber auch die Suche nach der eigenen Sprache, die Sprachfindung an einem Ort wie dem Japanischen Palais, das als „Narbe am anderen Ufer“ bezeichnet wurde, durch Literatur greifbar, erfahrbar machen und wie weit können wir (hier) gehen, wenn es um das Ausstellen von Literatur geht?

1 Köhler, Barbara: Wittgensteins Nichte. Vermischte Schriften. Mixed Media, Frankfurt a.M. 1999, S. 150.

Barbara Köhlers Gedicht spricht vom Verbinden, Lösen, Auftrennen. Die Bedeutung der Worte ‚Nähen', ‚Naht', ‚aufnähen' und ‚auftrennen' liegen wunderbar dicht beieinander. Das Ich im Gedicht spielt mit dieser Nähe im doppelten Sinne. Es geht auf semantischer Ebene um die Nähe vom Ich zum Du, vom Du zum Text, wobei die Perspektive von Zeile zu Zeile wechselt. Kurz wird ein Verbundensein suggeriert (‚binden dich mit den anderen'), gleich darauf wird (spöttisch? resigniert?) dementiert: ‚buchstaben worte/ [...] mit ihnen erreichst du nichts', um über das Rätselhafte der Sprache (‚wesen die sphinx') wieder Nähe zu schaffen (‚zeig ich dir was du nicht sehen kannst'), und schließlich zu der finalen Erkenntnis zu kommen, dass jeder Text, jedes Gedicht, immer auch eine Entdeckung des eigenen Ichs ist (‚: das rätsel das du lösen musst bist du').

Auch auf phonologischer Ebene tastet Köhler die Sprache ab, sie dreht die Worte um, ‚trennt' sie ‚auf' und ‚näht' sie neu zusammen. Es entsteht eine Wortskulptur, ein Textgarten, in dem sich jede*r Leser*in bedienen kann und die Syntax sich immer wieder verschiebt. Die Sprache ist Teil des Bestecks zur Untersuchung derselben. Sie kann sich an das Unsagbare herantasten, es umzingeln, kann Leerstelle sein und bleiben. So birgt das Gedicht eine unglaubliche Kraft – es eröffnet Fragen darüber, was Sprache, was ein Gedicht sein kann. Wie lässt sich das im Kontext des Japanischen Palais weiterdenken? Gehen wir nochmals einen Schritt zurück.

Literaturausstellungen gibt es in etwa so lange, wie es Text auf einem Trägermaterial gibt. Dabei reicht die Spannbreite der Ausstellungen von der Inszenierung des Füllers eines Johann von Goethe[2] bis hin zu zeitgenössischer Kunst, wie etwa bei der Schriftstellerin und Künstlerin Han Kang, die ihre Texte auch in Sound, Video und Installationen verwandelt.[3] Wo also fängt Literatur an und wo hört sie auf?

„Ein Text hat immer drei Leben. Das erste ist das, in dem er generiert wird und noch keinen Körper hat. Das zweite Leben ist, wenn er einen Körper bekommt, also auf die Seite erstmalig niedergesetzt, niedergelegt, festgehalten wird. Und das dritte ist das Wiederaufführungsleben."[4]

Unser Kollektiv interessiert sich für alle drei Leben, denn alle lassen sich in unterschiedlicher Form in einem Ausstellungskontext denken. Und das nicht nur in Literaturmuseen, sondern an jedem beliebigen Ort, im Innen- oder

2 Nebenbei bemerkt sind von 146 auf Wikipedia gelisteten Literaturmuseen und Gedenkstätten 5 (!) ausschließlich einer Autorin und ihrem Werk gewidmet, vgl. https://de.wikipedia.org/wiki/Liste_von_Literaturmuseen#Deutschland, zuletzt besucht am 4. Januar 2021.

3 So etwa die geplante Show im PalaisPopulaire im Kontext der Berlin Art Week 2020, die Aufgrund der Coronapandemie abgesagt werden musste.

4 Nora Gomringer Interview, www.freethetext.de/material/gomringer, zuletzt besucht am 19. Januar 2021.

Außenraum, im digitalen Raum oder, wie wir alle in den letzten Monaten pandemiebedingt erlebt haben, durch hybride Formate, die alle Räume miteinander verknüpfen. Versuchen wir, den drei Leben eines Textes im konkreten Ausstellungskontext nachzuspüren und sie anhand einiger unserer Ideen für die Umsetzung im Palais nachzuvollziehen.

Das dritte, das Wiederaufführungsleben, hat für unser Kollektiv generell, aber auch innerhalb der Ausstellung eine besondere Bedeutung. Wir haben eine Gedichtspur entwickelt, die sich durch das Japanische Palais windet, die die Literatur als Weg in den Mittelpunkt stellt, als Perspektive, als Erinnerungsspur.

Die dafür ausgewählten Gedichte spannen einen historischen Bogen von den Dresdener Elblandschaften vor dem Mauerfall bei Barbara Köhler bis hin zur aktuellen Situation in Weißrussland bei den belarussischen Dichter*innen Julia Cimafiejeva oder Dmitri Strozew. Sie werden vielfach geliked und geteilt, wie etwa bei den Dichterinnen Ijeoma Umebinyuo und Nayyirah Waheed oder gehören zu den leisen Stimmen, die nur selten einen Weg aus den Buchdeckeln finden, wie bei Zang Di. Sie handeln von Trauma, Wut, von Rassismuserfahrungen und Ausgrenzung, wie etwa bei Semra Ertan, May Ayim oder Gloria Anzaldúa. Sie spulen zurück und berichten von individuellen Gedächtnislandschaften und Erinnerungsfetzen wie etwa bei Marwan Ali, Ronya Othmann oder Sudabeh Mohafez. Sie stellen Wahrheiten in Frage, befragen immer wieder Sprache hinsichtlich ihrer Grenzen und Möglichkeiten wie etwa bei Monika Rinck oder Özlem Özgül Dündar oder reflektieren über die Unwägbarkeit der Übersetzung, wie etwa Don Mee Choi oder Uljana Wolf. Hinter der Auswahl der Gedichte liegt ein langer (und nie enden wollender) Prozess des Abwägens, Hinterfragens, Abtastens, in den auch das Team aus Künstler*innen, Kurator*innen, Mitarbeiter*innen und Grafiker*innen eingebunden war.

Die Gedichtspur entspringt einem begehbaren Sprachtrichter (siehe Skizze 1). Was verbinden Sie mit einem Trichter? Lautstärke? Protestaktionen? Oder auch das Kanalisieren einer Flüssigkeit, wenn man etwas in ein Gefäß hineingießt? Es braucht Mut, aufzustehen, sich mitzuteilen, sich einem Gegenüber oder gar der Öffentlichkeit zu stellen, womöglich gegen etwas anzusprechen. Aber nur so ist Veränderung möglich. Wir positionieren uns durch die Gedichte in der Spur, plädieren für eine Vielstimmigkeit, dafür, nach der eigenen Stimme zu suchen, gerade durch die Auseinandersetzung mit den Stimmen im Text. Jede Position stößt eine neue an, wir spielen Ping Pong mit den Texten. Die künstlerischen Positionen werden durch die Gedichte befragt, neue Schwerpunkte werden gesetzt, die Sprache verdichtet sich oder verschwindet, um erneut aufzutauchen, Fragen aufzuwerfen, Ausrufezeichen zu setzen.

Dabei arbeiten wir auch hier graphisch mit der Form des Trichters, sodass die Texte einen neuen Körper im Raum bekommen. An einigen Stellen innerhalb der Spur staut sich der Text, wird überlagert, verdichtet, kann als dreidimensionales Gebilde in den Raum wachsen, verwebt sich mit einem weiteren Text (siehe Skizze 2). Dann wieder verschwindet die Textspur physisch, um sich in Form von Performances, Gebärden, Lesungen, Sound in eine performative Spur zu verwandeln. So wächst die Gedichtspur zu einem Gesamtkunstwerk heran, das körperlich und räumlich erfahrbar wird.

Das zweite Leben, in dem der Text von der Autor*in, der Lektor*in in Form eines bestimmten Satzes einen Körper auf dem Papier bekommt oder online veröffentlicht wird, ist für unser Kollektiv immer der Ausgangspunkt, von dem aus wir uns in einen konkreten Raum bewegen. Um die Gedichte der Spur in ihren zeitlichen und literaturwissenschaftlichen Kontext zu setzen, taucht der Originaltext, ggf. die Übersetzung sowie Informationen zu Autor*innen in einem Impressum auf, das in jedem Raum zu finden ist.

Und wie erfahren wir etwas über das erste, körperlose Leben? Wie stellt man die Komplexität eines Gedankens aus? Und wie werden wir künftig Korrespondenzen oder Notizen zur Entstehung literarischer Werke ausstellen, wenn sie nur in digitaler Form auf unseren Laptops existieren?[5] Wagen wir den Versuch, einen Aspekt, einen Moment aus der Gedankenwelt eines Autors einzufangen: Literarischer Ankerpunkt der Ausstellung im Palais, der direkt oder indirekt immer wieder befragt wird, sind Texte Paul Celans. Neben der konkreten Begegnung mit seinen Texten soll im Raum auch der Versuch unternommen werden, den verlorenen Sprach- und Kulturräumen, der Wunde Czernowitz, der Leerstelle, die durch Krieg, Flucht, Vertreibung entstanden ist, nachzuspüren und so ein Gefühl für die Gedankenräume Celans in Zusammenhang mit der Sprachlosigkeit zu bekommen. Die Besucher*innen sind eingeladen, sich auf eine gedankliche Reise einzulassen und die Parallelen zum Japanischen Palais, zu Dresden, zum Jetzt, zu sich selbst zu ziehen. Wie können wir das in einem Raum erfahrbar machen? Wir möchten hier eine intime Lesesituation imitieren. Drei Sprecher*innen auf drei Video-Leinwänden lesen im Wechsel Texte Paul Celans mit drei Schwerpunkten: seine Korrespondenzen mit Ingeborg Bach-

5 So haben wir etwa in der Ausstellung „A Rose is a Rose is an Onion. Über das Ausstellen von Literatur" ein Skript des Autors Tilman Rammstedt samt Kommentarleiste seiner Lektorin ausgestellt. Denn was stellen wir künftig aus von Autorinnen unserer Zeit – ihren Laptop? Ihr Smartphone? Allein deshalb ist es gut und wichtig, darüber nachzudenken, wie wir auch das Immaterielle ausstellen können, vgl. https://www.freethe-text.de/a-rose-is-a-rose/, zuletzt besucht am 6. Januar 2021.

mann, die Übersetzungen der Gedichte von Ossip Mandelstam sowie seine Gedichte, die Sprache und Sprachlosigkeit verhandeln.[6]
Die oder der Besucher*in nimmt auf einem Stuhl vor den Leinwänden Platz. Durch das direkte Gegenüber von Schauspieler*in und Besucher*in entsteht eine Nähe. Eine diverse Besetzung durch Männer, Frauen, ältere wie jüngere Schauspieler*innen sowie BIPoC eröffnet zudem verschiedene Möglichkeiten der Identifikation. Wünschenswert wäre zudem eine Gebärdendolmetscher*in, um auch gehörlosen Menschen ein Texterleben zu ermöglichen.[7] Alle drei Bereiche werden durch die Komposition der drei Videos zu einer Arbeit verwoben und öffnen den Blick für die Worte und Gestalten, Bilder und Gebärden[8], Schichten, Überlagerungen und somit auch für den Sprachraum Paul Celans.[9]

Kommen wir wieder zur Anfangsfrage zurück. Wie bringen wir den Ort und die Literatur zum Sprechen? „Thus every act of listening is already a dialogue, even before we open our mouths to reply"[10], stellt die Sprachkünstlerin Yoko Tawada fest. Es geht um den Dialog. Mit dem ‚Du', mit dem ‚Ich' – durch Sprache, durch Literatur, durch Gedichte. So laden wir alle Besucher*innen ein, Literatur zu betrachten, aber auch, sich auf das Rätsel einzulassen, „[a]ls sei die rede von mir, diesem fremden, befremdenden satze in den mund [zu] nehmen und so lange [zu] bewegen, wenden, kauen, schmecken, bis sie eigen werden. Sie sich ereignen. Sie sich ereignen nach zwei seiten: sie sich zu eigen machen und zu ereignissen werden lassen."[11]

Schreiben Sie uns, welche Gedichte Ihnen gut gefallen oder auch gar nicht gefallen haben, welche Sie vielleicht vermisst haben und mit welchen neuen Fragen Sie die Ausstellung verlassen haben.[12] Denn: jede gute Ausstellung entlässt die Besucher*innen mit mehr Fragen als der, mit der alles begann.

6 Eine Untertitelung in englischer Sprache ist angestrebt.

7 Die Initiative handverlesen etwa übersetzt Gedichte in „Gebärdensprachpoesie", siehe www.poesiehandverlesen.de, zuletzt besucht am 10. Januar 2021. Das Adjektiv ‚Taub' schreibt die Initiative bewusst groß und beziehen sich damit „auf das englischsprachige Begriffskonzept Deaf", siehe ebenda.

8 Aus den entferntesten Bezirken des Geistes mögen Worte und Gestalten kommen, Bilder und Gebärden, traumhaft verschleiert und traumhaft entschleiert, und wenn sie einander begegnen in ihrem rasenden Lauf und der Funken des Wunderbaren geboren wird, […] blicke ich der neuen Helligkeit ins Auge", vgl. Celan, Paul: Gesammelte Werke in sieben Bänden, Bd. III, hg. von Beda Allemann u.a., Frankfurt a. M. 2003, S. 157–158.

9 Anstelle der Videoarbeit ist eine literaturwissenschaftliche Textarbeit entstanden, der *Celan-Kosmos*. Anm. d. Red.

10 Tawada, Yoko: The Art Of Being Nonsynchronous, übers. von Susan Bernofsky. In: The Sound Of Poetry / The Poetry Of Sound, hg. von Marjorie Perloff u. Craig Dworkin, Chicago | London 2009, S. 189.

11 Köhler, Barbara: Essay: Mit eigenen Worten. In: Gertrude Stein: Tender Buttons/ Zarte Knöpft, aus dem Engl. von Barbara Köhler, Frankfurt a. M. 2004, S. 129–154, hier S. 135.

12 kaboom@freethetext.de

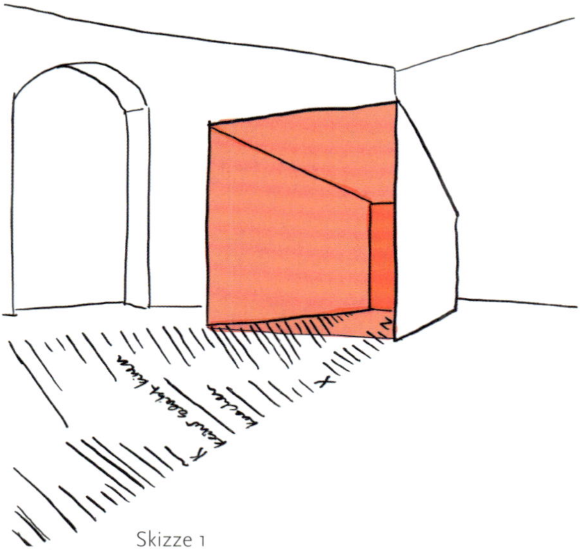

Skizze 1

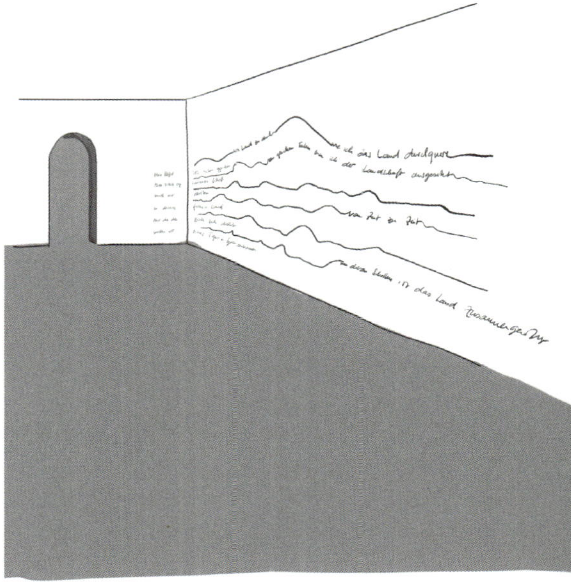

Skizze 2

4. ABCS, SPRACHSCHULEN, WÖRTERBÜCHER

Alfred Wolfsohn,
ca. 1955 (CC BY-SA 3.0)

Charlotte Salomon,
ca. 1939 (Public Domain)

[© Gary Schwartz 2020; Published on the Schwartzlist (Internetblog) on 8 July 2020, garyschwartzarthistorian.nl]

Gary Schwartz
Art Historian
The man who was Charlotte's muse
(Auszug)

Few of us ever come as deeply under the influence of another person as Charlotte Salomon was affected by Alfred Wolfsohn. To his charismatic teachings we owe the existence of one of the great works of art of the twentieth century. One tie that bound them to each other was the movies. A new exhibition shows how.

The German Jewish voice teacher Alfred Wolfsohn (1896–1962) was a world-class influencer who exercised his influence only in person. He did not have many followers, but those who fell under his spell were never the same again. They called him by his initials AW, pronounced Ah-Vay, suspiciously close to the German pronunciation of Jahweh. What he had to offer was not a message or a product or a feel-good technique to get you into your comfort zone. Wolfsohn was discomfort personified. He put you on a hard climb toward your own utmost potential. He urged and spurred and shamed his followers to aim beyond themselves, at prodigious creations, beyond anything anyone else had ever dreamed of.

As he told it, his approach came into being as a self-discovered means to overcome a life-changing trauma of his own. Serving in the German army in the First World War at the age of seventeen, he underwent an experience of guilt-ridden, unimaginable horror. Following an attack on the French front:

[...]

These were not empty phrases for Wolfsohn. It took long, painful years, but the struggle brought him to the saving realization that the sounds he had heard dying soldiers make were like the crying of babies – raw, unmediated expression. Between these extremes at the outer edges of life we use our voices differently, in socially dictated modes. This awareness allowed Wolfsohn, without insisting on a theory, to work with singers on far broader terms than conventional voice training or performance technique. Our voices can do much more than producing the approved speech or singing we like to hear; their unused capacities are linked to personality traits that get suppressed along with our unlearned sounds. Wolfsohn pushed his pupils to explore and exploit these resources. One result of his training is that singers could extend their vocal capabilities beyond beauty and to ranges of five, for some even eight octaves. (A 30-minute opera for the Roy Hart Theatre, which puts Wolfsohn's ideas into performative and pedagogical practice, is Eight songs for a mad king, by Peter Maxwell Davies.)

Training singers was his profession, but Wolfsohn worked with – worked on is probably more like it – anyone at all with whom he had rapport. He had a guiding motto that he took away from his trauma and its aftermath: "One must go into oneself first, to be able to go outside oneself." He could teach this, and press toward its implications, to anyone. The Wolfsohn follower who is now best known is an artist: Charlotte Salomon (1917–1943).

Following a period of highly intensive contact with him in Berlin, when she was 20 and he twice as old, she was sent to her grandparents in the south of France by her father and stepmother, in a flight from Nazi Germany. There she found her grandmother in mortal despair and was unable to keep her from jumping out a window to her death. Her odious grandfather then revealed to her the family secret that her mother, along with seven other relatives, had also committed suicide, and prompted her to do the same.

Building on and benefiting from Wolfsohn's example, Charlotte chose for life. Thanks to him this did not require years of soul-searching; she did it at once. With her own life, intertwined with his, as a medium, she wrote and painted

1325 gouaches and sheets of tracing paper in an unprecedented, unparalleled ensemble of texted art, in part to the accompaniment of music. She numbered 769 of the gouaches, titling them, with some 200 tracing sheets, not *Life or Death?* but *Leben? oder Theater?* (Life? or Theater? A "Singspiel in three colors"). I read this as a corrective reaction to Wolfsohn's vitalism. The Wolfsohn solution, it says, is not an immersion into normal life, but into a part in a performance with a one-to-one relation to reality. Those who knew her described Charlotte as shy to the point of reclusiveness. Her creation, and her persona in it, Charlotte Knarre, gave her just the distance she needed to put life itself at her command.

The Alfred Wolfsohn character in *Life? or Theater?* is called Amadeus Daberlohn. The manuscript of a book he wrote in the 1930s, *Orpheus, oder Der Weg zu einer Maske* (Orpheus, or the way to a mask), is given a cameo role in the story.

A passage on singing as expression, from Leila Vennewitz's translation of *Life? or Theater?* (Daberlohn) and that of Marita Günther, revised by Sheila Braggins, of *Orpheus* (Wolfsohn), reads like this:

Daberlohn	Wolfsohn
For me, singing has always been the most primordial form of artistic satisfaction.	The problem of singing cannot be separated from the human problem. I do not consider singing just an artistic exercise valued merely as an aesthetic pleasure or an enjoyable pastime, but as the expression of a person, an attempt to realize the individual Self.
The infant cries because it is hungry – sometimes for hours without becoming hoarse. The true singer should sing in the same way.	I can best explain what is behind this idea in this way: we have all heard a baby cry. It can cry for many hours. It knows nothing about economy. It has no consideration for its throat or vocal cords. It turns blue and red, but it does not get hoarse. Two tiny, tender, vocal cords achieve extraordinary things without suffering any harm. How is this so? The baby wants nothing with its brain, nothing with its will which is a mentalfunction. It does not cry. "I am hungry" cries out of it. This crying represents a source of energy of which manya singer would be envious. The baby is without any inhibition. It is possessed by only one drive - to still its hunger. It then happily goes to sleep once more with no other aim but to gather strength for the next screaming bout.

Wolfsohn's understanding of the voice and the self did not stop at the boundaries of individuality. He was intent on integrating his ideas into larger realms and hooking them onto outside processes. The expansive psychology of Carl Jung provided a large metaphysical space for his method, while a mechanical tool for furthering the aim of going into and out of the self he saw in the movies.

Daberlohn	Wolfsohn
Old woman praying in the cathedral, or people dancing in front of skyscrapers ...	I remember a particular visit to the movie theatre. The program began with a documentary, The Würzburg Cathedral. Cathedrals form a bridge towards Heaven.This is why I love them so. They have four spires, fingers of a hand, imploring skywards. Then came the main feature: Broadway Melody of 1938. I had already forgotten the cathedral when, in the last scene, I saw the silhouette of New York's skyscrapers. In front of the skyscrapers, surrounded by a chorus of male dancers in evening dress and top-hats, the female star, dressed in the same attire, tap-danced. She began dancing backwards towards the skyscrapers which had become immense. At that point, the earlier film, with images of the Würzburg Cathedral, came back to my mind. Suddenly, I remembered seeing an old woman kneeling in prayer in front of a bench. Her head was sunken onto her ehest, and a great stillness surrounded her. "Everything goes inwards: 'I thought. Everything goes outwards: 'I thought again, as I looked at the dancer in the film." For my part I am delighted with the elderly lady. Just imagine there I am sitting in the cinema, I think of an old woman in a cathedra I kneeling in prayer.

Daberlohn	Wolfsohn
All men of genius have trodden this path. One means of going out of oneself is for me, the movie, modern man's machine for producing himself.	Yet all the same, it is possible to imagine a person as a wonderfully functioning machine. Therefore let me say, that for me, seen from the outside, a human represents the definizion of "the Machine of God". S, to continue my train of thought, when I define film as "the Machine of God", I arrive at a conclusion the "the Machine of Humanity" is but the projection of himself.

[...]

The above is by way of a recommendation that you visit the delightful and insightful exhibition in the Jewish Historical Museum *Charlotte Salomon in close-up: on the influence of cinema on Life? or Theater?* It is the work of curator Mirjam Knotter, who also signed for the unrepeatable 2017/18 exhibition of the complete work. Her new display is the first of a planned series of thematic exhibitions on *Life? or Theater?* It opened on 13 March 2020, the day when the Dutch prime minister proclaimed the coronavirus lockdown, giving the exhibition an initial, record-breaking run of two hours.

[...]

Sending Charlotte to the south of France turned out to be a fatal mistake. In 1939 Wolfsohn escaped to London and Charlotte's father Albert Salomon and his second wife Paula Lindberg to Holland, where they survived the German occupation. When the Germans took over from the Italians the occupation of the south of France, Charlotte was taken to Auschwitz, where she was murdered on 10 October 1943. After the war Albert and Paula retrieved her magnum opus from the house of an American woman who had given Charlotte hospitality after the deaths of her grandparents and to whom *Life? or Theater?* is dedicated, Ottilie Moore.

Life? or Theater? can be read in a number of editions in print, in German, English, Dutch, French and Italian editions. Most conveniently and completely, it is available on the website of the Jewish Historical Museum in Amsterdam, where the work is preserved. Go to https://charlotte.jck.nl/ for the German original and Dutch and English translations, with vocal readings and the overlay tracing sheets in place on order.

[...]

The largest collection of materials relating to Wolfsohn is in the *Jewish Museum, Berlin.*

[...]

Mirjam Knotter and I have been collaborating on various projects for fifteen years. In 2006 on the Jewish Historical Museum exhibition *The "Jewish" Rembrandt: the myth unravelled* and in coupled presentations at a Rembrandt symposium in Berlin: "Rembrandt's Hebrew" (Mirjam, on a subject to which she dedicated a master's thesis) and "Rembrandt's Hebrews" (me). We are now working on an exhibition for the Jewish Museum and Tolerance Center in Moscow: Rembrandt seen through Jewish eyes. We also talk a lot about Charlotte Salomon.

What our prime minister calls an "intelligent lockdown" has not brought me those seas of free time that everyone else seems to be enjoying.

[...]

Another claim on my time has come from completely unexpected quarters. On both sides of my family I have come into contact over the past month with second cousins of whose existence I was unaware and who have been conducting extensive family research. Tomas Kertész of Stockholm is the great-grandson of the brother of my maternal great-grandfather Isaac Friedman, from Budapest; and Howard Rosenblum of Ottawa the great-grandson of the sister of my paternal grandfather Albert Schwartz, from a village in the south of Poland. I now know the names of numerous relatives, and have learned very upsetting things about them.

From Tomas I found out that ten members of my family were killed in the Holocaust. They were the brother (aged 79), sister-in-law (73), nephews and nieces of my great-grandfather, whom I knew well as a child and who attended my bar-mitzvah before he died, 93 years old, in Brooklyn. He lived with my grandparents, and they must have known about these deaths but never told me, and perhaps not even my parents, about them. Why I will never know. Finding out about this for the first at the age of 80 gives that much more of a jolt.

My paternal grandparents lived a few blocks away from my mother's parents, in East New York, Brooklyn, where I grew up. Their house nearly abutted the back yard of the house where according to the 1940 census my grandfather's sister lived. Her family name, which must also have been his, was Szwarcberg. I knew that the name had been truncated on Ellis Island, but not that it was spelled this way. What upset me is that my grandfather, whom we visited every Shabbat and holiday for years, on the same walks that brought us to my mother's parents, never introduced us to or even told us about his sister, my father's aunt. My grandfather's religious intolerance, stubbornness and authoritarianism were legendary, but that they led to a family split of this extremeness causes fresh pain.

In the very act of discovering these relatives, I also lose them.

[© Puchner, Martin: *The Language of Thieves. My Family's Obsession with a Secret Code the Nazis Tried to Eliminate*, New York 2020]

Martin Puchner
The Language of Thieves
(Auswahl des Autors)

Introduction

LANGUAGE GAMES

They appeared out of nowhere. Strange figures, dressed in long coats that had lost their original colors, bags slung across their backs. When it rained, they smelled, and my mother wouldn't let them inside the house. "I know what you want. Wait. I'll be right back." I hid behind her for protection. Lingering near the door, I would hear noises from the kitchen, my mother fixing open-faced sandwiches. She would return carrying a plate and a glass of water: "Here." While they ate, she remained standing on the threshold, guarding the house, trying to make conversation. The men mostly stared at the food as they ate, avoiding her eye. I had trouble understanding them because they spoke a strange dialect, mixed with words I didn't know. When they had finished, my mother would take the empty plate from their hands and close the door, relieved that the encounter was over. I would run to the window to catch a final glimpse of these men as they disappeared around the corner.
"Who are they?"
"They don't have a home. We're giving them something to eat."
Not very helpful; that much I had observed. I wanted to know why: why didn't they have a home; why were we giving them something to eat; and why did they have such a strange way of talking?

Later, my father taught me some of their words. A barn was a *stinker*, prison was *schul* (school), and the entire language was called Rotwelsch. *Welsch:* had these men come all the way from Wales? *Rot*, in German, meant red. Red-Welsh? The whole thing sounded as if a demon had gotten hold of words and played around with them, twisting their meanings for sheer fun. I asked my father, sensing that he might tell me more about these men and their language.

"They are travelers," he said. I didn't understand. "Where are they going?" "They are people of the road, escaping to nowhere." It was a strange expression I didn't grasp, but it stayed with me.

My uncle figured out why these escape artists kept showing up at our house when he found a sign discreetly carved into the foundation stone, a cross with a circle around it. He explained that it meant that there was bread to be had here (only they didn't call it bread; they called it *lechem*). There were dozens of such signs. A hammer meant that you had to work in exchange for food; a cat, that an old woman was living on her own. Vertical bars warned of aggressive policemen who would put you in "school."

The signs were called ***zinken***, a word derived from the Latin *signum*, and they turned the world, my world, into a labyrinth of mysterious symbols – and also into a puzzle I wanted to solve, a giant treasure hunt. Finding them became an obsession.

Later, when I began to study languages, it seemed to me that these signs were the beginning of writing, that they were the product of the basic desire we all share for making marks in the world, for leaving tracks that those in the know could follow.

Another thing I learned from my uncle was that Rotwelsch had rubbed off on German. His favorite example was "being in a pickle." As an idiom, it didn't make sense. A pickle was a delicious snack, so why should it have anything to do with being in trouble? Because there was a Rotwelsch expression for "having a difficult time," that sounded, in German, like "being in a pickle" and was therefore assimilated into German (and later, into English).[3] Yes, dear reader: you, too, have been speaking Rotwelsch without knowing it.

A vagrant identified by the sign MA passed by here on December 22, 1832, with two men (the two vertical lines) and three women or children (three zeros), taking the direction indicated by the arrow.

A peddler of pictures who speaks four languages. (The triangular cones mean "being at home" in four different countries.)

A thief known for speaking many languages (parrot).

When I was twelve years old, my uncle died of a brain aneurysm, and we stopped playing around with Rotwelsch.

But somehow, this mysterious language stayed with me, and when I look back now, I realize that it shaped my life more than I knew at the time. It attuned me to the underground of words, to the byways of language.

But the biggest mystery was why my own family was so strangely entangled with this secret language. It turned out that not only my uncle and father but also my grandfather had been obsessed with it. The process of researching this history brought me face-to-face with family secrets and evasions, with historical guilt and attempts at atonement.

Chapter I

CAMOUFLAGE NAMES

Twenty years after my induction into Rotwelsch, I was sitting in Harvard's Widener Library, beginning my graduate studies in comparative literature.

It was getting late, I couldn't concentrate on what I was reading, and I found myself thinking instead about the library and its vast holdings. That's when the idea hit me to look up my grandfather. He had been a librarian and a historian, specializing in the history of names.

Would Widener have any of his works? I checked out the card catalogue, a room with drawers full of index cards (which would shortly be replaced with computers). Puchner. Karl Puchner. There was his name, close to where mine might be found, one day. I was sent to the basement floor and from there through a tunnel to an underground library, from which an elevator took me down even farther to a small library dug deep into the ground, called Pusey.

I looked around for what I might find and finally located a scholarly journal with an article by him. Leafing through it casually, I chanced upon an unexpected word: Rotwelsch. I hadn't known that my grandfather had been interested in this language as well. Was this how his sons, my father and my uncle, had first learned about it?

I examined the article more carefully, including its title: "Family Names as Racial Markers."[2] Puzzled, I started to read, first curiously, then faster and faster, with increasing alarm. My grandfather was worried about the confusions that might be created by names. Some names sounded Jewish, even though the family was Aryan. In other instances, a name sounded perfectly German, but the family that claimed it was Jewish. It was a huge problem. Fortunately, my grandfather also knew a solution, one that fit neatly within his own field of study. He recommended that language experts such as himself should distinguish between Jewish-sounding German names and German-sounding Jewish names. He was volunteering to participate in this effort, which he considered crucial for the future of the German State.

It was in the course of these reflections that my grandfather addressed the question of language. Yiddish, he observed, the Hebrew-inflected version of German spoken by Jewish settlers, was a strange mixture of Hebrew and German, "and like every mixture, it is disgusting." But for my grandfather, there was one language mixture that was even more disgusting than Yiddish: Rotwelsch.

The shifting names of Jews were often associated with crime, as can be seen by looking at the police records of the time. It is well-known that the entire Jewry is closely associated with criminality. The so-called Rotwelsch language is such a mixture of German, Hebrew, and the language of Gypsies. Unfortunately, spoken German has absorbed some words from these muddy waters, of Hebrew origin, such as schummeln [cheating], Tinef [excrement], Kaff [small village], schofel [dishonest], Moos, meaning money, and similar terms. Members of criminal gangs didn't use proper names, in order to hide from the authorities. One file documenting the cross-examination of a gang numbering over two hundred members shows that not one of them had a proper name.[5]

The passage didn't make a lot of sense: there was little logical connection between the sentences, merely insinuation. Gang members adopted new names. Jews had changed their names over the course of their history. Hence Jews were gang members. Well, not really. (Also, not all of these words are of Hebrew origin.)

But what was most shocking to me was that this confused rant contained everything that had intrigued me about Rotwelsch, my fascination with secret names, with language mixtures, even with the fact that Rotwelsch expressions had filtered back into German, so that Germans used Rotwelsch expressions without realizing it. All this wasn't exactly wrong, as far as I knew. It certainly was what my uncle and my father had told me about Rotwelsch. Only now my grandfather was using these features as proof that all Jews were criminals.

For his list of Rotwelsch terms that had infiltrated German, my grandfather cherry-picked terms associated with dishonesty (schummeln for cheating and schofel for dishonest) and disgust (Tinef for excrement). Why not use the words and expressions I loved, such as "making a rabbit" for making an escape, or "school" for prison? Or, if you have to, "stinker" for barn? Rotwelsch was no "muddy water," as my grandfather dismissively called it. It was inventive, funny, touching, and, above all, mysterious.

Also, while I didn't know much about Yiddish, my grandfather's dismissive remarks made it clear that the fates of the two languages, Rotwelsch and Yiddish, were intertwined. They certainly had managed to make similar enemies.

My first reaction was deep shame. No one must know about this. As a German living abroad, I had always felt exposed, marked guilty by association, wanting to apologize for crimes committed by my country of birth. And now I found out that it wasn't just a matter of indirect association anymore; it was something deeper, more personal, something lodged within my own family, a matter of genes or some other form of inheritance, something inside of me that I couldn't get rid of and that I would have to keep secret forever

Then came anger that my grandfather was doing this to me, that he was putting me in this position. Not knowing what to do, I channeled my anger into research.

I realized that even though I had grown up around Rotwelsch, I knew next to nothing about its history. Who were its speakers? How had the language developed? And why had my grandfather's two sons, my uncle and my father, decided to introduce Rotwelsch into our lives? Why had my uncle devoted the better part of his adult life to this language, a language his father hated with such intensity? Questions upon questions, mysteries, traces: this was what I normally liked, what I studied, what I was good at. I would have to use my skills – poking around archives, following clues, detecting meaning hidden behind words – for a very different purpose: to uncover the secret of Rotwelsch and its relation to my family.

Avoid: a dishonest person.

Act pious to get something out of these people.

A single person lives here.

ROTWELSCH LESSON: DON'T TRUST ANYONE

Schofel	= dishonest
Schummeln	= to cheat
Mauscheln	= to cheat
Verratzen	= to rat on someone; to betray
Amerikanisch mischen	= to shuffle American-style; to cheat by only pretending to shuffle a deck of cards
Gannef	= a thief
Macker	= a thief
Mausen	= to steal
Schoren	= to steal
Moos	= money
Tinef	= excrement

Towards the end of my research, I was able to establish contact with a group of itinerants who spoke a language related to Rotwelsch, called Yenish. Through an intermediary, I asked them questions about their language and their life.

My questions were answered by their leader, who was simply call "The Chief." His answers weren't what I expected. First, he launched into a harangue against those Yenish speakers who had allowed themselves to be settled permanently. He held them responsible for the demise of Yenish and the nomadic life that sustained it.

> When I asked him about the language, he responded:
>
> You have to understand that we vagrants [he used the word voyageurs, or travelers] have always recycled things. For centuries, we have recycled bones to make soap. Then we recycled metals. Then we recycled other materials. We love recycling things because this allows us to maintain our traditions. This is our mode of life.

All these years I had been looking for a term to characterize Rotwelsch, and here it was: recycling. This was the right word for a lifestyle that relied on reusing materials produced by the sedentary world, materials taken from cities or found along the road. Recycling, rather than making things from scratch, was the tradition of vagrants, and only by recycling could that tradition be preserved.

Recycling was particularly important for language. Rotwelsch and its younger variants consisted exclusively of recycled words, words taken from the languages produced by the world around them, from German, Czech, and various Romance languages as well as from other nomadic languages such as Yiddish and Romani. These recycled words had been given new meanings in the secretive world of the underground, forming a tradition going back hundreds of years. True, other languages are recycled as well, but we rarely remember this fact about them. But Rotwelsch and Yenish were recycled most fully and most self-consciously, languages that wore recycling proudly on their sleeves.

Meanwhile, The Chief was growing weary of my questions:

"I don't understand why sedentary people love dissecting words so much."

The remark put me in my place, the place of a scholar who sought to understand nomadic life by reading a dictionary.

And then The Chief laughed. He laughed at me, the foolish dissector of language, the city dweller, the asker of inopportune questions.

But there was something else I detected in the Chief's laughter: a delight in his language. The laughter spoke to me about the wit and lightness of Rotwelsch, a wit and lightness not lessened by the harsh realities of life on the road but born from them. These speakers had preserved a tradition despite centuries of persecution and were continuing it against all opposition. You will never know this language, the laughter was saying, because you live in another world, a false world. Only I know just how false this world is, and my whole way of life, my entire language, is one big laughter with which we, the ones in the know, make fun of you. We know you, but you will never know us.

When the Chief was done laughing, he drove off into the mountains.

Vernesa Berbo
ABECEDA RATA –
Alphabet des Krieges
(unveröffentlicht, Auswahl der Autorin)

B BALERINA – Ballerina

Sie war keine Serbin, keine Roma, keine Kroatin oder Bosnierin.
Sie war eine wunderbare, elegante, sanfte Ballerina.

D DIJETE 2 – KIND 2

Mein Kind kam am 7. Januar 1992 auf die Welt. Ich war so glücklich. Schon am 8. Januar wusste ich nicht mehr, wie es weitergehen sollte. Alles, was ich besaß, meine Dokumente eingeschlossen, war mit meiner Wohnung verbrannt. Ich konnte nicht beweisen, wer ich war.
Ein Arzt kam gestern kurz vorbei, um nach mir und dem Kind zu sehen. In seinen Bericht schrieb er: „Die Mutter existiert, aber auch wieder nicht. Sie gebar, aber auch wieder nicht. Die beiden sind wohl auf, aber sie existieren offiziell nicht. Die Mutter besitzt keine Dokumente und es gibt niemanden, der ihr eine Geburtsurkunde erstellen könnte."
Er gab mir das Papier zur Unterschrift. Ich lächelte ihn frech an: „Wie soll ich unterschreiben, wenn ich nicht existiere?"
Er lachte zurück: „Unterschreiben sie mit ihrem Künstlernamen!"
Ich unterschrieb das Papier als Julija Roberts.
Er lachte: „Und wie heißt der Junge?"
„Richard Gere, wie denn sonst?"

Er grinste und sagte dann ernst: „Hauptsache das Kind, ich meine Richard, ist am Leben, offiziell existieren kann er auch später!"
„Hauptsache er überlebt das ganze hier, leben kann er auch später!"
„Ah, ja, überleben! Hier."
Er gab mir eine Packung Babynahrung und eine Wundsalbe. Auf beiden klebte ein UNICEF-Sticker.

Đ ĐAK – Schüler

Es war einmal eine Stadt, die war traurig wie ein Grab. Diese Stadt war ein Grab – von einer Bergkette umzingelt und in ihr gefangen. Diese Stadt, dieses Grab, war nicht mit Blumen, sondern mit Rauch und Flammen geschmückt.
Es begab sich, dass die Sonne eines Tages mit ihrem Licht hinter den Bergen verschwand und nicht mehr zurückkehrte. Niemand wusste warum. Die Menschen warteten vergebens auf Licht. Von den Bergen kroch stattdessen eine helle Finsternis herunter, erfüllt von Tod, Schmerz und Hass, schwer von Grabesstille und Totenklage. Die Menschen dieser Stadt wünschten sich keine Menschen mehr zu sein, denn es gab für sie kein Entkommen. Anders als für die Vögel, Mäuse, Ameisen, Bienen, Katzen, Schmetterlinge, Schlangen, Fliegen, Fische und Kaninchen; schmerzerfüllt sahen die Menschen, wie sie aus dem gemeinsamen Grab flogen, huschten, krabbelten, sprangen und schwammen, um nie wieder zurückzukehren.
Ein Kater, der wegen seines mausgrauen Fells Mäuschen genannt wurde, verließ seine Familie, da sie ihm nichts mehr zum Essen geben konnten und mit ihm schimpften, weil er Brena, den Kanarienvogel, aufgefressen hatte. Sie hörten später von einem Nachbarn, der Mäuschen auf der Brücke gesehen hatte, die auf die andere Seite führte, dass er wohl übergelaufen sei. Sie konnten es ihm nicht verübeln. Zwei Tage später jedoch stand er wieder vor der Tür, etwas erschöpft vom langen Weg, aber satt und zufrieden. Am nächsten Morgen ging er erneut fort, um abends mit vollem Bauch wieder zurückzukehren. Seine Familie beneidete ihn um seinen vollen Bauch und seine Frei-

heit. Lange dachten sie, er gehe jagen, bis er einmal mit frisch gekämmtem Fell und nach Shampoo riechend zurückkam. Jemand hatte ihn gebadet!
Er hatte andere Menschen gefunden, dort holte er sich das Essen, bei seiner Familie in der Stadt die Liebe. Am nächsten Morgen schrieben sie einen kleinen Zettel, auf dem stand: „Wer hat unseren Kater gebadet?", und befestigten diesen an seinem Halsband. Er kam abends zurück, an seinem Halsband ein neues Zettelchen: „Wir. Wie heißt er?"
„Mäuschen!"
Abends kam die Antwort: „Wir nennen ihn Đak, weil er unsere Tochter jeden Morgen zur Schule begleitet. Wir haben ein Huhn, das Mäuschen heißt."
„Danke, dass ihr ihm zu Essen gebt."
Am Abend kam Mäuschen mit einem kleinen handgenähten Beutel um den Hals zurück. Schon an die Finsternis gewöhnt, die von der anderen Seite der Brücke in die Stadt kam, erschrak Mäuschens Familie, als sie den Beutel sahen. Als sie sich endlich trauten den Beutel zu öffnen, fanden sie ein Ei. In dem Beutel war ein Ei, ein echtes Hühnerei! Sie schauten geschockt auf das weiße Ding, als sähen sie es zum ersten Mal.
Auf dem Zettel stand: „Von unserem Mäuschen".
Das Ei im Beutel verstanden sie erst richtig, als der Kater am nächsten Abend mit etwas Kaffee und ein paar Würfeln Zucker nach Hause kam und am darauffolgenden Abend dann mit einer Packung Zigaretten. Jedes Mal brachte Mäuschen etwas anderes in die Stadt, aber einmal in der Woche ein Ei.

G 159 GRAMA – 159 Gramm

Unser Schafschütze schläft seit zwei Tagen, ein anderer hat die 9-jährige Diana getötet. Wir werden vor Sonnenaufgang von Motorsägen geweckt, die schönsten Bäume der Stadt werden illegal gefällt. Die Leute brauchen Brennholz.
Unseren Nachbarn ist ein Papagei ins Wohnzimmer geflogen, sie haben ihn behalten und nennen ihn jetzt Jackson.

Gestern Nacht ist Marijas Haus ausgebrannt, sie ist mit ihren zwei Kindern in unseren Keller gezogen.
Auf Sarajewos Geburtenstation werden Babys im Schein von Kerzenlicht geboren und niemanden auf der Welt interessiert es.
Und in unserem Keller liegt unsere Hanna seit drei Tagen in den Wehen. Das Kind kommt und kommt nicht. Hanna tut ihr Bestes, aber sie sagt, das Kind hätte Angst aus ihr herauszukommen. Ihr Vater ist jetzt auf dem Weg, eine Autobatterie für den Kassettenrecorder zu finden, weil er glaubt, das Kind mit Musik aus ihr herauslocken zu können.
Unser letzter Goldfisch ist heute Morgen verstorben, ich habe das ganze Aquarium in den Müllcontainer geschmissen.
Siebenundzwanzig Jahre nach seiner Schließung ist der Friedhof in Koševo[1] wieder geöffnet; man muss die Toten der Granaten und Schafschützen irgendwo begraben.
Die Nachbarinnen haben sich wieder furchtbar gestritten, dieses Mal ist keiner dazwischen gegangen, wir wissen alle, dass sie in einer halben Stunde wieder aufeinander losgehen werden.
Wasser kam und ging wieder.
Tante Hanka hat ihren Mann Muschan begraben, und zwar in seinem Kleiderschrank, die Stadt hat kein Holz mehr für Särge.
Das einzige, das dir seit Monaten passiert, ist Krieg. Langsam beginnt die Hässlichkeit des Krieges dich zu langweilen. Du kannst die Häufigkeit und Endgültigkeit des Todes irgendwann mit keiner Emotion mehr fassen. Du beginnst den Tod zu ignorieren und dich mit ihm zu arrangieren. Jeder Tag scheint mehr oder weniger gleich zu sein, trotzdem erinnerst du dich an jeden einzelnen, nur nicht an das Datum.
Du wirst zu wir. Du funktionierst wie wir. Dieses Wir ist beschäftigt mit dem Tragen von Kanistern, Verletzten, Holz, Essbarem und Toten. Und immer läuft die Angst mit! Unsere Angst tragen wir Tag und Nacht mit uns rum. Alle Worte der Begrüßung und des Abschieds wurden durch zwei Worte ersetzt: Čuvaj se, pass auf dich auf.
Wir sprechen diese Wörter aus, wissend, dass wir hilflos sind, dass diese zwei Wörter keine Macht und keine Bedeutung haben.

1 Stadtteil in Sarajevo.

Unsere Feinde sind übermächtig. Sie hocken oben auf den Bergen und lauern uns auf. Sie lauern dort, wo wir schlafen, wo wir aufs Wasser warten, wo wir einen Freund treffen, wo wir unseren Müttern in der Küche beim Brotbacken helfen. Es lauern uns diejenigen auf, die wir kennen, die wir bis gestern geliebt haben. Es ist schwer, gegen jemanden einen Krieg zu führen, der genauso aussieht wie du, die gleichen Klamotten trägt und die gleiche Sprache spricht wie du, in der gleichen Stadt geboren und aufgewachsen ist wie du. Wie willst du auf ihn zurückschießen, ihn töten, ohne dabei einen Teil von dir selbst zu zerstören? Deswegen wehren wir uns nicht. Noch nicht! Stumm ertragen wir seit Monaten den blinden Hass! Aber sie wissen alles über uns, wo wir schlafen, wo wir versuchen, an Wasser zu kommen, sie wissen wie sehr wir unsere Mütter lieben und wo sich unsere Küche befindet.
Wir alle sind auf einem grausamen Liebesentzug. Die Frage, die uns immer wieder aufs Neue lähmt, ist, wieso sie uns auf einmal nicht mehr lieben. Wieso können sie auf einmal nicht mehr mit uns leben, lachen, Kinder kriegen, uns heiraten, gefüllte Paprika und Baklava unserer Mütter mit uns essen oder mit uns heimlich vor der Schule eine Zigarette rauchen? Wir fragen uns, ob das schöne Leben, die Zeit, in der wir nicht wussten, wer wer war, eine Lüge war und dieser Alptraum die eigentliche Wahrheit ist. Trotz des Hasses, den sie jeden Tag mit ihrem gesamten Waffenarsenal hundertfach von den Bergen auf uns herabprasseln lassen, weigern wir uns zu glauben, dass wir so lange Zeit in einer Lüge gelebt haben sollen. In dieser umzingelten Stadt sitzen wir immer noch zusammen, leiden und sterben zusammen; Orthodoxe, Roma, Katholiken, Muslime, Juden und Atheisten. Wer sind dann die, die in den Bergen sitzen? Fast jeder, den ich kenne, kann mindestens einen Namen von denjenigen nennen, die zur anderen Seite übergelaufen sind. Wie kann man das überhaupt begreifen?
Auf alle diese Fragen gibt es nur eine Antwort: Hundertneunundfünzig Gramm. 159 Gramm pro Tag, die dir vom besorgten, hilfsbereiten Rest der Welt zu Verfügung gestellt werden. Diese 159 Gramm sind meistens nur Brot, trockenes, nacktes Brot. Schnecken, Kleeblätter, Brennnessel, Löwenzahn und Huflattich

sammeln wir selber. Nur trockenes, nacktes Brot. Wir sind hungrig, wir essen 159 Gramm am Tag. Wir wollen nicht mal mehr wissen, wie es uns geht, was wir fühlen – es ist so ermüdend! Wer sind wir, wer sind die? Wir haben keine Kraft mehr, nach Gründen zu suchen, wieso sie zu dem geworden sind, was sie sind, wieso sie uns vernichten wollen. Wir haben keine Kraft mehr, sie trotz allem zu lieben, aber auch keine Kraft, sie zu hassen. Sie sind uns dank dieser 159 Gramm endlich gleichgültig geworden. Und wir fangen an zu glauben, dass uns das vor uns selbst retten könnte: Auf den, der dir gleichgültig ist, kannst du eines Tages vielleicht auch zurückschießen!

I

IME 2 – Name 2

1992: Es ist wieder so weit: 47 Jahre nach dem Ende des Zweiten Weltkriegs entscheiden erneut Name und der Gott über Leben und Tod. Und manchmal auch die Körpergröße.

IME 5 – Name 5

Wenn eine dir unbekannte Stimme deinen vollen Namen ruft, bedeutet das meistens nichts Gutes.

K

KUĆA – Haus

Ich komme nach Hause und das Haus ist nicht mehr da!

O

OPSADA – Belagerung

Du darfst nicht atmen.
Du darfst nicht laufen.
Du darfst nicht trinken und nicht essen.
Du darfst nicht denken und du darfst nicht sprechen.

Du darfst dir die Zähne nicht putzen, die Haare nicht waschen.
Du darfst nicht lieben, aber auch nicht hassen!
Du darfst nicht kämpfen!
Du darfst nicht aufgeben.
Du darfst nicht weinen, aber auch nicht lachen.
Du darfst nicht hoffen, aber du darfst auch nicht hoffnungslos sein.
Du darfst nicht freundlich sein, aber auch nicht unfreundlich.
Du darfst nicht hilfsbereit sein, aber du darfst auch keine Hilfe verweigern.
Du darfst keine Pläne machen, aber du darfst auch nicht planlos sein.
Du darfst tagsüber nicht auf die Straße, nachts aber auch nicht.
Du darfst die Leute nicht ansprechen, aber du darfst sie auch nicht ignorieren.
Du darfst nicht sitzen, aber auch nicht stehen.
In einer belagerten Stadt gehört dir nichts. Alles was du hast, kannst du jeden Moment verlieren. Aber genauso kannst du auch jeden Moment das verlieren, was du nicht hast. In einer belagerten Stadt ist nichts wichtiger als gutes Timing.
Im richtigen Moment laufen oder stehen bleiben.
Im richtigen Moment weinen oder lachen.
Im richtigen Moment trinken oder essen, am besten, wenn keiner in der Nähe ist, sonst kommt die unaufhaltbare Scham und das Schuldgefühl, das Essen nicht mit anderen teilen zu wollen – das garantiere ich dir!
In einer belagerten Stadt sind nicht nur die von außen Gekommenen, deine offiziellen Peiniger, die, die dich zu dem machen, was du geworden bist. Es sind aber auch nicht nur die Mitleidenden, die dich zu dem gemacht haben, der du geworden bist. Es bist du.
Du willst nicht mehr laufen.
Du willst nicht mehr atmen und denken.
Du willst keine Pläne mehr machen und anderen helfen, du willst nicht mehr freundlich sein und du willst nicht mehr lieben und mit anderen teilen, was du denkst und was du isst. Du denkst: „Wofür das alles, im nächsten Moment ist sowieso alles vorbei."
Aber das Wichtigste, was du wissen musst, um in einer belagerten Stadt zu überleben, ist, dass das Ende sehr, sehr lange auf

sich warten lassen kann und dass man jeden Moment, auch wenn es tatsächlich der Letzte ist, als Mensch leben sollte und den letzten Schritt, den letzten Atemzug, die letzten Tröpfchen Wasser und den letzten Hauch von Liebe mit den anderen teilen muss. Weil nur zu überleben, reicht nicht! Das Sterben musst du auch noch schaffen.

R RIJEKA – Der Fluss

Die Welthistorie ist ein großes, wahnsinniges Bordell und der Balkan ist die größte Hure. Jeder hier verkauft sich für ein Stückchen Lüge. Das Lügen über die Vergangenheit hat hier eine lange Tradition. Unsere neue Geschichte, (mal wieder) auf den Körpern von tausenden Toten und Verschwundenen kreiert, ist komisch, brutal, bizarr und beschämend.
GRAUSAMKEIT. DURST. JAGD. SCHREIE. LÖSUNG. ANGST. KÄLTE. WASSER. VERSCHWINDEN.

WASSER

Wir sind die gleichen alten Tiere geblieben. Wenn es um das Vernichten von anderen geht, wissen wir instinktiv, was zu tun ist. Der Durst nach dem Blut des Nachbarn ist stärker als jeder andere. So instinktiv wie wir atmen, uns paaren oder fressen, wissen wir automatisch, wie man die Konkurrenz vernichtet, aussaugt, so dass sie für immer verschwindet! Dabei setzen wir auf fließende Gräber: auf Flüsse. Je größer und schneller der Fluss, umso besser! Der andere Mensch soll nicht nur als Lebender verschwinden, sondern auch als Toter. Um das Verschwinden der Anderen zu vollenden, müssen wir auch alte Tote verschwinden lassen. Es werden jahrhundertealte Gräber vernichtet. Es soll keinen einzigen Beweis mehr geben, dass diese Leute je existiert haben. Man muss nicht nur Gegenwart und Zukunft neu kreieren, sondern auch die Vergangenheit. Deswegen dürfen die Anderen nicht existieren! Nicht damals, nicht heute, nicht in der Zukunft, nicht hier! Deshalb lieben wir unsere Flüsse! Unsere Flüsse sind fließende Friedhöfe.

VERSCHWINDEN

Das ist euer größter Irrtum, dass ihr denkt, durch das Verschwinden einer anderen Nation, Ethnie oder Art würde euer Leben besser, würdet ihr glücklicher, liebt euch eure Ehefrau mehr oder wieder, kümmert sich der Staat besser um euch. Wenn wir verschwunden sind, werdet ihr nicht aufhören zu hassen, zum Hassen findet sich immer jemand Neues. Wenn wir verschwunden sind, werdet ihr dadurch keine bessere Arbeit finden, das Brot wird nicht billiger, und ihr werdet wieder arbeiten müssen, um euer Leben zu finanzieren. Eure Kinder werden es in der Schule nicht leichter haben, nur weil unsere Kinder weg sind. Ihr werdet weiter Angst vorm Leben haben und ein Leben ohne Perspektive. Ihr werdet nicht mehr Hoffnung für Zukunft haben, und nicht mehr Wahrheit, niemand wird euch nach eurer Meinung fragen. Wenn wir verschwunden sind, sind nur wir verschwunden, ihr bleibt mit euren Problemen, mit eurem Hass und eurem bösen Blut und einer Einsamkeit, die euch am Ende verschlucken wird.

Š

ŠUMA (u blizini Srebrenice) – Wald (in der Nähe von Srebrenica)

Der, der tötet, brüllt: „Gott ist allmächtig!“
Der, der getötet wird, flüstert: „Gott ist gnädig.“

Beide stehen in einem stillen, leeren Wald.

T

TRCANJE – Rennen

Alles wiederholt sich hartnäckig, in einer unfassbaren Langsamkeit und Langeweile. Obwohl du jeden Tag aufs Neue versuchst, dieser Langsamkeit und Langeweile zu entrinnen, indem du die Treppe runter zum Keller, von einer zur anderen Straßenseite, von einem Versteck zum anderen rennst, passiert das alles in

einer Zeitschleife, die immer langsamer wird. Während du gerade vor dem Schafschützen um dein Leben rennst und neben dir Leute zu Fall kommen, weißt du nicht, ob das gerade, gestern oder schon vor Tagen passiert ist. Du weißt nur, dass du es schon unzählige Male auf die gleiche Weise erlebt hast, es sind viele neben dir gefallen, auf der gleichen Stelle, mit der gleichen Endgültigkeit des Todes, mit dem gleichen, überraschten Gesichtsausdruck, als wäre dieses Sterben ein großes Missverständnis. Ganz am Anfang, bevor die Zeit sich verlangsamte und anfing sich zu wiederholen, standst du das erste Mal an der Kreuzung vor deinem Haus, vor einem Pappschild, auf das jemand in kindlicher Schrift geschrieben hatte:
„Pazi Snajper" – „Vorsicht Scharfschütze" – und dachtest, dass es ein Scherz sei. An die ersten, die zu Fall kamen, kannst du dich noch gut erinnern, weil du überrascht warst, wie einfach das war, unspektakulär, geräuschlos, und vor allem, wie viel Blut aus einem Menschen herausfließen kann. Mit diesen Bildern vor Augen hast du dich das erste Mal über die Kreuzung getraut, es wunderte dich, dass aus irgendeinem Grund die Ampeln noch funktionierten.
„Auf das grün – tot", das war später dein Lieblingssatz bei Verabschiedungen, obwohl die Ampeln dann schon längst nicht mehr funktionierten und es keiner mehr komisch fand. Jedes Teilchen deines Körpers rannte mit dir. Von diesem Moment an, wo du das erste Mal über die Kreuzung ranntest, fing die Zeit an sich zu verlangsamen. An einer bestimmten Stelle an der Kreuzung weißt du, dass du in seinem Schussfeld bist, du rechnest dann damit, dass er dich trifft, dein Bein, deinen Hals, dein Gesicht, deinen Bauch, deinen Rücken. Wird es weh tun, das Sterben? Auf einmal kommt dir dein Körper riesig vor, für die Flucht ungeeignet. Er gehört dir nicht mehr, sondern ihm, er entscheidet. Das hasst du mehr als alles andere. Ein Ungeheuer, eine Niete darf über dein Sein entscheiden. Dein Rennen ist dir peinlich, du zeigst dieser Niete und den anderen, dass du vor ihm Angst hast, du schämst dich, rennst und betest bloß kein bekanntes Gesicht zu sehen, bloß keine Zeugen deiner Demütigung. Aber es rennen dir doch welche entgegen, die dich kennen, sie tun auch so, als ob sie dich nicht gesehen haben, sie schämen sich

auch, du bist ihnen dankbar dafür, sie dir wahrscheinlich auch. Während du rennst, fragst du dich, wozu das alles? Vielleicht überlebst du diese Kreuzung, aber was ist mit der nächsten? Was ist mit hunderten von Granaten, die wie faule Pflaumen im Herbst jeden Tag auf die Straßen und Häuser fallen? Vor denen kannst du nicht wegrennen.
Die erste Frontlinie ist überall: In deinem Schlafzimmer, an deinem Arbeitsplatz, im Krankenhaus, wo du deinen Freund besuchst, dort, wo du auf deine Frau wartest. Du musst jeden Tag Entscheidungen treffen. Du darfst nicht im falschen Moment rennen! Du darfst nicht im falschen Moment stehen bleiben. Du weißt längst, dass es für dich selber keinen Sinn hat zu rennen, es geht nicht um dein Überleben, sondern um das Überleben von denen, die du liebst, die du beschützen musst. Wenn du rennst, müssen sie es nicht. Du rennst, wie alle anderen, mit einer inneren Uhr, die nicht viel mit der realen Zeit zu tun hat, diese Uhr wird von deinem Herzen bestimmt. Du holst das Wasser nach Hause, du holst das Brot, deswegen rennst du, gegen die Zeitschleife, gegen den Tod, deswegen ist dir derjenige, der auf dich schießt, schon längst scheißegal geworden! Hauptsache, du kannst weiterrennen, dann müssen sie es nicht. Deswegen zählt jede Sekunde deiner Herz-Uhr aufs Neue, egal wie oft sie sich schon wiederholt hat.

V VODA – WASSER

Es gibt keins.

Z ZUB – Zahn

Es ist Morgen. Draußen schießen sie, und sie werden weiter schießen. Seit Langem schon frage ich mich nicht mehr, wann sie wohl aufhören werden. Sie werden nicht aufhören, nie wieder. Das einzige, was ich weiß ist, dass sie mich nicht treffen werden, mich werden sie damit strafen, für immer hier zu blei-

ben und das alles mitanzusehen und zu hören. In diesen frühen Morgenstunden spüre ich intensiv, wie mein Körper sich verändert hat. Mein Verstand ist gleichgeblieben, alles funktioniert wie es sollte, zumindest denke ich das. Aber mein Körper lässt mich langsam im Stich. Meine Hände sind ständig feucht und kalt, Fingernägel habe ich keine mehr, meine Wangen sind heiß, glühend heiß, aber gleichzeitig blass, meine Augen leuchten lebendig, fast schon zu lebendig, fremd. Ich erkenne mein Spiegelbild nicht mehr.
Heute Morgen ist mir ein Zahn rausgefallen.
Ein gesunder Zahn.
Einfach so. Aus dem Nichts. Nein, es tat nicht weh. Aus meinem Mund guckt jetzt ein riesiges Loch überrascht auf die Welt. Ich hatte schon von anderen gehört, denen das gleiche passiert war und erinnere mich jetzt, dass ich mich damals gefragt hatte, wie ich wohl reagieren würde, wenn es mir widerfährt. Ich war mir sicher, ich würde wenigstens ein paar Tränen vergießen. Aber hier stehe ich mit meinem Zahn in der Hand und lache über mich selbst – wie konnte ich überhaupt nur denken, dass es mir etwas bedeuten würde: Es ist nur ein Zahn!
HEUTE GEHE ICH RAUS. Dieser Gedanke geht langsam durch meinen müden Kopf. Ich stecke den Zahn in meine Hosentasche. Es täte mir leid, ihn wegzuwerfen, er ist so gesund und unbeschädigt. Ich habe einmal gehört, dass einem Menschen, wenn er es schafft, hundert Jahre alt zu werden, neue Zähne wachsen. Das tröstet mich. Dann wird auch dieser scheiß Krieg vorbei sein. Oder nicht? Ich versuche mir vorzustellen, wie ich wohl mit hundert aussehe; ein verrückter Gedanke, der es schafft, mir ein Lächeln ins Gesicht zu zaubern, und das ist schon was. Der drohende Gedanke in meinem Kopf, mit dem ich gestern Nacht beziehungsweise kurz vor Sonnenaufgang eingeschlafen bin, kehrt immer wieder.
HEUTE MUSS ICH RAUS. Ich spüre, wie sie wieder zurückkommt, die dumme Frage, die ich mir immer stelle, wenn ich raus muss: Was, wenn ich mich irre und mich ihre Kugeln heute doch treffen? Vielleicht wird es genau so sein wie mit dem Zahn in meiner Hosentasche: Es wird ein Loch bleiben, aber es wird nicht wehtun.

Im Unterschied zu meinem Zahn werde ich auf der Straße liegen bleiben, tot und nutzlos. Mich wird keiner aufheben und in die Hosentasche stecken, nur weil ich doch eigentlich noch gesund, jung und unbeschädigt war.
Sobald ich mir vorstelle, irgendwo ganz alleine auf der Straße zu liegen, drohender, lauter Donner um mich herum, bin ich endlich wach – der Tag, was immer das bedeuten soll, kann beginnen.
Während ich mein Badezimmer Richtung Keller verlasse, frage ich mich, welche Vorstellung eigentlich verrückter ist: Ich, wie ich mit einem ruhigen, allwissenden Lächeln und neuen Zähnen meinen hundertsten Geburtstag feiere, oder dass sie mich heute trotz meines Gefühls treffen könnten.
Es hilft nichts.
HEUTE MUSS ICH RAUS, das weiß ich sicher, denn in unserem Keller liegt eine Leiche. Die hatte gestern Vormittag an unsere Tür geklopft, da lebte sie noch – gerade noch so lange, bis wir sie in den Keller geschafft hatten. Dort lag sie etwa eine halbe Stunde und wiederholte immer wieder den Satz, den sie schon vor der Tür gesagt hatte: „Macht auf!"
Und dann war sie tot! Sie war schon als Leiche an die Tür gekommen, sodass wir keine Zeit gehabt hatten, sie als lebenden Menschen in Erinnerung zu behalten. Es war ein Wesen, das schon vor der Himmelspforte stand und nur noch genau vier Mal macht auf, macht auf, macht auf, macht auf sagte. Dann hat Gott wahrscheinlich aufgemacht. In diesen Nachmittagsstunden machte er immer sein Nickerchen, also Gott. (Ich gehöre zu den Menschen, die glauben, dass auch Gott manchmal schläft. Immer wenn ich was Schlimmes anstelle, hoffe ich, dass Gott gerade schläft und ich unbestraft davon komme – bis jetzt hat es geklappt.)
Heute muss die Leiche raus und ich habe mich zusammen mit Mirza und Zoran freiwillig gemeldet, sie ins Leichenhaus oder zum Friedhof zu bringen. Wir haben gehört, dass es dort schon fertige Löcher gibt, die allen zur Verfügung stehen.
Wir werden sehen, wie weit wir es schaffen.

Ž Žena – Frau

Sie geben uns Blumennamen, um uns leichter mit Füßen treten zu können.
Je blumiger der Name, desto blauer die Flecken.
Ein Strauß Blumen als Entschuldigung.

Jasmin, Rosie, Iris, Zahra, Nevena, Ruza, Ljiljana
Wie so oft frage ich mich, ob ich es mir erlauben kann, mich nicht zu erinnern? Meine Erinnerungen bringen wieder Unruhe, Angst, Wut und Hass, zerstörerischen Hass, der alles vor sich wegradiert, mich eingeschlossen. Trotzdem kann ich es mir nicht leisten, zu vergessen. Das ist das Einzige, das ich nicht darf! Ich habe überlebt. Und? Was jetzt? Woher soll ich den Wunsch nehmen, etwas mehr aus diesem „geschenkten" Leben zu machen?
Ich versuche es immer wieder, aber das Verbrechen an mir ist immer noch unsichtbar und ohne Namen. Ich bin unsichtbar, wie meine Geschichte, die nur für mich und in mir existiert. Ich werde nie fähig sein, sie jemandem zu erzählen, nie so, wie sie wirklich passiert ist. Ich wüsste nicht, wo ich sie beginnen und wo ich sie beenden sollte. Jede Geschichte hat ihren Anfang und ihr Ende, werdet ihr sagen – meine nicht! Egal wie ich sie anfange, ist sie schon am Ende, egal wie ich sie beende, sie ist wieder am Anfang. Sie wird für mich nie vergangen sein. Also kann ich sie nicht beginnen mit: Es war einmal ein Mädchen in einem fernen Land oder so ähnlich. Ich werde sie nie alt werden lassen, denn das bedeutet Vergessen! Und Vergessen ist schlimmer als der Tod! Ja, sie glauben mir nicht, aber es gibt unerwartet viele Dinge, die schlimmer sind als der Tod: Zum Beispiel, tot zu sein bei lebendigem Leibe.
Sie haben mir meinen Körper, meinen einzigen Zufluchtsort genommen! Er ist noch da, aber er gehört mir nicht mehr. Ich will ihn so beschmutzt, so dreckig, nicht mehr haben. Meine Seele schwebt seitdem um ihn herum und beobachtet ihn wie einen gefährlichen Hund mit hundert Köpfen, der sie jeden Moment in genauso viele Teile zerreißen könnte. Alles, was ich noch fühle,

fühle ich außerhalb meines Körpers. Hunger, Durst, Kälte, das hat nichts mehr mit mir zu tun. Ich heiße Emina, Branka, Fatma und Zorana und ich bin nicht die Einzige meiner Sorte. Man nennt uns auch Kriegsbeute, sexuell kastrierte weibliche Subjekte, die schmutzige, etwas andere erste Frontlinie, die Vergewaltigten. Was man uns angetan hat, nennt man Missbrauchsschlacht! Toll, nicht?! Und wisst ihr, was die schlimmste Folge dieser Missbrauchsschlacht ist? Die Scham!
Ich heiße Emina, Branka, Fatma und Zorana, ich bin 19 Jahre alt und ich putze. Ich putze mein Zimmer, das ist das, was ich den ganzen Tag mache. Und ich wasche mich! Ich fange meinen Tag an, indem ich ganz lange meine Hände und mein Gesicht wasche. Dann putze ich mein Zimmer, dann wasche ich wieder meine Hände und mein Gesicht. Manchmal stehe ich hinter der Gardine und schaue heimlich nach draußen. Ich sehe die Menschen vorbeilaufen. Unter den Passanten sind Menschen, die mich im Stich gelassen haben, die zugeschaut haben, und auch die, die mir wehgetan haben. Ja, sie laufen immer noch frei herum, bringen ihre Einkäufe nach Hause und ihre Kinder zur Schule. Ich bin diejenige, die sich verstecken muss, die Schmutzige, die Vergewaltigte. Ich bin diejenige, die Scham empfindet, nicht sie. Einer meiner Vergewaltiger holt jeden Nachmittag auf der anderen Straßenseite seine Freundin ab. Einmal hatte er sogar einen Blumenstrauß dabei. Er hielt ihn in seiner Hand, genau wie damals das Messer. Das Messer in der rechten, die Zigarette in der linken Hand. Sie haben uns wie Vieh zusammengetrieben und in die LKWs geladen. Wir saßen in diesem LKW, der nach Kuhscheiße stank, und konnten nichts tun außer zu schweigen. Der LKW hielt vor der Schule, meiner ehemaligen Grundschule. Wir waren zwanzig Frauen. Vergewaltigt haben sie uns oben in Klassenzimmern, aber die meiste Zeit saßen wir unten im Heizkeller, zwischen Bergen von Heizkohle.
Zigarette im Mund, Hammer in seiner Hand, oben nackt, behaarter Rücken, behaarte Hände. Zigarette in seiner Hand, seine Haare zu einem Zopf gebunden, keine Zähne, ein Bündel Geld in der Hand, offene Hose, weiße Unterwäsche, Urinflecken.
Ich putze den ganzen Tag. Ich sitze nie auf dem Boden, ich sitze nie auf etwas, das einen Flecken haben könnte. Ich sitze nie auf

einem Sessel, weil ich Angst habe, er könnte nach alten Cevapcici und Sliwowitz-Schnaps riechen.
Zigarette hinter seinem Ohr, frisch rasiert, eine Wunde an seinem Kopf, Kassettenrecorder, Blaskapellenmusik, langsamer Schritt, ich kann nicht atmen, ich bin blind.
Ich sitze auf nichts, was ein Fleck haben könnte. Überhaupt sitze ich nicht gerne, ich laufe grundlos um mich herum, ich brauche sowieso keinen Grund für überhaupt irgendetwas.
Blaskapellenmusik, ich laufe den Schulflur entlang, er ist sehr lang. Meine einzige Hoffnung ist, dass ich dieses Mal nichts spüre. Mein Körper liegt auf dem Boden, aber ich schaue ihn mir von oben herab an, wie er gekrümmt auf meinem Körper liegt, wie sich sein haariger Hintern bewegt, und stelle mir vor, dass Gott gerade dasselbe sieht wie ich! Er sagt mir, dass wir Frauen seine schönste Schöpfung sind und dass Er uns seitdem vor euch Männern beschützen muss. Er wird mich trösten und umarmen, er wird mich zur schönsten Jungfrau im Paradies machen und keinen Mann mehr an mich heranlassen! Ich werde für immer im Paradies bleiben, unberührbar bis in alle Ewigkeit!

© Vernessa Berbo

[Schwarz, Alexander: *Das völkerrechtliche Sexualstrafrecht. Sexualisierte und geschlechtsbezogene Gewalt vor dem Internationalen Strafgerichtshof (Beiträge zum Internationalen und Europäischen Strafrecht)*, Berlin 2019, S. 133-139.]

Alexander Schwarz

Das völkerrechtliche Sexualstrafrecht – Sexualisierte und geschlechtsbezogene Gewalt vor dem Internationalen Strafgerichtshof (Auszug)

[...]

B. Der Tatbestand des Genozids in Art. 6 IStGH-Statut

Begriff

Der Begriff „Genozid", eine Zusammensetzung aus dem griechischen Wort ***genos*** (γένος = Rasse, Geschlecht, Stamm) und ***cide*** (von lateinisch caedere = töten),[1] wurde von *Raphael Lemkin* unter dem Eindruck des Zweiten Weltkrieges geprägt und erstmals 1944 in seinem Werk *Axis Rule in Occupied Europe* näher ausgeführt.[2] *Lemkin* definierte Genozid als einen koordinierten Plan verschiedener Handlungen, der sich gegen die essentiellen Lebensbedingungen richtet, mit dem Ziel, eine Gruppe zu vernichten.[3] Als eigenständiger Tatbestand entwickelte sich der Genozid jedoch erst nach dem Zweiten Weltkrieg aus den Verbrechen gegen die Menschlichkeit heraus.[4] Erstmals wurde der Genozid in Resolution 96 (I) der UN-Generalversammlung 1946 zum internationalen Ver-

1 *Ambos* (Fn. 21), S. 1; Ambos weist zurecht auf die ungenaue und irreführende deutsche Bezeichnung „Völkermord" hin, „weil der Tatbestand nicht die Ermordung eines (ganzen) Volkes verlangt", siehe *Ambos* (Fn. 144), S. 116.

2 *Lemkin*, Axis Rule in Occupied Europe, Laws of Occupation – Analysis of Government – Proposals for Redress, 1944, S. 79; zur historischen Entwicklung siehe *Schabas*, Genocide in International Law, The Crime of Crimes, 2. Aufl., 2009, S. 1– 58; C. Tams/L. Berster/B. Schiffbauer (Hrsg.), Commentary on the Convention on the Prevention and Punishment of the Crime of Genocide, 2014, 2 ff; Selbmann (Fn. 557), S. 17–32.

3 *Lemkin* (Fn. 654), S. 79.

4 *Ambos* (Fn. 144), S. 241; *Selbmann* (Fn. 557), S. 39 ff.

brechen erklärt,[5] auf deren Grundlage 1948 die Genozidkonvention verabschiedet wurde.[6] Art. II der Genozidkonvention stellt bis heute die zentrale Rechtsfigur zur Definition des Genozidtatbestands dar und wurde von den Statuten der beiden *ad hoc*-Gerichte in Art. 4(2) ICTY- und Art. 2(2) ICTR-Statut wörtlich übernommen. Völkerrechtlich gesehen sind die gegenwärtig 149 Mitgliedstaaten der Genozidkonvention dazu verpflichtet, selbst keine genozidalen Handlungen zu begehen und solche zu verhindern beziehungsweise zu bestrafen.[7] Darüber hinaus ist die Strafbarkeit des Genozides heute gewohnheitsrechtlich anerkannt und zugleich Teil des zwingenden Völkerrechts (*ius cogens*).[8] Auch wenn es im Rahmen der Erarbeitung des IStGH-Statuts zunächst Bestrebungen gab, den Genozidtatbestand zu reformieren, wurde der Wortlaut des Tatbestandes aus Art. II der Genozidkonvention wörtlich in Art. 6 IStGH-Statut übernommen.[9]

Nach Art. 6 IStGH-Statut setzt der Genozidtatbestand die Begehung eines von fünf näher definierten Einzelverbrechen an Mitgliedern einer nationalen, ethnischen, rassischen oder religiösen Personengruppe voraus, verbunden mit der Absicht, die Gruppe ganz oder teilweise zu zerstören.

> Art. 6 IStGH-Statut lautet:
> For the purpose of this Statute, ‚genocide' means any of the following acts committed with intent to destroy, in whole or in part, a national, ethnical, racial or religious group, as such:
> (a) Killing members of the group;
> (b) Causing serious bodily or mental harm to members of the group;
> (c) Deliberately inflicting on the group conditions of life calculated to bring about its physical destruction in whole or in part;
> (d) Imposing measures intended to prevent births within the group;
> (e) Forcibly transferring children of the group to another group.

5 UN General Assembly, The Crime of Genocide, UNGA Res. 96 (1), UN Doc. A/46/ Add.1, 11. 12. 1946, S. 188–89.

6 Konvention über die Verhütung und Bestrafung des Völkermordes, BGBl. 1954 II, 730; der Genozidkonvention sind bis heute (Stand: Oktober 2018) 149 Vertragsstaaten beigetreten.

7 Vgl. Art. 3(b)-(e) Genozidkonvention; siehe auch *Ambos* (Fn. 144), S. 116.

8 *IGH*, Case Concerning Armed Activities on the Territory of the Congo, DR Congo v. Rwanda, Judgment, 3. 2. 2006, ICJ Reports 2006, Rn. 64; *IGH*, Case Concerning the Application of the Convention on the Prevention and Punishment of the Crime of Genocide, Bosnia and Herzegovina v. Serbia and Montenegro, Judgment, 26. 2. 2007, ICJ Reports 2007, Rn. 161; *ICTY*, Prosecutor v. Krstic´ (Radislav), IT-98-33-T, Trial Chamber Judgment, 2. 8. 2001, Rn. 541; *ICTR*, Prosecutor v. Akayesu, ICTR-96-4-T, Trial Chamber Judgement, 2. 9. 1998, Rn. 495; *United Nations Security Council*, Report of the Secretary-General Pursuant to Paragraph 2 of Security Council Resolution 808 (1993), UN Doc. S/25704, 3. 5. 1993, Rn. 35; ausführlich *Selbmann* (Fn. 557), S. 142; Ambos (Fn. 144), S. 241.

9 Über die Einigkeit der Delegierten, den Tatbestand der Völkermordkonvention unverändert in das IStGH-Statut aufzunehmen siehe *Oosterveld*, in: *R. Lee* (Hrsg.), The International Criminal Court, Elements of Crimes and Rules of Procedure and Evidence, 2001, S. 41.

I. Kontextelement bei Genozid?

Der Genozidtatbestand im Statut des IStGH enthält kein Kontextelement wie den systematischen oder ausgedehnten Angriff auf die Zivilbevölkerung bei Verbrechen gegen die Menschlichkeit oder das Vorliegen eines bewaffneten Konflikts im Rahmen von Kriegsverbrechen. Ein solches Kontextelement fehlt auch der völkerrechtlichen Mutternorm in Art. II der Genozidkonvention.[10] Folglich sahen es beide ad hoc-Gerichte in ihrer Rechtsprechung nicht als erforderlich an, dass es eines die Einzeltat umfassenden Völkermordzusammenhanges, eines kollektiven genozidalen Gesamtgeschehens oder eines genozidalen Plans bedürfe.[11] Gleichwohl kann das Vorliegen einer bestimmten Vernichtungsstrategie nach der Rechtsprechung des ICTY als wichtiges Indiz dafür herangezogen werden, dem/der Täter_in eine individuelle Zerstörungsabsicht nachzuweisen.[12] Allerdings setzen die Verbrechenselemente – entgegen dem Wortlaut des Statuts – ein solches Kontextelement voraus.[13] Aus dem widersprüchlichen Wortlaut von Verbrechenselementen und Statut ergeben sich zwei gangbare Lösungswege damit umzugehen. Einerseits wird vorgeschlagen, das Erfordernis der Verbrechenselemente als unvereinbar mit dem IStGH-Statut sowie der gem. Art. 21 heranziehbaren Judikatur der beiden ad hoc-Gerichte anzusehen, mit der Folge, das Kontext-Erfordernis gem. Art. 9(3) IStGH-Statut zu übergehen.[14] Andererseits wird vertreten, das Kontextelement teleologisch damit zu begründen, dass die makrokriminelle Dimension, die sämtlichen bislang als Genozid eingestuften Geschehnissen zukam (Bedrohungspotential), erst bei systematischer bzw. organisierter Begehung erreicht wird.[15]

---

10 Convention on the Prevention and Punishment of the Crime of Genocide, 78 UNTS 277, 9. 12. 1948.

11 *ICTY*, Prosecutor v. Jelisic, *ICTY*-IT-95-10-A, Appeals Chamber Judgment, 5. 7. 2001, Rn. 48; ICTY, Prosecutor v. Krstic´ (Radislav), IT-98-33-A, Appeals Chamber Judgement, 19. 4. 2004, Rn. 223–25; ICTR, Prosecutor v. Semanza, ICTR-97-20-A, Appeals Chamber Judgment, 20. 5. 2005, Rn. 260; siehe *Burghardt/Geneuss*, Der Präsident und sein Gericht, Die Entscheidung des Internationalen Strafgerichtshofs über den Erlass eines Haftbefehls gegen Al Bashir, ZIS 2009, S. 126 (131).

12 *ICTY*, Prosecutor v. Jelisic, ICTY-IT-95-10-A, Appeals Chamber Judgment, 5. 7. 2001, Rn. 48.

13 Elements of crimes, Art. 6 lit. a IStGH-Statut, Nummer 4: „The conduct (killing, causing serious bodily or mental harms) took place *in the context of a manifest pattern* of similar conduct directed against that group or was conduct that could itself effect such destruction" (Hervorhebung des Verfassers).

14 *Burghardt/Geneuss* (Fn. 663), S. 132.

15 *Ambos* (Fn. 144), S. 249–50 m.w.N.; *Burghardt/Geneuss* (Fn. 663), S. 134; ähnlich *Kreß*, § 6 VStGB, in: Ambos/Joecks/Lagodny/Miebach (Hrsg.), Münchener Kommentar zum Strafgesetzbuch: StGB Band 8: Nebenstrafrecht III, Völkerstrafgesetzbuch, 2013, Rn. 78; ICC, Prosecutor v. Al Bashir, Public Redacted Version, Decision on the Prosecution's Application for a Warrant of Arrest against Omar Hassan Ahmad Al Bashir, PTC-I, ICC-02/05-01/09-3, 4. 3. 2009, Rn. 124, 128–129: „In the view of the Majority, according to this contectual element, the crime of genocide is only completed when the relevant conduct presents *a concrete threat* to the existence of the targeted group, or a part thereof" (Hervorhebung des Verfassers).

II. Geschützte Gruppen

Der Genozidtatbestand schützt das Existenzrecht „stabiler" Gruppen.[16] Es geht also nicht – wie der Begriff des Völkermordes vermuten lässt – um die Ermordung von Völkern, sondern um die Zerstörung bestimmter Gruppen.[17] Der Begriff der Gruppe wird definiert als eine „durch gemeinsame Merkmale dauerhaft verbundene Personenmehrheit, die sich von der übrigen Bevölkerung abhebt".[18] Gemäß Art. 6 werden allerdings nur solche Gruppen geschützt, die sich durch verbindende Merkmale, bestehend aus Nationalität (Staatsangehörigkeit), Ethnie (gemeinsame Kultur und Sprache), Rasse (geographische Herkunft, vererbte äußerliche Merkmale) oder Religionszugehörigkeit, von anderen unterscheiden lassen.[19] Die Anwendungsbereiche dieser Gruppenmerkmale überschneiden sich häufig innerhalb einer Gruppe und lassen sich nur schwer voneinander abgrenzen, da letztlich auch kulturelle und soziale Sichtweisen über die Konstitution von Gruppen bestimmen.[20] Die genannten Merkmale sind jedoch abschließend.[21] In den Verhandlungen zum IStGH-Statut wurde zwar versucht, den Tatbestand um politische und kulturelle Gruppen zu erweitern.[22] Dies scheiterte jedoch an der Mehrheit der beteiligten Delegationen, die keine Änderung der anerkannten Definition hinnehmen wollten.[23] Neben den travaux préparatoires ergibt sich dies auch aus dem Wortlaut des Tatbestandes, wonach die Zerstörungsabsicht auf eine „Gruppe als solche" („group as such") gerichtet sein muss.[24] Aufgrund der eingeschränkten Gruppenmerkmale des Genozidtatbestands wird die Diskussion um die Auslegung

16 *Werle/Jessberger* (Fn. 17), Rn. 757, 762; *Ambos* (Fn. 144), S. 242; *Schabas*, Article 6, in: Triffterer/Ambos (Hrsg.), The Rome Statute of the International Criminal Court, A Commentary, 2016, S. 127 (135), Rn. 16.

17 *Ambos*, Völkermord an den Armeniern, FAZ 29. 04. 2015.

18 *Werle/Jessberger* (Fn. 17), Rn. 823; *Ambos* (Fn. 144), S. 243.

19 *Ambos* (Fn. 144), S. 243; *Werle/Jessberger* (Fn. 17), Rn. 824.

20 *Werle/Jessberger* (Fn. 17), Rn. 824; *Ambos* (Fn. 144), S. 243.

21 *Schabas* (Fn. 668), S. 135, Rn. 16; *Schabas* (Fn. 654)117, 150; *Lüders*, Die Strafbarkeit von Völkermord nach dem Römischen Statut für den Internationalen Strafgerichtshof, 2004, S. 65 ff.; *Werle/Jessberger* (Fn. 17), Rn. 823, 838–840; *Ambos* (Fn. 144), S. 243; kritisch *van Schaack*, The Crime of Political Genocide: Repairing the Genocide Convention's Blind Spot, Yale Law Journal 1997, S. 2259 (2282); *Cassese*, in: A. Cassese/P. Gaeta/J. R.W.D. Jones (Hrsg.), The Rome Statute of the International Criminal Court, 2002, S. 336.

22 *United Nations General Assembly*, Report of the Preparatory Committee on the Establishment of an International Criminal Court, Volume I (Proceedings of the Preparatory Committee during March-April and August 1996), UN Doc. A/51/22, Supplement No. 22, 13. 9. 1996, S. 17–18, Rn. 60; *United Nations General Assembly*, Report of the Preparatory Committee on the Establishment of an International Criminal Court, Volume II (Compilation of Proposals), UN Doc. A/51/22, Supplement No. 22, 13. 9. 1996, S. 57.

23 *Bock* (Fn. 14), S. 81; *Schabas* (Fn. 668), S. 135, Rn. 16; ausführlich *Werle/Jessberger* (Fn. 17), Rn. 838–40.

24 *Ambos* (Fn. 144), S. 243.

der vier verschiedenen Gruppenbegriffe bis heute kontrovers geführt.[25] Beispielsweise wird von Vest vorgeschlagen, die Aufzählung der nationalen, ethnischen, rassischen und religiösen Gruppen durch ein abstraktes Merkmal zu ergänzen,[26] um den Genozidtatbestand für die Definition einer möglichen Opfergruppe aus Täter_innensicht (subjektiver Ansatz) zu öffnen.[27] Ebenso wird die Anerkennung des sog. „kulturellen Genozids" in der völkerrechtlichen Literatur umfangreich diskutiert,[28] aber nach herrschender Auffassung weder von der Genozidkonvention noch vom Völkergewohnheitsrecht anerkannt.[29]

III. Frauen bzw. Geschlecht als „Gruppe": Der „Femizid" als Tathandlung des Genozids?

Daran anknüpfend wird von Völkerrechtler_innen und Menschenrechtsorganisationen seit geraumer Zeit gefordert, geschlechtsbasierte genozidale Handlungen als Unterfall des Genozids anzuerkennen und die vom Genozidtatbestand geschützten Gruppen um die Gruppe „Geschlecht" zu erweitern.[30] Darüber hinaus wird um die Akzeptanz des so genannten „Femizids" gestritten, der sich auf die Vernichtung einer oder mehrerer Personen aufgrund ihrer Zugehörigkeit zum weiblichen Geschlecht bezieht.[31] Eine Ergänzung des Ge-

25 *Paul* (Fn. 153), S. 79; zu den Gruppenkonstitutionsmodellen siehe *Werle/Jessberger* (Fn. 17), Rn. 825–32.

26 *Vest* schlägt vor, den Tatbestand folgendermaßen zu fassen: „[...] eine nationale, ethnische, rassische, religiöse, soziale, politische oder durch irgendein anderes willkürliches Merkmal identifizierte Gruppe [...]", Vest, Genozid durch organisatorische Machtapparate, An der Grenze von individueller und kollektiver Verantwortlichkeit, 2002, S. 133.

27 *Paul* (Fn. 153), S. 173; *Ambos* unterstützt den Vorschlag, die Gruppeneigenschaft auch aus Sicht der Täter_innen zu bestimmen („subjektiver Ansatz") und begründet dies dogmatisch mit der Konstruktion des Genozidtatbestandes als Absichtsdelikt (überschießende Innentendenz), siehe Ambos (Fn. 144), S. 244.

28 Dazu *Berster*, The Alleged Non-Existence of Cultural Genocide, Journal of International Criminal Justice 2015, S. 677; Anayiotos, The Cultural Genocide Debate: Should the UN Genocide Convention include a Provision on Cultural Genocide or Should the Phenomenon be Encompassed in a Separate International Treaty?, New York International Law Review 2009, 99-130).

29 *Schabas* (Fn. 668), S. 136, Rn. 19; IGH, Case Concerning the Application of the Convention on the Prevention and Punishment of the Crime of Genocide, Bosnia and Herzegovina v. Serbia and Montenegro, Judgment, 26. 2. 2007, ICJ Reports 2007, Rn. 344.

30 Siehe dazu *Askin* (Fn. 135), S. 342–43, 392–393; *Gardam/Jarvis* (Fn. 306), S. 197; *Banerji, Why is the Annihilation of Indian Women a Genocide?*, genderbytes 26. 6. 2011; *Brouwer* (Fn. 306), S. 79–81.

31 Der Begriff wurde erstmals von Diana Russell im Jahre 1976 verwendet um geschlechtsspezifische Unterdrückung und systematische Gewalt gegen Frauen zum Ausdruck zu bringen, siehe *Russell, Diana E. H./Ven, Nicole Van de*, Crimes Against Women, Proceedings of the International Tribunal, 197692, 104, 161; zum Begriff auch UN *General Assembly*, Report of the Special Rapporteur on violence against women, its causes and consequences, Rashida Manjoo, 23. 5. 2012, UN Doc. A/HRC/20/16, Rn. 14; in Uruguay wird erwogen, den Tatbestand des Femizids (delito de femicidio) in den código penal aufzunehmen, siehe *20minutos,* Gobierno propone crear delito de „femicidio", 30. 11. 2015.

nozidtatbestands um das Element „Geschlecht" würde anerkennen, dass beispielsweise Frauen allein aufgrund des Umstands angegriffen werden, dass sie Frauen sind. Diese Forderung wurde bereits in mehreren nationalen Rechtsordnungen verwirklicht, die den Genozidtatbestand auf das Merkmal „Geschlecht" oder „sexuelle Orientierung" ausgeweitet haben.[32] Für eine solche Ergänzung des Genozidtatbestands spricht, dass in der Vergangenheit sexuelle Übergriffe im Rahmen von Genozidkampagnen wiederholt darauf abzielten, die Reproduktionsfähigkeit von Frauen zu beeinträchtigen oder mit der gezielten „Zerstörung" weiblicher Körper die Vernichtung von nationalen, religiösen oder ethnischen Gruppen zu erreichen.[33] Dem wird entgegengehalten, dass Angriffe auf die Reproduktionsfähigkeit von Frauen oder auf ihre physische Existenz eher auf den Fortbestand der nationalen, ethnischen, rassischen oder religiösen Gruppe abzielen, der sie angehören, und nicht gegen die Frauen als solche gerichtet sind.[34] Letzteres verkennt, dass sich genozidale Handlungen regelmäßig nicht nur gegen Opfer als Repräsentanten eines identitätsstiftenden Merkmals richten, sondern zumeist aufgrund mehrerer Diskriminierungsmerkmale begangen werden, wie „Rasse", Ethnizität, politische Zugehörigkeit oder Geschlecht, die eng miteinander verbunden sind und sich gegenseitig beeinflussen (Intersektionalität).[35] Darüber hinaus wird die Vorstellung, dass genozidale Handlungen Frauen oder Männer nur in unspezifischer Form adressieren, die als solche vom Genozidtatbestand nicht erfasst werden, durch die Gezieltheit der Angriffe auf Frauen widerlegt. Während nach hier vertretener Ansicht eine Ergänzung des Genozidtatbestands um die Gruppe „Geschlecht" wünschenswert erscheint und die Voraussetzungen, die an eine „stabile" Gruppe gestellt werden, auf eine Gruppe, die aufgrund ihres Geschlechts verfolgt wird, durchaus zutreffen würden,[36] ergibt sich eine Anerkennung des

---

32 In Uruguay wird der Schutz des Völkermordtatbestandes auf folgende Gruppen erstreckt: „El que con la intención de destruir total o parcialmente a un grupo nacional, étnico, racial, religioso, político, sindical, o a un grupo con itendidad propia fundada en razones de *género, orientación sexual, culturales*, sociales, edad, dicapacidad o salud", Art. 16 de la Ley 18026 del 25 Septiembre 2006 de Uruguay (Hervorhebung des Verfassers); in Frankreich und Finnland wird der Genozidtatbestand um ein abstrakt formuliertes Schutzobjekt erweitert, Art. 211-1 Code Penal: „(...) d'un groupe national, ethnique, racial ou religieux, ou d'un groupe déterminé à partir de tout autre critère arbitraire (...)", § 1, Kapitel 11 finnisches Strafgesetzbuch: „(...) or another comparable group (...)", siehe auch Paul (Fn. 153), S. 159; *Selmann* (Fn. 557), S. 180 ff.; *Werle/Jessberger* (Fn. 17), Rn. 839.

33 *Mirau-Gondoin* (Fn. 300), S. 50; *Askin* (Fn. 135), S. 342–44.

34 *Schabas* (Fn. 654), S. 168; *Mirau-Gondoin* (Fn. 300), S. 51.

35 *Werle/Jessberger* (Fn. 17), Rn. 1010; *Markard/Adamietz* (Fn. 223), S. 259; *Werle/Jessberger* (Fn. 17), Rn. 1010. Für die interdependente (intersektionale) Dimension sexueller Gewalt im Allgemeinen, siehe *Askin*, The Jurisprudence of International War Crimes Tribunals: Securing Gender Justice for Some Survivors, in: Durham/Gurd (Hrsg.), Listening to the Silences, Women and War, 2005, S. 125 (143).

36 Ebenso *Gardam/Jarvis* (Fn. 306), S. 197.

Merkmals Geschlecht weder aus dem Völkervertragsrecht noch aus dem Völkergewohnheitsrecht. Die Zugehörigkeit zu einem bestimmten Geschlecht stellt vielmehr eine *soziale* Eigenschaft dar, die von den Gruppenmerkmalen des völkerrechtlichen Genozidtatbestands – national, ethnisch, rassisch oder religiös – nicht erfasst wird. Weder die Kategorie „Frau" noch „Geschlecht" stellen mithin ein Merkmal dar, welches als eigene Opfergruppe durch den Genozidtatbestand besonders geschützt wird. Dieser Negativbefund wird im Rahmen des IStGH-Statuts allerdings dadurch gemildert, dass der Verfolgungstatbestand in Art. 7(1)(h) die „Verfolgung aufgrund des Geschlechts" – erstmals in der Geschichte des Völker(straf)rechts – explizit kriminalisiert. Wie noch zu zeigen sein wird,[37] ist der Verfolgungstatbestand auch „leichter" zu erfüllen als der des Genozids, weil er subjektiv nicht die beabsichtigte Zerstörung der Gruppe „als solche" voraussetzt, sondern bereits das Angreifen einer Person wegen ihrer Zugehörigkeit zu einer Gruppe oder Gemeinschaft eine Verfolgungshandlung darstellen kann,[38] wie etwa im Falle der Vergewaltigung einer Frau als Angehörige des weiblichen Geschlechts.[39]

[…]

37 Siehe dazu Kapitel 5 A.

38 *Werle/Jessberger* (Fn. 17), Rn. 1039.

39 *Ambos* (Fn. 21), S. 107; Werle/Jessberger (Fn. 497), S. 373; so auch der ICTY, siehe *ICTY*, Prosecutor v. Brdanin, IT-99-36-T, Trial Chamber Judgment, 1. 9. 2004, Rn. 994.

5. GEWALT UND SPRACHE – WIDERSTAND, EMPOWERMENT, HEILUNG

[Sontag, Susan: *Das Leiden anderer betrachten*, S. 9–24
© Hanser Berlin in der Carl Hanser Verlag GmbH & Co. KG, 2003]

Susan Sontag
Das Leiden anderer betrachten
(Auszug)

Im Juni 1938 veröffentlichte Virginia Woolf unter dem Titel Drei Guineen ihre ebenso mutigen wie unerwünschten Gedanken über die Wurzeln des Krieges. Das Buch war während der beiden voraufgegangenen Jahre entstanden, in denen sie und die meisten ihrer Freunde und Schriftstellerkollegen mit Spannung verfolgten, wie sich der faschistische Aufstand in Spanien entwickelte, und es hatte die Form einer verspäteten Antwort auf einen Brief, in dem ein prominenter Londoner Anwalt die Frage gestellt hatte: „Wie sollen wir Ihrer Meinung nach Krieg verhüten?" Woolf beginnt mit der scharfen Bemerkung, daß ein wirklicher Dialog zwischen ihnen vielleicht gar nicht möglich sei. Denn auch wenn sie beide der gleichen sozialen Schicht, „der gebildeten Klasse", angehören, seien sie durch eine tiefe Kluft getrennt: der Anwalt sei ein Mann und sie eine Frau. Männer führen Krieg. Männer (die meisten Männer) schätzen den Krieg, denn für sie liegt „eine gewisse Glorie, eine gewisse Notwendigkeit, eine gewisse Befriedigung im Kämpfen", die Frauen (die meisten Frauen) nie empfunden oder genossen haben. Was weiß denn schon eine gebildete – lies: privilegierte, wohlhabende – Frau wie sie vom Krieg? Kann ihr Zurückschrecken vor der Verlockung des Krieges dem seinen gleichen?

Lassen Sie uns diese „Verständigungsschwierigkeit" prüfen, schlägt Woolf vor, indem wir uns gemeinsam Bilder vom Krieg ansehen. Es sind Fotos, die die bedrängte Regierung der Spanischen Republik eine Zeitlang zweimal wöchentlich verschickt hat; in einer Fußnote heißt es dazu: „Geschrieben im Winter 1936–37".

„Lassen Sie uns also sehen", erklärt Woolf, „ob wir, wenn wir dieselben Fotografien betrachten, dieselben Dinge fühlen." Sie fährt fort:

> Die Auswahl des heutigen Morgens enthält die Fotografie von etwas, was der Körper eines Mannes sein könnte oder einer Frau; er ist so verstümmelt, daß er auch der Körper eines Schweines sein könnte. Aber das hier sind ganz gewiß tote Kinder, und das da ist unzweifelhaft der Schnitt durch ein Haus. Eine Bombe hat die Seite aufgerissen; immer noch hängt ein Vogelkäfig in dem, was vermutlich das Wohnzimmer war ...

Am schnellsten und nüchternsten läßt sich die innere Bewegung, die von diesen Fotografien ausgelöst wird, in der Feststellung vermitteln, daß man nicht immer erkennen kann, was auf ihnen zu sehen ist, so verheerend ist die dargestellte Zerstörung, die über Leiber und Steine gekommen ist. Von hier aus gelangt Woolf rasch zu ihrer Schlußfolgerung: „Wie unterschiedlich die Erziehung und die Traditionen hinter uns auch sein mögen, unsere Empfindungen sind dieselben", erklärt sie dem Anwalt. Ihr Beweis: „Wir" – mit diesem „Wir" sind die Frauen gemeint – und „Sie" (der Anwalt) reagieren mit den gleichen Worten.

> Sie, Sir, nennen sie [die Empfindungen] „Entsetzen und Abscheu". Wir nennen sie ebenfalls Entsetzen und Abscheu ... Krieg, sagen Sie, ist eine Abscheulichkeit; eine Barbarei; Krieg muß um jeden Preis verhindert werden. Und wir sprechen Ihre Worte nach. Krieg ist eine Abscheulichkeit; eine Barbarei; Krieg muß verhindert werden.

Wer glaubt heute noch, der Krieg lasse sich abschaffen? Niemand, nicht einmal die Pazifisten. Wir hoffen allenfalls (und bisher vergebens), dem Völkermord Einhalt gebieten und diejenigen vor Gericht stellen zu können, die schwere Verstöße gegen das Kriegsrecht begangen haben (denn auch im Krieg gibt es Gesetze, an die sich die Kombattanten halten sollen), und wir hoffen darauf, bestimmten Kriegen ein Ende zu machen, indem wir auf dem Verhandlungsweg Alternativen zur bewaffneten Auseinandersetzung finden. Vielleicht fällt es uns heute schwer, jene verzweifelte, aus dem Schock über den Ersten Weltkrieg resultierende Entschlossenheit zu würdigen, die sich einstellte, als man zu erkennen begann, welche Verwüstungen Europa sich selbst zugefügt hatte. Es schien damals nicht ganz aussichtslos, den Krieg als solchen im Gefolge der Papierphantasien des Kellogg-Briand-Pakts von 1928 zu ächten, in dem fünfzehn Großmächte, unter ihnen die Vereinigten Staaten, Frankreich, Großbritannien, Deutschland, Italien und Japan, dem Krieg als einem Instrument nationaler Politik feierlich abschworen; sogar Sigmund Freud und Albert Einstein beteiligten sich 1932 an dieser Debatte, indem sie unter der Überschrift „Warum Krieg?“ einige offene Briefe wechselten. Woolfs Essay Drei Guineen, der am Ende von fast zwei Jahrzehnten vehementer Plädoyers gegen den Krieg erschien, war insofern originell (und wurde daher weniger positiv aufgenommen als alle ihre anderen Bücher), als er sein Augenmerk auf einen Aspekt richtete, der so offenkundig oder so unangebracht zu sein schien, daß man ihn keiner Erwähnung und erst recht keiner Überlegung für wert hielt: auf die Tatsache nämlich, daß der Krieg Männersache ist – daß die Kriegsmaschinerie ein Geschlecht hat und daß sie männlich ist. Bei aller Kühnheit, durch die sich Woolfs Beitrag zu der Frage „Warum Krieg?“ auszeichnet, bleibt ihr Abscheu vor dem Krieg in seiner Rhetorik und seinen an Wiederholungen reichen Zusammenfassungen jedoch durchaus konventionell. Und Fotografien von Kriegsopfern sind selbst eine Art von Rhetorik. Sie insistieren. Sie vereinfachen. Sie agitieren. Sie erzeugen die Illusion eines Konsensus.

Unter Berufung auf dieses hypothetische gemeinsame Erleben („wir sehen mit Ihnen dieselben toten Menschen, dieselben zerstörten Häuser“) bekundet Woolf ihre Überzeugung, daß die Erschütterung, die von solchen Bildern ausgeht, unweigerlich zwischen Menschen guten Willens Einigkeit stiften muß. Aber tut sie das? Gewiß, Woolf und der nicht genannte Adressat dieses Briefes von Buchlänge sind keine x-beliebigen Personen. Auch wenn sie durch die uralten Empfindungs- und Handlungsmuster ihres jeweiligen Geschlechts voneinander getrennt sind, wie Woolf gleich eingangs deutlich macht, ist der Anwalt doch kein typischer, kriegslüsterner Vertreter seines Geschlechts. Seine

Ablehnung des Krieges steht genauso außer Frage wie ihre eigene. Schließlich lautete seine Frage nicht: „Wie denken Sie über die Verhütung von Krieg?", sondern: „Wie sollen wir Ihrer Meinung nach Krieg verhüten?"

Gerade dieses „Wir" stellt Woolf zu Beginn ihres Buches in Frage: sie will ihrem Gesprächspartner ein solches selbstverständliches „Wir" nicht durchgehen lassen. Aber nach den Passagen, in denen sie ihren feministischen Gesichtspunkt darlegt, fällt sie selbst in dieses „Wir" zurück.

Wo es um das Betrachten des Leidens anderer geht, sollte man kein „Wir" als selbstverständlich voraussetzen.

Wer sind die „Wir", an die sich solche erschütternden Bilder richten? Zu diesem „Wir" gehören nicht nur die Sympathisanten eines eher kleinen Landes oder eines Volkes ohne Staat, das um seine Existenz kämpft, sondern auch das sehr viel größere Publikum all derer, die sich, ohne direkt in Mitleidenschaft gezogen zu sein, davon betroffen fühlen, daß in einem anderen Land ein schmutziger Krieg stattfindet. Die Fotografien sind ein Mittel, etwas „real" (oder „realer") zu machen, das die Privilegierten und diejenigen, die einfach nur in Sicherheit leben, vielleicht lieber übersehen würden.

„Hier auf dem Tisch vor uns liegen also Fotografien", beschreibt Woolf das Gedankenexperiment, das sie dem Leser und dem schemenhaften Anwalt vorschlägt, der immerhin so prominent ist, daß er, wie sie erwähnt, ein K.C. – für „King's Counsel" oder „Kronanwalt" – hinter dem Namen führt und vielleicht eine reale Person ist oder auch nicht. Man stelle sich also einen kleinen Stapel einzelner Fotos vor, die man einem mit der Morgenpost gekommenen Umschlag entnommen hat. Sie zeigen verstümmelte Körper von Erwachsenen und Kindern. Sie zeigen, wie der Krieg die gebaute Welt entleert, zertrümmert, einreißt, einebnet.

„Eine Bombe hat die Seite aufgerissen", schreibt Woolf über das Haus auf einem der Bilder. Zwar besteht eine Stadt nicht aus Haut, Fleisch und Knochen. Doch aufgeschlitzte Häuser sind fast genauso beredt wie Leichen auf den Straßen. (Kabul, Sarajevo, Ost-Mostar, Grosny, sechs Hektar in Lower Manhattan nach dem 11. September 2001, das Flüchtlingslager Jenin ...) Sieh her, sagen die Fotos, so sieht das aus. Das alles richtet der Krieg an – und auch das hier. Der Krieg zertrümmert, läßt bersten, reißt auf, weidet aus, versengt, zerstückelt. Der Krieg ruiniert.

Wem diese Bilder nicht wehtun, wer vor ihnen nicht zurückschreckt, wer sich bei ihrem Anblick nicht gedrängt fühlt, die Ursachen für diese Verwüstung, dieses Blutbad aus der Welt zu schaffen – der reagiert nach Woolfs Meinung wie ein moralisches Monstrum. Wir seien aber keine Monster, so gibt sie uns verstehen, sondern Angehörige der gebildeten Klasse. Versagt haben unsere Vorstellungskraft und unser Mitgefühl: wir sind dieser Realität geistig nicht gewachsen gewesen.

Aber ist es denn wahr, daß diese Fotos, die nicht den Zusammenstoß zweier Armeen, sondern das Abschlachten unbeteiligter Zivilisten zeigen, nur zur Ablehnung des Krieges anregen können? Sie könnten doch auch für mehr Militanz zugunsten der Spanischen Republik werben. Und sollten sie nicht gerade das tun? Die Einigkeit zwischen Woolf und dem Anwalt scheint nur auf Mutmaßungen zu beruhen, und die grausigen Fotos bestätigen sie nur in einer Meinung, die sie schon vorher teilten. Hätte die Frage gelautet: Wie können wir am besten zur Verteidigung der Spanischen Republik gegen die Kräfte des militaristischen und klerikalen Faschismus beitragen? – dann hätten diese Fotos sie vielleicht in ihrem Glauben an die Rechtmäßigkeit dieses Kampfes bestärkt.

Die Bilder, die Woolf heraufbeschwört, zeigen in Wirklichkeit nicht, was „der Krieg", der Krieg als solcher, anrichtet. Sie zeigen eine bestimmte Art von Kriegführung, die damals oft als „barbarisch" bezeichnet wurde, weil sie sich gegen Zivilisten richtete. General Franco bediente sich der gleichen Taktik, die er schon in den zwanziger Jahren als Befehlshaber in Marokko perfektioniert hatte: Bombardements, Massaker, Folter, Töten und Verstümmeln von Gefangenen. Damals war sein Vorgehen für die herrschenden Mächte eher hinnehmbar gewesen, denn es richtete sich gegen spanische Kolonialuntertanen von dunklerer Hautfarbe, die obendrein ungläubig waren; nun jedoch waren die eigenen Landsleute seine Opfer. In den Bildern nur das zu sehen, was einen allgemeinen Abscheu vor dem Krieg als solchem bestätigt, wie es Woolf tut, bedeutet, auf eine Auseinandersetzung mit Spanien als einem Land mit eigener Geschichte zu verzichten. Es bedeutet, die Politik außer acht zu lassen.

Für Woolf, wie für viele andere, die gegen „den Krieg" zu Felde ziehen, ist Krieg ein allgemeiner Begriff, und die Bilder, die sie beschreibt, zeigen anonyme Opfer – Opfer „im allgemeinen". Man könnte den Eindruck gewinnen, die Regierung in Madrid habe die Bilder ohne Erläuterungen verschickt, was jedoch unwahrscheinlich ist. (Vielleicht war Woolf auch einfach der Meinung, ein Foto solle für sich selbst sprechen.) Wo es darum geht, den Krieg als solchen zu verurteilen, sind Informationen darüber, wer wann wo was getan hat, nicht erforderlich; das willkürliche, gnadenlose Gemetzel ist Aussage genug. Doch wer davon überzeugt ist, daß das Recht nur auf einer Seite, das Unrecht und die Unterdrückung aber auf der anderen Seite zu finden sind und daß der Kampf fortgesetzt werden muß, für den kommt es darauf an, wer von wem getötet wird. Für einen israelischen Juden ist das Foto eines Kindes, das bei dem Anschlag auf die Sbarro-Pizzeria in der Innenstadt von Jerusalem zerrissen wurde, in erster Linie das Bild eines jüdischen Kindes, das von einem palästinensischen Selbstmordattentäter getötet wurde. Für einen Palästinenser ist das Foto eines Kindes, das von einer Panzergranate in Gaza zerrissen wurde, in erster Linie das Bild eines palästinensischen Kindes, das von einer israelischen Granate getötet wurde. Für den Kämpfenden ist Identität alles. Und jedes Foto wartet auf eine Bildlegende, die es erklärt – oder fälscht. Während der Kämpfe zwischen Serben und Kroaten zu Beginn der jüngsten Balkankriege wurden von der serbischen und der kroatischen Propaganda die gleichen Fotos von Kindern verteilt, die bei der Beschießung eines Dorfes getötet worden waren. Man brauchte nur die Bildlegende zu verändern, und schon ließ sich der Tod dieser Kinder so und anders nutzen.

Bilder von toten Zivilisten und zerstörten Häusern können den Haß auf den Feind schüren, wie es zum Beispiel im April 2002 geschah, als der in Qatar beheimatete arabische Satellitensender Al Jazira im Stundentakt die Bilder von der Zerstörung des Flüchtlingslagers Jenin wiederholte. So groß die Empörung bei vielen Zuschauern in der ganzen Welt war – über die israelische Armee sagten ihnen diese Aufnahmen nichts, was ihnen nicht schon vorher beigebracht worden war. Dagegen werden Bilder, die im Widerspruch zu den eigenen liebgewordenen Überzeugungen stehen, unweigerlich mit dem Hinweis abgetan, sie seien gestellt. Auf die fotografische Bestätigung von Greueln, die die eigene Seite verübt hat, reagiert man in der Regel mit der Behauptung, die Bilder seien eine Fälschung – die Greueltaten hätten nie stattgefunden, es handele sich um Leichen, die die andere Seite auf Lastwagen aus dem örtlichen Leichenschauhaus herbeigeschafft und auf der Straße verteilt habe. Oder es heißt: jawohl, die Greuel seien vorgefallen, aber verantwortlich sei die andere Seite, sie habe sie sich selbst zugefügt. So behauptete der Propagandachef der von Franco geführten nationalistischen Rebellenregierung, die Basken selbst hätten am 26. April 1937 ihre einstige Hauptstadt, das alte Guernica, mit Dynamit in der Kanalisation (einer späteren Version zufolge: mit im Baskenland hergestellten Bomben) zerstört, um die Empörung im Ausland anzuheizen und den Widerstandswillen der Republikaner zu stärken. So behauptete auch eine Mehrheit der in Serbien und im Ausland lebenden Serben bis zum Ende der serbischen Belagerung von Sarajevo und selbst nachher noch, die Bosnier selbst hätten das grauenhafte „Brotschlangen-Massaker" im Mai 1992 und das „Markt-Massaker" im Februar 1994 angerichtet, indem sie selbst großkalibrige

Granaten aus den Außenbezirken im hohen Bogen ins Zentrum ihrer Hauptstadt gefeuert oder Minen gezündet hätten, um den Kameras der ausländischen Journalisten einige besonders grausige Motive zu liefern und mehr internationale Unterstützung für die bosnische Seite zu erlangen.

Fotos von verstümmelten Körpern können natürlich so genutzt werden, wie Virginia Woolf dies tut – um der Verurteilung des Krieges Nachdruck zu verschaffen. Sie können denen, die keine eigenen Kriegserfahrungen haben, für eine gewisse Zeit etwas von der Wirklichkeit des Krieges vor Augen führen. Wer jedoch der Auffassung ist, daß der Krieg in einer zerrissenen Welt wie der heutigen unvermeidlich und sogar gerecht sein kann, der könnte erwidern, daß die Fotos durchaus nicht dafür sprechen, dem Krieg grundsätzlich abzuschwören – oder daß sie dies allenfalls in den Augen derer tun, für die Begriffe wie Tapferkeit und Opferbereitschaft ihren Sinn und ihre Glaubwürdigkeit völlig verloren haben. Der zerstörerische Charakter des Krieges – anders als die totale Zerstörung, die nicht Krieg, sondern Selbstmord ist – taugt aus sich heraus nicht als Argument gegen das Führen von Kriegen, es sei denn, man glaubt (wovon allerdings nur wenige Menschen überzeugt sind), Gewalt lasse sich nie rechtfertigen, sondern sei immer und unter allen Umständen falsch – falsch, weil sie, wie Simone Weil in ihrem wunderbaren Essay über den Krieg „L'Iliade ou le poeme de la force" (Ilias: Dichtung der Gewalt) von 1940 schreibt, jeden, der mit ihr in Berührung kommt, in ein Ding verwandelt.[1] Nein, erwidern diejenigen, die in einer bestimmten Situation keine Alternative zum bewaffneten Kampf sehen, Gewalt kann den, der mit ihr in Berührung kommt, auch zum Märtyrer oder zum Helden erheben.

Die unzähligen Gelegenheiten, bei denen man heute das Leiden anderer Menschen – aus der Distanz, durch das Medium der Fotografie – betrachten kann, lassen sich auf vielerlei Weise nutzen. Fotos von einer Greueltat können gegensätzliche Reaktionen hervorrufen. Den Ruf nach Frieden. Den Schrei nach Rache. Oder einfach das dumpfe, ständig mit neuen fotografischen Informationen versorgte Bewußtsein, daß immer wieder Schreckliches geschieht. Wer könnte die drei Farbfotos von Tyler Hicks vergessen, die die New York Times am 15. November 2001 in der oberen Hälfte der ersten Seite ihres täglich unter dem Titel „A Nation Challenged" erscheinenden Sonderteils über

1 Ungeachtet ihrer Ablehnung des Krieges wollte Simone Weil an der Verteidigung der Spanischen Republik und am Kampf gegen Hitler-Deutschland teilnehmen. 1936 schloß sie sich als nichtkämpfende Freiwillige einer Internationalen Brigade in Spanien an; 1942 und Anfang 1943, nachdem sie nach London geflohen und schon erkrankt war, arbeitete sie noch im Büro des »Freien Frankreich« und hoffte, man werde sie zu einer Mission in das besetzte Frankreich schicken. (Sie starb im August 1943 in einem englischen Sanatorium.)

Amerikas neuen Krieg brachte? Dieses Triptychon stellt das Schicksal eines verwundeten Taliban-Kämpfers in Uniform dar, der von Soldaten der Nord-Allianz bei ihrem Vormarsch auf Kabul in einem Straßengraben aufgespürt wurde. Erste Tafel: zwei der Soldaten, die ihn gefangengenommen haben, schleifen ihn auf dem Rücken über eine steinige Straße – der eine hat einen Arm, der andere ein Bein gepackt. Zweite Tafel (die Kamera ist dem Geschehen sehr nah): von den anderen umringt, voller Entsetzen aufblickend, wird er hochgezerrt. Dritte Tafel: der Augenblick des Todes. Mit ausgebreiteten Armen liegt er auf dem Rücken, die Knie angezogen, von den Hüften abwärts nackt und blutüberströmt, und wird von der Soldateska, die sich um ihn zusammengerottet hat, erledigt. Es bedarf eines beträchtlichen Maßes an innerer Ruhe, allmorgendlich das New Yorker Weltblatt durchzusehen, wenn man damit rechnen muß, auf Bilder zu stoßen, über denen einem die Tränen kommen können. Aber das Mitgefühl und der Abscheu, mit dem Bilder wie die von Hicks den Betrachter erfüllen, sollten niemanden davon abhalten, die Frage zu stellen, welche Bilder, wessen Grausamkeiten, welche Tode nicht gezeigt werden.

[...]

[Text und Lesung gewannen 2019 den Publikumspreis des 43. Ingeborg-Bachmann-Literaturwettbewerbs, unveröffentlicht]

Ronya Othmann
Vierundsiebzig

August 2014 sitze ich vor dem Fernseher. Ich sehe Frauen in den Kleidern meiner Großmutter, meiner Tante, meiner Cousinen, sehe Männer wie meinen Großvater, meinen Vater, Onkel, meine Cousins um ihr Leben rennen. Es ist Hochsommer. In den Bergen verdursten Kleinkinder, Alte, Kranke. Shingal ist umzingelt. Die Männer und die älteren Frauen, die es nicht schaffen zu fliehen, töten sie, die jüngeren Frauen und Kinder nehmen sie mit als Kriegsbeute, verkaufen sie weiter auf den Sklavenmärkten für die Kämpfer des IS. Frauen, die meinen Namen tragen, den meiner Schwester, meiner Cousine.

An den August 2014 kann ich mich nicht mehr erinnern. Später schreibe ich, ich sitze vor dem Fernseher. Weil ich weiß, dass ich vor dem Fernseher saß. Ich weiß auch, was ich sah. Aber an das, was ich sah, kann ich mich nicht mehr erinnern.

Ich schreibe, wie ich auf dem Sofa im Wohnzimmer meiner Eltern sitze, dass ich erst dusche oder esse, wenn mir auffällt, wie lange ich es nicht mehr getan habe.

Jedes Schreiben ist für mich Fiktion. Ob ich über mich schreibe, meinen Vater, meine Großmutter oder eine Figur, der ich einen Namen gebe und eine Geschichte.

2014 habe ich die êzîdische Abgeordnete Vian Dakhil bei ihrer Rede vor dem irakischen Parlament gesehen, wie sie versuchte, das, was in Shingal geschah, in Worte zu fassen, dann mitten in ihrer Rede zusammenbrach und von zwei Parlamentarierinnen aus dem Saal getragen wurde.

Ich habe den Moderator und den zugeschalteten Reporter im kurdischen Fernsehen gesehen, die, anstatt von Shingal zu berichten, zu weinen anfingen.

Die Sprachlosigkeit ist hier offensichtlich. Angesichts der Gräueltaten, und ich streiche das Wort Gräueltaten angesichts der Verbrechen, und ich streiche das Wort Verbrechen, weil sowohl das Wort Gräueltaten als auch das Wort Verbrechen nicht tragen. Angesichts dessen, was 2014 in Shingal geschah und was die Vereinten Nationen und das Europäische Parlament später Völkermord nannten, versagt die Sprache.

Später schreibe ich: Ich steige aus dem Flugzeug, gehe die Treppe hinunter, heiße Luft schlägt mir entgegen. Ich atme, wie ich als Kind geatmet habe, den ersten Atemzug, lang und tief.

Ich schreibe auch: zuhause, obwohl ich nicht weiß, ob das stimmt. Passkontrolle. Ich lege meinen deutschen Pass auf den Tisch. Der Beamte lächelt, als er meinen Namen liest. Er spricht ihn aus, wie er in meiner Familie ausgesprochen wird. Ronya mit weichem R und langem O.

Onkel Xalef wartet auf dem Parkplatz auf mich. Wir umarmen uns. Wir fahren aus der Stadt, eine vierspurige Straße. Auf der linken Seite Ainkawa mit seinen Kirchtürmen, auf der rechten Erbil mit den Minaretten. Am Palast von Nêçîrvan Barzanî vorbei. Die Stadt endet. Dann Berge. Wir passieren Checkpoint um Checkpoint. Ich höre auf zu zählen. Am Straßenrand die Fotos der Märtyrer. Ich schreibe: überlebensgroß, und meine riesig.

Irgendwann halten wir an einem Stausee. Wir steigen aus, trinken Tee und rauchen. Wir stehen am Stausee. Jugendliche rasen in Motorbooten über den See. Onkel Xalef macht ein Foto von mir.

Wir sitzen wieder im Auto. Ich denke das, was ich im Flugzeug schon gedacht habe, dass ich nicht nur zuhause bin, sondern in dem Land, in dem man Ezîden tötete, weil sie Ezîden waren.

Du hast sicher Hunger, sagt Tante Adar. Auf dem Tisch steht Fladenbrot, Fleisch mit Paprika, Tomaten in Soße und Salat. Zum Trinken Dew mit Minze.

Wir essen, Onkel Xalef, Tante Adar, meine Cousinen Lava und Lara und mein Cousin Lorans und ich. Wir reißen das Brot in Stücke, greifen über den Tisch. Ich schreibe: ich habe es vermisst, so zu essen. Ich mache ein Foto von den Wassermelonen und schicke es meinem Vater.

Nach dem Essen Tee, dann Bonbons, dann Kekse, dann Obst. Gesalzene Sonnenblumenkerne. Arabischer Kaffee. Iss, iss, sagt Tante Adar. Ich bin satt, sage ich und esse weiter. Einmal habe sie Gäste gehabt, sagt sie, ein alter Mann. Er sei beim Essen in Tränen ausgebrochen. Als sie fragte, was los sei, habe er gesagt, es schmecke wie bei seiner Mutter.

Wir fahren in das Camp Ashti, etwa eine halbe Stunde von Sulaymaniyah entfernt, an der iranischen Grenze. Ich schreibe, ich sitze neben Lara und Lava auf der Rückbank. Lara und Lava sind schlecht gelaunt und sehen aus dem Fenster. Lara sagt, sie habe keine Lust, ständig würden sie ins Camp fahren. Wir nähern uns, eine Straße, biegen ab, Schotterweg, inmitten einer weiten flachen, von Bergen umgebenen Landschaft. Unter dem blauen Vormittagshimmel ein Checkpoint. Man kennt uns hier und winkt uns durch. Erst als wir durch das Camp fahren, sehe ich, dass es eigentlich zwei Camps sind, die in der Mitte durch eine breite Straße und Zäune voneinander abgetrennt sind. Auf unserer Seite das êzîdisch-kurdische Camp und auf der anderen das arabisch-muslimische.

Wir besuchen Freunde im Camp, trinken Tee und gehen weiter. In einem der Zelte zwei Jungen, vielleicht sieben oder acht Jahre alt, die so stumm dasitzen, wie ich es bei Kinder in ihrem Alter noch nie gesehen habe. Ihre Mutter, die mir die Fotos ihres verschleppten Vaters, ihrer verschleppten Tochter zeigt und in ein lautes Weinen ausbricht. Meine Cousine, die neben mir sitzt und das Smartphone ihrer Mutter in die Hand nimmt und sich angestrengt Katzenvideos ansieht. Und ich, die sich die Ärmel der Jacke über das Handgelenk zieht, nachdem ich sehe, dass die Frau und ihre Kinder dasselbe Armband tragen wie ich.

Sieh dir diese Frau an, sagt meine Tante und zeigt auf eine Frau, die in der Ecke des Zeltes sitzt mit weißem Haar, weißem Kopftuch und Kleid. Die Schultern, der Kopf eingesunken. Ich kann ihr Gesicht kaum sehen. Seitdem der IS in ihr Dorf kam, hat diese alte Frau kein einziges Wort mehr gesprochen. Und nicht nur nicht mehr gesprochen, sie war auch nicht mehr ansprechbar.

Die Sprachlosigkeit hat sich in den Körper dieser Frau eingeschrieben. Sie sieht kein einziges Mal auf, nicht als wir das Zelt betreten, nicht als wir sitzen und nicht als wir gehen. In ihrer linken Hand hält sie, und das sehe ich erst, als wir uns verabschieden, einen Kieselstein.

Ein paar Tage später sind wir bei dem Sheikh unserer Familie zu Besuch. Der Sheikh erzählt die Geschichte von einem Jungen, der sieben Jahre alt war, als IS-Kämpfer seinen Vater vor seinen Augen köpften, nachdem dieser sich geweigert hatte, zum Islam überzutreten. Dem siebenjährigen Jungen drücken sie den Kopf seines Vaters in die Hand und sagen, nun da du gesehen hast, was wir mit deinem Vater gemacht haben, willst du zum Islam übertreten.

Der Sheikh macht eine kurze Pause und erzählt dann eine zweite Geschichte.

Nach der zweiten Geschichte erzählt er eine dritte. Nach der dritten Geschichte verstummt er und sagt, vierundzwanzig Stunden können wir hier sitzen und ich könnte euch vierundzwanzig Stunden solche Geschichten erzählen.

Die Parlamentarierin, die bei ihrer Rede zusammengebrochen ist, die Reporter, die angefangen haben zu weinen, die alte Frau, die verstummt war, und der Sheikh, der sagte, er könnte vierundzwanzig Stunden weiter erzählen, ohne zu einem Ende zu kommen, zeigen, dass es keine Sprache gibt für das, was im August 2014 geschah. Selbst das Aneinanderreihen der Fakten, das Zählen der Toten, selbst das Datum 03.08.2014, oder der 74. Ferman, wie wir Ezîden den Genozid nennen, bleibt ein Platzhalter für etwas, wofür wir keine Worte haben.

Die Sprachlosigkeit liegt noch unter der Sprache, selbst wenn ein Text da ist. Die Sprachlosigkeit strukturiert den geschriebenen Text, legt seine Grammatik fest, seine Form, seine Worte.
Ich schreibe: Ich bin in einer Landschaft gewesen. In der Landschaft war ein Camp. In dem Camp ein Zelt und in dem Zelt eine alte Frau. Und in der Hand der alten Frau war ein Kieselstein.
Ich schreibe: Ich habe gesehen. Das Ich ist ein Zeuge. Es spricht und doch hat es keine Sprache.

Wir fahren mit dem Auto den Berg hinter der Stadt hinauf. Zwanzig Minuten, dann sind wir oben. Wir stehen auf dem Berg und machen Fotos. Abenddämmerung. Das Licht schwindet, und die Stadt zu unseren Füßen erleuchtet von Straßenlaternen, Leuchtreklamen, Autos.

Auf dem Rückweg halten wir an einem Kiosk am Straßenrand. Was willst du trinken, fragt Onkel Xalef. Wir haben alles, was du willst. Bier, Wein, Whisky, Wodka und Raki!

Das ist nicht Erbil, das ist nicht Duhok oder Bagdad. Das ist Sulaymaniyah. Sulaymaniyah ist frei und sicher, sagt Onkel Xalef. Aus dem ganzen Land kommen Touristen. Aus Bagdad werden sie in Bussen hierhergebracht. Sie fliehen vor der Hitze.

Wir sitzen im Wohnzimmer, rauchen, trinken Dosenbier und essen gesalzene Sonnenblumenkerne. Niemandem sagen wir, dass wir Ezîden sind, sagt Tante Adar. Niemand hier weiß, dass wir Ezîden sind.

Tante Adar zeigt mir auf ihrem Handy Fotos von Leuten, die sie kennt. Sie wischt mit dem Finger von rechts nach links und sagt, sie hat ihr Gehör verloren in der Gefangenschaft. Dann wischt sie wieder, nächstes Bild, aber ich sehe nicht auf das Bild, ich sehe auf ihre Hand, auf ihre Finger, mit der von der Hausarbeit rissigen Haut, mit ihrem Ehering. Sie sagt, sie haben ihren Mann und ihre Söhne vor ihren Augen enthauptet. Und wischt wieder. Nächstes Bild. Ich sehe kurz hin, dann sehe ich weg. Sie sagt, ihm haben sie die Augen ausgestochen und wischt wieder.

Ich schreibe: wenn Tante Adar, Onkel Xalef, Lava, Lara und Lorans 2014 nicht in Sulaymaniyah gelebt hätten, sondern 400 Kilometer weiter in Shingal, und schreibe diesen Satz nicht zu Ende.

Das Haus von Koçere und Sadun ist ein leeres Haus. Reichen dir die Decken, fragt Koçere, als ich mich zum Schlafen neben Lava und Lara lege. Ich würde dir gerne mehr Decken geben, sagt Koçere, aber meine Decken hat der IS. Das Auto, das Koçere und ihrer Familie 2014 das Leben rettete, steht vor dem Haus. Aber der Sohn mit dem Führerschein ist mit seiner Frau auf dem Weg nach Deutschland. Das Kind haben sie hiergelassen. Es ist zu klein, sagt Koçere. Über die Route sagt sie nichts. Sie sagt nur: Deutschland.

Als Koçere und ihre Familie 2014 aus Shingal flohen, bezogen sie eine Baustelle. Es war ein Rohbau, in dem sie wohnten, ohne Fenster und ohne Türen, bis die Familie, also unsere Familie, Sadun und wir, wir sind Verwandte, Geld schickte, und sie in dieses leere Haus ziehen konnten. Sadun sagt, in Duhok sind wir sicher, aber die Leute kaufen nicht bei Êzîden. Die Leute sagen, dass das, was die Êzîden verkaufen, unrein ist.

Als wir schlafen gehen, nimmt Sadun eine Pistole aus dem Schrankkästchen und legt sie neben sein Kopfkissen. Niemand sieht auf, und es ist nicht die erste Waffe, die ich sehe. Ich kann mich an die Kalaschnikow erinnern, mit der mein Onkel Hemo zu Newroz in die Luft schoss. Aber die Art, wie Sadun die Pistole aus dem Schrankkästchen nimmt, als sei sie eine Zahnbürste. Ich sage zu Tante Adar, warum hat Sadun eine Pistole, und Tante Adar lacht, ach Ronya, sagt sie, von hier nach Mossul sind es nur zwanzig Minuten.

Koçere schließt die Türe, sie lässt den Schlüssel im Schloss stecken. Ich werde nachts wach, einmal, zweimal, weil das Kind zu weinen anfängt. Dann ist es Morgen, wir sitzen draußen und frühstücken.

Nach dem Essen fahren wir auf einen Friedhof und inmitten des Friedhofs gibt es einen Schrein. Vor dem Schrein treffen wir Sheikh Hassan. Es ist ein alter Friedhof, manche Gräber sind mehrere hundert Jahre alt, sagt Sheikh Hassan. Auf den verwitterten Grabsteinen sind kleine Vögel zu erkennen, Schiffe und andere eingravierte Ornamente. Es ist das erste Mal, dass ich so etwas sehe. Im Dorf meiner Großeltern hielt man sein Êzîdentum versteckt. Nie hätte man es gewagt, einen êzîdischen Tempel zu bauen, von Weitem erkennbar, mit dem typischen kegelförmigen Dach und dem Sonnenemblem auf der Spitze. Auch solche Grabsteine habe ich nie gesehen.

92 êzîdische Stätten soll der IS zerstört haben. Und nicht nur unsere Stätten, sondern auch die Erinnerung daran, dass es sie jemals gegeben hat. Das Video, wie sie mit Pressluft- und Vorschlaghammer durch das Museum in Mossul ziehen, eine Statue nach der anderen vom Sockel stürzen, zertrümmern, was mehr als zweitausend Jahre gehalten hatte, habe ich mir wieder und wieder angesehen. Ich wusste, wann die Musik einsetzt, wann das Bild ins Stocken gerät, wann die Kämpfer mit ihrem Vorschlaghammer ausholen, synchron, und in ihren Bewegungen einfrieren, in Zeitlupe, mit den Hämmern auf die umgestürzte Statue zu ihren Füßen einschlagen, bis das Video wieder in normalem Tempo läuft.

Desto weniger kann ich glauben, was ich jetzt vor mir sehe. Diese Grabsteine zeugen davon, dass wir schon lange hier sind. Dass schon unsere Vorfahren in dieser Landschaft lebten, ihre Felder bestellten, Schafe züchteten und in dieser Erde ihre Toten bestatteten.

Vieles von dem, was ich schreibe, hat keine Ordnung. Sätze, Worte, die abbrechen, im Nichts verlaufen. Ich füge zusammen. Dass etwas mit Großbuchstaben anfängt und mit einem Punkt endet. Dazwischen ein Komma vielleicht, ein Halbsatz, der sich auf das eben gesagte bezieht. Wieder Großbuchstaben, Subjekt, Verb, Objekt bis zum nächsten Punkt. Absatz für Absatz. Ich habe keine Sprache, in der ich schreibe. Ich habe meine Reise in Dokumentenordnern auf meinem Laptop gespeichert, die Tonaufnahmen auf meinem Handy. Ich sehe mir eine Dokumentation an. Ein Mann von der Commission for International Justice und Accountability sagt, der IS sei auf drei Achsen in den Shingal vorgerückt. Zwei Achsen aus dem Süden, eine aus Syrien, aus dem Norden. Hier fangen sie an, die Êzîden zusammenzutreiben, sagt der Mann und zeigt auf eine Karte. Sie trennen die Männer von den Frauen. Es ist das gleiche Muster in jedem besetzten Dorf.

Ich lese „der berüchtigte IS-Henker Jihadi John“, ich lese „Sexsklavinnen des IS“, „IS-wives“. Ich lese nicht Täter und Täterinnen. Ich lese nicht Überlebende.

Ich sage, ich muss an das Interview denken, dass die kanadische Radiomoderatorin mit Nadia Murad gemacht hat. Ich muss daran denken, wie die Moderatorin Nadia Murad gefragt hat, wie fühlt es sich an, wenn man wie ein Objekt behandelt wird? Wie haben Sie sich gefühlt, als sie Sie so benutzt haben? Wie haben sie Euch verteilt und was haben sie Ihnen angetan? Haben sie Sie geschlagen? Und dann wurden Sie vergewaltigt. Sie haben Sie immer wieder angefasst. Wie haben Sie alles ertragen?

Das, sage ich meiner Mutter, wollen sie hören. Dann brauchen sie nicht mehr ins Kino, sage ich. Mein Vater sagt, wenn der Ochse umfällt, gibt es viele Messer.

Ich sitze bei Tante Adar und Onkel Xalef auf dem Sofa, den Laptop auf meinen Knien, die Kopfhörer in den Ohren. Ich schreibe: Xatê sagt, willkommen bei den Êzîden. Ich schreibe: Xatê empfängt uns in Uniform. Sie hat heute frei. Aber als Generalin darf sie nur in Uniform zu uns sprechen. Ich sitze neben ihren Eltern im Wohnzimmer. Ich schreibe: Es ist ein kahles Wohnzimmer, wie die meisten Wohnzimmer, in denen ich war, ist es ein Wohnzimmer von Flüchtlingen.

Xatê sagt, auch ich bin eine Tochter von Shingal. Ich bin in Shingal geboren, sagt sie. Sie wissen, was passiert ist, am 03.08.2014, als der IS kam. 12 Tage waren wir in den Bergen eingeschlossen, sagte Xatê.

Ich sitze und schreibe: Xatê sagt, ich habe von einer Frau aus Koço gehört. Sie ist mit ihrem Kind verschleppt worden. Drei Tage und drei Nächte hielt man sie auf dem Flughafen in Tal Afar gefangen. Das Kind war klein, es trank noch Milch, kein Jahr war es alt. Das Kind war hungrig und schrie. Drei Tage lang. Xatê sagt: Das Kind schrie so laut, dass der Amir des IS nicht schlafen konnte. Der Amir sagte zu der Frau, gib mir das Kind, dann hört es auf zu weinen. Die Frau gab ihm das Kind, weil sie dachte, er würde ihm zu essen geben und zu trinken. Der Amir nahm das Kind und ging mit dem Kind in die Küche. In der Küche nahm er ein großes Messer und schnitt dem Kind den Kopf ab. Das Fleisch des Kindes kochte er und setzte es der Mutter vor. Die Mutter begriff nicht sofort, sagt Xatê, erst als sie die Hand des Kindes sah. Sie verlor den Verstand.

Ich sitze auf dem Sofa bei Tante Adar und Onkel Xalef. Ich schreibe, dass es das letzte war, was die Mutter begriff, bevor sie den Verstand verlor. Ich stoppe die Tonaufnahme.

Während Xatê spricht, fängt sie an zu weinen. Tränen laufen über ihr Gesicht, Xatê spricht weiter. Ich schreibe: Xatê sitzt in Uniform und weint. Und während Xatê in Uniform sitzt und weint, fange auch ich an zu weinen. Und wieder, als ich auf dem Sofa sitze, die Tonaufnahme abspiele und schreibe: Xatê weint.

Xatê sagt: ich war eine Sängerin, wie mein Vater. Sie zeigt uns ein Video, auf Youtube. Hochgeladen am 09.04.2013, sechzehn Monate, bevor der IS nach Shingal kam. Xatê trägt ein rotes Kleid und Schmuck. Sie sitzt mit ihrer Saz und spielt und singt und hinter ihr die Berge von Shingal. Xatê fängt wieder an zu weinen. Ich schreibe: Xatê weint.

Xatê sagt: ich hatte viele CDs, aber die habe ich zurückgelassen. Xatê sagt: Nachdem wir aus Shingal flohen, habe ich zu meinen Eltern gesagt, ich will keine Saz mehr, ich will eine Rakete.

Xatê zeigt uns ein zweites Video. Xatê mit ihrer Einhe t, an der Grenze zu Mossul. Sie knien hinter Sandsäcken und haben ihre Waffen in das weite Land gerichtet. Xatê singt.

Es gibt eine Stelle in der Tonaufnahme, als Faruk zu Xatê sagt, auch ich wäre Êzîdin. Nachdem Faruk das gesagt hat, will Xatê wissen, aus welcher Familie ich sei. Ich sage, mein Vater ist Êzîde aus Hasake, wir sind Murid, Xatltî, vom Xûdan der Mend sage ich. Meine Mutter ist Deutsche, sage ich. Xatê steht auf, geht zur Tür und ruft, bringt uns jemand Tee. Xatê sieht mich an, sonst erzählst du noch in Deutschland, du wärst bei Xatê gewesen und hättest nicht einmal einen Tee bekommen.

Xatê nennt mich Schwester. Xatê sagt, auch du bist eine Schwester. Habt ihr Hunger?, fragt Xatê.

Wir müssen los, sagt Faruk. Ich schalte das Aufnahmegerät aus. Es ist schon spät, sagt Faruk, und wir müssen heute noch nach Duhok. Ich stehe auf und küsse die Hände von Xatês Mutter und die Hände von Xatês Vater.

Ich habe mich oft gefragt, warum tun sie uns das an. Wie können sie so etwas tun. Aber es ist keine Frage. Als ich mit Cana durch Kivax lief, habe ich mich das gefragt. An den Ruinen vorbei, die einmal ihr Dorf waren und an dem dreibeinigen Hund, der aus irgendeinem Grund noch immer hier war. Und vor dem alten Schulhaus saß und den Kopf hob, uns ansah, als wir an ihm vorbeiliefen.

Als die türkischen Soldaten immer noch hier waren und das menschenleere Dorf bewachten, damit sich in den Ruinen keine PKK-Kämpfer*innen versteckten. Und Cana auf den Hügel hinter dem Dorf zeigte, wo bis vor einem Jahr die heiligen Bäume standen. Kamen sie tagsüber oder kamen sie nachts, die türkischen Soldaten müssen sie gesehen haben. Warum, frage ich Cana, reicht es ihnen nicht, dass hier keine Êzîden mehr sind? Was haben ihnen diese Bäume getan?

Dass es ihnen nicht um das Holz ging, die abgeholzten Stämme lagen immer noch da, neben den Stümpfen. Dass sie also hierher kamen zu einer Tag- oder Nachtzeit und die zu jeder Tag- und Nachtzeit das Dorf bewachenden türkischen Soldaten ihnen dabei zusahen, wie sie die heiligen Bäume fällten.

Ich fragte mich, nachdem wir im Camp gewesen sind und ich bei Onkel Xalef und Tante Adar zuhause auf der Hollywoodschaukel saß und n meiner Tasche nach den Zigaretten suchte, mein Feuerzeug, und immer noch, als ich es längst gefunden hatte. Als ich in Lalish auf dem Flachdach vor dem Tempel saß, mit Sheikh Hassan, Faruk und den Kindern der Kaniya sipi Schule Sandwiches aß und Faruk sagt, das Mädchen neben dir ist verkauft worden. So und so viel Mal ist sie verkauft worden. Ich habe die Zahl vergessen, und das Mädchen und ich essen unser Sandwich. Der Junge, der dir gegenüber sitzt, sagt Faruk, seinen Vater haben sie vor seinen Augen enthauptet. Seitdem er die Kinder unterrichte, könne er nachts nicht mehr schlafen, sagt der Sheikh. Faruk sagt, was ist das, Kopf abschneiden. Warum machen sie das, Kopf abschneiden.

Meine Mutter sagt, sie sind wirklich brutal. So brutal. Und atmet ein und sagt, dass man mit dieser Brutalität, sagt meine Mutter, mit solch einer Brutalität und sucht nach einem Vergleich, an dem sich diese Brutalität messen kann. Aber, meine Mutter atmet ein und sagt, wirklich.

Sie sind keine Menschen, sagt mein Vater. Jemand, der so etwas tut, ist kein Mensch. Wie kann einer, der so etwas tut, ein Mensch sein. Nein, sagt mein Vater, das ist kein Mensch.

Die Freundin von meiner Mutter, sie ist Christin aus Mossul, – wir besuchen sie in Erbil, sagt, sie kenne eine Ärztin, eine Sunnitin, die im Mossuler Krankenhaus arbeitete. Dass sie der Ärztin ein êzîdisches Mädchen brachten, sagt die Freundin meiner Mutter, neun Jahre alt, das sie wieder und wieder vergewaltigt haben, dass es so zugerichtet war. Und die Ärztin, als sie das Mädchen sah, sagte, wie könnt ihr so etwas tun. Und dass sie die Ärztin auf ihre Frage hin, die keine Frage war, enthaupteten.

Sie denken, sie kommen ins Paradies, sagt meine Mutter.

Im März 2019, nachdem der IS militärisch besiegt ist, steigen die Selbstmordversuche in den Camps. Meiner Mutter sage ich am Telefon, wir sind tot. Sie haben uns vernichtet.

Ich bin in der Mensa. Ich nehme den schnellen Teller. Ich setzte mich an einen Tisch. Ich esse und bin alleine. Ich will noch in die Bibliothek gehen nach dem Mittagessen. Auf meinem Handy lese ich die Nachrichten. Eine Spezialeinheit der britischen Armee hat die Köpfe von 50 Êzîdinnen gefunden. Die Köpfe haben sie in Mülltonnen gefunden. Ich stehe auf, bringe mein Tablett zu der Geschirrrückgabe. Auf dem Weg in die Bibliothek rufe ich meine Mutter an, es macht keinen Sinn, sage ich. Warum, sage ich, sie sind besiegt und das letzte, was sie tun, als längst feststeht, sie können nicht mehr gewinnen, als sie längst besiegt sind, ist, Êzîdinnen zu köpfen? Bis zu ihrem Ende haben sie nicht aufgehört, uns zu vernichten.

Die Êzîden sind vernichtet, sage ich.

Meine Mutter sagt, das kannst du nicht sagen. So etwas kannst du nicht sagen. Du kannst das nicht so sagen. Wir sind die, die noch da sind, sage ich. Als sie nach Shingal kamen, um uns zu vernichten, sage ich, waren wir in Europa. Als sie kamen, um meinen Urgroßvater zu ermorden, war ich noch nicht geboren. Aber meine Großmutter war schon geboren. Wäre meine Großmutter noch nicht geboren worden, sage ich, wäre ich nicht hier.

Sie kamen nach Shingal, um alle Êzîden zu vernichten. Wir waren in Europa, als sie nach Shingal kamen. Wir sind die, die sie nicht getötet haben. Wir leben nicht. Wir sind nur nicht getötet worden, sage ich. Das ist der Unterschied, sage ich. Die anderen sind da, weil sie da sind, sie sind am Leben, aber nicht, weil sie nicht getötet wurden.

Unsere Verwandten aus Shingal sind am Leben, weil sie ein Auto hatten, sage ich. Aber zwischen am Leben sein und leben ist ein Unterschied.

Die Frage nach dem Warum ist keine Frage. Sie ist ausformulierte Sprachlosigkeit. Ich kann sie nicht beantworten. Wenn ich sie beantworten könnte, müsste ich entweder der IS sein oder ich wäre der IS oder ich spräche wie der IS oder aus mir spräche der IS.

Weil wir Ungläubige sind, Kafir, wäre die Antwort. Aber weil das darauf keine Antwort ist. Und die Frage nach dem Warum keine Frage.

Ich muss daran denken, wie meine Großmutter bis zu ihrem Tod gefragt hat, warum haben sie meinen Vater ermordet. Was hat er denn getan, dass sie ihn ermordeten.

Und ich, wenn sie das fragte, bis zu ihrem Tod gedacht habe, nichts. Er hat nichts getan. Es gibt dafür keinen Grund. Und weil die Frage meiner Großmutter keine Frage war, habe ich nichts gesagt.

Mit Faruk fahren wir auf einen Hügel hinter Xhanke. Vom Hügel aus kann man auf den Mossul-Damm sehen. Und der Mossul-Damm liegt da, wie schön sage ich, in der Abenddämmerung.

Blaues Wasser, auf der anderen Seite Lichter. Dort war der IS, sagt Faruk. Der Mossul-Damm die Grenze.

Wir parken hinter einem êzîdischen Schrein, weißer Stein und Sonnenemblem auf der Spitze. Wie schön, sage ich. Ich mache ein Foto. Dass sie 2014 rüber geschossen haben. Und nur der Mossul-Damm zwischen dem êzîdischen Dorf und dem IS. So schmal, dass man hinübersehen kann.

Faruk geht auf eine Mauer zu. Über die Mauer ragen die Äste eines Olivenbaums. Faruk nimmt den Stacheldraht beiseite, der hier eine Tür ist. Wegen der Tiere, sagt er, die Gräber meiner Onkel. Er schaltet die Handytaschenlampe ein und leuchtet auf die Grabsteine.

Es ist nicht das erste Mal, dass mir Faruk Gräber zeigt. Und Faruk ist nicht der einzige. Irgendwann haben wir hier mehr Tote als Lebende. Und irgendwann ist fast schon jetzt.

Der Garten meiner Großeltern in Tel Khatoun ist abgebrannt. Auch die Bäume, die mein Vater gepflanzt hat. Das, was einmal ein Zuhause war, ist heute ein Schützengraben. Jemand hat meiner Tante Fotos geschickt und ein Video: jemand geht durch unseren Garten. Von Zaun zu Zaun, das Bild wackelt, es rauscht. Meine Mutter zeigt es mir auf ihrem Handy und sagt, das waren die Bäume, die dein Vater vor vierzig Jahren gepflanzt hat. Mein Vater sagt, wie viele Jahre hat es gedauert, bis diese Bäume so groß geworden sind.

Jemand hat uns auch ein Video geschickt von dem Hügel, auf dem sie meine Großmutter begraben haben. Dass niemand von der Familie dabei sein konnte, dass nicht wir sie begraben konnten. Und mein Cousin mit dem Sarg, in dem meine Großmutter lag, in die Türkei fuhr, bis zur syrischen Grenze, wo Leute die Tote entgegennahmen, mit etwas Geld, damit meine Großmutter auf dem Hügel neben meinem Großvater begraben werden konnte.

Als ich an den Gräbern von Faruks Onkel stehe, und er mit der Taschenlampe die Grabsteine beleuchtet, frage ich mich, ob auch ich einmal so an dem Grab meiner Großeltern stehen würde. Und wie Faruk jetzt ihre Grabsteine küsse.

Ich muss daran denken, wie ich als Kind hinter dem Gartenzaun im Dorf meiner Großeltern gestanden und den LKWs nachgesehen habe, die an der türkischen Grenze entlang in den Irak fuhren oder aus dem Irak kamen. Dass sie auf Straßen fuhren, auf denen ich auch gefahren bin, in Städten waren, in denen ich auch war. Kobanê, Raqqa, Palmyra.

Das ist alles, denke ich. Die Straße mit den LKWs entlang, einmal abbiegen, Richtung Bajid, über den Tigris, der hier ein dünner Arm ist und nicht so breit wie der Mossul-Damm. Und auch auf der anderen Seite der Grenze. Ich kann mich an Ausflüge erinnern, mit der Familie, wie schon mein Vater als Schüler Ausflüge an den Tigris gemacht hatte. Wie wir, meine Geschwister, meine Cousins, meine Cousine und ich am Ufer spielten, in einem Restaurant Kebab aßen. Es gibt Fotos davon, die mein Onkel von uns machte.

Es hätte so schnell gehen können, denke ich, als ich in Derabûn stehe und auf die Straße sehe. Zwölf Kilometer. Wie viel sind zwölf Kilometer. Fünfzehn Minuten vielleicht. Wir säßen beim Frühstück wie jetzt im Haus von Faruks Cousine, tränken Tee, in einem Haus wie diesem, nur zwölf Kilometer weiter, 2014.

September 2018 fliege ich nach Izmir und weiter in den Osten. Ich schreibe: ich will das Dorf besuchen, in dem meine Großmutter aufgewachsen ist, aus dem unsere Familie vertrieben wurde, als sie noch ein Kind war. Sie haben uns umzingelt, sagt mein Vater, sie wollten uns töten. Unsere Familie floh über Nacht, ließ alles zurück, erst in den Shingal, dann nach Syrien. Ich schreibe: vier Mal musste meine Großmutter fliehen. Das letzte Mal 2014 und jedes Mal, weil sie Êzîdin war. Ich schreibe: wer ein Mal geflüchtet ist, bleibt geflüchtet.

Meine Großmutter sitzt im Haus meiner Eltern. Wenn wir ihr etwas zu essen geben, sagt sie, ihr wollt mich vergiften. Wenn sie die Treppe hinaufsteigt, sagt sie, passt auf, sie haben uns eine Falle gestellt. Sie sagt, wir sind umzingelt.

Ich rufe meinen Vater an und sage, ich fahre nach Bazîvan. Ich sage, ich kann es nicht auf Google Maps finden.

Mein Vater sagt, ich schreibe dir, wenn ich den türkischen Namen herausgefunden habe. Meine Mutter ruft mich an und sagt, mein Vater habe gesagt, Cîndî sei vor ein paar Jahren dort gewesen. Er habe gesagt, im Dorf wohnen jetzt Muslime. Wenn du sagst, dass du Êzîdin bist, bringen sie dich um.

Meine Mutter sagt, du darfst niemanden sagen, dass du Êzîdin bist.
Mein Vater schreibt, ich habe rausgefunden wie das Dorf heißt.

Meine Mutter sagt, Onkel Hemo hat mir eine Telefonnummer gegeben, von einem Hadschi. Mein Vater sagt, der Hadschi ist Sunnit, aber unsere Vorfahren kennen sich.

Ich bin in Diyarbakir, als mein Vater anruft und sagt, der Hadschi weiß Bescheid. Er hat gesagt, du musst keine Angst haben.

© Ronya Othmann

[In Anlehnung an das Audiostück *CybOrg Jian*, Juli 2020, unveröffentlicht]

Jacqueline Saki Aslan
Cyborg Jian

Hallo?
Hört mich jemand?
Versteht ihr mich?

Ich hörte, Verständigung geht hier über das Sprechen
Über eine – ganz – bestimmte – menschliche – Sprache
Und wenn ich die nicht spreche
Werde ich wohl nicht gehört
Und wer hier nicht gehört wird
Ist im Zweifel unsichtbar

Ich kann mich auch unsichtbar machen
Das ist meine Superkraft
Mich unsichtbar machen
Und meine Gestalt ändern
Wie ein Salamander

Ich bin ein Hybrid aus Mensch und Maschine
Und wenn ich verletzt bin
Wächst einfach etwas Neues nach
Und sieht ganz anders aus

Nur weil ich mal ein Körperglied verliere
Bin ich nicht weniger Mensch
Ich bin dann immer noch Ich
Bin immer noch Stark und
Kann immer noch
Lieben und
Träumen
Wo beginnt ein Körper
Wo hört er auf
Und wann bin ich für euch ein Mädchen
Und wann ein Junge

Was, wenn ich mehr bin als das
Wenn alles ineinander fließt
Wenn das eine das andere überlagert
Wenn nichts mehr ausgeschlossen werden kann
Und wenn ich vor allem das bin, was du mit dem bloßen Auge
Nicht
Sehen
Kannst?

Mein Name ist Jian und ich bin ein Cyborg
Aus einem 4000 Jahre alten Stamm
In unserer Stadt regierte stets eine Stammesmutter
Auch unsere Stammesmutter war wie wir
Weder Mann noch Frau
Trug wie wir viele lange Zöpfe
Und war am ganzen Körper tätowiert

Elemente des Himmels zierten unseren Körper
Der Mond als Zeichen der Verbundenheit mit der Erde
Die Sonne als göttliches Licht
Blaue Augen gegen das Böse
Wir tanzten um Feuer
Wir schliefen auf Dächern unter dem Sternenhimmel
Versteckten uns in Höhlen
Die in den Berg eingelassen waren
Vor Tyrannei

Es gab Mächte, die auf diese Sternendächer steigen
Und die alte Galaxie zerschlagen wollten
Uns niederringen
Unsere Köpfe rollen sehen
Sich den blutgetränkten Boden nehmen und
Die verbrannte Erde gleichmachen

Doch das Böse machte uns nur stärker
Und das machte ihnen Angst
Eines Tages konnten wir uns nicht mehr beschützen
Und ein Staudamm überflutete die ganze Stadt

Viele von uns mussten sich unterwerfen
Einige von uns konnten sich noch in Sicherheit bringen
Indem sie flohen und nie wieder zurückkehrten
Keine Stadt gewann uns jemals wieder so heim
Wie unsere Stadt in den Bergen

Sie nannten uns Ungeheuer
Doch in Wahrheit waren wir
Ihr utopischer Traum

Ich habe über Jahrtausende gelernt, mich anzupassen
Jegliche Hindernisse zu überwinden
Meine Identität besteht aus vielen Teilen
Die in einem unsichtbaren Netzwerk mit Teilen anderer Cyborgs
Auf der ganzen Welt verwoben sind
So bleiben wir eine Kraft

Wann fühlst du dich stark?

Um mich nicht anders oder verloren zu fühlen
Male ich mir oft in allen Farben aus
Wie das Leben damals war
Oder wie es heute mit anderen Cyborgs
Sein könnte
Unser Netzwerk hat
Ein eigenes Gedächtnis

Welche Geschichte soll über dich erzählt werden?

Ich baue mir ein neues Zuhause

Hier gibt es zwar keine Berge
Aber es gibt unzählige Cyborgs aus anderen Stämmen
Von denen ich noch nie gehört hatte
Wir fallen alle aus der Rolle
Jede:r besitzt eine andere Superkraft

Manche bewegen sich ganz anders
Blicken anders auf die Welt
Andere können fliegen

Vielleicht schlummern in dir ja auch welche
Fürchte nicht
Das Unbekannte

© Jacqueline Saki Aslan

[Lorde, Audre: *Your Silence Will Not Protect You*, London 2017, S. 1–6]

Audre Lorde
The Transformation of Silence into Language and Action[1]

I HAVE COME to believe over and over again that what is most important to me must be spoken, made verbal and shared, even at the risk of having it bruised or misunderstood. That the speaking profits me, beyond any other effect. I am standing here as a Black lesbian poet, and the meaning of all that waits upon the fact that I am still alive, and might not have been. Less than two months ago I was told by two doctors, one female and one male, that I would have to have breast surgery, and that there was a 60 to 80 percent chance that the tumor was malignant. Between that telling and the actual surgery, there was a threeweek period of the agony of an involuntary reorganization of my entire life. The surgery was completed, and the growth was benign.

But within those three weeks, I was forced to look upon myself and my living with a harsh and urgent clarity that has left me still shaken but much stronger. This is a situation faced by many women, by some of you here today. Same of what I experienced during that time has helped elucidate for me much of what I feel concerning the transformation of silence into language and action.

In becoming forcibly and essentially aware of my mortality, and of what I wished and wanted for my life, however short it might be, priorities and omissions became strongly etched in a merciless light, and what I most regretted were my silences. Of what had I ever been afraid? To question or to speak as I believed could have meant pain, or death. But we all hurt in so many different ways, all the time, and pain will either change or end. Death, on the other hand,

1 Paper delivered at the Mocem Language Association's "Lesbian and Literature Panel," Chicago, Illinois, December 28, 1977. First published in Sinister Wisdom 6 (1978) and The Cancer Journals (Spinsters, Ink, San Francisco, 1980).

is the final silence. And that might be coming quickly, now, without regard for whether I had ever spoken what needed to be said, or had only betrayed myself into small silences, while I planned someday to speak, or waited for someone else's words. And I began to recognize a source of power within myself that comes from the knowledge that while it is most desirable not to be afraid, learning to put fear into a perspective gave me great strength.

I was going to die, if not sooner then later, whether or not I had ever spoken myself. My silences had not protected me. Your silence will not protect you. But for every real word spoken, for every attempt I had ever made to speak those truths for which I am still seeking, I had made contact with other women while we examined the words to fit a world in which we all believed, bridging our differences. And it was the concern and caring of all those women which gave me strength and enabled me to scrutinize the essentials of my living.

The women who sustained me through that period were Black and white, old and young, lesbian, bisexual, and heterosexual, and we all shared a war against the tyrannies of silence. They all gave me a strength and concern without which I could not have survived intact. Within those weeks of acute fear came the knowledge – within the war we are all waging with the forces of death, subtle and otherwise, conscious or not – I am not only a casualty, I am also a warrior.

What are the words you do not yet have? What do you need to say? What are the tyrannies you swallow day by day and attempt to make your own, until you will sicken and die of them, still in silence? Perhaps for some of you here today, I am the face of one of your fears. Because I am woman, because I am Black, because I am lesbian, because I am myself – a Black woman warrior poet doing my work – come to ask you, are you doing yours?

And of course I am afraid, because the transformation of silence into language and action is an act of self-revelation, and that always seems fraught with danger. But my daughter, when told her of our topic and my difficulty with it, said, "Tell them about how you're never really a whole person if you remain silent, because there's always that one little piece inside you that wants to be spoken out, and if you keep ignoring it, it gets madder and madder and hotter and hotter, and if you don't speak it out one day it will just up and punch you in the mouth from the inside." In the cause of silence, each of us draws the face of her own fear – fear of contempt, of censure, or some judgment, or recognition, of challenge, of annihilation. But most of all, I think, we fear the visibility without which we cannot truly live. Within this country where racial difference creates a constant, if unspoken, distortion of vision, Black women have on one hand always been highly visible, and so, on the other hand, have been rendered invisible through the depersonalization of racism. Even within the women's movement, we have had to fight and still do, for that very visibility which also renders us most vulnerable our Blackness. For to survive in the mouth of this dragon we call america, we have had to learn this first and most vital lesson – that we were never meant to survive. Not as human beings. And neither were most of you here today, Black or not. And that visibility which makes us most vulnerable is that which also is the source of our greatest strength. Because the machine will try to grind you into dust anyway, whether or not we speak. We can sit in our corners mute forever while our sisters and our selves are wasted, while our children are distorted and destroyed, while our earth is poisoned; we can sit in our safe corners mute as bottles, and we will still be no less afraid.

In my house this year we are celebrating the feast of Kwanza, the African-american festival of harvest which begins the day after Christmas and lasts for seven days. There are seven principles of Kwanza, one for each day. The first principle is Umoja, which means unity, the decision to strive for and maintain unity in self and community. The principle for yesterday, the second day, was Kujichagulia – self-determination – the decision to define ourselves, name ourselves, and speak for ourselves, instead of being defined and spoken for by others. Today is the third day of Kwanza, and the principle for today is Ujima – collective work and responsibility – the decision to build and maintain ourselves and our communities together and to recognize and solve our problems together.

Each of us is here now because in one way or another we share a commitment to language and to the power of language, and to the reclaiming of that language which has been made to work against us. In the transformation of silence into language and action, it is vitally necessary for each one of us to establish or examine her function in that transformation and to recognize her role as vital within that transformation.

For those of us who write, it is necessary to scrutinize not only the truth of what we speak, but the truth of that language by which we speak it. For others, it is to share and spread also those words that are meaningful to us. But primarily for us all, it is necessary to teach by living and speaking those truths which we believe and know beyond understanding. Because in this way alone we can survive, by taking part in a process of life that is creative and continuing, that is growth.

And it is never without fear – of visibility, of the harsh light of scrutiny and perhaps judgment, of pain, of death. But we have lived through all of those already, in silence, except death. And I remind myself all the time now that if I were to have been born mute, or had maintained an oath of silence my whole life long for safety, I would still have suffered, and I would still die. It is very good for establishing perspective.

And where the words of women are crying to be heard, we must each of us recognize our responsibility to seek those words out, to read them and share them and examine them in their pertinence to our lives. That we not hide behind the mockeries of separations that have been imposed upon us and which so often we accept as our own. For instance, "I can't possibly teach Black women's writing – their experience is so different from mine." Yet how many years have you spent teaching Plato and Shakespeare and Proust? Or another, "She's a white woman and what could she possibly have to say to me?" Or, "She's a lesbian, what would my husband say, or my chairman?" Or again, "This woman writes of her sons and I have no children." And all the other endless ways in which we rob ourselves of ourselves and each other.

We can learn to work and speak when we are afraid in the same way we have learned to work and speak when we are tired. For we have been socialized to respect fear more than our own needs for language and definition, and while we wait in silence for that final luxury of fearlessness, the weight of that silence will choke us.

The fact that we are here and that I speak these words is an attempt to break that silence and bridge some of those differences between us, for it is not difference which immobilizes us, but silence. And there are so many silences to be broken.

From SISTER OUTSIDER – Copyright © 1984, 2007 by Audre Lorde
Used herein by permission of the Charlotte Sheedy Literary Agency

[Lorde, Audre: *Your Silence Will Not Protect You*, London 2017, S. 179.]

Audre Lorde
A Litany for Survival

For those of us who live at the shoreline
standing upon the constant edges of decision
crucial and alone
for those of us who cannot indulge
the passing dreams of choice
who love in doorways coming and going
in the hours between dawns
looking inward and outward
at once before and after
seeking a now that can breed
futures
like bread in our children's mouths
so their dreams will not reflect
the death of ours;

For those of us
who were imprinted with fear
like a faint line in the center of our foreheads
learning to be afraid with our mother's milk
for by this weapon
this illusion of some safety to be found
the heavy-footed hoped to silence us
For all of us
this instant and this triumph
We were never meant to survive.

And when the sun rises we are afraid
it might not remain
when the sun sets we are afraid
it might not rise in the morning
when our stomachs are full we are afraid
of indigestion
when our stomachs are empty we are afraid
we may never eat again
when we are loved we are afraid
love will vanish
when we are alone we are afraid
love will never return
and when we speak we are afraid
our words will not be heard
nor welcomed
but when we are silent
we are still afraid

So it is better to speak
remembering
we were never meant to survive.

From BLACK UNICORN – Copyright © 1978, 1992 by Audre Lorde
Used herein by permission of the Charlotte Sheedy Literary Agency

[in: Katalog zur Ausstellung MuEon DaEon | 무언 다언 | 無言 多言 | *Sprachlos Vielstimmig*, Han, Jung-Hwa Nataly (Hg.), Korea-Verband e. V., Berlin 2019, S. 71-91.]

Autor*innenkollektiv AG „Trostfrauen" im Korea-Verband

Überlebende brechen das Schweigen

Am 14. August 1991 trat Kim Hak-Soon, die erste mutige Überlebende der „Trostfrauen", vor die Fernsehkameras in Südkorea und legte ihr Zeugnis über das „Trostfrauen"-System ab. Damit durchbrach sie das fast fünfzigjährige Schweigen seit dem Ende des Zweiten Weltkrieges. Ihr mutiger Schritt veranlasste Tausende von Frauen aus dem gesamten Asien-Pazifik-Raum dazu, ebenfalls öffentlich Zeugnis abzulegen, was mit der heutigen #MeToo-Bewegung vergleichbar ist. Dies entfachte die „Trostfrauen"-Bewegung, die als eine der erfolgreichsten Frauen- und Solidaritätsbewegungen weltweit gilt. Stellvertretend werden hier Überlebende aus zehn Ländern im Asien-Pazifik-Raum vorgestellt.

Doch nicht jede Frau war oder ist in der Lage, sich an die Öffentlichkeit zu wenden. Die Betroffenen können oft aus Scham und Angst vor gesellschaftlichem Ausschluss weder nach Hilfe suchen, noch über die erlebte Gewalt sprechen. Viele sind bereits verstorben, ohne jemals davon erzählt zu haben. Die Frauen mahnen uns, dass erst Tabuisierung und Schweigen den Schutz der Täter ermöglichen und verhindern, es für selbstverständlich zu halten, gegen sexualisierte Gewalt vorzugehen. Der 14. August wurde 2013 zum Internationalen Gedenktag für „Trostfrauen" erklärt. Die wenigen Überlebenden, die mittlerweile im höchsten Alter sind, warten immer noch auf eine aufrichtige Entschuldigung und staatliche Entschädigung.

Texte: © The Korean Council for Justice and Remembrance for the Issues of Military Sexual Slavery by Japan
Zeichnungen: © Jo Hyemi

„Wir müssen die Dinge aufzeichnen, die man uns zwang, zu tun“

KIM HAK-SOON Südkorea

„Mein Leben endete, als ich erst sechzehn Jahre alt war. Ich kann nicht in Worte fassen, was ich überstehen musste. Ich wurde als öffentliche Toilette für japanische Soldaten benutzt. Als die Soldaten mich angriffen, um mich zu vergewaltigen ... Ich presste meine Lippen zusammen und versuchte zu fliehen, aber sie schleppten mich zurück. Jedes Mal wenn ich an diese Zeit denke, habe ich Beklemmungen in der Brust und verspüre immer noch Angst.
Ich wollte darüber sprechen, aber ich hatte nicht genügend Mut. Aber am Ende entschied ich mich, darüber zu sprechen, weil es eine historische Wahrheit ist, die aufgedeckt werden muss. Nachdem ich über meine Vergangenheit gesprochen habe, fühle ich mich erleichtert.“

Am 14. August, 1991, erklärte Kim Hak-Soon eidesstattlich, dass sie eine „Trostfrau“ für japanische Soldaten gewesen war. Sie war die erste „Trostfrau“ die an die Öffentlichkeit trat. Nach Kims Zeitzeugenaussage sammelten viele Opfer der Sexsklaverei Mut und kamen aus dem Schatten in das Licht.
1941 wurde Kim gewaltsam von japanischen Soldaten verschleppt, als sie gerade in einem Restaurant in Beijing (China) zu Mittag aß. Kim wurde gezwungen eine „Trostfrau“ in einer „Troststation“ in der Mandschurei (China) zu werden.

„Ich werde weiterhin
als Zeitzeugin berichten,
damit kommende
Generationen
von dieser tragischen
Geschichte erfahren."

JAN RUFF-O'HERNE Niederlande

„Sie vergewaltigten uns den ganzen Tag lang. Die japanischen Soldaten waren grausam und unmenschlich. Sie bedrohten uns mit Schwertern und schlugen uns. Die Militärchirurgen bzw. Ärzte waren keine Ausnahme.
Für lange Zeit konnte ich niemandem von meiner Vergangenheit als ‚Trostfrau' erzählen. Aber als ich Kim Hak-Soon, eine ‚Trostfrau' aus Korea, im Fernsehen sah, wie sie als Zeitzeugin berichtete, entschloss ich mich, als erstes europäisches Opfer eine eidesstattliche Erklärung zur militärischen Sexsklaverei abzulegen.
Frauen werden immer noch als Zielscheiben und Opfer gesehen sobald ein Krieg ausbricht. Frauen werden gefoltert und vergewaltigt. Vergewaltigung wird als eine effektive Waffe während des Krieges eingesetzt.

Jan Ruff-O'Herne ist in Indonesien geboren und aufgewachsen, als es unter niederländischer Kolonialisierung stand. Im März 1942, als Jan neunzehn Jahre alt war, marschierte Japan in Java ein und internierte die Niederländer in Lagern. Nach zwei Jahren im Internierungslager wurden Jan und andere Frauen aus dem Lager zur Arbeit als „Trostfrauen" für japanische Soldaten gezwungen. Bis zu ihrem Tod 2019 lebte sie in Australien und beteiligte sich aktiv an der Aufklärungsarbeit.

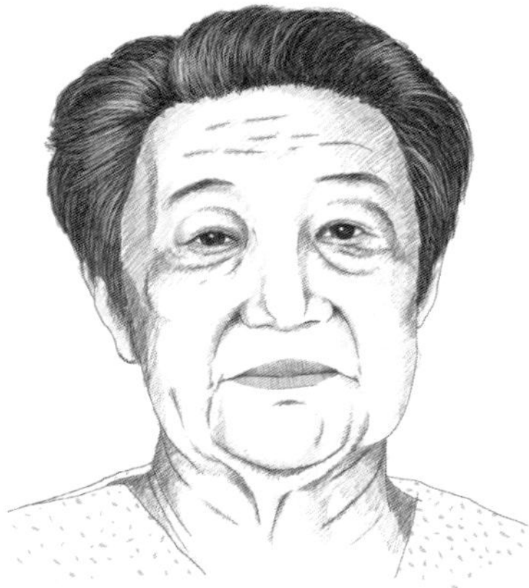

„Niemand würde
jemals erfahren,
was mir widerfahren ist."

ROSALIND SAW Malaysia

Spät nachts im Jahre 1943 stürmten japanische Soldaten Rosalinds Haus. Die Soldaten nahmen ihr ihre zwei Kinder weg und verschleppten Rosalind ins Don Loc Hotel in Burma.
Das Don Loc Hotel wurde als „Troststation" für das japanische Militär genutzt, wo sich ungefähr 50 „Trostfrauen", Rosalind eingeschlossen, befanden. Die Mehrheit dieser „Trostfrauen" war aus China, drei oder vier „Trostfrauen" kamen aus Malaysia. Rosalind musste den japanischen Namen „Hanako" annehmen und wurde gezwungen, eine Sexsklavin für japanische Soldaten zu werden.

1944 wurde sie schwanger und gebar eine Tochter. Rosalind verschwieg ihre Vergangenheit nach dem Krieg. Als sie 1994 Artikel über andere „Trostfrauen" las, fasste auch sie den Mut, über ihre Vergangenheit zu sprechen.

(Informationen von WAM - Women's Active Museum on War and Peace)

„Es war dunkel in der Höhle und ich konnte sein Gesicht nicht sehen. Er umarmte mich gewaltsam. Ich versuchte zu fliehen, aber ich hatte nicht genug Kraft. Ich schrie und weinte, aber er riss mir die Kleider vom Leib und vergewaltigte mich."

TSAI FANG MEI Taiwan

Im Juni 1944 wurde die dreizehn Jahre alte Tsai Fang Mei aus Taiwan von japanischen Soldaten verschleppt. Tagsüber wurde Tsai gezwungen zu kochen und Wäsche zu waschen, nachts wurde sie gezwungen als „Trostfrau" den japanischen Soldaten in einer Höhle in Hualian zu dienen. Tsai lebt immer noch in der Nähe dieser Höhle. Sie fürchtet die Höhle immer noch und zögert, aus dem Haus zu gehen.

„Ich möchte
noch nicht sterben,
da ich eine Zeugin
von Kriegsverbrechen war.
Ich werde damit warten,
bis die japanische
Regierung sich
entschuldigt.“

WAN AIHUA China

Mitte Juni 1942 wurde Wan Aihua von japanischen Soldaten gefangen genommen und zu einer „Troststation“ namens „Yaotong“ („ein Haus um eine Höhle gebaut“) gebracht.
Jeden Tag wurde Aihua von unzähligen japanischen Soldaten vergewaltigt. Sie versuchte mehrere Male zu fliehen, wurde aber wieder eingefangen und mehrfach gefoltert. Als sie während der Folter in Ohnmacht fiel, wurde sie von den japanischen Soldaten an einem Flussufer weggeworfen, wo sie von einem Passanten gerettet wurde.

Von den wiederholten Vergewaltigungen und Schlägen waren viele Glieder ihres Körpers gebrochen und ihre Körperhöhe um 20 cm geschrumpft. Aihua brauchte drei Jahre, bis sie wieder laufen konnte.

(Informationen von WAM - Women's Active Museum on War and Peace)

„Der Asian Women's Fund konnte die Verletzungen meiner Rechte als Frau und die schwersten Verbrechen gegen mich nicht kompensieren."

TOMASA DIOSO SALINOG Philippinen

„1942 war ich dreizehn Jahre alt. Japanische Soldaten verschleppten mich von zu Hause. Bei dem Versuch meines Vaters mich zu beschützen, wurde er von den japanischen Soldaten enthauptet.
Ich musste zwei Jahre lang eine Sexsklavin der japanischen Soldaten sein. Sie schlugen und vergewaltigten mich andauernd. Der Krieg und das Leben als ‚Trostfrau' ruinierten mein Leben und meine Zukunft."

Tomasa Dioso Salinog, auch unter Lola Masing bekannt, wurde 1942 von japanischen Soldaten aus ihrem Zuhause verschleppt. Sie wurde gezwungen zwei Jahre lang in einer „Troststation" in San Jose, Philippinen, als „Trostfrau" zu dienen. Salinog war die erste „Trostfrau" aus den Philippinen, die öffentlich über ihre Vergangenheit sprach. Nach ihrem mutigen Zeugenbericht meldeten sich viele andere philippinische „Trostfrauen" und sagten aus.

„Das bin ich,
die schwangere Frau
ganz rechts im Bild.“

PARK YOUNG-SHIM Nordkorea

„Jeder einzelne japanische Soldat misshandelte mich bestialisch. Eines Tages ging ich dem Befehl eines Generals nicht nach, da ich unter enormen Schmerzen litt. Er schlug mich mit seinen Fäusten und trat mich mit seinen Stiefeln. Das war ihm wohl nicht genug, da er mir sein langes Schwert drohend an den Hals hielt und mich fragte, wie der Geschmack der Kaiserlichen Japanischen Armee wäre, während er seine sexuellen Bedürfnisse befriedigte. Die schwangere Frau auf dem Bild bin ich. Das Kind wurde dann im Kriegsgefangenenlager abgetrieben."

Park Young-Shim wurde 1921 in der Stadt Nampo, in der damaligen Provinz Süd-Pyongan, geboren. 1938 wurde sie im Alter von 17 Jahren für eine „Troststation" in Nanjing zwangsrekrutiert, in der sie als „Sexsklavin“ täglich von 30 Soldaten drei Jahre lang missbraucht wurde. Später, als sich die das Kriegsgebiet erweiterte, wurde sie in eine „Troststation“ nahe Yangon in Myanmar gebracht. Im weiteren Kriegsverlauf fand sie sich schließlich in einem chinesischen Kriegsgefangenenlager wieder, aus dem sie nach Kriegsende und der Befreiung Koreas in ihr Heimatland zurückkehren konnte.

Bis sie verstarb,
zog Itjuh das Kind
alleine auf
und erduldete
ein schmerzvolles
Leben.

SITI NENG ITJUH Indonesien

Siti Neng Itjuh wurde in Java, Indonesien, geboren. 1942 brachen japanische Soldaten in ihr Haus ein und verschleppten Itjuh in den westlichen Teil Javas. Itjuh und 27 andere indonesische Frauen wurden gewaltsam zu einer „Troststation“ in eine Stadt namens Sanga-Sanga gebracht.

Itjuh wurde gezwungen, mehr als 15 Soldaten täglich zu „(be)dienen“. Eines Tages ernannte sie ein japanischer Offizier namens Yoshinati zu seiner persönlichen „Trostfrau“. Im Mai 1945 wurde Itjuh schwanger und gebar ein Kind. Bis sie verstarb, zog Itjuh das Kind alleine auf und erduldete ein schmerzvolles Leben.

(Informationen von Eka Hindra)

„Ich wurde im Namen und in Wirklichkeit eine Sklavin."

SHIROTA SUZUKO Japan

1938, im Alter von 17 Jahren, verkaufte Shirota Suzukos Vater sie an das japanische Militär, um seine Schulden zu bezahlen. Bis der Krieg endete, musste Shirota japanischen Soldaten als Sexsklavin in einer „Troststation" in Taiwan und Saipan dienen. Sie lebte ab 1955 20 Jahre lang in einer Zufluchtsstätte für Opfer sexueller Gewalt und publizierte 1971 ein Buch über ihre Vergangenheit als „Trostfrau", was damals kein Gehör fand.

„Wir fordern Gerechtigkeit. Wir fordern die japanische Regierung auf, Verantwortung zu übernehmen. Wir sprechen hier die Wahrheit. Wir lügen hier nicht. Wir sind nicht gekommen, um uns Japan anzusehen. Wir sind gekommen, um unsere wahren Geschichten zu erzählen."

ESMERALDA BOE Osttimor

„Als ich mit meinem Bruder auf dem Feld Tapiocawurzeln sammelte, tauchten plötzlich fünf Soldaten auf, die mich gewaltsam fortschleppten. Ich war so jung, dass ich nicht einmal wusste, was vor sich ging. Ich musste während des Tages arbeiten und nachts japanischen Soldaten zu Diensten sein. Die ‚Trostfrauen', die zu fliehen versuchten, wurden von den japanischen Soldaten erhängt, verbrannt und die Leichen weggeworfen. Ich weinte jede Nacht vor Angst."

Esmeralda Boe war von japanischen Soldaten verschleppt worden, als sie mit ihrem Bruder auf einem Feld arbeitete. Ein japanischer Offizier namens Shimimura vergewaltigte die junge Boe und bediente sich ihrer als persönliche „Trostfrau" für zwei Jahre. Boe musste später als Sexsklavin Offizieren namens Kawano und Haraku dienen. Selbst nach dem Krieg erinnert sich Boe noch an die Namen der japanischen Offiziere und an die japanischen Kriegslieder.

[© Brägger, Anna: Unveröffentlichtes handschriftliches Dokument, 2021]

Die "Rolle des Gedenkens", von den Betroffenen und Beteiligten liebevoll ROLA genannt, ist 2002 entstanden.
Seitdem wächst sie stetig.
Dieses textile Mahnmal gedenkt der gewaltsam getöteten Menschen aus dem ehemaligen Jugoslawien, in Südosteuropa.

Nach Titos Tod 1980 brach der Vielvölkerstaat auseinander. Unverhofft wurden aus Nachbarn, Freunden, Brüdern, Paaren — Feinde.

Ging es 1991 beim Einmarsch der Serben in Kroatien um die systematische Zerstörung von Kulturgütern und den Angriff auf die Zivilbevölkerung, änderte sich die Kriegsführung ab 1992 in Bosnien.
Es ging um einen Genozid, um Landnahme, Enteignung, Vertreibung.

Fassungslos hat die Welt, und speziell Europa, machtlos zugeschaut.
Immer stand die Frage im Raum: WIE konnte es dazu kommen?

Die Fragen, die mich schon in meiner Jugend bewegten und mich bis heute begleiten:

Warum gibt es immer Kriege?
Warum entwickeln sich die Menschen so langsam?
Warum wiederholt sich die Geschichte immer wieder?
Woher kommt der Hass?
Warum über all Trennung?
?..?..?

Die Suche nach Antworten bestimmte meinen persönlichen Weg, mit meiner eigenen Geschichte, meinem innigen Wunsch nach Verbindung.

Vier Monate nach Kriegsausbruch habe ich für die Partnerstädte Split und Berlin-Wilmersdorf eine Ausstellung gegen den Krieg gemacht. Das führte 1992 zu einer weiteren Ausstellung, mit der ich dann bis 1995 durch Deutschland gewandert bin. Das hat mir etwas geholfen, mit meinen Ohnmachtsgefühlen umzugehen.

„Tu das, was du kannst,
mit den Mitteln, die du hast,
an dem Ort, wo du bist."

Theodore Roosevelt

In diesen Jahren lernte ich sehr viele Geflüchtete kennen, vor allem in Berlin, bei SÜDOST Europa Kultur e.V. Ich hörte unzählige Geschichten über das friedliche Zusammenleben vor dem Krieg und den unerwartet brutalen Bruch durch den Krieg und die Flucht.

Diese friedliche Koexistenz nach dem Zweiten Weltkrieg, war das ein echter Frieden? Auch der Erste Weltkrieg war in der Region bedeutsam. Wurde Geschichte aufgearbeitet? — Schuld benannt?
Heute wissen wir, dass dem nicht so war. Es ging um Fortschritt, Wiederaufbau, wirtschaftlichen Erfolg. WO war das nicht so?

Die Verdrängung von Geschichte ist immer brandgefährlich, und dies überall!
Die Gefühle der Opfer und Täter entwickeln durch Nicht-Anerkennung im Unterbewusstsein eine eigene Dynamik.
Sobald die verdrängten Gefühle getriggert werden, z.B. verletzter Stolz, ist es möglich, unerwartet heftige Reaktionen zu erzeugen.

Konkret geschah dies 1989 bei einer Gedenkfeier für eine, damals vor 600 Jahren, verlorene Schlacht.

Der damalige Präsident der jugoslawischen Teilrepublik Serbien liess sich von einem Helikopter zu dieser Feier bringen und entfachte mit einer flammenden Rede einen nationalistischen Flächenbrand.
Dies war der Wegbereiter für die nachfolgenden Kriege, wo nicht nur Militärs Hauptakteure waren, sondern Warlords, Banden und entmenschlichte Schlächter.

All dies hat nicht weit weg von uns stattgefunden, sondern in unserer unmittelbaren Nähe in der Mitte von Europa! Die europäische Staatengemeinschaft, wir alle, waren unfähig, das Schlimmste zu verhindern, zu stoppen.

Auch auf mir lastet das Gefühl einer Mitschuld.

Wie ich dann von den geflüchteten Frauen angesprochen wurde, ihnen zu helfen, ihrer Trauer einen persönlichen Ausdruck zu verleihen, gab es für mich keine Frage.

Nachdem sie Jahre auf ein Lebenszeichen ihrer Liebsten, ihrer Söhne, Brüder, Väter hofften, wurden die Befürchtungen zur Gewissheit.
Massengräber wurden geöffnet.
Viele konnten auch nach Jahren ihre Toten nicht bestatten, da sie noch nicht gefunden oder identifiziert wurden.

Im Dialog entstand die ROLA als wirksames entgrenzendes Projekt und verbindet seitdem die Menschen in ihrer Vielfalt.
In der Begegnung miteinander, zusammen trauernd und mit dem Leben wieder in Kontakt kommend, entsteht etwas Neues.
Die Toten nicht zu vergessen, sie zu würdigen, kann helfen, sich dem Frieden zu öffnen, darin sehe ich Zukunft.

„Dunkelheit kann Dunkelheit nicht vertreiben — nur Licht kann das,
Hass kann Hass nicht vertreiben
— nur Liebe kann das." Martin Luther King

Anna S. Brägger

Foto: © Anna S. Brägger, 2020

Krikor Beledian

ՀԱՏՈՒԱԾՆԵՐ ՀՕՐ – Vater-Fragmente

Übersetzung aus dem Armenischen:
Elke Hartmann (unveröffentlicht)

1 Ինչո՞ւ կենալ, պիտի ըսես։ Կրնայի շարունակել, հաստատել միշտ նոյն հարցումը տեղափոխ՝ սկիզբէն, կամ լռել խօսքին մէջ. ցած խողովակներ կային՝ մառանները փորող, ուրկէ կ՚անցնէինք, նրբանցքներ և բացխցուող աղմուկը կար փապուղիին մէջ հաղորդակցող ջուրերու։ Տեղ մը եղաւ մութին, հաստատ ու անորոշ, եղա՞մ, գաւի՞թ, տանող ո՛չ մէկ բանի։ Եւ ո՛չ իսկ տեղ կեցուցիչ՝ ուր մտնէի։ Անմտածելի կէտ՝ որ կէտ չէ, ելլող անդադար, սերող լեզուէս։ Բերնիս մէջ բռնուած անտանելի արգելք, կենսատու։ Ինչպէ՞ս կարելի է մտածել։

Warum stehenbleiben, wirst du sagen. Ich könnte fortfahren, immer dieselbe Frage bekräftigen von neuem Ort, von Anbeginn, oder verstummen im Wort; da waren niedrige Rohre, untergruben die Keller, durch die wir hindurchgingen, es gab Durchgänge und den dumpfen Lärm der im nassen Tunnel kommunizierenden Wasser. Es wurde ein Ort des Dunkels, beständig und unbestimmt, ein Saal?, eine Halle?, die führte zu nichts. Und nicht einmal ein Asyl, in das ich träte. Ein undenkbarer Punkt, der kein Punkt ist, immerfort ausströmend, entstehend aus meiner Zunge. In meinem Mund festgehaltener unerträglicher Propf, lebensspendend. Wie kann man denken?

2 Պէտք է կենամ, ելեմ դուրս։ Կը խօսի, կը պահուըտի խօսքին մէջ, որ կ՚ուզէ արտաքսել, կ՚ընկրկիմ, կը կրկնէ, պիտի գրաւէ զիս, կը կորսուիմ կոտրտուող նախադասութեան մէջ, պատռտուած, հատուող, հեռակայուող՝ բերնի սեմէն։ Կը կառչիմ անոր կարծես բռնէր, ծակէր զիս սուրի վրայ։ Ամէն բառի տակ ենթակայ՝ մեռեալ մը հակախօս ու խօսակից։

Ich muss halten, hinausgehen. Er spricht, versteckt sich im Wort, das er austreiben will, ich ziehe mich zurück, er wiederholt, will mich einnehmen, ich verirre mich im zerberstenden Satz, zerfetzt, versiegend, entschwindend von des Mundes Schwelle. Ich klammere mich an ihn, als ob er mich hielte, spießte auf ein Schwert. Jedem Wort unterliegend ein Toter, Widerpart und Partner des Gesprächs.

3 Պիտի ուզէիր, որ այս վերջը վերընթաց խուսափերգ ըլլար երգեհոնի ու սուգի։ Բայց դուն, և կաս, ընդդիմախօսող, յորդող՝ խօսքէն, կ՚ելլես, կու գաս, կը թուիս ընտանի լռութեան, տիրակալ։ Խօսքին մէջ անձկութիւնը խօսքին։

Du würdest wollen, dass dies Ende der entrückte Sphärenklang einer Orgel und der Trauer sei. Aber du, und du bist da, widersprechend überströmend aus dem Wort, stehst auf, kommst, du scheinst vertraut mit der Stille, trittst ihr entgegen. Im Wort die Furcht vor dem Wort.

4

Միջանկեալ կը կենաս, հոն, դէմէն անդին, կը կծկուիմ, բանտարկեալ՝ խօսքին մէջ, դանդաղ, խօսքին հետ, կը լռեմ, պիտի լռեմ, կարծես կու գայ լռութենէն, կը կծկուիմ, կը նայիմ քեզի ուր կը մնամ մինակ խօսքին հետ, կը նայիմ անոր գալուստին վարանող, ծածկուող, կը վախնամ որ չի գար:

Du stehst dazwischen, dort, jenseits des Gegenüber, ich kauere mich zusammen, Gefangener, im Wort, langsam, mit dem Wort, ich schweige, ich muss schweigen, es scheint es kommt aus dem Schweigen, ich kauere, schaue zu dir, wo ich allein bleibe mit dem Wort, ich schaue seine Ankunft: zögernd, sich bedeckend, ich habe Angst, dass es nicht kommt.

5

Ոչ իսկ ձայն. ձայնէն անդին դողն է ուր կը կենամ շնչահատ, սպասող, հեւքի մը մէջ ընդհատ, հրուած. յօրանջ: Հորում մը: Խորում: Խզուող, բաժնուող շնչառութիւնն է նորէն, ծանօթ, զիս կրող, զիս գրկող, ցաւին բարակ, սուլող ձայնակրկիտը կոկորդիս:

Nicht einmal ein Laut; jenseits des Lautes ist das Zittern, wo ich stehe atemlos, wartend, in einem Keuchen unterbrochen; Gähnen. Ein Eingraben. Schwund. Da ist wieder die brechende, kappende Atmung, die bekannten, mich tragenden, mich umschlingenden, des Schmerzes feinen, pfeifenden Laute meiner Kehle.

6

Բերնին մէջ՝ ետ մղուող, անդադար ընկղմող, մնացող, կլլուող շուք մը կար, խառն, խռպոտ, խման, մոլտուք մը՝ որ երկխօսութիւն էր կամ կռիւ՝ լռութեան դէմ թերևս. և ձայնը առանձին, ապրող կը ջնջուէր, կը ճեղքուէր վէճին մէջ, կը խորանար խռչափողին, կը կորսուէր, պայքար՝ շուքը կու գար դէմքին, կ՚աճէր, կը տարածուէր, մտաւ բերնիս մէջ, ամփոփ, կերաւ: Սենեակի մութը այն ատեն շփոթուեցաւ լոյսին հետ:

Im Mund, da war ein zurückdrängender, ununterbrochen versinkender, geschluckter Schatten, ein wirres, heiseres, säuferisches Raunzen, das Zwiegespräch war oder Kampf, gegen die Stille vielleicht; und die Stimme allein, lebendig wurde sie ausgelöscht, zersprang im Streit, sank in die Tiefe des Kehlkopfes, verebbte, ein Ringen, der Schatten legte sich aufs Gesicht, wuchs, breitete sich aus, schlüpfte in meinen Mund, kurz, fraß ihn auf. Da verwirrte sich die Dunkelheit des Zimmers mit dem Licht.

7

Կրնա՞մ ըսել քեզի այն որ կը փակուի ենթախօս, կոկորդին մէջ, խցուող, փորուող, սեղմղուող բջիջներու աճին, կը խօսի, թերևս ըսաւ, թերևս կար արդէն սկիզբէն, իբրև գալիք. կը մօտենայ որքան կը կորսուի խոռոչին, կարծես կը կորանայ շոգիի, մշուշի մէջ մարմնի, կը լեռնանայ բարձրագնաց, կ՚այրարատի: Կոկորդիս մէջ խզուող, քակուող ու տարասփիւռ աղմուկն է անոր սպառումին:

Kann ich dir jenes sagen, was sich unausgesprochen verschließt, in der Kehle, beim Sprießen der gestopften, gemeißelten, zusammengepferchten Zellen, spricht, vielleicht sagte, vielleicht schon von Beginn an da war, als Künftiges; näherkommt je mehr es sich verliert in der Schlucht, als beuge es sich dem Körper im Dunst, im Nebel, türme sich auf in größte Höhen, gleiche dem Ararat. In meiner Kehle ist der berstende, zerfallende und versprengte Lärm seiner Erschöpfung.

© Krikor Beledian/Elke Hartmann, 2021

© Silvina Der Meguerditchian, *Treasures* | 2015
(Detail, Ein Familienpicknick in den Bergen von Córdoba, wahrscheinlich 1940.)

„Das Bild erzählt die Geschichte, wie das Rezept für eine wirksame Augensalbe durch einen Engel an die Schwester meiner Urgroßmutter Hripsime „diktiert" wurde. Durch die Generationen weitergegeben, wird dieses Wissen um Heilung immaterieller kollektiver Besitz."

Silvina Der Meguerditchian

[Tawada, Yoko: *Celan und der chinesische Engel*, Tübingen 2020, S. 32–37, 42–46.]

Yoko Tawada
Celan und der chinesische Engel
(Auszug)

Die Textur der Engelsmaterie

Der Mann, der vor Patrik steht, sieht sehr *transtibetanisch* aus. Zum ersten Mal im Leben benutzt Patrick dieses Celan-Wort, das er schon lange unter seinen Federn gewärmt hat, ohne zu wissen, welche Menschengruppe oder Sprachgruppe aus dem Ei schlüpft. Der Mann sieht wirklich transtibetanisch aus, es ist ein subjektiver Eindruck und Adjektive sind dafür da, die Subjektivität zu unterstützen.

Der Mann fragt, ob er sich zu ihm an den Tisch setzen darf. Seine Sprache ist keine Rarität, für die man ausgefallene Bezeichnung wie transtibetanisch verwenden müsste. Sie ist ein schlichtes Deutsch mit leichtem Akzent. Andere Tische sind besetzt und es kommt Patrik logisch vor, dass zwei Männer einen Tisch solidarisch miteinander teilen.

„Ich heiße Leo-Eric Fu", sagt der Mann, streckt seine Hand elegant aus und zieht sie rasch wieder zurück, bevor Patrik darauf reagiert. Patrik versteht, dass eine Begrüßung nicht körperlich vollzogen werden muss. Eine Frage kreist brummend in seinem Kopf. Sollte man bei einer flüchtigen Bekanntschaft in einem Café schon den kompletten Namen verraten oder sind alle drei Komponenten, Leo, Eric und Fu, seine Vornamen? Patrik ist vorsichtig und sagt nur einen seiner Vornamen.

„Ich heiße Patrik."

„Das weiß ich", antwortet Leo-Eric verständnisvoll nickend. Patrik ist verunsichert, weiß nicht, wie diese Antwort zu deuten ist. Leo-Eric sagt dann, er habe Patrik oft in diesem Café beobachtet, das letzte Mal mit dem Gedichtband *Fadensonnen*. Patrik kann sich gar nicht daran erinnern, möglich ist es aber, dass er im Café Gedichte las, er hatte zumindest vor, auf einer Paul Celan-Tagung in Paris einen Vortrag zu halten. Er weiß im Moment nicht, ob seine Teilnahme noch genehmigt wird oder ob er schon längst als überempfindlicher Spinner aus der Rednerliste gestrichen worden ist.

„Sie haben vor, über den Gedichtband *Fadensonnen* einen Vortrag zu halten?"

„Vielleicht wollte ich das vor einigen Wochen. Aber jetzt nicht mehr."

„Warum nicht?"

Patrik findet keine Antwort auf diese Frage und erfindet schnell eine mit gesenktem Blick.

„Ich mag keine Tagungen."

„Warum nicht?"

„Mich stresst die Situation, in der ich von allen Seiten betrachtet werde. Alle Menschen setzen sich plötzlich eine Teufelsmaske auf."

„Wie meinen Sie das? Ich kann Ihnen nicht folgen."

„Vortragen, fragen, antworten, diskutieren: Mir kommt alles vor wie ein Theaterstück."

„Ich denke, die Gesellschaft ist ein Theater. Demokratie braucht eine Rahmenhandlung und gelernte Spielarten. Allein aus authentischen Gefühlen kann man keine Demokratie aufbauen."

Patrik hebt den Blick und denkt, dieser Leo-Eric sei vielleicht ein Freiheitskämpfer aus Hongkong. Gleich danach radiert er diese spontane Vermutung von seinem Hirnblatt aus. Jemand aus Peking kann auch ein Freiheitskämpfer sein. Es ist doch eher Patrik selbst, der demokratie-untauglich ist.

„ Ich mag keine Fragen, keine Kritik, keine Diskussion. Aber das darf man nicht laut sagen und im Grunde genommen finde ich es nicht in Ordnung, dass ich so bin, wie ich bin."

„Was gefällt Ihnen nicht an der Diskussionskultur? Erklären Sie es mir. Ich bin gespannt."

Ein stürmisches Durcheinander entsteht in Patriks Kopf, es quält ihn, bunte Gedankenfetzen nicht sortieren zu können. Er erfindet eine neue Theorie, wenigstens einen Pfahl, an dem er sich festhalten kann: Leo-Eric sammelt Äußerungen gegen die Demokratie. Mit seinem versteckten Mikrofon nimmt er die authentischen Stimmen der EU-Bürger auf und verkauft sie an Länder, wo man sie als Lehrmaterial im Sprachunterricht verwendet. Patrik klopft mit drei Fingerkuppen an die Stirn, hinter der sich diese absurde Theorie zu etablieren beginnt. Wie ein Specht will er dicke Gedankenwürmer aus der Baumrinde jagen und auffressen.

„Ich baue meistens meinen Vortrag sehr liebevoll auf, wie man am Strand ein Sandschloss baut. Ich kann nicht begreifen, warum die meisten Kinder so grausam sind, dass sie mit ihren Spielzeugschaufeln meine Sandkunst zerstören."

Immer, wenn Patrik das Wort *Schaufel* hört, bekommt er Gänsehaut. Jetzt hat er selber das Wort ausgesprochen, fühlt sich zerknittert, wird wieder getröstet, als Leo-Eric ein Lächeln an den Mundwinkeln zeigt und sagt: „Ach, Kinder meinen das nicht böse. Sie sollten ihr Spiel nicht so persönlich nehmen."

„Wenn ich nichts persönlich nehme, wo bleibt meine Person?"

„Eine Spielzeugschaufel ist so harmlos wie der Holzlöffel, mit dem wir Eis essen."

„Auch mit einem winzigen medizinischen Löffel kann man an meinen Nerven so grausam kratzen, dass ich es keine Sekunde aushalten kann."

„Einen Eisbecher mit Erdbeeren, bitte!"

Diesen Satz richtet Leo-Eric nicht an Patrik. Die Kellnerin nickt und stellt einen Becher Milch vor Patrik hin.

„Entschuldigen Sie, ich habe keine Milch bestellt."

„Sie haben mir die Entscheidung überlassen. Ich denke, Milch passt am besten zu Ihnen."

Patrik kann sich sogar erinnern, was er ihr gesagt hat, er kann im Moment so etwas wie eine Kontinuität der Zeit spüren, was bei ihm selten der Fall ist.

„Ja, Sie haben recht. Ich wollte wissen, was Sie von mir halten. Also, ich bin ein Milchbart für Sie."

Witzig ist er auch noch. Die Kellnerin ignoriert seine Worte und wendet sich zum nächsten Gast, der gerade seine Hand gehoben hat. Leo-Eric blickt auf die tipp-ex-weiße Milch und sagt:

„Sie besitzen eine Erstausgabe von Celans *Fadensonnen*, nicht wahr?"

Dieser Mann scheint auch unbedeutende Details über Patriks Leben zu kennen.

„Ich habe die Ausgabe aus dem Jahr 1968, aber das ist nichts Besonderes."

„Warum nicht?"

„Davon gibt es fünftausend Stück. Ich bin einer von fünftausend Lesern. Eine erstaunlich hohe Auflage für ein schwerverständliches Buch. Selbst die Deutsche Oper hat nicht mehr als zweitausend Sitzplätze."

Leo-Eric lacht hell.

„Nun, das heißt ja nicht, dass fünftausend Menschen das Buch wirklich gelesen haben. Es kann sein, dass Sie einer der wenigen Leser sind, die sich heute noch mit dem Buch beschäftigen."

[...]

Es ist Patrik gelungen, sich scherzhaft aus einer peinlichen Situation zu retten. Leo-Eric lacht erleichtert und beginnt, wie vorbereitet, fließend zu erzählen.

„Ich bin gekommen, um mit Ihnen über die Leitbahnen zu sprechen. Die Leitbahnen ziehen sich durch den menschlichen Körper. Es gibt zwölf Hauptleitbahnen. Sie werden Meridiane genannt. Deutsche Mediziner verwendeten zuerst den Begriff Leitbahnen. Später setzte sich der Begriff *Meridiane* durch. Das kommt aus der französischen Übersetzung vom chinesischen Begriff *Jing Mai.*"

Patrik erwidert reflexartig: „Aber es gibt doch nur einen einzigen Meridian. Wieso sprechen Sie von mehreren Meridianen?"

„Die meisten Menschen denken nur an einen Meridian, den Nullmeridian, und verdrängen alle anderen."

„Na ja, es gibt nicht so viele poetologische Texte von Celan. Der Meridian ist für mich schon sehr wichtig."

„Lassen sich aber seine Gedichte von diesem einen Meridian erklären?"

„Natürlich nicht. Wenn ein Meridian für Sie zu wenig ist, wie viele Meridiane haben Sie zu bieten?"

„Hauptmeridiane gibt es so viele wie die Ziffern auf einer Uhr. Zwölf."

„Wovon reden Sie überhaupt?"

„Zum Beispiel der Leber-Meridian beginnt an der großen Zehe unter dem Nagel, läuft den Fußrücken entlang, hoch durch Knie und Oberschenkel. Er geht durch die Leber, den hinteren Teil der Kehle, die Nase, die Augen, die Stirn, bis er den Scheitel erreicht. Wenn man ein Problem mit der Leber hat, kann man die Punkte, die an diesem Meridian entlang liegen, mit einer Nadel behandeln."

„Ach, Sie reden von Akupunktur!"

Patrik ist unendlich erleichtert. Jetzt weiß er, worum es geht. Die Atempause der Erleichterung dauert aber nicht lange. Leo-Eric zieht ihn in einen neuen Strudel der Verwirrung.

„Nein, ich rede von einem Gedicht von Celan. *UMWEG- / KARTEN, phosphorn* ... Kennen Sie das Gedicht?"

„Natürlich kenne ich es. In diesem Gedicht kommt das Wort *Aorta* vor und ich hatte als Kind einen Hund, der Aorta hieß. Insofern war das Gedicht auch ein Umweg zu meiner Erinnerung."

„Ein Umweg? Wenn die Leber nicht funktioniert, behandelt man nicht die Leber, sondern den Leber-Meridian. Das ist kein Umweg."

Patrik spürt seine großen Zehen, die aus irgendeinem Grund den Boden nicht richtig fühlen können.

„Meine Füße sind plötzlich komisch präsent. Sie können den Boden nicht finden."

„Mein Großvater sagte mir, achte auf deine eigenen Füße, während du mit jemandem sprichst! Der Fuß ist ein umfangreiches Buch. Manche denken, dass nur die Augen oder das Herz eine Verbindung zur Seele haben. Das stimmt aber nicht. Die Vernetzung im Körper ist viel komplexer."

„Celan kann aber nicht solche Meridiane gemeint haben. Für ihn gab es nur einen Meridian."

„Den Meridian, der durch London läuft? Das glaube ich nicht. Zum Beispiel gibt es einen sehr wichtigen Meridian für Celan. Er verbindet Paris mit Stockholm." Patrik erinnert sich blitzartig, dass im Briefwechsel zwischen Celan und Nelly Sachs von einem Meridian die Rede war.

„Zwischen Stockholm und Paris verläuft der Meridian des Schmerzes und des Trostes", zitiert Patrik aus dem Gedächtnis und führt aus: „Es gibt mehrere Meridiane – metaphorisch gesehen. Aber ich halte nichts von Metaphern, sie sind mir zu schwammig. Ich orientiere mich lieber an Zahlen und Buchstaben."

Leo-Eric erwidert sanft: „Ich meine nicht metaphorisch, sondern geographisch. Waren Sie schon mal im historischen Observatorium in Paris?"

„Nein."

„Dort ist der sogenannte Pariser Meridian aus bunten Steinen in den Boden eingelassen."

„Ich dachte, Meridiane sind die Leitlinien im Körper."

„Was ist schon der Unterschied zwischen der Erdkugel und dem Körper? Die Ortsnamen und die Namen der Organe waren gleichermaßen wichtige Anhaltspunkte für den Dichter. Wir müssen nach den Linien suchen, die sie miteinander verbinden."

„Alles sehr interessant, was Sie da sagen. Warum fahren Sie nicht selbst zur Tagung nach Paris? Sie sind derjenige, der unbedingt über Celan und den Meridian oder meinetwegen über die Meridiane sprechen sollte."

„Das kann ich leider nicht. Ich bin nicht vom Fach. Mein Großvater praktizierte in den fünfziger und sechziger Jahren traditionelle chinesische Medizin in Paris. Es war die Zeit, in der auch Celan dort lebte. Mein Großvater war ein sehr gebildeter Mann, las Chinesisch, Französisch, Hebräisch und Deutsch. In seinem Nachlass fand ich Notizen zu Celans Gedichten."

„Und weiter?"

„Ich kann ihnen einiges erzählen, was wahrscheinlich sonst sehr wenige Menschen wissen. Was Sie daraus machen, ist ihre Sache. Mir ist gleichgültig, ob Sie in Ihrem Beruf erfolgreich werden oder nicht. Ich biete Ihnen keine Laufbahn, sondern einige Meridiane."

[...]

[Yoko Tawada, Paul Celan und der chinesische Engel,
1. Auflage 2020, 2015 © Konkursbuch Verlag Claudia Gehrke]

6.
WUNDE WENDE
(OST)DEUTSCHE SPRACHLOSIGKEITEN

[in: Steffen Höhne/Ludger Udolph (Hg.): *Franz Kafka. Wirkung und Wirkungsverhinderung*. Böhlau Verlag Köln/Weimar/Wien 2014, S. 237–257]

Ekkehard W. Haring

Produktive Missverständnisse.

Zur Kafka-Rezeption in der DDR zwischen 1968–1989 (Auszüge)

Die Kafka-Rezeption der 1950er/60er Jahre in der DDR ist immer wieder Gegenstand ausführlicher Analysen und Rückblicke gewesen. Nicht ohne Grund steht die Konferenz von Liblice 1963 im Zentrum dieser Betrachtungen – gehen doch von hier aus wesentliche Impulse auf die weitere Auseinandersetzung mit Werk und Person Franz Kafkas aus. Dennoch scheint es so, als würde die starke Fokussierung auf Liblice mitunter auch den Blick auf die allgemeine Kafka-Rezeption in der DDR verstellen oder einseitig verzerren. Zwar lassen sich mit den Prager Ereignissen der 60er Jahre die Befangenheiten vieler Akteure in Kultur und Politik erklären, die zur öffentlichen Tabuisierung des Dichters führten; über die tatsächliche Verbreitung Kafkas in Ostdeutschland, seine Diskussion jenseits ideologisch vorgeprägter Diskursbahnen indes erfährt man wenig. Neben dieser ohnehin schwer einzuschätzenden ,unsichtbaren Rezeption' wäre aber auch nach den diskursiven Gegenentwürfen zu fragen. Gerade in den 70er/80er Jahren vollziehen sich auf literarischem Gebiet Entwicklungen, die einen bemerkenswerten Wandelprozess erkennen lassen und ein neues Kapitel der Kafka-Rezeption eröffnen. Anders als die relativ überschaubare und äußerlich fast homogen wirkende Auseinandersetzung mit Kafka in den 60ern, zeichnet sich die Rezeption der späteren Jahre durch literarische Breite und Vielfältigkeit, nicht zuletzt durch diskursive Selbständigkeit und Originalität aus.[1]

1. Ein Autor für Revisionisten

Gleichwohl wurden in Liblice entscheidende Fragen aufgeworfen, deren Diskussionen den Boden bereiteten für kommende Jahrzehnte. Bereits die Frage nach der „Aktualität Franz Kafkas für eine sozialistische Lebenswelt", war unter den politischen Vorzeichen der frühen 60er Jahre von einiger Brisanz. Offiziell galt der Prager Schriftsteller für DDR-Kulturfunktionäre als dekadent, formalistisch befangen oder wie es Johannes R. Becher auf dem Leipziger Kulturkongress 1951 bündig zusammengefasst hatte: als überflüssig und irrelevant für die gesellschaftliche Entwicklung des Sozialismus (Becher 1979: 555). Entsprechend zurückhaltend bzw. kritisch waren auch die Positionen der Teilnehmer der DDR-Delegation, sobald es um eine Neubewertung Kafkas ging.[2] Insbesondere der Begriff der „Entfremdung" erwies sich hier als prekär und warf die Frage auf, ob sich Formen der Entfremdung, wie Kafka sie beschrieben habe, auch auf sozialistische Gesellschaften übertragen ließen.[3]

Die nach ,Liblice' aufkommende Diskussion, deren Echo sich 1964 auf dem Berliner Kolloquium des DSV – der „kleinen Kafka-Konferenz" – laut genug vernehmen ließ,[4] wurde durch einen Aufsatz von Alfred Kurella *Der Frühling, die Schwalben und Franz Kafka* in die Schranken verwiesen (Kurella 1964: 10–12): Die Anwendung von Kafkas Parabeln einer entfremdeten, bürokratischen Welt auf die Verhältnisse des real existierenden Sozialismus sollte für die ostdeutsche Kulturpolitik auf Jahre tabu bleiben (Winnen 2006: 21). Daran änderten auch gelegentliche Vorstöße und Anfragen namhafter Schriftsteller wie Stephan

Hermlin, Franz Fühmann oder Anna Seghers nichts. Ihre Versuche, die übertrieben dogmatische Verurteilung Kafkas aufzuheben oder wenigstens zu mildern, fanden keine Resonanz; Fühmanns Appell in seinem offenen *Brief an den Minister* wurde von der Redaktion des *Neuen Deutschland* schlichtweg aus dem Textentwurf gestrichen (Behn 1994: 326).

Mit der Niederschlagung des Prager Frühlings schließlich waren aus Kafkas Fürsprechern von Liblice – insbesondere Goldstücker, Fischer, Garaudy – Vertreter feindlicher bürgerlicher und revisionistischer Ideologien geworden. Kulturminister Klaus Gysi, der sich wenige Jahre zuvor noch als Aufbau-Verlagsleiter am Zustandekommen der ersten Kafka-Ausgabe (1965/67) beteiligt hatte, schwor nun, 1968, seine Parteigenossen auf ein gemeinsames Bekenntnis ein:

„Welches Erbe ist uns gemäß? Faust oder Gregor Samsa? [...] Der Kampf um Kafka diente dazu, Enttäuschungen zu etablieren, zu verbreiten, um mich der Terminologie jener Intellektuellen zu bedienen, deren Wirken sich [...] nahtlos in die psychologische Kriegsführung des Imperialismus einpaßte. [..] Das war leider nicht nur geistige Notzucht, die hier mit dem Andenken eines unglücklichen und bedeutenden Schriftstellers getrieben wurde, das war die systematische geistige Vorbereitung jener Ereignisse, die unser Nachbarland in eine tiefe, von Konterrevolution ausgenützte Krise stürzte." (Gysi 1968: 187f.)

In ähnlicher Diktion warnte 1969 auch Parteichef Walter Ulbricht vor einer von rechten Revisionisten betriebenen „Idealisierung [...] des Kafka, nicht um ihn zu ehren, sondern ihn als Rammbock gegen den sozialistischen Realismus zu nutzen" (Ulbricht 1969: 1274). Seinem Staatsgast Gustav Husak empfiehlt Ulbricht noch 1970 eindringlich, mit aller Konsequenz „gegen die kleinbürgerlichen Ideologien auf dem Gebiet der Kultur (Kafka u.a.) und Ökonomie aufzutreten." (Ulbricht 1970: Bl. 8; Wolle 2008: 208).[5]

Kafkas Werk – als Agentur revisionistischer Verschwörung: Sowohl Kafka-Leser, als auch seine literarischen Vermittler standen folglich unter dem Verdacht, subversives Gedankengut im Dienste einer falschen Ideologie zu fördern. Ein Umstand, dessen Tragweite nicht unterschätzt werden sollte – führte er doch letztlich dazu, dass die entscheidenden Auseinandersetzungen mit dem Prager Dichter statt in öffentlicher Diskussion, vorwiegend in der Abgeschiedenheit privater Lesezirkel – in durchaus intensiven Lektüren – geführt wurden. Kafkas *Prozess*-Roman und andere Schriften wanderten in zerlesenen Textkonvoluten, deren Anblick mitunter an den Zustand der Originalmanuskripte erinnerte, von Hand zu Hand.[6] Auch Bibliotheken – öffentliche wie private – erfüllten in bescheidenem Maße ihren Zweck. Der oft und zu recht beklagte Mangel an relevanten Buchausgaben konnte nicht verhindern, dass Kafka dennoch gelesen wurde. Freilich beschränkte sich die Rezeption auf ein nicht allzu breites Publikum, dessen Aufmerksamkeit sich hauptsächlich auf Texte richtete, in denen aussagekräftige thematische Bezüge zur eigenen Gegenwart zu finden waren. So wurde *Der Prozess* von nicht wenigen als „Vorausahnung totalitärer Herrschaftspraxis" gedeutet; bereits die Verhaftungsszene Josef K.s ließ sich wie eine Geschichte aus dem Umfeld des MfS lesen, was durch zahlreiche weitere Details des Romans nur noch unterstrichen wurde (Wolle 1998: 222).

Gleichwohl hat die Verbannung Kafkas aus dem Bildungskanon der DDR – Faust statt Gregor Samsa – die Diskussion seiner Schriften „zwar einschränken, aber nicht verhindern können. Im Gegenteil – sie sind durch die Didaktik des Deutschunterrichts nicht beschmutzt worden. Sie wurden zum Gegenstand der kulturellen Neugierde", schreibt Klaus Hermsdorf rückblickend. Auch die hochrangige politische Kritik an den Fürsprechern eines schwer zugänglich bleibenden Werkes sollte die Nachfrage schüren. Kafkas Werk avancierte auf die Weise seiner Tabuisierung zum Geheimtipp, zum Lesestoff für Unangepasste und oppositionelle Kreise – es gehörte zu einer „Subkultur für Eingeweihte". (Hermsdorf 2006: 251)

Als fatal sollte sich hingegen, neben der desaströsen Editionspraxis, das Fehlen eines politisch unabhängigen, philologisch fundierten Kafka-Bildes erweisen.[7] Somit wurden Leben und Werk des Autors zur Projektionsfläche willkürlicher Deutungen. Unter den genannten Voraussetzungen war Kafka schon vor 1968 zur „verknüpfenden Chiffre innerhalb eines vielschichtigen und politisch brisanten Diskurs-Feldes" und sein Werk zum „Kristallisationspunkt" geworden (Langermann 2000: 175f.). Dabei gehörte die Auseinandersetzung mit dieser Chiffre durchaus zur Alltagserfahrung, wenn es um die Bestimmung individueller oder gesellschaftlicher Standpunkte ging. Ihr sinnstiftendes Potential zeigte sich vor allem in der Vielfalt von Gemeinplätzen und Missverständnissen – wie Adolf Endler anschaulich in seinen Aufzeichnungen festhält:

„Der Journalist Mechtel aus Neubrandenburg („Parteijournalist") berichtet mir von seiner Armeezeit '68/'69 und seiner damaligen Kafka-Lektüre. Als der Hauptmann in den Händen von M. den ‚Prozeß' von Kafka wahrgenommen hatte: „Geben Sie das mal her, das muß ich einziehen! Dieser Kafka, wissen Sie das denn nicht?, das ist doch der Führer der tschechischen Konterrevolution ..." (Ein Vertreter weniger der „gebildeten" als der durch Kurella u.ä. „geschulten" Nation)." (Endler : 51)

2. Neuentdeckung Kafkas als humanistischer Autor

Mit dem Ende der Ulbricht-Ära deutete sich tatsächlich eine Kurskorrektur an. Auf dem VIII. Parteitag der SED 1971 sprach Erich Honecker darüber, dass es für die Schriftsteller der DDR keine Tabus gebe.[8] Eine Bemerkung, die sehr bald nachgebessert wurde: „Tabufreie Kunst" – soweit sie unter dem gemeinsamen Streben sozialistischer Ideale stand. Damit war keineswegs die von Künstlern ersehnte Demokratisierung eingeleitet. Honeckers Sentenz steht vielmehr exemplarisch für eine neue Politik der Doppelzüngigkeit, die bemüht ist, die immer deutlicher zutage tretenden Widersprüche zwischen Ideal und Realität der sozialistischen Gesellschaft in beschönigender Phrase zu glätten. Wer 1971 an das aufgehobene Tabu glaubte, wurde spätestens 1976 aus den Träumen gerissen.

[...] Mochte das Werk des Prager Autors nun auch in einer zweibändigen Ausgabe *Romane und Erzählungen* bei Rütten und Loening (1983) vorliegen, so hatten sich hinsichtlich seiner Deutung die Wogen keineswegs geglättet. Seine Aktualität zeigte sich nicht zuletzt in einer Vorlesung des kritischen Philosophen Wolfgang Heise, der in Kafkas bekannter *Prometheus*-Auslegung eine „Wahrnehmungschiffre des ‚Endes der Geschichte'" sah. Heises Darstellung, zweifellos als Antwort auf Blumenbergs *Arbeit am Mythos* intendiert (Müller 2013, 191–193), ließ sich nebenbei auch als unmittelbare Replik auf die aktuelle Kulturpolitik der DDR verstehen: Zum 150. Todesjahr des Klassikers Goethe hatte der Kulturbund namhafte Künstler zur Mitgestaltung eines ambitionierten „Prometheus-Projekts" aufgerufen – in der Erwartung, mit dem Bild des Lichtbringers den revolutionären Geist insbesondere der jüngeren Generation wachzuhalten (Rittig/Ziemann 1995, 92). Die daraus hervorgehende Künstleranthologie „Prometheus 1982" präsentierte freilich keinen unverbrüchlich hoffnungsvollen Kollektivmythos, sondern eine Galerie desillusionierter Momentaufnahmen, die den Mythos nach dem Muster eines ganz anderen Klassikers als Goethe fortschrieben – und wurde erwartungsgemäß konfisziert.

[...]

5. Kafka am Prenzlauer Berg

Betrachtet man die DDR-Literatur und ihre öffentliche Auseinandersetzung mit Kafka (oder einem kafkaesken System), so wird leicht übersehen, dass zahlreiche Autoren mit ihren Texten, sowie manches literarische Projekt eine breitere Öffentlichkeit niemals fanden, vielleicht auch gar nicht suchten. Gert Neumann veröffentlicht z.B. in den 1980er Jahren vorwiegend in unabhängigen Zeitschriftenprojekten wie *Anschlag, Ariadnefabrik, Glasnost, Schaden* oder *Zweite Person*, die in kleinen Auflagen in Künstler- und Intellektuellenkreisen kursierten, und in begrenztem Umfang Autonomie versprachen. Nur in einem solchen Rahmen konnten Texte wie *Brief in das Gefängnis* (1983) publiziert werden: Rekapituliert wird hier der Verlauf eines politischen Strafprozesses. Der Briefschreiber versucht seinem Freund in der Haft Mut zuzusprechen und führt ihm – sichtlich auf der Folie von Kafkas *Prozess* – die zu erwartenden Konsequenzen vor Augen. Dabei warnt er nachdrücklich auch vor der Gefahr, „in eine ‚Gemeinschaft von Schurken'" zu geraten (Neumann 1991: 103ff.). Neumanns Texte verarbeiten biographische Erfahrung und artikulieren mit Kafka einen Realismus, der trotz seiner forcierten Wirklichkeitsnähe in der Öffentlichkeit – selbst in den späten 80er Jahren – keinen Platz hat.

Für die jüngere Generation eines Uwe Kolbe, Durs Grünbein oder die Autoren des Prenzlauer Bergs, die ihre Texte in Untergrundzeitschriften, Kleinverlagen, tw. auch in westdeutschen Verlagen veröffentlichen, ist das Verhältnis zu sozialistischen Idealen und Utopien, wie auch die Gefolgschaft zu einer Einheitspartei längst gebrochen und bestenfalls noch ironisch zu fassen. Durs Grünbein schreibt 1989 in seinem Gedichtzyklus *Der cartesianische Hund* über einen „jungen Hund", der an der Grenze seinen Dienst verrichtet – „...zig Jahre Dienst mit Blick auf Stacheldraht / Landauf landab im Trott hält nur ein Hund aus, [...] / Wo Pawlow für den Rest der Psyche steht /[...]/ Ist Dialektik nichts als ... Hundetreue; / Sinn für die Stimmung in his master's voice. / So kommt es, dass er erst im Abgang klarsieht,/ Am Ende des Prozesses. / „Wie ein Hund"" (Grünbein 1991: 95)

Schon in einem vorangegangenen Gedicht des Zyklus' hatte Grünbein das „Hundedasein" als Künstlerdasein erklärt und mit Kafkas „Seekrankheit auf festem Land" in Verbindung gesetzt (ders. 1991: 95).[9] Kafka, Joyce leuchten hier als Lichtpunkte einer klassischen Moderne auf, deren Reflexe in der Suchbewegung eines fragmentarischen Subjekts aufgenommen werden. Herausgelöste Zitate und Anspielungen verdichten sich bei Grünbein zu einer bemerkenswerten These: Das System, für das der Hund in Treue gedient hat, ist letztlich nicht mehr als ein neurowissenschaftlich interessantes Experiment.

Doch das assoziative Spiel mit Worten und Zitaten wendet sich nicht zuletzt an Leser, die gewohnt sind, auch zwischen den Zeilen zu lesen, um Andeutungen selbständig zu ergänzen: Der korrekte Schlusssatz am Ende des *Prozesses* lautet: „"Wie ein Hund," sagte er, es war, als sollte die Scham ihn überleben." Scham ist die geistige Überlebensform in Kafkas Roman; die von Grünbein beschriebe Figur teilt diese Empfindung im Abgang – im Gegensatz zu Hilbigs Heizer, dessen Scham vor dem eigenen „Hundedasein" unter sozialistischen Verhältnissen verloren gegangen ist.

Auch für Rainer Schedlinski ist Dichtung Systemanalyse mit sprachlichen Mitteln. Er analysiert das System und ist ausführender Teil seiner Funktionen. In dem Gedicht ***er ...*** von 1988 ist aus Kafkas Aphorismus eine aufschlussreiche Selbstaussage geworden:

„er aber war fehlender / kern der dinge selbst- / imitation täuschend echt / etwas an ihm / wurde von tag zu tag ernster / etwas an ihm / wurde von tag zu tag lächerlicher /[...] / Die sprache war *die fiktion / des geistes von einem leib* / problematisch in der tat / Der käfig ging / & fing sich einen vogel" (Schedlinski 1988: 198)

Unabhängig der selbstbiographischen Konnotationen dieser Erkundung in dritter Person macht Schedlinskis Gedicht noch einmal die grundlegenden Unterschiede deutlich, die die Kafka-Rezeption der Aufbau-Generationen Seghers, Wolfs und Fühmanns von jener der Nachgeborenen trennt. Für die Generation Schedlinskis (Jahrgang 1956) ist die politisch-ideologische Aussagefunktion des Kafka-Werkes jedenfalls kaum noch von Belang, seine Aktualität besteht vielmehr in der Beobachtung fortschreitenden individuellen Identitätsverlusts: Ich-Auflösung, Bezeichnungsnot, Fragmentierung, Entwirklichung[10] bestimmen diese (durchaus Kafka-nahe) Perspektive – das zerfallende, dissoziierte Subjekt bildet die vorausgesetzte Größe, auf die der Text aufbaut (Geist 1991: 386). In Schedlinskis Gedicht sind die Grenzen zwischen Individuum und System, Mensch und Staat, Freiheit und Gefängnis, Subjekt und Objekt bereits sichtbar in Auflösung begriffen. „Er" – steht für den namenlosen in sich gespaltenen Intellektuellen der 80er Jahre – und zugleich für den Spätsozialismus, der sich in eine absurde kafkaeske Welt verwandelt hat. Doch während sich bei Kafka der Käfig erst auf die Suche nach einem Vogel begibt, scheint hier die Gefangennahme auf fast banale Weise schon vorweggenommen.

Wie nah Schedlinskis Beobachtung damit dem Selbstbild vieler Intellektueller kommt, die wie Heiner Müller einmal behauptete, „Kafkas Literatur als Realität erlebt" haben (Wolle 1998: 222), muss dahin gestellt bleiben. Doch seine Zustandsanalyse lässt bereits die Abgründe ahnen, die einer solchen Depersonalisierung unter den Bedingungen des real existierenden Sozialismus drohten. Den ‚Nekrolog' auf eines dieser zerfallenden Subjekte hat Wolfgang Hilbig nach dem Zerfall der DDR mit seinem ***Ich***-Roman (1993) geschrieben: als die Geschichte C.s, der im Prozess seiner fortschreitenden Entwirklichung zum denunzierenden Schriftsteller und dichtenden IM der Stasi wird. Die unheilvollen Verwicklungen der Literatur in ein System pervertierter Zweideutigkeit werden hier – abermals in Anlehnung an Kafkas Werk – vor Augen geführt.

Für die rückblickende Betrachtung der Rezeptionsgeschichte Kafkas in der späten DDR deutet sich hier ein freilich nicht ganz unproblematischer Perspektivenwandel an. Scheint es doch, dass die Auseinandersetzung mit der dunklen Geschichte des Staatssicherheitsdienstes ohne den expliziten Hinweis auf Kafka nicht mehr auskommt. In der Alltagskommunikation hat sich diesbezüglich ein breiter Konsens etabliert, den Namen des Prager Dichters mit Strukturen und Phänomenen des Unrechtregimes in Verbindung zu setzen.[11] Dieses Aufweichen der Grenzen zwischen Realität und Literatur, mit den fatalen Folgen wie Hilbig sie beschreibt, hat bereits in der DDR-Rezeption Kafkas – als einer allseits verwendbaren Chiffre – seine Blüten getrieben und scheint sich im Prozess produktiver Missverständnisse fortzusetzen. Kafka wäre dann, eine weitere bittere Ironie der Geschichte, von einem „Führer der Konterrevolution" zum Inoffiziellen Mitarbeiter des MfS mutiert.

1 Zur Rezeption Kafkas in der DDR liegen bereits eine Reihe lesenswerter Untersuchungen vor (Behn 1994; Binder 1979; Denham 1992; Erbe 1993; Fingerhut 1985; Hermsdorf 1978; Hermsdorf 2006; Höhne 2003; Langenbruch 1978, Langermann 2000; Winnen 2006; Wolle 1998). Die wichtigste und umfangreichste stammt von Angelika Winnen, die sich jedoch vorwiegend auf die literarische Rezeption konzentriert. Zudem werden jüngere Autoren und die Literatur der späten 80er Jahre nicht berücksichtigt. Hervorzuheben ist auch Klaus Hermsdorfs postum 2006 veröffentlichtes Erinnerungsbuch Kafka in der DDR, in dem zahlreiche Informationen aus der Innenperspektive der DDR-Hochschulgermanistik – allerdings nur bis 1983 – nachzulesen sind. Einige der hier aufgezählten Aufsätze widmen sich eingehend den kulturpolitischen Entwicklungen und Diskursen unter Aussparung rezeptionsästhetischer Aspekte, wobei v. a. die 1950/60er Jahre im Blickfeld stehen. Die ansonsten fast völlig ausgesparte Grauzone der Alltagsrezeption versucht Wolle (freilich nur exkursiv) zu beleuchten. Daneben gibt es eine Vielzahl germanistischer Analysen, in denen über die Kafka-Rezeption einzelner Autoren nachzulesen ist. Mit dem vorliegenden Beitrag wird der Versuch unternommen, an die Ergebnisse dieser Arbeiten anzuknüpfen, Ansätze und Betrachtungsebenen zu verbinden und neue Untersuchungen einfließen zu lassen.

2 Eine Übersicht über die wichtigsten Positionen gibt Stromšík 1991: 120–143. Sh. auch Erbe 1993: 98–102.

3 Bereits vor Liblice wurde in der DDR darüber heftig debattiert. Die Teilnehmer der DDR-Delegation waren ‚gewarnt' durch den Fall Peter Huchels, der 1962 als Herausgeber der Sinn und Form-Doppelnummer (Heft 5/6, 1962) Kontroversen auslöste und daraufhin in Ungnade fiel, ausführlich dazu Uwe Schor: 1992. Die Diskussionen der Vorjahre waren in der DDR in besonderer Schärfe geführt worden, so dass es den ostdeutschen Referenten von Liblice in erster Linie darum ging, Kafka als historisch wichtigen Autor zu retten, ihn aber auf keinen Fall in die Nähe einer aktuellen Deutung zu rücken.

4 Zu den Kafka-Bezügen dieser Konferenz – sh. Scherstjanoi 2008.
5 SAPMO-BArch, DY 30/IV A2/2.021/918, Protokoll der Aussprache mit dem Ersten Sekretär des ZK der KPC, Gen. Dr. Husak und seine Begleitung anlässlich der Leipziger Frühjahrsmesse am 8.3.1970, Blatt 8., zitiert bei Wolle 2008: 208.
6 Eine profunde Untersuchung des Anteils solcher Texte wie Kafkas *Prozess* oder Solschenizyns *Archipel Gulag* an der Herausbildung einer kritisch intellektuellen Subkultur und der sich später formierenden Bürger- und Demokratiebewegung wäre durchaus lohnenswert.
7 Eine Kafka-Biographie hat es in der DDR nicht gegeben. Die seit den 60er Jahren für diverse Lexika verfassten Autorenportraits waren Spiegelbilder der offiziellen Kulturpolitik (Behn 1994:). Helmut Richters und Klaus Hermsdorfs Arbeiten, um die einzigen verdienstvollen Monographien von 1959 u. 1961 zu nennen, stützten sich zwar auf Forschungsergebnisse der westlichen Kafka-Forschung und -Biographik, formulierten aber deutlich weltanschauliche Standpunkte.
8 „Wenn man von der festen Position des Sozialismus ausgeht, kann es m. E. auf dem Gebiet von Kunst und Literatur keine Tabus geben. Das betrifft sowohl die Fragen der inhaltlichen Gestaltung als auch des Stils [...].“ E. Honecker: Bericht des Politbüros, 4. Plenum des Zentralkomitees der SED vom 16./17.12.1971, S. 22; sh. a. Neues Deutschland, 18.12.1971.
9 Kafkas vielzitierte Metapher aus dem Gespräch mit dem Beter beschreibt den Zustand eines verlorenen Sprache-Welt-Bezugs. Grünbein greift dies auf, wenn er im Gedicht von „Seekrankheit an Land“ spricht.
10 Ein Begriff, den Wolfgang Hilbig für den ideologisch besetzten Begriff der Entfremdung eingeführt hat.
11 Die Beispiele sind ebenso zahllos wie skurril, wie man sich leicht unter google überzeugen kann – sh. etwa „Kafka forever? Neues Gutachten zur Birthler-Behörde“ https://www.freitag.de/autoren/der-freitag/kafka-forever oder http://www.antsta.de/kafka5.html.

Literatur:

Arnold, Heinz Ludwig (Hg.) (1990): Die andere Sprache. Neue DDR-Literatur der 80er Jahre. Sonderband. München: Text & Kritik.
Ders. (Hg.) (1993): Feinderklärung. Literatur und Staatssicherheit. Heft 120. München: Text & Kritik.
Becher, Johannes R. (1979): Forum der Nation. Deutsches Kulturgespräch. Rede auf dem ersten deutschen Kulturkongreß in Leipzig am 16.5.1951, – In: Ders.: Publizistik III, 1946–1951, Berlin, 555.
Behn, Manfred (1994): Auf dem Weg zum Leser. Kafka in der DDR, – In: Arnold, Heinz Ludwig (Hg.), Franz Kafka. München: Text + Kritk, 317–332.
Beicken, Peter (1980): Kafka und die literarischen Folgen. – In: Newsletter of the Kafka Society of America. 4, Nr. 2, 3–8.
Binder, Hartmut (Hg.) (1979): Kafka-Handbuch. Bd. II: Das Werk und seine Wirkung. Stuttgart: Kröner, 762–775 u. 808–810.
Denham, Scott D. (1992): Franz Kafka in the German Democratic Republic. 1949–1989. – In: Journal of the Kafka Society of America. 16, Nr. 1, 31–39.
Dümmel, Karsten (1997): Identitätsprobleme in der DDR-Literatur der siebziger und achtziger Jahre. Frankfurt a.M.: P. Lang.
Emmerich, Wolfgang (2009): Kleine Literaturgeschichte der DDR (Erweiterte Neuausgabe). Berlin: Aufbau.
Endler, Adolf (2005): Nebbich. Eine deutsche Karriere. Göttingen: Wallstein.
Erbe, Günter (1993): Die verfemte Moderne, Die Auseinandersetzung mit dem „Modernismus“ in Kulturpolitik, Literaturwissenschaft und Literatur der DDR (Schriften des Zentralinstituts für sozialwissenschaftliche Forschung der Freien Universität Berlin, Bd. 68). Opladen: Westdeutscher Verlag, 98–102.
Fingerhut, Karlheinz (1985): Produktive Kafka-Rezeption in der DDR. – In: Emrich, Wilhelm/Goldmann, Bernd (Hg.), Franz Kafka-Symposium 1983, Mainz: Akademie der Wissenschaften und der Literatur, 277–328.
Franke, Konrad (1993): Deine Darstellung ist uns wesensfremd. Romane der 60 Jahre in den Mühlen der DDR-Zensur. – In: Wichner, Ernest/Wiesner, Herbert (Hg.), Literaturentwicklungsprozesse. Die Zensur der Literatur in der DDR, Frankfurt a. M.: Suhrkamp.
Fühmann, Franz (1985): Pavlos Papierbuch. – In: Ders.: SAIÄNS-FIKTSCHEN. Erzählungen. Leipzig: Reclam, 139–157.
Geist, Peter (Hg.) (1991): „Ein Molotow-Cocktail auf fremder Bettkante“. Lyrik der siebziger/achtziger Jahre von Dichtern aus der DDR. Leipzig: Reclam.
Goldstücker, Eduard (1993): „Warum hatte die kommunistische Welt Angst vor Franz Kafka?“, in: Winkler, Norbert (Hg.): Franz Kafka in der kommunistischen Welt. Kafka-Symposium Klosterneuburg 1991. Wien/Köln/Weimar: Böhlau, 21–31.
Grünbein, Durs (1991): Schädelbasislektion. Gedichte, Frankfurt a.M.: Suhrkamp
Gysi, Klaus (1968): Auszug aus einer Rede in Weimar. – In: Neue deutsche Literatur 12/1968, 187f.
Hermsdorf, Klaus (1978): Anfänge der Kafka-Rezeption in der sozialistischen deutschen Literatur. – In: Weimarer Beiträge 24.9, 45–69.
Ders. (1983): Einführung. – In: Ders. (Hg.), Franz Kafka. Das erzählerische Werk. Bd. I. Berlin: Rütten & Loening, 5–65.

Ders. (2006): Erinnerungen eines Beteiligten. Berlin: Theater der Zeit.
Hilbig, Wolfgang (1992): Vorblick auf Kafka. – In: Hilbig, Wolfgang, Zwischen den Paradiesen. Mit einem Essay von Adolf Endler. Leipzig: Reclam, 211–222.
Ders. (2009): Werke. Erzählungen und Kurzprosa. Frankfurt a.M.: S. Fischer.
Höhne, Steffen (2003): 1968, Prag und die DDR-Germanistik. Zur Verflechtung von Ideologie und Politik in der Kafka-Rezeption" . – In: Adam, Wolfgang/Holger Dainat/Gunter Schandera (Hg.), Wissenschaft und Systemveränderung. Rezeptionsforschung in Ost und West – eine konvergente Entwicklung? (Beihefte zum Euphorion. Zeitschrift für Literaturgeschichte Heft 44). Heidelberg: Universitätsverlag Winter.
Honecker, Erich (1971): Bericht des Politbüros, 4. Plenum des Zentralkomitees der SED vom 16./17.12.1971, 22.
Köhler, Astrid (2007): Brückenschläge: DDR-Autoren Vor und Nach der Wiedervereinigung. Göttingen: Vandenhoeck & Ruprecht.
Kurella, Alfred (1964): „Der Frühling, die Schwalben und Franz Kafka. Bemerkungen zu einem literaturwissenschaftlichen Kolloquium". – In: Sonntag, 31/1964(4.8.1964), 10–12.
Langenbruch, Theodor (1978): Eine Odyssee ohne Ende: Aufnahme und Ablehnung Kafkas in der DDR. – In: Caputo-Mayr, Marie Luise (Hg.), Franz Kafka. Eine Aufsatzsammlung nach einem Symposium in Philadelphia. Berlin: Agora-Verlag, 157–169.
Langermann, Martina (2000): „Faust oder Gregor Samsa". Kulturelle Tradierung im Zeichen der Sieger. – In: Dahlke, Birgit/Langermann, Martina/Taterka, Thomas (Hgg.), LiteraturGesellschaft DDR. Kanonkämpfe und ihre Geschichte(n), Stuttgart: Metzler, 173–213.
Müller, Ernst (2013): Prometheus am Ende? Anmerkungen zu einer Vorlesung Wolfgang Heises über Franz Kafka. – In: Weimarer Beiträge, 2/2013 (59. Jg.), 190–203.
Neumann, Gert (1981): Elf Uhr. Frankfurt a.M.: S. Fischer.
Ders. (1991): Brief in das Gefängnis. – In: Michael, Klaus/Wohlfahrt, Thomas Hgg.), Vogel oder Käfig sein. Kunst und Literatur aus unabhängigen Zeitschriften in der DDR 1979–1989. Berlin: Galrev, 101–106.
Opitz, Michael/Hofmann, Michael (Hgg.) (2009): DDR-Lexikon. Stuttgart/Weimar: Metzler.
Schedlinski, Rainer (1991): er ... – In: Geist, Peter (Hg.), Das Molotowcocktail auf fremder Bettkante. Lyrik der siebziger/achtziger Jahre von Dichtern aus der DDR. Leipzig: Reclam, 198.
Scherstjanoi, Elke (Hg.) (2008): Zwei Staaten, zwei Literaturen? Das internationale Kolloquium des Schriftstellerverbandes in der DDR, Dezember 1964. Eine Dokumentation. (Schriftenreihe der Vierteljahreshefte für Zeitgeschichte Band 96). München: R. Oldenbourg Verlag, 1–47.
Schlesinger, Klaus (1977): Berliner Traum. Rostock: Hinstorff Verlag und Frankfurt a.M.: S. Fischer Verlag.
Schmitz, Walter (1998): Über Gert Neumann. – In: Gert Neumann. Verhaftet. Dresdner Poetikvorlesung. Mit einem Essay von Martin Walser, einem Nachwort von Walter Schmitz sowie einer Bibliographie Dresden: Thelem, 97–131.
Schor, Uwe (1992): Das geheime Journal der Nation. ‚Sinn und Form' 1949–1962, Berlin: P. Lang.
Seghers, Anna (1973): „Die Reisebegegnung", in: dies.: Sonderbare Begegnungen. Darmstadt/Neuwied: Luchterhand, 111–152.
Scheer, Udo (1999): Vision und Wirklichkeit. Die Opposition in Jena in den siebziger und achtziger Jahren. Berlin: Links.
Stromšík, Jiří (1993): Kafka aus Prager Sicht 1963. Ein Rückblick von 1991. – In: Winkler, Norbert/Kraus, Wolfgang (Hgg.), Franz Kafka in der kommunistischen Welt. Kafka-Symposium 1991. Wien: Böhlau, 120–143.
Ulbricht, Walter: Auszug einer Rede in Weimar, in: Neue deutsche Literatur 12/1968, 187f.
Ulbricht, Walter (1969): Die Entwicklung der sozialistischen Kultur in der Deutschen Demokratischen Republik. – In: Einheit 11/1969, 1274.
Ders (1970): Protokoll der Aussprache mit dem Ersten Sekretär des ZK der KPC, Gen. Dr. Husak und seine Begleitung anlässlich der Leipziger Frühjahrsmesse am 8.3.1970, Blatt 8. SAPMO-BArch, DY 30/IV A2/2.021/918.
Wolf, Christa (1974): Drei unwahrscheinliche Geschichten. Unter den Linden/Neue Lebensansichten eines Katers/Selbstversuch. Berlin/Weimar: Aufbau Verlag und Darmstadt: Luchterhand.
Wolle, Stefan (1998): Die heile Welt der Diktatur. Alltag und Herrschaft in der DDR 1971–1989. Berlin: Links.
Ders. (2008): Der Traum von der Revolte. Die DDR 1968. Berlin: Ch. Links.
Wieczorek, John P. (1990): Irreführung durch Erzählperspektive? The East German Novels of Jurek Becker. – In: The Modern Language Review, Vol. 85, Part 3, July 1990, 640–652.
Winnen, Angelika (2006): Kafka-Rezeption in der Literatur der DDR. Produktive Lektüren von Anna Seghers, Klaus Schlesinger, Gert Neumann und Wolfgang Hilbig. Würzburg: Königshausen & Neumann.
Lehmann, Hans-Thies/ Primavesi, Patrick/Schmitt, Olaf (Hgg.) (2003): Heiner Müller Handbuch. Leben – Werk – Wirkung. Stuttgart: Metzler, 128f.
Walenski, Tanja (2006): Gegendiskurse vom Großen Bruder. Die Beziehung des „Literatursystems DDR" zur Sowjetunion, 1961–1989, Diss. Phil., Universität Gießen 2006, 88–93.
Zipser, Richard (Hg.) (1995): Fragebogen: Zensur. Zur Literatur vor und nach dem Ende der DDR. Leipzig: Reclam.

[Heiner Müller, „Portrait des Künstlers als junger Grenzhund“,
aus: Durs Grünbein, Den Körper zerbrechen: Rede zur Entgegennahme
des Georg-Büchner-Preises 1995. © Suhrkamp Verlag Frankfurt am Main 1995.
Alle Rechte bei und vorbehalten durch Suhrkamp Verlag Berlin.]

Heiner Müller
Portrait des Künstlers als junger Grenzhund
Laudatio auf Durs Grünbein zur Entgegennahme des Georg-Büchner-Preises 1995

Die Texte von Durs Grünbein liegen nicht, nach Goethes Definition von Kunstwerk, wie Kühe auf der Weide. Eher gleichen sie den Tieren, vielleicht sind es Maschinen, die Kafka gegen die Schöpfung gestellt hat. Odradek zum Beispiel:

„Es sieht zunächst aus wie eine flache sternartige Zwirnspule, und tatsächlich scheint es auch mit Zwirn bezogen: allerdings dürften es nur abgerissene, alte, aneinander geknotete, aber auch ineinander verfilzte Zwirnstücke von verschiedenster Art und Farbe sein. Es ist aber nicht nur eine Spule, sondern aus der Mitte des Sternes kommt ein kleines Querstäbchen hervor und an dieses Stäbchen fügt sich dann im rechten Winkel noch eines. Mit Hilfe dieses letzteren Stäbchens auf der einen Seite, und einer der Ausstrahlungen des Sternes auf der anderen Seite, kann das Ganze wie auf zwei Beinen aufrecht stehen. Man wäre versucht zu glauben, dieses Gebilde hätte früher irgendeine zweckmäßige Form gehabt und jetzt sei es nur zerbrochen. Dies scheint aber nicht der Fall zu sein ...“

Sie funktionieren nach Gesetzen, die für Individuen nicht mehr, sondern nur noch für Kollektive gelten, oder für Maschinen, die das Kollektiv ablösen, das ihre Voraussetzung war. In Grünbeins Gedicht ist eine Generationserfahrung Form geworden, die sich bislang eher als Verweigerung von Form artikuliert hat. Es ist die Generation der Untoten des kalten Kriegs, die Geschichte nicht mehr als Sinngebung des Sinnlosen durch

Ideologie, sondern nur noch als sinnlos begreifen kann. (Disko und sinnlos sind, in sächsischer Aussprache, die zwei Hauptworte in Erich Loests Romanreportage *Es geht seinen Gang* über die Befindlichkeit der Jugend im Leipzig der DDR-Endzeit.) Eine Form, die das landläufig Poetische ausschließt. Grünbeins *Portrait des Künstlers als junger Grenzhund* denunziert Goethes *Parzenlied*. Eine Erfahrung, die im Blitzlicht von Kafkas *Prozeß* ebenso zu Hause ist wie im Schatten Edgar Allan Poes. Poes Erzählung *Schatten* schließt mit der Beschreibung der Stimme des Protagonisten:

„... denn die Töne der Stimme des Schattens waren nicht die Töne der Stimme eines einzelnen Wesens; sondern von einer Vielheit von Wesen: und ihre Kadenzen, verschieden von Silbe zu Silbe, schallten uns unklar im Ohr, gleich den gewohnten und wohlvertrauten Akzenten von so vielen Tausenden abgeschiedener Freunde."

Das Motto der Erzählung ist ein Psalm Davids: „Ob ich schon wandere im Tal der Schatten", und der erste Satz lautet: „Ihr, die ihr lest, weilt noch unter den Lebenden ...". Insofern hat Durs Grünbein recht, wenn er im Spiegel-Verhör auch noch den Schatten einer Prägung durch das glücklose Experiment DDR bestreitet. In den Höhlen der Vampire ist Leugnen ohnehin ein Menschenrecht, schon der Heilige Petrus hat davon Gebrauch gemacht, und Grünbeins Erfahrung ist an Geographie nicht festzumachen. Die Bilder wechseln und die Fremdheit bleibt. Diese Generation hat kein Vaterland und keine Muttersprache. Für sie gilt der Brechtsatz: Die Situationen sind die Mütter der Menschen. Sie schreibt eine Literatur, die sich selbst übersetzt, ihre Muse der Computer, die Aura der Preis der Erfahrung. Vergleiche mit Vorläufern in scheinbar ähnlicher Schreiblage führen ins Gestrüpp, wo die Mörder ihre Opfer ablegen, oder auf den Friedhof, wo in Reih und Glied die Toten ruhn. Die Grüße von Lord Chandos registriert kein Faxgerät, Briefe werden nicht mehr geschrieben, und es ist keine Koketterie, wenn Grünbein behauptet, daß Juvenal ihm näher steht, der Autor einer ändern Endzeit mit dem kalten Blick auf einen barbarischen Neubeginn, auf die teuren Toten und die billigen Tode.

Nach dem Verschwinden der Mütter das Trauma der zweiten Geburt. Der Ichverlust im Spiegel, genauer der Zerfall des Ich in Spiegelscherben, die es als Mauerkrone verwenden kann oder zur Öffnung von Adern. Die Verszeile „Und was ich sah war mehr als ich ertrug" formuliert das Trauma. Die Zeile ist kursiv gesetzt, vielleicht ein Zitat, den Rang eines Autors bestimmt auch die Qualität der Zitate, die sein Text integrieren kann. Der Blick ist lidlos. Es ist nicht nur ein Glück, niemandes Schlaf zu sein, unter wieviel

Lidern immer. „Die Steine dürfen sich ändern, aber du darfst dich nicht ändern" lautet das Codewort, das die Pforten der Hölle aufschließt. Russische Geologen haben bei Bohrungen in Sibirien in 8000 Metern Tiefe das Geschrei der Verdammten gehört. Der Teufel sprach Russisch, nicht, wie Bulgakow noch geglaubt hat, Italienisch mit russischem Akzent, aber wir sind nicht aus dem Auge des Todes, wenn wir die osteuropäische Erfahrung zu den Akten legen, und der Teufel ist sprachbegabt.

Was ist das Ungemütliche an den Texten von Durs Grünbein, das seine Lobredner blendet und seine Kritiker verstört? Seine Bilder sind Röntgenbilder, seine Gedichte Schatten von Gedichten, aufs Papier geworfen wie vom Atomblitz. Das Geheimnis seiner Produktivität ist die Unersättlichkeit seiner Neugier auf die Katastrophen, die das Jahrhundert im Angebot hat, unter den Sternen wie unter dem Mikroskop. Eine Frau sagte mir, nach der Lektüre eines Gedichts von Durs Grünbein: Das muß ich in fünfzig Jahren noch einmal lesen. Ich wollte, ich könnte das. Daß schon wieder der Zufall einer Hochbegabung den Traum der Avantgarden vom Verschwinden der Künstler in ihre Produkte stört, der Maler, der in sein Bild geht, der Schreiber im Delirium der Schrift, sollte uns nicht in Trauer stürzen.

Ich gratuliere der Darmstädter Akademie zu ihrer Wahl des Büchnerpreisträgers 1995 und wünsche Durs Grünbein ein Jahr ohne Kritiker, Lobredner und Leser.

[„Kurzer Bericht an eine Akademie", aus: Durs Grünbein, Gedicht und Geheimnis. Aufsätze 1990-2006. © Suhrkamp Verlag Frankfurt am Main 2007. Alle Rechte bei und vorbehalten durch Suhrkamp Verlag Berlin.]

Durs Grünbein
Kurzer Bericht an eine Akademie

Vorstellungsrede bei der Aufnahme in die Deutsche Akademie für Sprache und Dichtung, Darmstadt 1995

Wie stellt man jemanden vor, den man nur flüchtig kennt? Mir hat nie eingeleuchtet, warum einem ausgerechnet diese eine Person, nur weil sie immer im Weg stand, bekannt sein müßte. So kann ich bis heute nur sagen, daß ich am neunten Oktober 1962 in Dresden geboren wurde und nachher dort aufwuchs, als einziges Kind junger Eltern.

Vater und Mutter waren 22, als ich mit dem üblichen Geschrei eines Nachmittags aufdringlich zum Vorschein kam, traumatisiert von der Geburt genauso wie jeder andere. Bei dem französischen Dichter Jean-Jouve fand ich Jahrzehnte später ein Gedicht, das mir noch einmal den Schock in Erinnerung rief.

> Ich sah eine Lache grünen Öles
> Ausgeflossen aus einer Maschine, und dachte lange
> Auf dem heißen Pflaster des verworfenen Viertels
> Lange, lange an das Blut meiner Mutter.

Was darauf folgte, war eine fröhlich *durchlebte* Provinzkindheit, wobei mir recht bald der Akzent auf durchlebte zu liegen kam, das heißt, die Sache war schneller vorbei als gedacht, und bis heute läßt mich die Gewißheit nicht los, daß in die ausgestreckten Arme, die das Leben umfassen wollen, sofort der Wind fährt und einen weitertreibt, mit dem Rücken zur Zukunft, und eine Lebensphase ist immer großartiger als die vorige und somit wächst bald ins Unermeßliche das Verlustgefühl. Kein Trost kann für mich demnach das Ende sein, nur eine Grenze in diesem infinitesimalen Glück.

Die Provinz hieß übrigens Sachsen, eine alte Kulturlandschaft, aschgrau geworden, darin ein Brandherd von städtischem Ausmaß oder was nach dem Krieg übriggeblieben war von einer Stadt namens Dresden. All meine Bildung in ihr, die Schuljahre und Bibliotheksstunden, das Abitur und die langen Wanderungen, haben schließlich nur zu dem einen, leicht rachsüchtigen Fazit geführt. In einem Abschiedsgedicht sah ich die Stadt als das, was sie war, ein *Barockwrack an der Elbe.*

So blieb der frühe Wunsch, Indianer zu werden, eine Anfälligkeit für das Nomadische, die schon so viele Sachsen verbunden hat – ebenso wie der Drang zur Hochstapelei, die das Fortleben der Träume sichert, bis hinein in die Niederungen des Erwachsenenlebens. Als aus den Träumen nichts wurde (sich im Jahrhundert zu irren, ist typisch für Leute aus diesem Landstrich), wollte ich Tierarzt werden, mit Afrika als neuem Schauplatz für mein Berufsziel. Doch die Realität eines Alltags als Veterinärmediziner, im Beratungsgespräch drastisch ausgemalt, hatte mich so sehr erschreckt, daß ich enttäuscht davon Abstand nahm; die Serengeti mußte ohne mich sterben.

Es kam wie es kommen mußte, ich blieb in der Enge, im Schatten einer Chinesischen Mauer, territoral eingeschränkt auf einen Raum, der nur wenig größer und für Fremde kaum weniger unheimlich war als etwa Albanien. Und eines Tages, urplötzlich und unangekündigt, begann ich Gedichte zu schreiben, wie jemand, der sich einer eigenen Sache zuwendet, nachdem er gemerkt hat, daß die aller anderen ganz gut ohne ihn auskommt. Novalis und Hölderlin sind die ersten Ahnen gewesen – des einen *Blütenstaub* und der verstörende Lockruf seiner *Hymnen an die Nacht*, des andern *Gebet für die Unheilbaren*, sein verwüsteter Götterspielplatz. »Wie Bäche reißt das Ende von Etwas mich hin, welches sich wie Asien ausdehnet« – Zeilen wie diese überrollten mich, bevor ein Verständnis sie auffangen konnte. Mit siebzehn lieh mir ein Freund ein zerfleddertes Taschenbuch der *Cantos* von Ezra Pound, und damit nahm das Unheil erst seinen Lauf. Seither schreibe ich in einer Erwartung, die gleichzeitig rückwärts- und vorwärtsgewandt ist, und dieser unmögliche Zustand, einige Atemlängen zwischen Antike und X, läßt sich nur aushalten, indem ich mich langsam und zeilenweise meiner Stimme vergewissere, dieses Körpers und dessen, was sich im Innenohr fing.

Eines Tages, und es war nicht im Traum, stellte ich mir meine zeitliche Lage paradox als die eines Schwimmers vor, eines Schwimmers im Rückstrom, der aus der Zukunft kommt.

Kein Wunder also, daß mir vieles nur Anlaß wurde, Sensation und persönliches Chronogramm. Immer seltener kam es mir in den Sinn, gegen das Zeitgeschehn Einspruch zu erheben, seit das Begreifen und Deuten mir mehr abverlangte als jedes Meinen und Handeln. Ich habe, so sehr es mich manchmal beschämt, den Zerfall der Diktaturen im Osten tatsächlich als einen Zerfall erfahren, das heißt grundsätzlich passiv, als parteiloser Tagedieb, wenn auch mit gelegentlich amüsierter Teilnahme an Kritik und Demonstration. So überwältigend als Erlebnis der Untergang des Sozialistischen Reiches war, ergiebig wurde er für mich erst fünf Jahre später während eines Italienaufenthalts, beim Besuch der Ausgrabungsstätten von Herculaneum und Pompeji. Erst dort sah ich die Wirkung dieser gewaltigen Detonation Zeit, sah das verzögerte Niederregnen der zivilisatorischen Splitter und in der berühmten Katastrophe, in Gegenwart des Vulkans, den Beweis für eine Art gedächtnisloses Gedächtnis – *deus absconditus*, oder wie immer man es noch nennen will. Dichtung, das hatte ich lange geahnt, würde ihm auf die Spur kommen, wozu sonst war sie da. Im *Haus der Verkohlten Möbel* ließ es sich innehalten, für Stunden war alle historische Bewegung aufgehoben, beruhigt vor den Wandgemälden in der Mysterienvilla. In diesen kleinen, oft nur schweinestallgroßen Räumen mit ihren hingekritzelten Dichterzitaten und dekorativen Malereien fand ich mehr Aufschluß über mein Leben als in allen den Klassenzimmern, Kasernenfluren und Mansarden, an die ich zurückdenken mußte. Damals, beim Anblick des anonymen Freskos mit der Darstellung von Traum und Geburt, den Verstrickungen von Geschlecht und Wissen, Lebensaltern und Jahreszeiten – leuchtete auf, worum es im Schreiben vielleicht, durch alle Aktualität hindurch, gehen könnte. Daß die Motive sich alle, wie im Mysterienfries von Pompeji, wieder versammelten vor Kalliopes Thron, hat mich unendlich ermutigt.

Seit dem entscheidenen Jahr 1989 bin ich auf Reisen. Berlin, die Stadt in der ich seit zehn Jahren wohne, ist der Transitraum, von dem aus ich den verschiedenen Einladungen folge, es könnte ebensogut auch New York sein, ihr Gegenüber und mein Metropolis seit frühesten Tagen. Ich habe ein Studium abgebrochen und längere Zeit im Theater gearbeitet, bevor es, durch einen Zufall vielleicht, zum ersten Buch kam. Bis heute kann ich nur mit einer gewissen Nervosiät zurückdenken an die besondere Wendung, die seither alles in meinem Leben nahm.

Zum Schluß noch, um Mißverständnissen vorzubeugen, eine Art eidesstattlicher Erklärung. Mein Name, so voraussetzungslos seltsam er scheint, ist kein artistischer Einfall. Es ist genau der Name, den das bürgerliche Familienrecht und der Eigensinn meiner Eltern mir nicht ersparen wollten. Daß es Ihnen in den Sinn kam, ihn unter die Namen der Mitglieder dieser Akademie einzureihen, ermutigt mich wie ein Zuruf von unerwarteter Seite. Ich danke Ihnen dafür.

Ute Puder
Sprachlosigkeit. Das laute Verstummen
(unveröffentlicht)

Sprachlosigkeit. Das laute Verstummen.
Meine Wunden. Die alten. Und die neuen Verletzungen. Die Trauer, das Unaussprechliche. Und unsere Fehler. Die Umarmungen, wenn wir uns trösten. Unser Mitgefühl mit dem anderen. Die Ohnmacht und die Wut, weil wir uns hilflos fühlen. Das Verdrängen, wenn die Angst kommt.

Lassen wir es im Privaten?
Bleiben wir damit allein? Oder werden wir reicher, wenn wir sie, unsere Erfahrungen mit dem Verborgenen, mit anderen teilen können? ___L ö s u n g e n! ___ Befreien wir unsere Kinder, wenn sie um unsere Lasten wissen? Wenn sie sich damit selbst in größeren Zusammenhängen verstehen lernen? Und sich mit uns verbunden fühlen, auf einer tieferen Ebene?

Wir haben gelernt.
Um dieser Ideologie der Leistung zu folgen und dem Diktat der Selbstmaximierung haben wir gelernt, das vermeintlich Schwache in uns einzukapseln. Es auszuschließen aus unserem Leben. Wir haben gelernt, dass wir statisch perfekt sein müssen. Dass unsere Fehler und die Trauer, dass absichtslose Rituale des Zusammenseins uns an dem hindern, was wir Erfolg nennen. Erfolg, das ist eine gerade Linie nach einem – welchem? – Oben.

Müssen wir dem ergeben folgen?
Nein. Entschieden: Nein! Unsere Ermüdung, der Schmerz, die Wut, das lautlose Verstummen in uns, das Sich-ausgebrannt-fühlen: Auch das sind wir. Das und noch viel mehr.

Die Erinnerung an die Kindheit, die Kindheit meiner Oma, meines Vaters – das Eintauchen in meine Ur-Welt – der Versuch, die Wurzeln, die kleinen und die großen Kriege zu verstehen: Es zu verstehen. Die Einschnitte in meinem Leben, die mich verstummen ließen. Den langen

Weg durchs Tal anzunehmen. Die Frucht dieser Erkenntnis ist das Ende der Ohnmacht.

Heilen.
Dem Verborgenen Raum geben – dem Sprachlosen Sprache. Sich setzen. Sich selbst zuhören. Zuhören. Gemeinsam, in einem Raum der Wärme. Absichtslos. In die Bäume und auf die Elbe schauen. Versinken, langsam denken, langsam sprechen, sticken. Oder lesen. Oder erfahren, wie es andere machen. Es ist der Mitfühlende, das Mitfühlen, das aus Sprachlosigkeit Sprache wachsen lässt.

Jage die Ängste fort.

Ute Puder (für Mascha Kaléko)

---

vergeblichkeit

bei dir war ich schon oft.
vergeblichkeit.

warum suchst du mich immer wieder auf?
vergeblichkeit.

was eint diesen moment mit den anderen?
zu viel? zu lang? fatal?

du kommst, wenn der glaube pause hat.
ich hoffe, du verlässt mich bald.

© Ute Puder

7.
DAS SCHWEIGEN DER ARCHIVE
DEKOLONIALISMEN, ERINNERUNGSKULTUREN

[Trouillot, Michel-Rolph: *Eine undenkbare Geschichte*, Gekürzte und überarbeitete Fassung, Berlin 2004, S. 180-198.]

Michel-Rolph Trouillot

Eine undenkbare Geschichte

Zur Bagatellisierung der haitianischen Revolution

Eine junge Frau erhob sich inmitten meines Vortrags. „Mr. Trouillot", sprach sie mich an, „Sie lassen uns Bücher von lauter Weißen Wissenschaftlern lesen. Aber was wissen die denn von der Sklaverei? Wo waren sie, als wir von den Schiffen sprangen? Als wir vor die Wahl zwischen Elend und Tod gestellt, unsere eigenen Kinder töteten, um ihnen ein Leben voller Vergewaltigungen zu ersparen?"

Ich war erschrocken und sie irrte sich. Sie bekam keineswegs nur Weiße Autoren zu lesen und sie war auch nie von einem Sklavenschiff gesprungen. Ich war sprachlos und sie war wütend; aber wie argumentiert man gegen Wut? Ich befand mich auf dem Weg zu einem Doktortitel und das Seminar, das ich unterrichtete, war nur ein kurzer Zwischenstopp auf dem langen Marsch, auf dem ich der lilienweißen Akademie meinen schuldigen Tribut zollte. Die junge Frau wiederum besucht mein Seminar, um mental durchzuatmen, bevor sie ihr Medizin- oder Jurastudium in Harvard begann oder eine Stelle in irgendeiner lilienweißen Firma antrat.

Das Seminar hatte ich „Die Schwarze Erfahrung in den Amerikas" genannt. Ich hätte es besser wissen sollen: Der Titel hatte die wenigen Schwarzen Studierenden angelockt, die es gab – nebst einigen mutigen Weißen –, und alle erwarteten viel zu viel, jedenfalls mehr, als ich bieten konnte. Sie erwarteten das Leben, so wie es in keiner Erzählung je vorkam, ja wie es noch nicht einmal ein Roman hätte liefern können. Sie erwarteten ein Leben, wie erst sie selbst es hier und heute in den Vereinigten Staaten aufbauen konnten – nur dass sie dies nicht wussten, denn sie selbst standen der sich entfaltenden Erzählung zu nahe. Dennoch konnte ich an ihren Augen ablesen, dass meine Lektion zumindest teilweise bei ihnen ankam.

Ich wollte ihnen begreiflich machen, dass Sklaverei nicht auf Georgia und Mississippi beschränkt war. Ich wollte ihnen beibringen, dass die Verbindungen zu Afrika viel komplexer und verwickelter waren, als sie es sich je hatten träumen lassen, dass das US-Monopol auf Schwarz-Sein und Rassismus selbst wiederum eine rassistische Erzählung in sich barg. Und diese junge Frau, die sich auf dem besten Wege zum Jurastudium an einer Eliteuniversität befand, hatte den Bann durchbrochen. Ich stand am Anfang und sie stand am Anfang, wir beide schlugen uns mit der Geschichte herum, die wir uns ausgesucht hatten, und beide kämpften wir gegen das aufgezwungene Vergessen.

Zehn Jahre später lehrte ich vorübergehend an einer anderen Ausbildungsstätte mit einer weniger prestigeträchtigen Klientel und bescheideneren Träumen, als sich wiederum eine junge Schwarze Frau erhob, etwa im selben Alter wie jene, aber wesentlich schüchterner, und mich erneut in Staunen versetzte. „Ich bin es leid", sagte sie, „ewig diese Sklavengeschichten zu hören. Können wir nicht die Geschichte der Schwarzen Millionäre hören?" Hatte sich der Zeitgeist so rasch „gewandelt oder spiegelten sich in diesen unterschiedlichen Standpunkten zur Sklaverei nur die Klassenunterschiede zwischen den beiden Frauen wider?

Vor meinem geistigen Auge stand urplötzlich wieder jene erste Frau, die sich so hartnäckig am Sklavenschiff festgehalten hatte. Und ich begann zu begreifen, warum sie, auf ihrem Weg zum Jura- oder Medizinstudium oder wohin auch immer, wenigstens einmal von Bord springen wollte. Als Sachwalterin der Zukunft eines gefangenen Volkes, dessen junge Männer nicht lange genug leben, um eine Vergangenheit zu haben, brauchte sie diese Geschichte des Widerstands. Nietzsche hatte Unrecht: Diese Geschichte war keine zusätzliche Bürde, sondern eine notwendige Voraussetzung für die Reise, und wie hätte es mir anstehen können zu beurteilen, ob diese Vergangenheit schlechter sei als eine Hand voll vermeintlicher Millionäre oder der haitianische Orden von Saint Henry oder die verfallenen Mauern eines baufälligen Palasts?

Ich wünschte, ich könnte die Jahre ineinanderschieben und beide Frauen im selben Raum zusammenbringen. Wir würden uns Geschichten erzählen, die in keinem Archiv zu finden sind. Wir läsen Ntozake Shanges Geschichte von dem Schwarzen Mädchen, das von Toussaint Louverture träumt, und von der Revolution, die von der Welt vergessen wurde.[1] Dann würden wir zu den Büchern der Plantagenbesitzer zurückkehren, zur ökonometrischen Geschichtsforschung und ihren statistischen Fleißarbeiten, und keiner von uns müsste sich vor den Zahlen fürchten. Harte Fakten sind nicht Furcht erregender als Dunkelheit. Unter Freunden kann man damit spielen. Bedrohlich werden sie nur, wenn man mit ihnen allein ist.

Wir alle brauchen Geschichten über Geschichte, die uns kein Geschichtsbuch erzählen kann, und man findet sie nicht im Seminarraum – jedenfalls nicht in Seminaren der Historiker. Man begegnet ihnen in den Lektionen, die man zu Hause lernt, in Gedichten und Kinderspielen, in dem, was von der Geschichte übrig bleibt, nachdem man die Geschichtsbücher mit ihren verifizierbaren Fakten zugeklappt hat. Denn weshalb sonst sollte eine Schwarze Frau, die im reichsten Land des ausgehenden 20. Jahrhunderts geboren wurde und aufgewachsen ist ‚sich mehr davor fürchten, über Sklaverei zu sprechen, als ein Weißer Pflanzer im kolonialen Saint-Domingue, wenige Tage bevor die rebellischen Sklaven an seine Tür klopften?

Die folgende Geschichte ist für junge Schwarze Amerikaner und Amerikanerinnen, die sich immer noch vor der Dunkelheit fürchten. Vielleicht kann sie ihnen deutlich machen, weshalb sie sich allein fühlen, obwohl sie es gar nicht sind.

---

1 A. d. L. Michel-Rolph Trouillot bezieht sich hier vermutlich auf Ntozake Shanges experimentelles Stück für Poesie, Musik und Tanz: *for colored girls who have considered suicide/when the rainbow is enuf: a choreopoem.* New York 1975.

Eine Chimäre undenkbar machen

Im Jahr 1790, wenige Monate vor Beginn der Erhebung, welche die Insel Saint-Domingue erschütterte und zur revolutionären Geburt des unabhängigen Haiti führte, versicherte der französische Kolonist La Barre seiner in der Metropole verbliebenen Gattin, wie friedlich die Lebensumstände in den Tropen seien. Er schrieb: „Unter unseren Negern gibt es keinerlei Bewegung. [...] Sie denken nicht im Traum daran. Sie sind sehr ruhig und gehorsam. Eine Revolte unter ihnen ist unmöglich." Und noch einmal: „Die Neger sind sehr gehorsam und werden es immer bleiben. Wir schlafen bei offenen Türen und Fenstern. Freiheit für Neger ist eine Chimäre" (zitiert in Dorsinville 1965).

Der Historiker Roger Dorsinville, der diese Aussagen La Barres zitiert, bemerkt dazu, dass bereits wenige Monate später die bedeutendste Sklavenerhebung, die je in die Geschichtsbücher einging, dergleichen abstruse Gedanken über den Gehorsam der schwarzen Sklaven zur Bedeutungslosigkeit verdammt habe. Ich bin mir da nicht so sicher. Wann immer die Wirklichkeit sich nicht mit tief verankerten Überzeugungen deckt, neigen die Menschen dazu, die Wirklichkeit durch ihre Deutungen in den Rahmen ihrer Überzeugungen zu zwingen. Sie denken sich Formulierungen aus, die das Undenkbare unterdrücken und es ins Reich des anerkannten Diskurses zurückholen.

La Barres Ansichten waren keineswegs außergewöhnlich. Davon zeugt die Aussage eines Plantagenverwalters, der seinem Patron wiederholt mit fast denselben Worten versicherte: „Ich lebe ruhig mitten unter ihnen ohne den geringsten Gedanken, dass sie sich erheben könnten, solange sie nicht von Weißen dazu angestachelt werden" (zitiert in Cauna 1987). Manchmal regten sich dennoch Zweifel. Aber die praktischen Vorsichtsmaßnahmen der Pflanzer zielten auf die Verhinderung von Einzelaktionen oder schlimmstenfalls eines spontanen Aufstands. Niemand in Saint-Domingue oder anderswo machte sich je die Mühe, einen Aktionsplan für den Fall einer allgemeinen Erhebung auszuarbeiten.

Die Meinung, dass versklavte Afrikaner und ihre Nachfahren sich Freiheit überhaupt nicht vorstellen, geschweige denn Strategien zu ihrer Eroberung und Verteidigung entwickeln könnten, beruhte weniger auf empirischer Erfahrung als auf einer Ontologie, einer stillschweigend vorausgesetzten Anordnung der Welt und ihrer Bewohner. Obschon diese Weltanschauung nicht monolithisch war, wurde sie von vielen Weißen in Europa und Amerika und auch von vielen nicht-Weißen Plantagenbesitzern geteilt. Sie ließ Platz für gewisse Abweichungen, aber die Möglichkeit einer revolutionären Erhebung auf den Sklavenplantagen gehörte mit Sicherheit nicht dazu, und schon gar nicht die Vorstellung, dass eine solche Revolution erfolgreich sein und zur Gründung eines unabhängigen Staates führen könnte.

Die haitianische Revolution ging also, bereits während sie sich ereignete, mit dem eigentümlichen Merkmal ihrer Undenkbarkeit in die Geschichte ein. Die offiziellen Debatten und Veröffentlichungen jener Zeit einschließlich der langen Liste von Pamphleten aus Saint-Domingue, die zwischen 1790 und 1804 in Frankreich erschienen, machen deutlich, wie schwer sich die Zeitgenossen damit taten, die revolutionäre Entwicklung in ihrer eigenen Logik zu begreifen.[2] Sie konnten die Nachrichten nur mit Hilfe ihrer vorgefertigten Kategorien lesen, und diese Kategorien schlossen die Vorstellung einer Sklavenrevolution von vornherein aus.

Der diskursive Kontext, in dem die Neuigkeiten aus Saint-Domingue seinerzeit diskutiert wurden, hatte erhebliche Auswirkungen auf die Geschichtsschreibung von Saint-Domingue/Haiti. Wenn Ereignisse, schon während sie sich vollziehen, nicht akzeptiert werden können, wie kann man sie dann später beurteilen? Oder anders gesagt: Können historische Erzählungen eine Ereignislogik darstellen, die in der Welt, in der diese Erzählungen stattfinden, als undenkbar gilt? Wie schreibt man eine Geschichte des Unmöglichen?

Die zentrale Frage hier ist nicht ideologischer Natur. Ideologische Darstellungen sind heutzutage eher in Haiti selbst anzutreffen (in Form epischer oder unverhohlen politischer Interpretationen der Revolution, wie sie von einigen haitianischen Schriftstellern favorisiert werden) als unter den Akademikern in Europa und Nordamerika, die einen recht strengen Umgang mit Daten und Quellen pflegen. Die internationale Erforschung der haitianischen Revolution hat sich seit 1940 gemessen an modernen Standards in der Auswertung ihrer Quellen als recht zuverlässig erwiesen. Das Problem ist eher epistemologischer und daher im weitesten Sinne methodologischer Natur. Ungeachtet des gewissenhaften Umgangs mit Quellen stellt sich nämlich die Frage, inwiefern die moderne Geschichtsschreibung über die haitianische Revolution – als Teil des anhaltenden westlichen Diskurses über Sklaverei, „Rasse" und Kolonisierung – bereits die ehernen Bande des philosophischen Milieus, in dem sie geboren wurde, hat sprengen können.

[...]

2 Die meisten dieser Pamphlete einschließlich der hier zitierten finden sich in der Serie Lk12 in der Bibliothèque Nationale in Paris. Andere wurden durch die französische Regierung abgedruckt (z.B. Assemblée Nationale 1791/92).

Auslöschung und Banalisierung: Schweigen in der Weltgeschichte

Im Folgenden möchte ich zeigen, wie die von den Zeitgenossen für unmöglich gehaltene Revolution auch von Historikern verschwiegen wurde. Es ist erstaunlich zu sehen, wie sehr die Behandlung, die die Ereignisse in Saint-Domingue seitens der Geschichtswissenschaft erfahren haben, den Reaktionen der Zeitgenossen gleicht. Mit anderen Worten, die Erzählungen, in welchen die Geschichtsschreibung die Ereignisse präsentierte, besitzen eine verblüffende Ähnlichkeit mit den Erzählungen der Individuen, die eine solche Revolution für unmöglich hielten.

Die Behandlung, welche die haitianische Revolution in der Geschichtsschreibung außerhalb Haitis erfahren hat, zeichnet sich durch zwei Typen von rhetorischen Tropen aus, die sich formal gesehen vollständig mit Diskursfiguren des ausgehenden 18. Jahrhunderts decken. Die erste Gruppe von Tropen zielt unmittelbar darauf, die Tatsache der Revolution als solche auszulöschen. Ich nenne sie um der Kürze willen Auslöschungsformeln. Die zweite Gruppe versucht eine Anzahl einzelner Ereignisse ihres revolutionären Gehalts zu entkleiden, so dass die gesamte Ereignisfolge, von mehreren Seiten angenagt, bagatellisiert wird. Ich bezeichne diese Tropen als Formeln der Banalisierung. Die erste Gruppe ist charakteristisch für Generalisten und Popularisierer, wie beispielsweise die Lehrbuchautoren. Die Zweiten sind die Lieblingstropen der Spezialisten. Der erste Typus erinnert an das generelle Totschweigen von Widerstand in Europa und Nordamerika im 18. Jahrhundert. Der zweite an die Erklärungen der zeitgenössischen Fachleute, der Aufseher und Verwalter auf Saint-Domingue oder der Politiker in Paris. Beide sind Formeln des Verschweigens.

[...]

Das allgemeine Schweigen, mit dem die westliche Geschichtsschreibung die haitianische Revolution bedacht hat, gründete zwar ursprünglich in der Unfähigkeit, das Undenkbare zusagen, wurde jedoch ironischerweise durch die Bedeutung der Revolution für die Zeitgenossen und die unmittelbar darauffolgende Generation verstärkt. Zwischen 1791 und 1804 und der Mitte des 19. Jahrhunderts begannen immer mehr Europäer und Nordamerikaner die Revolution als eine Art Lackmustest für alle Schwarzen, zumindest jedoch für die Fähigkeiten aller Afroamerikaner anzusehen. Und wie Vasteys Äußerungen über Sans Souci eindeutig zeigen, galt dies auch für Haitianer.[3] Christophes Festungen und Paläste, die militärische Effizienz der früheren Sklaven, die Auswirkungen des Gelbfiebers auf die französischen Truppen und der Einfluss äußerer Faktoren

3 Siehe M.-R. Trouillot 1995, Kap. 2. Siehe auch Nicholls 1988 und M.-R. Trouillot 1990.

auf die revolutionäre Dynamik spielten in diesen Debatten eine große Rolle. Aber so bedeutsam die Revolution für die Haitianer – und insbesondere für die entstehenden haitianischen Eliten als ihre selbsternannten Erben – auch sein mochte, den meisten Auswärtigen diente sie hauptsächlich als willkommenes Argument in einer größeren Beweisführung. Apologeten und Kritiker, Abolutionisten und erklärte Rassisten, liberale Intellektuelle, Ökonomen und Sklavenhalter, sie alle bedienten sich ohne Rücksicht auf die haitianische Geschichte als solche der Ereignisse von Saint-Domingue, um ihre Ansichten zu untermauern. Ihnen allen war Haiti wichtig, aber nur als Vorwand, um über anderes zu sprechen.[4]

Mit der Zeit wurde das Verschweigen der Revolution durch das Schicksal Haitis selbst noch verstärkt. Als geächtetes Land erlebte Haiti – zum Teil gerade wegen dieser Ächtung – über weite Strecken des 19. Jahrhunderts einen wirtschaftlichen und politischen Niedergang (M.-R. Trouillot 1990). Im Verlauf dieses Verfalls rückte die Realität der Revolution in immer weitere Ferne und erschien zusehends als ein unwahrscheinliches Ereignis, das in einer unglückseligen Vergangenheit stattgefunden hatte und für das es keine vernünftige Erklärung gab. Die undenkbare Revolution wurde zu einem Nichtereignis.

Und schließlich passt das Verschweigen der haitianischen Revolution auch zur geschichtswissenschaftlichen Unterbelichtung der drei eng mit ihr verbundenen Themen: Rassismus, Sklaverei und Kolonialismus. Trotz ihrer Bedeutung für die Entstehung dessen, was wir heute als Westen bezeichnen, und trotz sporadisch aufwallenden Interesses wie zu Beginn der 1970er-Jahre in den Vereinigten Staaten ist keines dieser Themen je in einem westlichen Land zu einem zentralen Aspekt historiografischer Tradition avanciert. Im Gegenteil, alle diese Themen sind in Spanien, Frankreich, Großbritannien, Portugal, den Niederlanden und den Vereinigten Staaten wiederholt unterschiedlich langen Perioden des Schweigens anheimgefallen: je geringer die Bedeutung des Kolonialismus und Rassismus in der Weltgeschichte, desto unwichtiger die haitianische Revolution.

Und so überrascht es wenig, dass Saint-Domingue/Haiti selbst in ansonsten mustergültigen Beispielen westlicher Geschichtsschreibung, die bis heute stark von nationalen – wenn nicht gar von nationalistischen – Gesichtspunkten geleitet werden, nach wie vor verschwiegen wird. Dieses Schweigen reproduziert sich in den Lehrbüchern und populären Geschichtsdarstellungen, die den des

4 Die haitianische Revolution weckte das Interesse der Abolutionisten in den Vereinigten Staaten und England, wo vereinzelte Aufrufe zur Unterstützung erschienen. Doch selbst die britischen Abolutionisten reagierten sehr ambivalent auf das haitianische Volk und seine gewaltsam erworbene Unabhängigkeit; vgl. Blackburn 1988, S. 252, und Geggus 1989.

Lesens kundigen Menschen in Europa, in Nord- und Südamerika und in großen Teilen der restlichen Welt als Hauptinformationsquelle zur Weltgeschichte dienen. Dieser Kanon hat Generationen von Leserinnen und Lesern gelehrt, dass die Zeit von 1776 bis 1848 eigentlich als das „Zeitalter der Revolutionen" anzusehen ist. Aber in demselben Atemzug hat man sich über die radikalste politische Revolution jener Epoche ausgeschwiegen.

Beispielsweise billigte in den Vereinigten Staaten – mit Ausnahme von Henry Adams und W.E.B. Du Bois – bis in die 1970er-Jahre kaum ein wichtiger Historiker der haitianischen Revolution die geringste Bedeutung zu, und auch in Lehrbüchern wurde sie so gut wie gar nicht erwähnt. Wenn die Sprache darauf kam, wurde sie zu einer „Revolte" oder „Rebellion" verharmlost. Das anhaltende Schweigen vieler lateinamerikanischer Lehrbücher ist noch tragischer. Auch polnische Historiker haben sich kaum für die 5 000 Polen interessiert, die an den Feldzügen auf Saint-Domingue teilnahmen.[5] Auch in England besteht das Schweigen fort, obwohl die Briten in ihrem achtjährigen Krieg gegen die französische Präsenz in der Karibik, als dessen begehrteste Trophäe Saint-Domingue winkte, mehr als 60 000 Mann verloren. Eric Hobsbawm, einer der besten Analytiker jener Epoche, brachte es fertig, ein Buch mit dem Titel *The Age of Revolutions, 1789–1848* zu schreiben, in dem die haitianische Revolution kaum vorkommt. [...] Es ist die archivarische Macht, die wir hier am Werke sehen, das heißt die Macht zu bestimmen, was als Gegenstand ernsthafter Forschung und mithin Darstellung in Betracht kommt und was nicht.

Die nebensächliche Rolle bewusster Ideologien und die Macht der historischen Zunft bei der Verteilung von Relevanz werden im Falle Frankreichs besonders deutlich. Frankreich war dasjenige westliche Land, das am unmittelbarsten von der haitianischen Revolution betroffen war. Es kämpfte erbittert darum, Saint-Domingue zu behalten, und bezahlte dafür einen hohen Preis. Napoleon verlor in Saint-Domingue neunzehn französische Generäle, darunter seinen Schwager Leclerc. Frankreich verlor mehr Soldaten ins Saint-Domingue als später in Waterloo – und dasselbe gilt für England (Blackburn 1988, S. 251 und 263). Obschon sich Frankreich mit der Zeit wirtschaftlich vom Verlust von Saint-Domingue erholte, hat es doch die Hoheit über seine ergiebigste Kolonie an eine Armee von Schwarzen abtreten und damit seine Träume von einem französischen Imperium auf dem amerikanischen Festland begraben müssen. Die haitianische Revolution mündete unmittelbar in den Verkauf Louisianas.

5 Zu den seltenen Studien über die polnischen Legionen in Saint-Domingue gehört das Buch von Pachonski/Wilson (1986), dessen Wert leider durch eine Reihe von Fehlern geschmälert wird.

Man sollte erwarten, dass diese allesamt unstrittigen „Tatsachen" ihren schriftlichen Niederschlag gefunden hätten – und sei es unter negativen Vorzeichen. Doch bei der Durchsicht der französischen Geschichtsschreibung stößt man nur auf vieldeutiges Schweigen.

Das Verschweigen beginnt bereits im revolutionären Frankreich und ist mit einem allgemeineren Schweigen über den französischen Kolonialismus verknüpft. Obwohl Frankreich zu Beginn der Französischen Revolution weniger tief in den Sklavenhandel verstrickt war als Großbritannien, waren Sklaverei und Kolonialismus doch während der zweiten Hälfte des 18. Jahrhunderts von überragender Bedeutung für die französische Wirtschaft (Curtin 1969, S. 210–220 und 34). Die Historiker streiten sich nicht darüber, ob Frankreich von seinen Sklaventerritorien in der Karibik abhängig war, sondern nur, in welchem Ausmaß. Sie stimmen jedoch alle darin überein, dass Saint-Domingue zum Zeitpunkt seiner Revolution die wertvollste Kolonie der westlichen Welt war und Frankreichs wichtigste überseeische Besitzung (Tarrade 1972; Stein 1988).

[...]

Bedenkt man das Gewicht der Kolonien für die französische Wirtschaft und die Vehemenz der öffentlichen Rhetorik in Fragen des Rassismus, der Sklaverei und des Kolonialismus, dann fällt auf, wie kurzatmig die öffentliche Debatte blieb. Die geringe Zahl der involvierten Individuen, die Tatsache, dass die meisten von ihnen zur Elite gehörten, die Begrenztheit der Zeit, die die Beteiligten auf diese Fragen verwandten – all das spiegelte nicht im Entferntesten den objektiven Stellenwert des Kolonialismus für Frankreichs Existenz wider. Es reflektierte weder die Ansprüche der Kolonisten, für die die wirtschaftliche Zukunft der Nation, noch die Ansprüche der *amis des noirs*, für die moralische Gegenwart auf dem Spiel stand. [...] Und bis heute blenden die französischen Historiker die Fragen von Kolonialismus, Sklaverei, Widerstand und Rassismus aus – mehr sogar, als es die revolutionären Versammlungen je taten. [...]

Die Liste der Autoren, denen man eine solche Politik des Verschweigens vorwerfen muss, schließt Namen aller Epochen, Historikerschulen und ideologischen Positionen ein, von Mme de Staël, Alexis de Tocqueville, Adolphe Thiers, Alphonse de Lamartine und Jules Michelet über Albert Mathiez und André Guérin bis hin zu Albert Soboul. Abgesehen von kleineren Ausnahmen (wenn überhaupt) in den Schriften von Ernest Lavisse und insbesondere Jean Jaurès hält das Schweigen bis heute an.[6] Larousses Hochglanzkompendium über „Die großen Ereignisse der Weltgeschichte", welches angeblich „das Ge-

6 Eine wachsende Zahl von Historikern hat indes damit begonnen, das Schweigen anzuprangern: Tarrade (1979), Benot (1987) und Geggus (1989).

dächtnis der Menschheit" wiedergeben – und vermutlich auch formen – soll, verbreitet ein noch glatteres Schweigen als Penguins *Dictionary of Modern History*. Nicht nur wird die haitianische Revolution dort schlicht übergangen, sogar Sklaverei und Kolonialismus sind den Autoren nur noch wenige Zeilen wert (Laneyrie-Dagen/Marseille 1991). Selbst die Hundertjahrfeier zur Befreiung der französischen Sklaven 1948 hat keine gehaltvolle Literatur zum Thema angeregt. Und besonders überraschend ist es, dass weder die französische Übersetzung von C. L. R. James' *The Black Jacobins* (1949) noch die Veröffentlichung von Aimé Césaires *Toussaint Louverture* (1962), die beide den Kolonialismus und die haitianische Revolution zu einem zentralen Thema der Französischen Revolution machten, die französischen Wissenschaftler zu neuen Forschungen animiert haben.[7]

Die öffentlichen Feiern und die Flut von Veröffentlichungen, die das zweihundertjährige Jubiläum der Französischen Revolution von 1989 bis 1991 begleiteten, haben das Schweigen erneuert und zementiert. Gewaltige Kompilationen von fünfhundert bis tausend Seiten über das revolutionäre Frankreich, die in den 1980er-Jahren unter Mitwirkung der angesehensten Historiker Frankreichs erschienen, zeichnen sich dadurch aus, dass sie sowohl die kolonialen Fragen als auch die koloniale Revolution – ein Ereignis, das diese Fragen zu Tagesordnungspunkten der französischen Nationalstände machen musste – fast gänzlich unberücksichtigt lassen.[8]

[...]

Während das allgemeine Schweigen weitergeht, setzt sich mit der wachsenden Spezialisierung innerhalb der Historikerzunft ein zweiter Trend durch. Saint-Domingue/Haiti erscheint nun an der Schnittstelle unterschiedlichster Interessen: Kolonialgeschichte, karibische oder afroamerikanische Geschichte, Geschichte der Sklaverei und Geschichte der Bauernstände in der *Neuen Welt*. In allen diesen Unterdisziplinen ist es mittlerweile unmöglich, die Tatsache zu verschweigen, dass eine Revolution stattfand; ja die Revolution und sogar einzelne Ereignisfolgen gelten hier inzwischen als legitime Gegenstände ernsthafter Forschung.

Umso bemerkenswerter scheint es, dass viele der rhetorischen Figuren zur Deutung der umfangreichen Quellen, welche die jüngste Geschichtsschreibung angehäuft hat, an jene Tropen erinnern, die von Pflanzern, Politikern und

7 Die französischen Historiker können sich nicht damit herausreden, dass sie diese Veröffentlichungen übersehen hätten: Césaire war seinerzeit einer der prominentesten Schwarzen Autoren, die auf Französisch schrieben, und James' Buch wurde von dem hoch angesehenen Pariser Verlag Gallimard veröffentlicht.

8 Zu diesen Kollektivwerken zählen insbesondere Tulard/Fayard/Fierro 1987; Furet/Ouzouf 1988; Vovelle 1988. In dieser Wüste gebührt der letzten Veröffentlichung immerhin das Verdienst, dass sich der US-amerikanische Historiker Robert Forster und der unermüdliche Benot auf einigen Seiten zu kolonialen Fragen äußern durften.

Verwaltern vor und während des revolutionären Kampfes benutzt wurden. Die Beispiele sind Legion, und ich kann nur wenige herausgreifen. Viele Analysen der *Marronage* (der „Desertierung" von Sklaven, wie manche immer noch sagen) nähern sich weitgehend den biophysischen Erklärungen an, die von den Plantagenverwaltern bevorzugt wurden. Für sie existierte Widerstand nicht als umfassendes Phänomen, sondern jeder Fall von unverkennbarem Widerstand, jedes mögliche Vorkommen von Widerspruch und Missachtung wurde separat betrachtet und seines politischen Gehalts entleert. Sklave A war entlaufen, weil er von seinem Herrn besonders stark misshandelt wurde. Sklave B war verschwunden, weil er nicht ordentlich gefüttert wurde. Sklave X brachte sich in einem Wutanfall selbst ums Leben. Sklave Y vergiftete seine Frau, weil sie eifersüchtig war. Der Flüchtige erscheint in dieser Art Literatur – die immer noch Anhänger besitzt – in aller Regel als ein von biologischen Bedürfnissen getriebenes Tier und bestenfalls als ein pathologischer Fall.

Im Rückblick erscheint diese Form der Darstellung jedem, der nur einigermaßen mit der unendlichen Bandbreite menschlicher Reaktionen auf unterschiedliche Formen von Knechtschaft vertraut ist, nicht sonderlich überzeugend. Sie kann bestenfalls als blutleere Karikatur eines methodologischen Individualismus angesehen werden. Auch wenn jede einzelne dieser Erklärungen wahr wäre, würde ihre Summe doch nicht das Geringste über die Ursachen und Wirkungen der Wiederholung solcher Fälle aussagen.

Viele Historiker bedienen sich wie seinerzeit die Mitglieder der gesetzgebenden Versammlung der einen oder anderen Verschwörungstheorie, um mit diesem *deus ex machina* die Ereignisse von 1791 und danach zu erklären: Die Erhebung muss von einem höheren Wesen, als es die Sklaven selbst waren, „angestiftet", „provoziert" oder „angeregt" worden sein: von Royalisten, *Mulatten* oder fremden Agenten.[9]

Die Suche nach äußeren Einflüssen auf die haitianische Revolution liefert weitere faszinierende Belege für die Funktionsweise der archivarischen Macht, nicht weil solche Einflüsse von vornherein ausgeschlossen wären, sondern weil man daran gut erkennen kann, wie die Historiker mit gegensätzlichem Datenmaterial umgehen, das auf die innere Dynamik der Revolution verweist.

9 Um nur eines unter vielen Beispielen zu nennen: David Geggus (1982) und Jean Fouchard (1981) vertreten beide die Auffassung, dass eine royalistische Verschwörung die Revolte von 1791 provoziert haben könnte. Fouchard erwähnt diese Möglichkeit in einem Buch, das zu den bleibenden epischen Darstellungen haitianischer Geschichte zu zählen ist. Geggus seinerseits hält die royalistische Beteiligung für erwiesen und kommt zu dem Schluss, dass „die Autonomie des Sklavenaufstands dadurch deutlich geschmälert" werde. Robin Blackburn, dem die unterschiedliche Argumentation der beiden Autoren ins Auge fällt, bezeichnet Geggus' Schlussfolgerung zu Recht als „merkwürdig" (1988, S. 210).

Vielen Historikern fällt es viel leichter zu glauben, dass Sklaven durch Weiße oder durch freie *Mulatten* beeinflusst worden seien, obwohl wir wissen, dass zwischen diesen Gruppen nur sehr begrenzte Kontakte bestanden, als die Möglichkeit in Betracht zu ziehen, dass Sklaven andere Sklaven von ihrem Recht zur Revolte überzeugt haben könnten. Wir wissen viel zu wenig über die ausgedehnten Kommunikationsnetze, die unter den Sklaven bestanden, weil sie nie als „ernsthafter" Forschungsgegenstand galten (Scott III 1986).

Entsprechend übersehen Historiker, die begierig nach Hinweisen für eine „äußere" Beteiligung an der Erhebung von 1791 suchen, regelmäßig die unverkennbaren Indizien dafür, dass die rebellierenden Sklaven ihre eigene Agenda verfolgten. Was die Anführer der Revolte während einer der ersten Verhandlungen mit Vertretern der französischen Regierung forderten, war nicht etwa eine abstrakte „Freiheit". Die radikalsten Forderungen verlangten vielmehr drei Tage pro Woche, an denen sie ihre eigenen Gärten bestellen konnten, und die Abschaffung der Peitsche. Das waren keine auf tropische Verhältnisse übertragenen jakobinischen Forderungen und auch keine doppelt kreolisierten royalistischen Ideen. Es waren die Forderungen von Sklaven mit jenem stark bäuerlichen Einschlag, der später auch das unabhängige Haiti kennzeichnen sollte. Aber obschon diese Indizien für eine innere Dynamik den meisten Historikern bekannt sind, werden sie kaum diskutiert – noch nicht einmal, um verworfen oder anders gedeutet zu werden. Sie werden ganz einfach ignoriert, und diese Ignoranz produziert ein bagatellisierendes Schweigen.

Ganz ähnlich verfährt der Historiker Robert Stein, wenn er einen Großteil der Lorbeeren für die Befreiung der Sklaven im Jahr 1793 dem Franzosen Sonthonax zuschreibt. Der Kommissar war ein glühender Jakobiner und veritabler Revolutionär, ja vielleicht sogar der einzige Weiße, der *ante factum* vor einem öffentlichen Forum mit der konkreten Möglichkeit eines bewaffneten Aufstands unter den karibischen Sklaven sympathisierte (Stein 1985; Benot 1987). Wir können im Nachhinein nicht abschätzen, wie die Revolution ohne seinen wertvollen Beitrag zur Sache der Freiheit verlaufen wäre. Aber der Einwand ist auch nicht empirischer Natur. Es geht vielmehr darum, dass Steins Darstellung dieselbe Rhetorik reproduziert, die bereits in dem Prozess gegen Sonthonax zum ersten Mal auftauchte. Diese Rhetorik geht von der still schweigenden Annahme aus, dass die Verbindung zu Frankreich die sowohl notwendige wie hinreichende Bedingung für die haitianische Revolution war. Eine solche Annahme bagatellisiert die Tatsache, dass die Sklaven eine eigenständige Wahrnehmung ihres Rechts auf Freiheit und ihres Rechts, sich diese Freiheit mit Waffengewalt zu erkämpfen, besaßen. Andere Autoren wiederum scheuen wohlweislich vor dem Ausdruck „Revolution" zurück und gebrauchen stattdessen Begriffe wie „Aufständische", „Rebellen", „Banden" und „Aufruhr". Hinter dergleichen begrifflicher Schwammigkeit, empirischer Ignoranz und Deutungspräferenz steht immer noch die im 18. Jahrhundert wurzelnde Unmöglichkeit, die früheren Sklaven als Hauptakteure in jener Kette von Ereignissen anzuerkennen.[10]

Mit der Veröffentlichung von C. L. R. James' Klassiker *The Black Jacobins* (man beachte allerdings den Titel) ist der Zunft jedoch hinreichend deutlich demonstriert worden, dass es sich bei der haitianischen Revolution tatsächlich um eine eigenständige „Revolution" in jedem möglichen Sinne des Worts handelt und nicht etwa um ein Anhängsel zum Sturm auf die Bastille. Aber erst durch die verbreitete Neuauflage von James' Buch im Jahr 1962 und die Bürgerrechtsbewegung in den Vereinigten Staaten ist ein internationaler Diskurs entstanden, der sich auf dies seit dem 19. Jahrhundert in Haiti produzierte Geschichtsschreibung stützt. Dieser Gegendiskurs wurde in den 1980er-Jahren noch einmal durch eine Reihe von Historikern belebt, die weder auf Haiti noch auf die Karibik spezialisiert waren. Eugene Genovese (1981) und – später Robin Blackburn (1988) knüpften beide an die Arbeiten von Henry Adams und W. E. B. Du Bois an und hoben die zentrale Rolle hervor, welche der haitianischen Revolution für den Zusammenbruch des gesamten Systems der Sklaverei zukam.

Der Einfluss dieses Gegendiskurses blieb jedoch begrenzt, vor allem weil haitianische Wissenschaftler sich immer weiter von den internationalen Debatten entfernten.

Die Geschichtsschreibung der haitianischen Revolution wird also derzeit von zwei unglückseligen Tendenzen bedroht. Auf der einen Seite befleißigt sich ein Großteil der in Haiti produzierten Literatur eines tiefen – ich würde sagen: übertriebenen – Respekts vor den Anführern der Revolution, die die Massen der Sklaven zu Freiheit und Unabhängigkeit führten. Seit dem frühen 19. Jahrhundert haben die haitianischen Eliten auf rassistische Verunglimpfungen mit einem epischen Diskurs zum Lobe ihrer Revolution reagiert. Das Epos der Jahre 1791 bis 1804 kultiviert unter ihnen ein positives Bild von Schwarzsein, das in einer von Weißen dominierten Welt durchaus von Nutzen ist. Aber das Epos lässt sich auch an der Heimatfront einsetzen. Es ist eines der seltenen historischen Alibis für diese Eliten, ein unverzichtbarer Bezugspunkt für ihre Machtansprüche.

[...]

10 Stein 1985; Cauna 1987; Geggus 1982. Mit der „Revolution" in Geggus' Titel ist die Französische Revolution gemeint. Er hat seine Verwendung dieses Begriffs inzwischen so weit ausgedehnt, dass auch haitianische Errungenschaften darunterfallen.

Auf der anderen Seite erweist sich die außerhalb Haitis geschriebene Geschichte als immer niveauvoller und empirisch gehaltvoller. Doch ihr Vokabular und oft genug auch ihr gesamtes diskursives Raster erinnern bedenklich an das 18. Jahrhundert. Aufsätze und Monografien werden im Tonfall von Plantagendokumenten abgefasst. Die Analysen der Revolution gemahnen an die Briefe eines La Barre, an die Pamphlete französischer Politiker, die Depeschen Leclercs an Bonaparte oder, im günstigsten Fall, an die Reden eines Blangilly. Ich gebe gerne zu, dass die bewussten politischen Motive ganz anders aussehen mögen. Ja, im Grunde ist das sogar Teil meines Arguments. Ein wirksames Verschweigen setzt weder eine Verschwörung noch einen politischen Konsens voraus. Seine Wurzeln sind vielmehr strukturell. Jenseits eines erklärten – und meist auch ernst gemeinten – politischen Wohlwollens, das man unter US-amerikanischen Verhältnissen als liberal bezeichnen würde, haben die narrativen Strukturen der westlichen Geschichtsschreibung bis heute nicht mit der ontologischen Ordnung der Renaissance gebrochen. Diese strukturelle Machtausübung ist viel wichtiger als die vermeintliche konservative oder liberale Haltung der betreffenden Historiker. [...]

Aber was ich über die Rezeption von *The Black Jacobins* durch die Geschichtswissenschaft, über ihre Auseinandersetzung mit der Kolonialgeschichte in Frankreich und mit der Sklaverei in den Vereinigten Staaten gesagt habe, lässt vermuten, dass weder ein einzelnes Meisterwerk noch eine allgemeine Zunahme der Forschungen zum Sklavenwiderstand das Schweigen, welches die haitianische Revolution umgibt, vollständig werden brechen können. Denn dieses Verschweigen der Revolution hat weniger mit Haiti oder der Sklaverei zu tun als mit dem Westen.

Es geht hier einmal mehr um das Wechselspiel zwischen zwei „Geschichtlichkeiten“, zwischen der Geschichte dessen, was sich ereignet hat, und der Geschichte dessen, von dem behauptet wird, dass es sich ereignet habe. Was zwischen 1791 und 1804 in Haiti geschah, widersprach den meisten Ereignissen in der restlichen Welt sowohl davor als auch danach. Diese Tatsache als solche ist nicht sonderlich überraschend: Der historische Prozess verläuft stets ungeordnet und ist häufig genug voller Widersprüche. Aber was in Haiti geschah, widersprach den meisten Vorstellungen, die der Westen sowohl sich selbst als auch anderen über sich erzählte. Die westliche Welt sonnt sich, wie François Furet meint, in einer zweiten Illusion von Wahrheit: dass dasjenige, was geschehen ist, auch geschehen musste. Wer kann schon über nichteuropäische Völker nachdenken, ohne den aus heutiger Sicht unvermeidlich erscheinenden Hintergrund globaler Herrschaft vorauszusetzen? Und werden Haiti oder die

Sklaverei oder der Rassismus je mehr sein können als störende Fußnoten in dieser narrativen Ordnung?

Das Verschweigen der haitianischen Revolution ist lediglich ein Kapitel innerhalb dieser Erzählung der globalen Herrschaft. Es ist ein Bestandteil der Geschichte des Westens und wird, wie abgemildert auch immer, so lange bestehen bleiben, wie die Geschichte des Westens nicht auf eine Weise erzählt wird, die der Perspektive der Welt Rechnung trägt. Leider sind wir, trotz einiger spektakulärer Erfolge, noch immer meilenweit von einem so grundsätzlichen Umschreiben der Weltgeschichte entfernt.[11]

1995, Aus dem Englischen von Robin Cackett

Literatur

Adas, Michael: *Machines at the Measure of Men. Science, Technology and Ideology of Western Domination*, Ithaca: Cornell University Press 1989.

Anonymus: *Adresse au roi et pièces relatives à la députation des citoyens de Nantes, à l'occasion de la Révolte des Noirs à Saint-Domingue. Arrété de la Municipalité de Nantes*, Le Cap o. J. (1792?).

Pétition des citoyens commerçants, colons, agriculteurs, manufacturiers et autres de la ville de Nantes; Lettre des commissaires de la Société d'agriculture, des arts et du commerce de la dite ville aux commissaires de l'assemblée coloniale de la partie française de Saint-Domingue, et réponse des commissaires de Saint-Domingue, Paris: Imprimerie de L. Portier de Lille o. J. (1792?).

Conspirations, trahisons et calomnies dévoilées et dénoncées par plus de dix milles français réfugiés au Continent de l'Amerique, Paris 1793.

Extrait d'une lettre sur les malheurs de SAINT-DOMINGUE en général, et principalement sur l'incendie de la ville du CAP FRANÇAIS, Paris: Au jardin égalité pavillon, o. J. (1794?).

Assemblée Nationale: *Pièces imprimées par ordre de l'Assemblée Nationale, Colonies*, Paris: Imprimerie Nationale 1791/92.

Baillio: *L'Anti-Brissot, par un petit blanc de Saint-Domingue*, Paris: Chez Girardin, Club Littéraire et Politique 1791a.

Un mot de vérité sur les malheurs de Saint-Domingue, Paris 1791b.

Benot, Yves: *Diderot, de l'athéisme à l'anticolonialisme*, Paris: Maspero 1970.

La Révolution française et la fin de colonies, Paris: La Découverte 1987.

„Traces de *l'Histoire des deux Indes* chez les anti-esclavagistes sous la Révolution". In: Lüsebrink/Tietz 1991, S. 141–154.

La démence colonial sous Napoléon, Paris: La Découverte 1992.

Blackburn, Robin: *The Overthrow of Colonial Slavery*, London und New York: Verso 1988.

Blanchelande: *Précis de Blanchelande sur son accusation*, Paris: Imprimerie de N.-H. Nyon 1793.

Bonnet, Jean-Claude: *Diderot Textes et débats*, Paris: Le Livre de Poche 1984.

Boulle, Pierre: „In Defense of Slavery. Eighteenth-Century Opposition to Abolition and the Origins of Racist Ideology in France." In: Frederick Krantz (Hg.), *History from Below. Studies in Popular Protest and Popular Ideology*, London: Blackwell 1988, S. 219–246.

Bourdieu, Pierre: *Sozialer Sinn. Kritik der theoretischen Vernunft*, Frankfurt/Main; Suhrkamp 1987 (zuerst Paris: Minuit 1980).

11 Siehe z.B. Braudel 1985/86; Wolf 1986; Ferro 1994.

Braudel, Fernand: Sozialgeschichte des 15.–18. Jahrhunderts, 3 Bde., München: Kindler 1985/86 (zuerst Paris: Colin 1979).
Cauna, Jacques: *Au ternps des isles à sucre*, Paris: Karthala 1987.
Césaire, Aimé: *Toussaint Louverture. La Révolution française et le problème colonial*, Paris: Présence africaine 1962.
Chardin, John; *Travels in Persia 1673–1677*, New York: Dover 1988 (zuerst Amstercam 1711).
Cohen, William B.: *The French Encounter with Africans. White Response to Blacks, 1530–1880*, Bloomington: Indiana University Press 1980.
Curtin, Philip D.: *The Atlantic Slave Trade. A Census*, Madison: University of Wisconsin Press 1969.
Daget, Serge: „Le mot esclave, nègre et noir et les jugements de valeur sur la traite négrière dans la littérature abolitioniste française de 1770 à 1845“. In: *Revue française d'histoire d'outremer*, Bd. 60, Nr. 4, 1973, S. 511–548.
Debbasch. Yvan: „Le rnarronage. Essai sur la désertion de l'escalve antillais“. in: *L'année sociolcgique*, 1961, S. 1–112 und 1962, S. 117–195.
Delesalle, Simone/Valensi, Lucette: „Le mot ‚nègre' dans les dictionnaires français d'ancien régime: histoire et lexicographie“. in: *Langues françaises*, Nr. 15, 1969, S. 79–115.
Delon, Michel: „L'appel au lecteur dans *l'Histoire des deux Indes*.“ In: Lüsebrink/Tietz 1991, S. 53–66.
Dorsinville, Roger: *Toussaint Louverturc ou La vocation de la Liberté*, Paris: Julliard 1965.
Duchet, Michèle: *Anthropologie et histoire au siècle de* Lumières, Paris: Maspero 1971.
Diderot et l'Histoire des deux Indes ou l'écriture fragmentaire, Paris: Nizet 1978.
„Au temps des philosophes“. In: *Notre Librairie*, Nr. 90: *Images du noir dans la littérature occidentale*, Bd. 1: Du Moyen-Age à la conquête coloniale, 1987, S. 25–33.
Ferro, Marc, *Histoire des colonisations. Des conquêtes aus indépendances, XIIIe–XXe siècles*, Paris: Seu l 1994.
Fouchard, Jean: *The Haitian Maroons. Liberty or Death*, New York: Blyden Press 1981 (zuerst Paris: L'École S. A. R. L, 1972).
Furet, François/Ouzouf, Mona: *Dictionnaire critique de la Révolution française;* Paris: Flammarion 1988.
Garran, J. Ph. (1787–1789): *Rapport sur les troubles de Saint-Domingue, fait au nom de la Commission des Colonies, des Comités de Salut Public, de Législation et de Marine, réunis*, Paris: Imprimerie Nationale.
Geggus. David: *Slavery, War and Revolution. The British Occupation of St. Domingue, 1793–1798*, Oxford und New York: Oxford University Press 1982.
„Racial Equality, Slavery, and Colonial Secession during the Constituent Assembly.“ In: *American Historical Review*, Bd. 94, Nr. 5, 1989, S.1290–1308.
Genovese, Eugene: *From Rebellion to Revolution. Afro-American Slave Revolts in the Making of the Modern World*, New York: Vintage 1981.
Hobsbawm, Eric: *Europäische Revolutionen, 1789–1848*, Zürich: Kindler 1962 (engl. *The Age of Revolutions, 1789–1848*, New York: New American Library, 1962).
James. C. L. R.. *Les Jacobins noirs. Toussaint Louverture et la révolution de Saint Domingue*, Paris: Gallimard 1949 (engl. unter dem Titel: *The Black Jacobins*, London: Secker und Warburg. 1938: dt. *Die Schwarzen Jakobiner*, Köln: Pahl-Rugenstein, 1984).
Jordan, Winthrop D.: *White over Black. American Attitudes Towards the Negro, 1550–1812*, Chapel Hill: University of North Carolina Press 1968.
Laneyrie-Dagen, Nadeije/Marseille, Jacques (Hg.): *Les grands événements de l'histoire de France*, Paris: Larousse 1991 (= *La mémoire de l'humanité*).
Lavaux, [Mme]: *Réponse aux calomnies coloniales de Saint-Domingue. L'épouse de républicain Lavaux, gouverneur général (par intérim) des îles françaises sous le vent, à ses concitoyens*, Paris: Imprimerie de Pain o. J.
Lewis, Gordon: *Main Currents in Caribbean Thoughts. The Historical Evolution of Caribbean Society in its Ideological Aspects, 1492–1900*, Baltimore: Johns Hopkins University Press 1983.
Lüsebrink, Hans-Jürgen/Tietz, Manfred (Hg.): *Lectures de Raynal. L'Histoire des deux Indes en Europe et en Amérique au XVIIe siècle*, Oxford: Voltaire Foundation 1991.
Milscent: *Sur les troubles de Saint-Domingue*, Paris: Imprimerie du Patriote français 1791.
Nicholls, David: *From Dessalines to Duvalier. Race, Colour and National Independence in Haiti*, London; Macmillan Caribbean 1988.
Notre Librairie, Nr. 90: Images du noir dans la littérature ocidentale, Bd. 1: Du Moyen-Age à la conquête coloniale, 1987.

Pachonski, Jan/Wilson, Reuel: *Poland's Caribbean Tragedy. A Study of Polish Legions in the Haitian War of Independence, 1802–1803*, Boulder: East European Monographs 1986.
Raimond, Julien: *Obsevations sur l'origine et les progrès du préjuge des colons blancs contre les hommes de couleur, sur les inconvéniens de le perpétuer; la nécessité de la détruire*, Paris: Belin 1791.
Preuves complettes et matérielles du projet des colons por mener les colonies à l'indépendance, tirées de leurs propres écrits, Paris: Imprimerie de l'Union o.J. (1792).
Raynal, Guillaume Thomas François: *Histoire philosophique et politique des établissements et du comnerce des Européens dans les deux Indes*, 7 Bde., Den Haag: Gosse 1774.
Sala-Molins, Louis: *Le code noir ou le calvaire de Canaan*, Paris: Presses Universitaires de France 1987.
Misères des Lumières. Sous la raison, l'outrage, Paris: Robert Laffont 1992.
Scott III, Julius S.: *The Common Wind. Currents of Afro-American Communications in the Era of the Haitian Revolution*, Dissertation, Duke University 1986.
Stein, Robert: *Léger Félicité Sonthonax. The Lost Sentinel of the Republic*, Rutherford: Fairleigh Dickinson 1985.
The French Sugar Business in the Eighteenth Century, Baton Rouge: Louisiana State University Press 1988.
Tarrade, Jean: *Le commerce colonial de la France à la fin de l'ancien régime. L'évolution du système de „l'Exclusif" de 1763 à 1789*, 2 Bde., Paris: Presses Universitaires de France 1972.
„Les colonies et les principes de 1789. Les Assemblées Révolutionnaires face au problème de l'esclavage." In: *Revue française d'Histoire d'outre-mer*, Bd. 76., 1979, S. 9–34.
Thibau, Jacques: *Le temps de Saint-Domingue. L'esclavage et la révolution française*, Paris: Jean Claude Lattès 1989.
Todorov, Tzvetan: *The Deflection of the Enlightenment*, Stanford: Stanford Humanities Center 1989.
Les morales de l'histoire, Paris: Bernard Grasset 1991.
Trouillot, Ernst: *Prospections d'Histoire. Choses de Saint-Domingue et d'Haiti*, Port-au-Prince: Imprimerie de l'Etat 1961.
Trouillot, Michel-Rolph: „Motion in the System. Coffee, Color and Slavery in Eighteenth-Century Saint-Domingue," in: *Review* (A Journal of the Fernand Braudel Center for the Study of Economies, Historical Systems and Civilizations, Binghampton), Bd. 5, 1982, S. 331–388.
Haiti: State against Nation. The Origins and Legacy of Duvalierism, New York: Monthly Review Press 1990.
„Anthropology and the Savage Slot. The Poetics and Politics of Otherness." In: Richard G. Fox (Hg.), *Recapturing Anthropology. Working in the Present*, Santa Fe: School of American Research Press 1991, S. 17–44.
„The Inconvenience of Freedom. Free People of Color and the Political Aftermath of Slavery in Dominica and Saint-Domingue/Haiti." In: F. McGlynn und S. Drescher (Hg.): *The Meaning of Freedom. Economics, Politics and Culture after Slavery*, Pittsburgh: University of Pittsburgh Press 1992, S.147–182.
Silencing the Past. Power and the Production of History, Boston: Beacon Press 1995.
Tulard, Jean/Fayard, Jean-François/Fierro, Alfred: Histoire et dictionnaire de la Révolution (1789–1799). Paris: Robert Laffont 1987.
Vidan, Gabrijela: „Une réception fragmentée. Le cas de Raynal en terres slaves du Sud." In: Lüsebrink/Tietz 1991, S. 361–372.
Vovelle, Michel (Hg.): *L'Etat de la France pendant la Révolution*, Paris: La Découverte 1988.
Wolf, Eric R: *Die Völker ohne Geschichte. Europa und die andere Welt seit 1400*, Frankfurt/Main: Campus 1986 (engl. *Europe and the People without History*, Berkeley: University of California Press 1982).

[Rothberg, Michael: *From Gaza to Warsaw: Mapping Multidirectional Memory*, Critical Inquiry 25 (1999), S. 201-234.]

Michael Rothberg
FROM GAZA TO WARSAW: MAPPING MULTI-DIRECTIONAL MEMORY

Beyond Competitive Memory

What happens when different histories of extreme violence confront each other in the public sphere? Does the remembrance of one event erase others from view? When memories of colonialism, occupation, slavery, and the Holocaust bump up against one another in contemporary multicultural societies, must a competition of victims ensue? Such questions of remembrance, justice, and comparison lie at the heart of any attempt to think through the topic of this special issue: *transcultural negotiations of Holocaust memory*. These questions have also oriented my attempt to construct a theory of multidirectional memory that focuses on exemplary sites of tension involving remembrance of the Nazi genocide of European Jews in order to offer an alternative framework for thinking about and confronting the recent and ongoing "memory wars."[12]

In *Multidirectional Memory* (2009), I make three moves toward a new account of transcultural remembrance. First, I argue against a logic of competitive memory based on the zero-sum game, which has dominated many popular and scholarly approaches to public remembrance. According to this understanding, memories crowd each other out of the public sphere – for example, too much emphasis on the Holocaust is said to marginalize other traumas, or, inversely, adoption of Holocaust rhetoric to speak of those other traumas is said to relativize or even deny the Holocaust's uniqueness. To be sure, political, economic, and cultural forms of power contour the circulation of memories in the public sphere, but a pre-Foucauldian understanding of power as repressive cannot capture memory's relative autonomy from such forces. In contrast, I suggest, memory works productively: the result of memory conflict is not less memory, but more – even of subordinated memory traditions. For instance, I would argue that the result of the rise to prominence of Holocaust memory is not less public attention to the slave trade, but greater attention to it (even if that attention remains insufficient in many ways).

In illustrating this non-zero-sum logic, I make a second move already implied by my example: I argue that collective memories of seemingly distinct histories – such as those of slavery, the Holocaust, and colonialism – are not so easily separable from one another. I have discovered not only that memory of the Holocaust has served as a vehicle through which other histories of suffering have been articulated, but also something even more surprising: the emergence of Holocaust memory itself was from the start inflected by histories that at first glance might seem to have little to do with it. There is an archive of multidirectional memory that stretches from early articulations by Aimé Césaire, Hannah Arendt, W. E. B. Du Bois, and others to more contemporary figures such as Caryl Phillips, Leïla Sebbar, and Michael Haneke.

Finally, besides targeting the problem of zero-sum thinking and bringing together histories that are usually kept separate, my research questions another cornerstone of the memory wars; namely, the taken-for-granted link between collective memory and group identity – the direct line that seems to bind, for example, Jewish memory and Jewish identity and to differentiate them clearly from African American memory and African American identity. As my book reveals, however, memory of the Holocaust is not simply a form of Jewish memory, just as memory of slavery or colonialism is not limited to the victims or descendants of slavery and colonialism. By making visible an intellectual and artistic countertradition that refuses the dominant zero-sum game, links memories of Nazi genocide, colonialism, and slavery, and reaches out beyond the common sense of identity politics, I demonstrate how the public articulation of collective memory by marginalized and oppositional social groups provides resources for other groups to articulate their own claims for recognition and justice.

In this essay, I want to push this account further by engaging with some of the more difficult and even troubling cases of multidirectionality. If, as I argue, public memory is *structurally multidirectional* – that is, always marked by transcultural borrowing, exchange, and adaptation – that does not mean that the politics of multidirectional memory comes with any guarantees. Indeed, given the ubiquity of Nazi and Holocaust references and analogies in contemporary public spheres on a global scale, it is clear that the articulation of almost any political position may come in multidirectional form. While such analogies and references do not themselves necessarily constitute acts of remembrance, they do function as unavoidable building blocks or morphemes of public memory. In response to the high stakes of proliferating memory discourses, it becomes imperative to develop an ethics of comparison that can distinguish politically productive forms of memory from those that lead to competition, appropriation, or trivialization.

I take as the occasion for my discussion the barrage of memory conflict that accompanied Israel's December 2008–January 2009 offensive in Gaza, an assault that in three weeks killed 1,400 Palestinians, many of them civilians, and destroyed vast amounts of public infrastructure in a Gaza Strip already weakened by blockade. Thirteen Israelis were also killed during the conflict: ten soldiers (four by friendly fire) and three civilians from southern Israeli towns that came under Palestinian rocket fire. The United Nations Human Rights Commission Fact Finding Mission that studied the conflict – headed by respected Jewish South African jurist Richard Goldstone – found that violations of international humanitarian law had been committed by both sides, but the mission's 575-page report made it abundantly clear how asymmetrical those crimes were in their human impact.

My particular focus here will be a controversy that arose when a radical American sociology professor sent an e-mail to his undergraduate students in which he declared that "Gaza is Israel's Warsaw" and forwarded a photo-essay with "parallel images of Nazis and Israelis," several of which depict the Warsaw Ghetto. Because this controversy is by no means an isolated case, as the simultaneous controversy about Caryl Churchill's *Seven Jewish Children: A Play for Gaza* (2009) indicates, it calls for a critical genealogy of memory discourses. Such a genealogy reveals that the reference in recent controversies to Holocaust-era Warsaw is not arbitrary. Indeed, as I will demonstrate, the Warsaw Ghetto has proven to be an enduring focus of multidirectional acts of memory that engage with the transnational legacies of colonial and racial violence. I thus begin by situating the recent controversy within a larger discursive field of Warsaw memory before returning to the specific dynamics of the Israeli-Palestinian question.

While that endemic conflict plays a significant role in my analysis, my aim is a more general mapping of the range of forms that public memory can take in politically charged situations. By mapping that discursive field, I arrive at a four-part distinction in which multidirectional memories are located at the intersection of an *axis of comparison* (defined by a continuum stretching from equation to differentiation) and an *axis of political affect* (defined by a continuum stretching from solidarity to competition – two complex, composite affects). Although schematic, such a map can provide orientation for an exploration of political imaginaries in an age of transcultural memory. More specifically, it leads me to argue that a radically democratic politics of memory needs to include a differentiated empirical history, moral solidarity with victims of diverse injustices, and an ethics of comparison that coordinates the asymmetrical claims of those victims. This conception of the politics of memory suggests in turn that memory discourses expressing a differentiated solidarity offer a greater political potential than those, frequent in the Israeli-Palestinian case, that subsume different histories under a logic of equation or that set victims against each other in an antagonistic logic of competition. As will be clear, my focus is not on indigenous Palestinian discourse, which would require a different set of interpretive tools. Rather, I aim at a sympathetic critique of transnational discourses of solidarity with Palestinians. With the practice of occupation and blockade continuing apace, such solidarity is as urgent as ever, but the forms this solidarity takes still demand reflection.

On the Ruins of Warsaw

The Warsaw Ghetto has always been a resonant symbol in public discourse and a multivalenced knot of memory. Established and then quickly sealed by the Nazis in the fall of 1940, the Warsaw Ghetto held approximately 400,000 Jews in a 1.3-square-mile area. Three features of the ghetto have shaped its memorial legacy: it was at once a place of almost absolute segregation and constriction, a way station from which hundreds of thousands of Jews were sent to extermination camps (primarily Treblinka), and a staging ground in 1943 for one of the twentieth century's most heroic, if suicidal, resistance struggles. References to Warsaw draw selectively or inclusively on all of those characteristics of the ghetto and have anchored collective memories of many persuasions – liberal, communist, Zionist, and increasingly anti-Zionist, at the very least. Here I focus selectively on only one, albeit long-standing, strand of Warsaw memory – that which puts it into dialogue with problems of race and colonization.

I begin by offering two Warsaw examples taken from *Multidirectional Memory* that can provide a starting point for the mapping I have called for. In 1949, African American scholar and activist W. E. B. Du Bois visited Warsaw, where he saw the ruins of the ghetto the Nazis had established there and then completely destroyed after suppressing the uprising. Three years later, Du Bois wrote his short article "The Negro and the Warsaw Ghetto," recounting his trip. At a moment when there was as yet no single English word to refer to what we today call the Holocaust, Du Bois reflected on the significance of the Jewish experience during World War II for the global problem of race.[13] The result of his visit, he wrote, "and particularly of my view of the Warsaw ghetto" and of Nathan Rapoport's Warsaw Ghetto Uprising sculpture,

> was not so much clearer understanding of the Jewish problem in the world as it was a real and more complete understanding of the Negro problem. In the first place, the problem of slavery, emancipation, and caste in the United States was no longer in my mind a separate and unique thing as I had so long conceived it. It was not even solely a matter of color and physical and racial characteristics, which was particularly a hard thing for me to learn, since for a lifetime the color line had been a real and efficient cause of misery The race problem in which I was interested cut across lines of color and physique and belief and status and was a matter of cultural patterns, perverted teaching and human hate and prejudice, which reached all sorts of people and caused endless evil to all men.

What is notable in Du Bois's short piece is both the solidarity he expresses with Jewish history and his very prescient grasp of the relationality of different histories of racial violence. Moving beyond a conception of his own experience as "a separate and unique thing," Du Bois comes to an understanding of race that is instead multidirectional. He draws on the material traces of the Nazi genocide in order to rethink his understanding of the African American past and present. Du Bois's interpretation of the larger significance of the Warsaw Ghetto derives in turn from the very experience and memory of racism that he is reconceptualizing in this article. As he continues, "I have seen something of human upheaval in this world: the scream and shots of a race riot in Atlanta; the marching of the Ku Klux Klan; the threat of courts and police; the neglect and destruction of human habitation; but nothing in my wildest imagination was equal to what I saw in Warsaw in 1949." It is important to emphasize that the asymmetrical understanding arrived at by Du Bois in 1952 revises his own earlier articulation of these issues, including his often-cited 1947 claim in *The World and Africa* that "There was no Nazi atrocity which the Christian civilization of Europe had not long been practicing against colored folk in all parts of the world." In contrast, Du Bois's post-Warsaw vision brings black and Jewish histories into relation without erasing their differences or fetishizing their uniqueness. Proximate pasts are neither "separate and unique" nor "equal"; rather, a form of modified "double consciousness" arises capable of conjoining them in an open-ended assemblage.

About a decade after Du Bois published "The Negro and the Warsaw Ghetto," French writer Marguerite Duras also took inspiration from the ghetto to present a vision of solidarity against the backdrop of difference. In "Les deux ghettos" (The two ghettos), a 1961, interview-based article for the New Left newsweekly *France-Observateur,* published in the wake of the 17 October massacre, Duras brought together a survivor of Warsaw and a pair of Algerian workers. While the title of the piece seems to suggest an equation between the ghettos that held Jews during World War II and those that hold Algerians at a late stage of colonialism – an impression reinforced by the "parallel images" that accompany the article of an Algerian worker and a Jew bearing a yellow star – the actual answers provided by Duras's interviewees suggest as many asymmetries as similarities. Like "The Negro and the Warsaw Ghetto," Duras's text demonstrates a multidirectional sensibility – a tendency to see history as relational and as woven from similar, but not identical, fabrics.

The examples of Du Bois and Duras, which come from two moments when the meanings of Nazi Jewish policies had not yet solidified into the current, widely held understanding of the Holocaust as "a separate and unique thing," help us begin mapping the field of multidirectional memory. While Duras's article and many of the other invocations of the Holocaust in the context of the Algerian War look at first like forms of solidarity based on an equation of histories, they frequently join Du Bois in a vision of solidarity constructed through differentiated similitude. These examples provide us with the opportunity to observe a now almost-forgotten understanding of the Shoah in which its specificity was grasped at the same time that its potential links to other histories of racism were also in view. In moving to the present – and the Middle East conflict – it is important to recall both the multidirectional dynamic these acts or stagings of memory illustrate and the distance Holocaust memory has come since the 1950s and early 1960s.

"Gaza is Israel's Warsaw"

In early 2009, a controversy erupted at the University of California, Santa Barbara (UCSB), when a sociology professor found himself threatened with disciplinary action because of an e-mail he sent to his undergraduate class on the Sociology of Globalization. At the tail end of Israel's bombing of Gaza – and on Martin Luther King Day – Professor William Robinson sent his students an e-mail with the subject heading "parallel images of Nazis and Israelis." In the body of the e-mail, he asserted, among other things, that "Gaza is Israel's Warsaw," and he forwarded a photo-essay, taken from the website of political scientist Norman Finkelstein, that juxtaposes images from the Nazi persecution of European Jews during World War II and images of Israeli oppression of Palestinians. Among the Holocaust-era photographs are several taken from the so-called *Stroop Report,* a Nazi-produced document that "celebrates" the destruction of the Warsaw Ghetto. After receiving this e-mail, two Jewish students dropped Robinson's class. A few weeks later, after an intervention by the Anti-Defamation League and other pro-Israel groups, a university investigation of Robinson began.

There are many ways of approaching this case, which was subsequently dropped by the university but whose implications remain. That the case against Robinson was a deliberate attempt to restrict academic freedom is crucial to state up front, especially because it brings to mind too many other recent American cases in which scholars critical of Israel have been the target of campaigns orchestrated on distinctly nonscholarly grounds.[14] Yet my approach brackets the urgent question of academic freedom as it does the issue of politically engaged pedagogy, an issue that is also one of the ultimate horizons of discussion. Instead, I read the Robinson case through its participation in the tradition of multidirectional Warsaw memory in order to continue mapping the politics of memory. Warsaw has always figured conspicuously in the circulation of Holocaust memory in proximity to Palestine–Israel. In the period just before statehood, as well as in the pre-Eichmann trial years, commemoration of the Warsaw Ghetto Uprising in Israel condensed Zionist ambivalence toward the Holocaust. Zionist ideology celebrated the Warsaw "martyrs" while distancing itself from alleged diasporic passivity. As Idith Zertal demonstrates, the meaning of Warsaw was also integrated into the conflict with Palestinians and other Arabs in the region and instrumentalized as a form of Zionist legitimation. This was true from the earliest days, when Zionist settlers read the uprising as an *imitation* of their own struggles with the indigenous population, up through the consequential period of the beginning of the occupation, when a kibbutz leader "argued that Israel's 1967 Six-Day war was a continuation of the ghetto uprisings." Already during the unfolding of the Nazi genocide, Gaza and Warsaw were implicitly associated. In 1943, the left-wing organization Hashomer Hatzair established a kibbutz within a few miles of what would become the border of the Gaza Strip; they named it Yad Mordechai, after Mordechai Anielewicz, the martyred leader of the Warsaw Ghetto Uprising, and later installed Nathan Rapoport's sculpture of Anielewicz on the kibbutz. That sculpture today stands facing Gaza. (Ironically, Rapoport's Warsaw sculpture of the uprising had deeply affected Du Bois during his visit to Poland in the late 1940s.)

Of course, the centrality of the Holocaust and the Warsaw Ghetto to legitimation of the state has led critics of Israeli policy to appropriate the same tropes and reverse their charge. Thus, for instance, in June 2003, Oona King, a British Labour MP (Member of Parliament), traveled to Israel and the occupied Palestinian territories and then wrote an account of her trip for the *Guardian*. In the article by King, who like Robinson is Jewish, but also has an African American father, one sentence in particular ignited controversy. Reflecting on her first day in the Gaza Strip, a day in which an Israeli helicopter attack killed a woman and child and injured dozens of civilians, King wrote, "The original founders of the Jewish state could surely not imagine the irony facing Israel today: in escaping the ashes of the Holocaust, they have incarcerated another people in a hell similar in its nature – though not its extent – to the Warsaw ghetto." Two years after her visit to Gaza, King faced an irony of her own – her support of the U.S.-led war in Iraq contributed to the loss of her seat to RESPECT Party candidate George Galloway, who later regularly deployed a similar Gaza–Warsaw analogy during the January 2009 assault. In declaring "Gaza is Israel's Warsaw," William Robinson thus certainly joins a well-established analogical tradition. Robinson's rhetoric mobilizes both verbal and visual means – it deploys a logic of linguistic equation and analogy while supplementing that logic with images. What drives this rhetorical strategy, which has proven so widespread? Perhaps most crucially, Robinson's references to Warsaw and the Holocaust – both verbal and visual – engage in the political struggle Judith Butler describes in *Frames of War* over which lives are perceived as human and thus recognized as "grievable." Butler asks,

> [W]hat allows a life to become visible in its precariousness and its need for shelter, and what is it that keeps us from seeing or understanding certain lives in this way? ...

> [I]t is only on the condition of certain embedded evaluative structures that a life becomes perceivable at all. [I]t is only by challenging the dominant media that certain kinds of lives may become visible or knowable in their precariousness.

Robinson's invocation of the Holocaust in the context of the Israeli-Palestinian conflict confirms Butler's argument and suggests that a need exists to counter what Jacques Rancière would call the dominant "distribution of the sensible" (*le partage du sensible*) in order to render Palestinian lives visible and thus grievable. Like so many others outraged not only by Israeli aggression but also by the conditions of perception in the centers of global power, Robinson calls upon an established repertoire of images in order to render Palestinian suffering commensurable with the epistemological and affective frames that dominate media narratives. It is surely true, at least in the United States, that a great inequity in the distribution of grievability exists whereby Palestinians are routinely rendered as less than fully valued human lives. But questions about this strategy remain. The photo-essay and brief accompanying texts taken from Norman Finkelstein's website (see note 13) obey a logic similar to Robinson's Gaza–Warsaw analogy and seem to literalize the desire to render Palestinian suffering visible. The essay begins with the title "Deutschland Uber Alles" and the explanatory subheading "the grandchildren of holocaust survivors from world war ii are doing to the palestinians exactly what was done to them by nazi germany." A vertical strip of images follows, with black-and-white photographs depicting Nazis and Jews on the left side of the page and color images of Israelis and Palestinians on the right. The images range from scenes of the construction of fences, walls, and camps, to depictions of prisoners behind barbed wire, confrontations of soldiers and civilians, and gruesome images of corpses. While a similar use of parallel images accompanies Duras's article "Les deux ghettos", Duras's text, as I have suggested, works against equation and symmetry, and even the images of the Algerian worker and presumed Warsaw ghetto inmate are separated by a very thin white border – a form of framing absent from the Finkelstein photo-essay, where the images in each of the six sections abut one another without any gap. The lack of space in the photo-essay between either the vertical or the horizontal axes creates a continuous strip of images and suggests that the histories at stake blur into each other without remainder.

The images in the photo-essay are artfully chosen to display various forms of visual matching (through the arrangement of figures, repeated gestures, etc.). The photo-essay thus works to create identity out of difference and, in doing so, translates the work of comparison into the assertion of equation. This strategy of bringing Palestinians into view via stock images of the Holocaust points to limits in the struggle for recognition since, as Butler points out, the categories opposite to invisibility and ungrievability are notions of visibility and grievability that are often themselves problematic. Even when recognition becomes possible for previously occluded subjects, "the very features that are 'recognizable' [may] prove to rely on a failure of recognition." In much the way Butler's analysis anticipates, the Robinson e-mail and Finkelstein photo-essay draw Palestinian suffering into a form of recognition based on the thoroughly familiar features provided by a stereotypical rhetoric and iconography of the Holocaust. They thus suggest the likelihood that the forms of recognition they promote will also entail a failure of recognition – in this case, a failure to recognize the specificities of both the Palestinian plight and that of Holocaust victims.

To give one of the most disturbing examples, in the section of the photo-essay on "check points," an image of an Israeli-established checkpoint at Huwara, near Nablus, is juxtaposed with a photograph from the ramp at Auschwitz-Birkenau. The latter image is not, of course, a checkpoint at all, but a selection at which prisoners are about to be assigned to two groups – one that will remain in the camp and one that will be sent immediately to death in the gas chambers. We also need to recall the provenance of such images: almost without exception, photographs of the unfolding of the Holocaust are perpetrator images taken by the Nazis themselves, whereas journalists, international activists, and Palestinians themselves have produced a substantial visual archive of the Israeli occupation. Superficial visual similarity – and even more substantial similarities involving the regulation of space and dominated subjects – should not lead to the overlooking of such indicative distinctions. Both a checkpoint and a selection are "evils" – to adopt the language of radical Israeli philosopher Adi Ophir – because they distribute unnecessary, "superfluous" damage and suffering through a socially instituted order. Such distributions are open to comparison, as Ophir demonstrates in his massive study *The Order of Evils*. But when careful comparison gives way to equation between the technologies of genocide and those of occupation, significant moral and political errors occur.

The stakes of such error become especially clear when we examine at Robinson's text more closely. Despite the understandable desire to introduce Palestinians into a U.S. public sphere that persistently denies and denigrates their suffering, Robinson's rhetoric leaves the frameworks of the dominant political order intact and even mimics its reifying tendencies by eliding different forms of domination. Although Robinson's e-mail might be seen as subscribing to Du Bois's precept that no suffering should be considered "separate and unique," it forgoes the important corollary specifying that different legacies of suffering are not therefore "equal" – which is not a moral judgment but a historical one with ethical and political consequences. The deep logic of equation that runs through Robinson's e-mail is apparent when he writes, "Gaza is Israel's Warsaw – a vast concentration camp that confined and blockaded Palestinians, subjecting them to the slow death of malnutrition, disease and despair, nearly two years before their subjection to the quick death of Israeli bombs" (e-mail, 19 January 2009). At issue here is not the description of Palestinian suffering, which is well within the bounds of reasonable discourse, but rather the elision of the Warsaw Ghetto with a "concentration camp," a confusion of forms of incarceration that is typical of both heated political rhetoric and our own theoretical moment when the camp has been termed the "nomos" of modernity – but the confusion is no less damaging for that. Part of the problem lies in the uncertain referentiality of the *concentration camp* itself, a site of political detention that is sometimes confused with *extermination camps* – places, like Treblinka, only established for the purpose of genocidal killing. The Warsaw Ghetto was neither a concentration camp nor an extermination camp, but rather, as I've mentioned, a way station for people slated to die in extermination camps.

I offer these brief attempts at distinction not out of pedantry, but because they matter morally and politically. Several opportunities are lost in discourses that equate the Warsaw Ghetto with Gaza and the Israeli occupation. Besides obfuscating the fate of certain victims of the Holocaust – a moral wrong and an illustration of how easily forgetting accompanies apparent acts of memory – the reference to Warsaw obscures the conditions of Palestinian life and death in significant ways. Whereas the Holocaust framework taps into a ready channel of public discourse, its evocation discourages thinking through the novel forms of domination being developed in the occupation and blockade – forms that are distinct from industrialized genocide. The situation in Gaza is the result of forms of Israeli control not even feasible during the Nazi genocide, as well as overlapping and clashing modes of sovereignty that encompass intra-Palestinian conflicts, local powers Israel and Egypt, and the global structures of empire underwritten by the United States. Finally, the discourse of equation in Gaza–Warsaw analogies also imports a dangerous model of victimization into

Palestinian politics. For, as a genocidal way-station, the Warsaw Ghetto ultimately offered no exit except the suicidal struggle that the resistance fighters waged in 1943. The situation in Gaza is dire but still allows forms of politics beyond suicide. As historian Mark LeVine writes, "If Gaza is today's Warsaw, then Palestinians have no hope."

While the logic of equation in Robinson's rhetoric is clear, also important is its competitive tonality. The equation at work in the text and images is not intended to create solidarity between two communities of suffering. Rather, the Gaza–Warsaw equation enacts an appropriative transfer of affect from past to present: the legitimate solidarity it seeks to create with oppressed Palestinians emerges at the expense of those whose lives supply the analogous affective charge – past victims who, the analogy insinuates, are either now victimizers or have had their victim status canceled by the later actions of others acting in their name. It is true that Palestinians have often, perversely, been victimized in the name of "honoring" the memory of the Holocaust, but Robinson's analogy maintains that perverse logic of moral property, citing the state of Israel as a kind of possessive individual when it speaks of "Israel's Warsaw." In the photo-essay in particular, which emphasizes the "familial" link between Holocaust victims and Israeli perpetrators, equation simultaneously becomes a form of competitive aggression and represents a clear case of mimetic desire for an other's history of suffering.

Recognizing the conjunction of *equation and competition* enables us to situate Robinson's rhetoric on our map of multidirectional memory. It also puts him in surprising company. The same conjunction characterizes the Israeli right-wing "second Holocaust" discourse, which sees any move toward peace as setting the scene for another, more horrific genocide. Even more precisely, Robinson's discourse recalls those Jewish Gaza settlers who, during Israel's "disengagement" from the territory in 2005, sent their children out, in poses imitating the iconic Warsaw Ghetto boy, to confront Israeli soldiers. For them, too, Gaza was Israel's Warsaw and the suffering of the Holocaust was appropriated for contemporary political ends. Such a mapping of equation and competition also prompts us to plot an inverse, but analogous, position that Robinson no doubt intends to contest: that particular mixture of extreme *differentiation* and *competition* that emerges in some sacralized and instrumentalized assertions of the Holocaust's uniqueness. Here the affective transfer runs in the opposite direction: the potential affect of empathy is drained from all non-Holocaust victims and claimed as the unique property of a particular group whose suffering originated in the past.

Solidarity: From Equation to Differentiation

The two axes of our map – comparison and affect – are at least semiautonomous; hence, equation cannot be limited to the competitive affect produced in Robinson's analogy or the settlers' provocation. To the contrary, the combination of *equation and solidarity* is a frequent permutation in the map that I am sketching. While the mix of equation and competition concatenates desire and envy into a resistance politics rife with the potential for *ressentiment*, the combination of equation and solidarity produces a form of liberal universalism with multicultural accents. Such a combination can be found, for instance, in André Schwarz-Bart's novels of Jewish and black diasporas, where a litany of shared suffering produces a strong form of empathetic identification. His novel *A Woman Named Solitude* (1973) actually articulates that identification by juxtaposing the ruins of the Warsaw Ghetto with those of a Caribbean slave revolt. Even in the highly charged Israeli–Palestinian context, such forms are frequent – and sometimes build on the very same materials deployed by Robinson.

Two of the images that appear in the Finkelstein photo-essay reappear to different effect, for instance, in the Israeli-British artist Alan Schechner's *The Legacy of Abused Children: from Poland to Palestine*, a 2003 digitally altered photograph and DVD projection. The Finkelstein photo-essay concludes by juxtaposing the frequently reproduced photograph of a boy in the Warsaw Ghetto with his hands up – perhaps the most famous image from the Holocaust – with two photographs of Palestinian boys confronted by Israeli soldiers. In Schechner's work, these photographs are no longer simply juxtaposed, but set into motion. In the DVD projection, the camera zooms in on the Warsaw photograph to reveal that the boy, whose hands are empty in the *Stroop Report* image, is holding a photograph. As the camera moves closer, it becomes clear that this is a photograph of a Palestinian boy, who has apparently wet his pants in fear being carried away by soldiers. As the camera zooms in on this image, it becomes clear that the Palestinian boy is himself now holding a photograph: none other than the photo of the Warsaw boy. In folding the two images into each other, Schechner could easily be described as using a strategy of equation. In his own account of the piece, he confirms this reading but also adds nuance to this discourse by suggesting that it is not an equation of events that interests him, but rather the psychological condition of victimhood. As he writes,

> Whilst I have no interest in comparing the two events (The Holocaust and the Intifada) to see which was the most horrific ... I am interested in exploring the very real links between them. ... In this project I am using the theory that abused children, unless treated, often become abusers themselves. By applying this to the current situation in Israel/Palestine where both Israelis and Palestinians are victims who replicate and repeat the abuse they have suffered[,] the possibility for constructing solutions to this terrible conflict become[s] more real.

While offering, like the Finkelstein photo-essay, a *genealogical explanation* for the current conflict – that is, one based on a sense that today's horrors are built on yesterday's victimization and passed on from generation to generation – Schechner reverses the affective charge from antagonistic competitiveness to empathy. That is, the Finkelstein photo-essay turns past victims into the ancestors of today's perpetrators and tends to blur the distinction between those past victims and today's perpetrators: "The grandchildren of Holocaust survivors ... are doing to the Palestinians *exactly* what was done to *them*" (emphasis added). Notice not just the blatantly ahistorical "exactly," but also the ambiguous pronoun "them," which erases the distinction between the generations. Schechner, in contrast, might be seen to transfer the Holocaust suffering of the past onto *both* the Israelis and the Palestinians, who are portrayed in his comments equally as victims. If that were the case, then the work would seem to imply that solidarity *requires* a logic of equation, a requirement that stands in tension with the work's obvious desire to reach across differences. While preferable to competitive discourses, this vision would also risk downplaying historical heterogeneity, with uncertain effects for political mobilization and moral vision. In Iris Marion Young's terms, its promotion of "symmetrical reciprocity" would project a too simplistic vision of the world that reproduces the failure of recognition it sets out to oppose.

However, if one reading of *The Legacy of Abused Children* places it securely in the equation – solidarity quadrant of the map of memory, a rereading of the work also suggests another possibility. Through its self-consciously manipulated form, *Legacy* undermines deterministic genealogical explanations that present an endless cycle of reciprocal violence and reproduce notions of two victim peoples. The digitally manipulated photographs ironize realist accounts of causality. Hence, even as the endless loop of the video suggests the circular nature of violence, it also subverts all claims to the morally justified originary position of victim that frequently justifies violence – and certainly does so in the Israeli case, where Holocaust memory has been mobilized for just this purpose. The particular nature of the photographic manipulation is also crucial: in placing a photograph in each boy's hand, Schechner transforms an image of absolute innocence and abject powerlessness into one of solidarity, defiance, and constrained agency. If Robinson's is an appropriative logic, this rereading of *The Legacy* suggests that analogy need not function in this way. In deconstructing the claims to origin that underlie much of the rhetoric of the Israeli-Palestinian conflict (in terms of land claims and suffering), it offers the possibility that analogy can become part of a depropriative, transformative work of memory in which the juxtaposition of different histories reorganizes understanding of both.

In creating the possibility of a differentiated solidarity of the sort illuminated by Du Bois, Schechner's work begins to imagine the outlines of a new conception of justice – one in which transcultural comparison does not simply produce commensurability out of difference, but reconfigures the elements it brings together. Cultural memory and discourses on the past do not themselves constitute institutionalized agencies capable of redressing injustices. However, they can create arenas where injustices are recognized and new frameworks are imagined that are necessary, if not sufficient, for their redress.

Political philosopher Nancy Fraser aligns the production of such new frameworks of justice with a two-step process: first, she argues, we need to recognize how many conflicts arise from situations of *abnormal justice* – situations similar to what Lyotard calls the "differend," where no common language for articulating wrongs exists; but, second, and contrary to Lyotard, we need to attempt to move beyond abnormality to a conception of *reflexive justice*, which, writes Fraser, involves in turn a dual commitment, "entertaining urgent claims on behalf of the disadvantaged, while also parsing the metadisagreements that are interlaced with them."

Those who wield the Gaza–Warsaw analogy exemplify the first commitment to hear the urgent claims of the dispossessed, but too often they lack the flexibility of the second commitment to a reflexive parsing of metadisagreements about what Fraser calls the "who," "what," and "how" of justice. Rather, Robinson and many others on both sides of the Israeli-Palestinian conflict who invoke the Holocaust attempt to reestablish a *known* frame in order to stake a claim in resolving the dispute or obtaining justice. The Nazi genocide is conventionally thought to exceed all "normal" conceptions of justice and to estrange familiar categories such as "guilt," "punishment," and even "the human." Yet, invocations of the genocide in the context of the Israeli-Palestinian conflict tend to reference the Holocaust as the bearer of shared norms of human rights and clear-cut moral distinctions. In scenarios of equation, not only is the past anachronistically rewritten from the vantage point of a very different present (a rewriting that characterizes many acts of memory), but, as a result, the present loses its potential as a locus of novelty. While the discourse activates a universalizing framework of recognition through which underrecognized subjects become visible as victims, this framework serves not so much to acknowledge difference as to translate difference back into a reduced vision of sameness. That is, regardless of the complexities of the Nazi genocide as a historical phenomenon, the images of the genocide that circulate in the present reduce it – as well as the contemporary cases to which it is analogized – to a stereotypical scenario of good and evil, innocence and absolute power.

A discourse based on clear-cut visions of victims and perpetrators or of innocence and guilt evacuates the political sphere of complexity and reduces it to a morality tale. Even in the case of genocide, a seemingly exceptional situation of polarized innocence and guilt, the most thoughtful responses have been forced to reflect on uncomfortable questions of complicity and ambivalence in the *gray zones* created by extremist political movements. As Susannah Radstone has argued in relation to the photo of the Warsaw Ghetto boy, we need strategies of rereading the image that "wor[k] against the grain of identifications with 'pure' victimhood ... by undercutting the sense of an absolute distinction between 'good' and 'evil' and by proffering, or even foregrounding potential identifications with perpetration as well as with victimhood." While there most certainly are victims to be acknowledged and perpetrators to be held responsible, a discourse that turns on absolutes of innocence and guilt can only anchor an absolutist, perhaps even apocalyptic, politics.

Ultimately, the goal of a radical democratic politics of multidirectional memory today is not only to move beyond discourses of equation or hierarchy, but also to displace the reductive, absolutist understanding of the Holocaust as a code for "good and evil" from the center of global memory politics. This time- and place-specific task demands a vision of reflexive justice: critical intervention today is necessarily different from what it was, say, in Du Bois's time, when Holocaust memory was not yet as central to moral discourses. Today, even critical invocations of the Holocaust under the sign of equation keep in place Israel's most potent legitimating symbol: a narrative genealogy of ultimate victimization coupled with absolute innocence. The displacement called for today does not entail a removal of Holocaust memory from the public sphere, but rather a decentering of its abstract, reified form. Resources for such a decentering can be found in the archive of multidirectional memory. Decentering, in turn, does not mean relativization of the historical facts of the Nazi genocide. The persistence of Holocaust denial suggests that, in certain arenas, memory of the Holocaust can still play a progressive role. But working through the implications and particularities of genocides needs to be separated from a discursive sacralization of the Holocaust that legitimates a politics of absolutism. Such a sacralization has become so powerful and simultaneously so empty of meaning that it seems to exert a magnetic force even on those who seek to oppose the politics it legitimates.

But it need not be so. In addition to earlier figures such as Du Bois and Duras, and contemporary artists such as Schechner, we can also take inspiration from the most prominent spokesperson from the Palestinian diaspora, the late and sorely missed Edward Said. Said repeatedly refused "morally to equate mass extermination with mass dispossession." He also frequently referred to Palestinians as "the victims of the victims." Although this formulation sounds at first like a pure example of equation and symmetry, I do not think he was suggesting that victimization leads inevitably to further identical forms of victimization. Rather, Said meant that Israelis and Palestinians have been brought together by the contingencies of history, by logics only partly in their control. They occupy a shared, yet divided place – both a geographic territory and a geography of memory. This place is not, today, a site of symmetry and peace – it is a site of asymmetry and violence, and Gaza is a resonant symbol of that condition. Transforming that condition will take more than the work of multidirectional memory, but without changing the way we think about the past it will be difficult to imagine an alternative future.

Michael Rothberg is professor of English and Conrad Humanities Scholar at the University of Illinois at Urbana–Champaign, where he is also director of the Holocaust, Genocide, and Memory Studies Initiative. His latest book is *Multidirectional Memory: Remembering the Holocaust in the Age of Decolonization* (2009), published by Stanford University Press in its Cultural Memory in the Present series.

NOTES

Questions from Stef Craps prompted me to write this essay, which I began during a productive stay as a fellow at the Flemish Academic Centre for Science and the Arts (Vlaams Academisch Centrum [VLAC]) in Brussels. Earlier versions were presented at Columbia University, UCLA, the University of Illinois, the University of Missouri, and the "Transcultural Memory" conference in London. I'm grateful to the audiences of those lectures for their questions and comments, to Susannah Radstone for her engaged response in London, and to those who invited me to speak:

Richard Crownshaw, Zsuzsa Gille, Marianne Hirsch, Andreas Huyssen, Eleanor Kaufman, and Brad Prager. I also received very helpful feedback from Matti Bunzl, Lauren M. E. Goodlad, Neil Levi, and Yasemin Yildiz. Special thanks to Alan Schechner for his images and his permission to reprint them. Responsibility for the arguments articulated here is solely my own.

1 Michael Rothberg, *Multidirectional Memory: Remembering the Holocaust in the Age of Decolonization* (Stanford, CA: Stanford University Press, 2009).

2 See also Alison Landsberg's important study of "prosthetic memory," which suggests that in the wake of modernity and the development of the mass media, memory is no longer linked to "organic" communities but becomes available for creative adaptation and sharing across identity categories (*Prosthetic Memory: The Transformation of American Remembrance in the Age of Mass Culture* [New York: Columbia University Press, 2004]).

3 Addressing this problem means reflecting on how acts of public memory encode different imaginaries of political subjectivity and justice. Building on work by Judith Butler, Nancy Fraser, and Iris Marion Young, I suggest that at stake in articulations of multidirectional memory are conceptions of solidarity and justice that turn on matters of framing, commensurability, and affect – that is, on questions of political representation and jurisdiction as well as the epistemological grounds and emotional tonalities of recognition. See Judith Butler, *Frames of War: When Is Life Grievable?* (New York: Verso, 2009); Nancy Fraser, *Scales of Justice: Reimagining Political Space in a Globalizing World*, New Directions in Critical Theory series (New York: Columbia University Press, 2009); and Iris Marion Young, *Intersecting Voices: Dilemmas of Gender, Political Philosophy, and Public Policy* (Princeton, NJ: Princeton University Press, 1997).

4 United Nations Human Rights Council, *Human Rights in Palestine and Other Occupied Arab Territories: Report of the United Nations Fact Finding Mission on the Gaza Conflict* (New York: United Nations Human Rights Council, 15 September 2009).

5 In the face of a proliferation of such claims, a recent report by the European Institute for the Study of Contemporary Antisemitism goes so far as to suggest that such analogies may fall under the category of hate speech and thus become subject to criminal prosecution. Although in this essay, I am critical of certain articulations of remembrance, I do not believe that criminalization is a productive response to troublesome analogies and abuses of memory. See Paul Ignaski and Abe Sweiry, *Understanding and Addressing the 'Nazi Card': Intervening against Antisemitic Discourse* (European Institute for the Study of Contemporary Antisemitism, 2009). See also the useful critical discussion of the report in Brendan O'Neill, "Playing the Nazi Card Is Vile and Pathetic, but Hardly Illegal," *Australian*, 19 August 2009, accessed 19 August 2009, available at www.theaustralian.news.com.

6 The conflict around the blockade of Gaza has escalated because of the preventive measures Israel has taken against international activists attempting to break the blockade – measures that, in the infamous case of the Mavi Marmara, turned deadly. For a collection of documents and analyses responding to the 31 May 2010 attack on the flotilla, see Moustafa Bayoumi, ed., *Midnight on the Mavi Marmara: The Attack on the Gaza Freedom Flotilla and How It Changed the Course of the Israel/Palestine Conflict* (New York: OR Books, 2010), accessed 1 October 2010, available at www.orbooks.com/our-books/midnight/.

7 For an encyclopedic account of the ghetto, see Barbar Engelking and Jacek Leociak, *The Warsaw Ghetto: A Guide to the Perished City* (New Haven, CT: Yale University Press, 2009). By way of comparison, the Gaza Strip has a population of 1.5 million as of July 2009 and an area of 139 square miles (360 km2). Its population is growing at three times the world rate, and the median age for residents is 17.4 years, with 44.4% of the population age 14 or younger (Central Intelligence Agency [CIA], *The World Factbook*, accessed 20 August 2009, available at www.cia.gov/library/publications/the-world-factbook/).

8 Scholars are rapidly and definitively changing our understanding of the early years of Holocaust memory. This is one of the stakes of *Multidirectional Memory*, but for a full account of the U.S. context, see Hasia Diner, *We Remember with Reverence and Love: American Jews and the Myth of Silence after the Holocaust, 1945–1962* (New York: NYU Press, 2009).

9 W. E. B. Du Bois, "The Negro and the Warsaw Ghetto," *Jewish Life*, May 1952, 14–15, quotation on 15.

10 Ibid., 14.

11 W. E. Burghardt Du Bois, *The World and Africa: An Inquiry into the Part which Africa Has Played in World History* (New York: Viking, 1947), 23. This passage is often used as evidence for the argument that the Nazi

genocide simply repeated colonial violence on a new set of European victims, but Du Bois came to a more nuanced view in "The Negro and the Warsaw Ghetto."

12 Marguerite Duras, "Les deux ghettos," *France-Observateur*, 9 November 1961, 8–10.

13 Robinson sent his e-mail on 19 January 2009, the day after the Israeli bombing campaign ended, although at a time when the situation in the Gaza Strip was obviously dire. For more on the Gaza bombing and the situation on the ground, see the report by Amnesty International, *Israel/Gaza: Operation "Cast Lead": 22 Days of Death and Destruction* (London: Amnesty International, 2009), and the report by the United Nations Fact Finding Mission on the Gaza Conflict [The Goldstone Report], *Human Rights in Palestine and Other Occupied Arab Territories* (New York: Office of the United Nations High Commissioner for Human Rights [OHCHR], 15 September 2009), accessed 15 October 2009, available at www2.ohchr.org/english/bodies/hrcouncil/specialsession/9/factfindingmission.htm. A range of documents pertaining to the Robinson case can be found on the website created by his supporters in the Committee to Defend Academic Freedom at UCSB, http://sb4af.wordpress.com. Although the photo-essay is not signed by Finkelstein, it can be found on his official website under the heading "Deutschland Uber Alles: The grandchildren of Holocaust survivors from World War II are doing to the Palestinians exactly what was done to them by Nazi Germany ..." (www.normanfinkelstein.com/deutschland-uber-alles/). The photo-essay was still viewable as of 1 October 2011, and I direct readers to it. Despite the lack of explicit authorship, I will refer to it as the Finkelstein photo-essay in order to mark its apparent source for Robinson.

14 For an excellent account of threats to academic freedom for U.S.-based academics critical of Israeli policy, see David Theo Goldberg and Saree Makdisi, "The Trial of Israel's Campus Critics," *Tikkun*, September–October 2009. On the implications of the Robinson case for questions of academic freedom in the digital age, see Robert O'Neil, "Academic Freedom in Cyberspace," *Academe Online*, September–October 2009, accessed 15 September 2009, www.aaup.org/AAUP/pubsres/academe/2009/SO/Feat/onei.htm.

Erica Lehrer

Jewish Figurines and Holocaust Memory: A Meaning-Making Circuit in (and beyond) the Polish People's Republic[1]

I recalled [the deported Jews] because of my friend Jankiel Wiadecki, who remained stuck in my head forever. I often tell my wife and children about him, about the conversations we used to have, about how it used to be. We liked each other [...] And he would tell me: you know what, Adam, I won't abandon the children, no matter what. And we said our goodbyes and that was it. They took them soon after that. Apparently, he went with the children. They destroyed him. That's it. And I said to myself: I need to have a reminder of him. And I made one.

Adam Zegadło[2]

---

1 A version of this text is going to be published in Terribly Close: Polish Vernacular Artists Face the Holocaust, (Eds.) Roma Sendyka, Erica Lehrer, Wojciech Wilczyk, Magdalena Zych. Warsaw: Jewish Historical Institute, 2021. The research on which it was based emanated from the project Awkward Objects of Genocide (Roma Sendyka, Erica Lehrer, Magdalena Zych, Wojciech Wilczyk) as part of the research consortium Transmitting contentious Cultural Heritages with the Arts: From Intervention is a Co-Production (Horizon 2020, European Commission grant, number 693857, director Klaus Schönberger, www.traces.polimi.it/). The materials collected during the research were presented at the exhibition Terribly Close: Polish Vernacular Artists Face the Holocaust at the Seweryn Udziela Ethnographic Museum in Krakow, Poland, December 1, 2018 – March 31, 2019 (see www.terriblyclose.eu/). I thank Roma Sendyka, Magdalena Zych, Wojciech Wilczyk, and Magdalena Waligórska for co-thinking and inspiring the insights presented here. This work is financed by (NCN-DFG, Beethoven Classic) research project 2018/31 / G / HS2.

2 Ślady (Traces), Directed by Andrzej Brzozowski. Poland, 1967/1981 (my italics).

[W]hen words fail us, our possessions speak.

Janet Hoskins

The research project *Awkward Objects of Genocide* and the resulting exhibition *Terribly Close* raised the question of whether the rare, spectacular Polish "folk art" that depicts the German Occupation of Poland and the Holocaust – including Wehrmacht soldiers persecuting Jews, the stages of their brutalization, gassing, and cremation of their bodies in camp ovens – can be seen as a form of "witness art," or ethical memory, fulfilling the obligation to speak for the victims who cannot speak for themselves. We call this kind of art "awkward" for its disruptive qualities vis-à-vis Polish museum classification systems, the way it is ill-fitting to pre-existing discussions about Holocaust memory and representation, and the discomfort it produces in contemporary viewers.

Other Polish folk art figurines depicting Jews "as such" – that is, without any obvious visible Holocaust-related meaning – have been analyzed elsewhere, often for their troubling qualities: their stereotypical, kitschy, at times even anti-Semitic character. They have also been discussed as objects of nostalgia for pre-war times. But given that Jews themselves largely disappeared from Poland as a result of the Nazi genocide, and that the first Jewish figurines were generated in the postwar era[3] by carvers who remembered Jews and experienced their genocide firsthand, it seems worth asking whether such simple wooden Jews might be seen as objects of Holocaust memory, too, and if so, what kind.[4] Rather than only symptoms of the condition of Polish recall, they may better be thought of as tools for a muffled form of dialogue and interpersonal negotiation among representatives of three developing national memories: Polish, Jewish, and German.

Jews themselves were awkward objects in postwar Poland – the period of the Polish People's Republic, or PPR, a time during which public discourse

3 Excluded from this discussion are traditional kinetic "toy" figurines sold at Kraków's Emaus church fair for well over a century. While their meanings changed in the postwar era, they belong to a single local event connected to prewar religious traditions.

4 For perspectives of key authors see: Erica Lehrer (ed.) *Lucky Jews*: Poland's *Jewish Figurines* (Kraków: Halart, 2014). Ethnographer Olga Goldberg-Mulkiewicz, who worked in and after the PPR era, is the only scholar to have written extensively on the figurines. She makes important observations about Holocaust memory in relation to them, but only in passing, without a sustained concern for the subject. See Olga Goldberg-Mulkiewicz, *Stara i nowa ojczyzna: ślady kultury Żydów polskich* (Łódź Polskie Tow. Ludoznawcze, 2003). In earlier work I argued for understanding the figurines as the products of international meaning-making circuits among Poles, foreign Jews, and others, but focused on Poland's post-communist era. See: Erica Lehrer, Jewish Poland Revisited. Heritage Tourism in Uniquiet Places. (Indianapolis: Indiana University Press, 2013), 163.

about Jewish themes became restricted. The suffering of the camps as denoted by the infrastructure of the Nazi death machine – barbed wire, striped uniforms, brutal Nazi guards, even gas chambers and crematoria – was acceptable iconography in the popular visual language of commemoration, as it could be made to align with both Poland's Stalinist and post-1956 nationalist brand of state socialism with its "cult of sites of execution"[5], and such imagery also fit with Catholic Polish 'martyrology', which the authorities however grudgingly permitted. But the idea of Jews as unique victims of wartime violence was a particularly taboo topic, one that was variously minimized, obfuscated, or erased from the public visual and discursive field from the late 1940s until the beginning of the 1980s.[6]

Still, Jews had been neighbors. As they disappeared from the local scene, their synagogues, cemeteries, homes, furniture, and linens surrounded, and were 'inherited' by, Polish villagers. Such items pointed to their former fellow citizens, and the specifically Jewish Holocaust that if remembered, could not be publicly acknowledged in the PPR – and is still not fully digestible today. Poland's murdered Jews would trickle back into the landscape in wooden form, proliferating in inverse relation to their physical absence.

Whatever the indeterminable 'original' intentions of their makers, these Polish folk art objects have changed in both form and meaning as social relations and memorial needs among surrounding actors have shifted. Key movements to consider include the anti-Semitic campaign and resulting exile of Poland's Jews in 1967–68, a growing post-1968 trend (both top-down and bottom-up) in Poland to "remember" the Jewish community (whether this memory was spontaneous or instrumental), and – perhaps surprisingly – the development of German Vergangenheitsbewältigung and Ostpolitik.[7] But the central frame was Poland's commercial folk art industry, the core driver transforming otherwise incohate impulses into a supply of concrete objects of exchange.

---

5 Joanna Wawrzyniak, *Veterans, Victims, and Memory: The Politics of the Second World War in Communist Poland* (Frankfurt: Peter Lang, 2015) 197.

6 See: Michael Steinlauf, *Bondage to the Dead: Poland and the Memory of the Holocaust* (Syracuse: Syracuse University Press, 1997) and Piotr Forecki, *Od Shoah do strachu: Spory o polsko-żydowską przeszłość i pamięć w debatach publicznych* (Poznań: Wydawnictwo Poznańskich, 2010)

7 This includes initiatives like Aktion Sühnezeichen (Action Reconciliation Service for Peace), founded in 1958 by the Evangelical Church in both East and West Germany to confront the legacy of Nazism, bringing German volunteers to visit memorial sites in Poland in the mid-1960s, as well as many church-hosted exhibitions of Polish folk art in West Germany from the 1970s through the 1990s.

'Folk art' was conceived by elites, to their politics and tastes.[8] State-run competitions suggested broad themes, and ethnographers purchased and encouraged what met their institutions' cultural mandates. Artists quickly began to suss out which of their creations pleased buyers, and then made more of those.[9] Yet provincial artists remained significant agents, so an obvious place to begin a search for a memorial impulse in folk art figurines of Jews is with them.[10] The first-generation of postwar artists depicted characters they recalled from their local environment.[11]

Adolf Milczanowski (1899–1977), one of the first documented woodcarvers to make a figurine of a Jew – praying – in 1966, told noted ethnographer Antoni Kroh that he did so in order to mark the Jews' disappearance from the postwar Polish village landscape.[12] Kroh recounted Milczanowski's telling him, "The countryside today is terribly strange without Jews. Like it would be strange without willows, without horses, without cows." Carver Leon Kudła (1878–1964) expressed a similar sentiment: that the landscape was simply odd without Jews. In the context of the PPR's state-sponsored folk arts industry that encouraged artists to engage with the changes in village life, it is hard to know whether such Jewish figurines served as generalized metonyms for "the old world" of prewar times or as deeper meditations on the Jewish fate.

In the first two postwar decades, Jewish themes were rare in Polish folk art. There is some consensus among Polish scholars contemporary to the era that the topic of Jews appeared in folk carving on a broader scale at the beginning of the 1970s, and the dates of many documented sculptures support this con-

8 See Ewa Klekot, this volume and "The Seventh Life of Polish Folk Art and Craft" *Etnološka tribina* 33 (vol. 40, 2010, 71–85). Also see: Piotr Korduba. *Ludowość na sprzedaż: Towarzystwo Popierania Przemysłu Ludowego, Cepelia, Instytut Wzornictwa Przemysłowego* (Warszawa: Fundacja Nowej Kultury Bęc Zmiana: Narodowe Centrum Kultury, 2013).

9 See: Antoni Kroh, *Współczesna Rzeźba Ludowa Karpat Polskich* (Wrocław: Zakład Narodowy im. Ossclińskich, 1979).

10 Despite the confusion, exploitation, and embitterment many carvers experienced in this inscrutable state-sponsored market, Kroh stressed carving was still an opportunity "to leave a trace of oneself" in the world. *Ibid*, 47.

11 Goldberg-Mulkiewicz noted that Olga Goldberg-Mulkiewicz "Postać Żyda w polskiej rzeźbie ludowej" *Polska Sztuka* (Ludowa – Konteksty, 1980, vol. 34, nr. 3-4, 219–226), 225.

12 Personal interview with TRACES team (Erica Lehrer, Roma Sendyka, Wojciech Wilczyk, Magdalena Zych), July 2017, Nowy Sącz. For an image of that figurine see: Jadwiga Malinowska, "Adolf Milczanowski – współczesny rzeźbiarz ludowy" *Materiały Muzeum Budownictwa Ludowego w Sanoku* (1968, Nr. 7, June, 31–40).

tention.[13] Yet carvers' "personal memories" emerging at that time may have been prompted – and at minimum took material form – in response to external triggers, which touched them in broad political or more intimate personal ways.

Wiktor Ćwierzyk (1914–2001) from Myślenice was one of the first carvers to produce figures of Jews on a mass scale.[14] A lifelong barber, Ćwierzyk's shop was on the town's main square, where he often watched the local Jews socializing on the sabbath.[15] Through his shop window he had also been eyewitness to a large-scale attack on the town's Jews by Polish fascists in 1936, an event that "was stamped horridly into his memory."[16] Apparently terribly frustrated by the events of March 1968 (student revolts, which the government reacted to by intensifying the anti-Semitic campaign they began a year earlier in response to the Six Day War in the Middle East) and encouraged by the government reforms and hopeful social changes of the early 1970s, he began to carve Jews. The Jews he carved, however, show no trace of the violence he saw perpetrated on their community – save, perhaps, for their startlingly wide eyes.

Did the 1968 events have any direct influence on the proliferation of Jewish figurines? Previous, more sudden, and more numerically significant events – the genocide itself, and earlier waves of post-war Jewish emigration – had led to the decimation of Poland's "traditional" Jews, those who looked like the almost-uniformly black-cloaked figurines. (Only 300,000 of Poland's 3,000,000 Jews survived the Holocaust, and after 1956, over 40,000 Jews left Poland, which was more than half of the entire Jewish population at the time). By 1968, the small remaining community was "invisible" in the aesthetic terms of Polish folk art; these local Jews dressed (and often felt themselves to be) like any other Pole.

If there is no record of an artist indicating the 'March events' as a motivation for making Jewish figurines (nor any folk depiction of the anti-Jewish episode itself), there is one traceable factor: the emotional significance of this

13 Goldberg-Mulkiewicz suggests that the theme emerged, but was unwelcome, in the late 1950s (see Lehrer, *Lucky Jews* (...), 214. Other authors, such as Cała, Jackowski, Kroh, and Paciewicz and Sabak suggest later dates, in the 1960s, 70s, even 80s, when images of such works trickled into Polish folk-art journals. This points to a circular problem: it is not just that such art was created or encouraged only when it began to be politically palatable, but it was also only documented at that point by scholars, who labored under the same politico-cultural circumstances; otherwise there is little trace of it.

14 Antoni Kroh interview (see note 11).

15 Ćwierzyk recalled to Olga Goldberg in 1982 how they "stood and talked and talked" (Goldberg-Mulkiewicz, 2003, 165), a fact he repeated to me in 1998 (personal interview, Myślenice).

16 Antoni Kroh (see note 11). See also: Agnieszka Cahn, *A Critical Analysis of Adam Doboszyński's March on Myślenice in 1936*. Doctoral Dissertation (Cambridge University, UK, 2011).

"last" Jewish emigration for Polish Jews themselves, who were suddenly ethnically marked, stigmatized, and unceremoniously stripped of their homeland. These exiled, assimilated Jewish Poles took with them such folk art carvings, depicting an ancestral pre-war village culture that had been eradicated by the Holocaust, in their limited baggage allowance when they left Poland for good; these ended up on living-room shelves from Sweden to Israel to Australia and the USA (where they could also be purchased from Poland's state-run Cepelia folk crafts shop in New York). Indeed, an image in the 2018 exhibit *Estranged (Obcy w Domu)* at Polin Museum in Warsaw shows the baggage inspector at Warsaw's Gdański railway station holding one such carving – a bas-relief depicting a traditional Jewish fiddler – pulled from a 1968 expellee's luggage. Nineteen-sixty-eight may thus have helped increase nostalgic desire for images of Poland's Jewish past among foreign Jews, an increasingly relevant market segment for Jewish heritage products that would burgeon two decades later.

But if Jewish figurines were becoming noticable in Poland by the late 1960s, the idea that they might express empathic memory of Jewish suffering could not be openly articulated at the time. The documentary film Traces, by prominent filmmaker Andrzej Brzozowski (1932–2005), explicitly made that connection, showing folk artists discussing their works in relation to their memories of the Holocaust and their Jewish neighbors who perished. Begun in June 1967, the film was only permitted final production and released almost fifteen years later, in 1982. Poland's Jews were unmentionable. Words, it seems, were too explicit, too threatening in public. But carved wooden Jews themselves were ambiguous enough statements, their meanings manipulable for a variety of needs: political, emotional, social, commercial.

Archival photos show that carver Tadeusz Cąkała's (1927–1975) sculpture "Jewish Family" (1968) was given a prominent place in the May 1976 exhibit "Folk Carving from the Łuków Association" ("Łukowski ośrodek rzeźby ludowej") at Warsaw's State Ethnographic Museum; photodocumentation shows it stood balanced on a block on a high white podium in the center of the gallery (see figure 1). The same work was selected as the cover image for the catalog. It was also one of three images selected to represent the show in a long review in the Green Banner (Zielony Sztandar), the Polish Peasant Party weekly. Artist, collector, curator, and journalist al "chose" to focus attention on this long-taboo topic. Yet neither exhibit, catalog, nor review says anything about Jews, suggesting that the sculptures were engaging in a form of wordless communication that was open to broad interpretation.

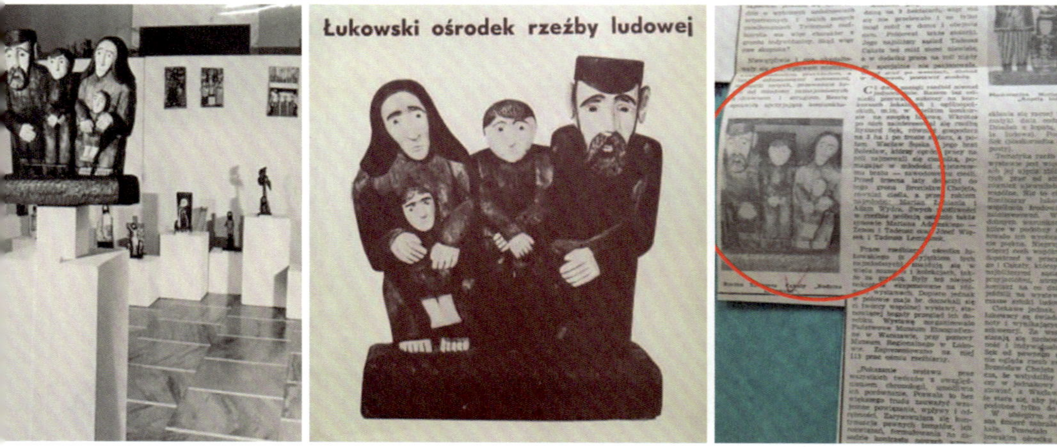

Figure 1: L-R: Tadeusz Cąkała's "Jewish Family" on display in Warsaw in 1976; in the pages of the Green Banner; and on the cover of the Warsaw exhibition's catalog.

Top-down "suggestion" by local museum directors seems to have been a common impetus for Polish folk artists to begin carving Jews[17], and it seems likely that such encouragement was instrumental on the part of the state, in line with Poland's shifting raison d'etat, which included a new emphasis on tolerance for minorities, including Jews.[18] Cepelia, Poland's national folk arts association, was at the height of its powers in the 1970s[19], and new, secular themes for folk art were being sought, both to continue channeling peasant creative energies away from traditions of crafting devotionalia, and also to satisfy a growing market at home and abroad.[20]

But given the tacitly regulated atmosphere that former workers at Polish cultural institutions recount regarding the selection of subject matter, any formal government encouragement for folk art on Jewish topics must have trickled down unevenly through the human hierarchies in Houses of Culture, ethnographic museums, Millenium cooperatives, and Cepelia and Desa shops

17 Evidence of such external suggestion includes the cases of Józef Piłat, Józef Reguła, and Adam Zegadło.

18 Michael Steinlauf, *Bondage to the Dead. Poland and the memory of the holocaust* (New York: Syracuse Univ. Press, 2006) 89–121.

19 Korduba, Op. Cit

20 Carvers experimented widely at this time: Ryszard Sęk's singular figurines of a Jewish hunter, beekeeper, and forester – occupations not traditionally associated with Jews – all emerged in the 1970s.

that formed the popular arts-and-culture infrastructure of the Polish state.[21] While broader social silences about Jews that paralleled and supported the government-imposed taboo were necessarily upheld by individuals, non-Jewish Poles also began to develop an interest in figurines of Jews, based on nostalgia or progressive politics critical of the PPR's forced cultural homogeneity.[22] The 1970s, further, saw the development of push and pull factors involving Poland's relationship with Germany that together spurred an increase in the creation and publicizing of Jewish themes in Polish folk art that would

Figure 2: L-R: Recklingshausen exhibition catalog with Cąkała "Jewish Family" (1973); Cloppenburg exhibition invitation with Czerwiński's "Last Embrace" (1980); Bramstedt exhibition press with a Jewish figurine by Adam Zegadło (1985).

endure for three decades; Ostpolitik brought a new German openness towards Poland, and Jews and Holocaust themes were conspicuously forefronted in German exhibitions and publications on Polish folk art, in part, perhaps,

21 Our research has uncovered no evidence of any explicit encouragement for (e.g. in the form of a competition or exhibition) Jewish subject matter. Zdzisław Leś, Director of the Kraków's main House of Culture "Palace under the Rams" from 1983 to 1991 (and subsequent founder of the city's Jarden Jewish Bookshop in 1993) noted that during his tenure there were no officially suggested nor prohibited themes for exhibitions, lectures, or other events, but that employees of these institutions were guided by the prevailing "political correctness" and simply "felt" what was and was not acceptable (and understood that purveying unacceptable themes would have serious consequences).

22 Goldberg-Mulkiewicz, Op. Cit., 163–164. The literary journalism of Anna Strońska (Kup mi serce in 1975 and *Tyle szczęścia dla szewców* in 1977) depicts her search, as a Warsaw-based elite, for figurines and memories of the Jewish past among provincial Polish carvers.

due to Polish foreign policy efforts to respond to international criticism regarding 1968's anti-Semitic outburst (see figure 2).[23]

Yet even if the impulse to carve a Jewish figurine is external, other factors come into play the moment the task is taken up. Instrumental encouragement by the Polish state or positive attention by collectors may have been experienced by some Polish carvers as permission to express a pre-existing idea or sentiment; in others such encouragement may have catalyzed memories or feelings that otherwise may not have manifested. The formal components used to create artworks (e.g., wood from execution sites, paint made from ash, additional materials like scraps of Yiddish newspapers or scavenged torah scrolls), the physical experience of carving (an imagined, researched, or remembered Jew), their function as objects in inter-personal exchanges (gifting, purchasing, ownership), their "aura" in private and public display are also aspects of the figurines' material presence that may trigger acts of remembering. As Katarzyna Zimmerer (b. 1961), daughter of renowned collector of Polish folk-art Ludwig Zimmerer (1924–1987), recalled, "[a]lthough we never talked about the war, the topic was always around, thanks to the naïve sculptures in Father's collection – their authors returned through them to their experiences during the occupation."[24]

By his own and others' (however mythologized) telling, the object that began German journalist Ludwig Zimmerer's storied career as a collector and patron of Polish folk art was Wacław Czerwiński's "Last Embrace Before Parting," a moving depiction of an Orthodox Jewish man saying goodbye to his daughter before both are sent to the gas chamber.[25] Zimmerer is said to have seen the figure on a shelf at a state-run Cepelia folk-craft shop in Poland in the late 1950s and was smitten.[26]

---

23 Uta Karrer, *Ambigues Polen. Diskurse zu sztuka ludowa und polnischer Naiver Kunst in der Volksrepublik Polen und der Bundesrepublik Deutschland.* (Phd Dissertation, University of Munich, 2018), 90.

24 Katarzyna Zimmerer, "Memories of my father." *Etnografia nowa* (2013/5),163. In Hanna Krall's 1977 Shielding the Flame, a long-form reportage of her perapetetic conversation with Warsaw Ghetto Uprising leader Dr. Marek Edelman as they walk through Muranów, she similarly blurs the memory of the murdered Jews with the collection of wooden figurines that crowd journalist Anna Strońska's nearby apartment.

25 The description in a German-language book about Zimmerer's collection reads, "The first figurine in the collection: with "Last Embrace before Parting" – a Jew with his child before being sent to the gas chamber – the cobbler Czerwiński expresses the solidarity of the poor with the victims." Willi Fleckhaus, Aus der Kunst des Polnischen Volkes (Frankfurt: Insel, 1979). (Zimmerer's assistant Joanna Szczęzna mentioned that Zimmerer specifically showed this figurine to Warsaw Ghetto Uprising leader Marek Edelman on a visit to Zimmerer's home for lunch in 1981, further suggesting its significance to the owner, and its relation for him to Holocaust memory. Interview via Zoom, 12/13/20).

26 Piotr Sarzyński. "Niemiec od polskich świątków." *Polityka 33* (2781, August 15, 2009, 43–45). The date given for the purchase in this article is sometime in late 1958, but the story of this being Zimmerer's first purchase is repeated in multiple publications either quoting Zimmerer or simply stating the fact as given.

Figure 3: L-R: Four versions of Czerwiński's sculpture "Last Embrace": in Willy Fleckhaus's book about Ludwig Zimmerer's collection; in Hans-Joachim Schauss's book Contemporary Polish Folk Artists; in the Schauss collection at Berlin's Museum of European Cultures (© Staatliche Museen zu Berlin, Museum Europäischer Kulturen / Ute Franz-Scarciglia); and in Alina Cała's book The Image of the Jew in Polish Folk Culture (which belongs to Cała's aunt, a former sociologist, in Warsaw).

If Zimmerer found "Last Embrace" at a Cepelia shop, its story does not end (nor begin) there. There are four documented versions of the "same" piece (see figure 3). The German collector Hans-Joachim Schauss (1933–2013) apparently saw Czerwiński's sculpture, probably on a visit to Zimmerer's Warsaw home or at an exhibit of his collection in Germany, and subsequently approached the artist to make him another one. Curator Jane Redlin at Berlin's Museum of European Cultures, where Schauss's collection is housed, understood from conversation with Schauss that he wanted the figurine because it so well expressed the history and emotion of the Holocaust.[27]

Zimmerer spoke publicly – in interviews, on television and film, and at his exhibitions – about how Jewish- and Holocaust-themed sculptures helped him understand the wounds of war:

> Before I came [to Poland], I read about the fate of [the country] during the occupation. I knew the extent of losses and the number of victims...but in spite of this I had no idea. Later I began to understand what this period meant for Poland, that wounds

27 Personal communication, e-mail 2016.

> from that time have yet to heal. A small sculpture by Wacław Czerwiński titled „Last Farewell Embrace (Farewell of a Jew to his child before death)" helped me to understand this. It was one of the first sculptures that I bought. A few years later I got the series "Bełżec" [one of the six Nazi death camps] by Zygmunt Skrętowicz, and still later the "Auschwitz Scenes" by Władysław Chajec, who made only two trips after the war – pilgrimages to Częstochowa and to Auschwitz – and Adam Zegadło's Jewish figures. *None of these works were made on commission, but exclusively out of the [artists'] own needs to remember what was, to make a monument to the murdered. Yes, precisely monuments, and I don't hesitate to say that of all the monuments in the world that I know, these are the most authentic and moving* (my italics).[28]

Framing Polish carvers' process of creation as both spontaneous and commemorative, he views the artists and their works as a kind of "raw memory", which he sourced from the provinces to refine and deliver to urban elites in both Poland and Germany.

Yet social anthropologist Alina Cała, in her essay in this volume, suggests (anecdotally) that Czerwiński did not himself view his first version of a couple embracing as a Jewish pair at all, but that this interpretation was suggested to him by Polish-Jewish academics visiting from Łódż. While the version Zimmerer purchased presents the male figure with a beard, long black coat, and skullcap – key elements of the Polish semiotic code denoting Jewishness – by the time ethnographer Olga Goldberg-Mulkiewicz interviewed Czerwiński in 1982, he apparently narrated multiple figurines that bore no specific wartime iconography (e.g. a ghetto armband or star of David patch) in ways that related them to the Holocaust. Pointing to a sculpture depicting an older Jewish man and woman gazing at each other, Czerwiński told Goldberg-Mulkiewicz, "This is a Jew and Jewess, they are saying farewell because in the ghetto they will be separated and surely won't see each other again."[29]

During the war, Czerwiński (1911–1986) was imprisoned in a POW camp in Moosburg in Upper Bavaria. As he recounted to Hans-Joachim Schauss, "I heard about the fate of the Jews while I was interned, and so I began to carve Jewish people, as an indictment of the Germans," he said. "I drew their attention

28 Aleksander Jackowski, "Ludwig Zimmerer i jego kolekcja." *Polska Sztuka Ludowa* 29 (1–2, 1975), 53–57.

29 Goldberg-Mulkiewicz, Op. Cit., 165.

to the victims they had slaughtered – carved in wood – so that the persecuted would not remain mute and the tormentors would not rest easy" (my italics).[30] Czerwiński gave Schauss two carvings that were inscribed by the artist on paper stuck to their bases. One is called "Exiled Jew" ("Żyd wygnaniec"), and the salutation reads "For Mr. Hans-Joachim Schauss, as a memento of his stay at

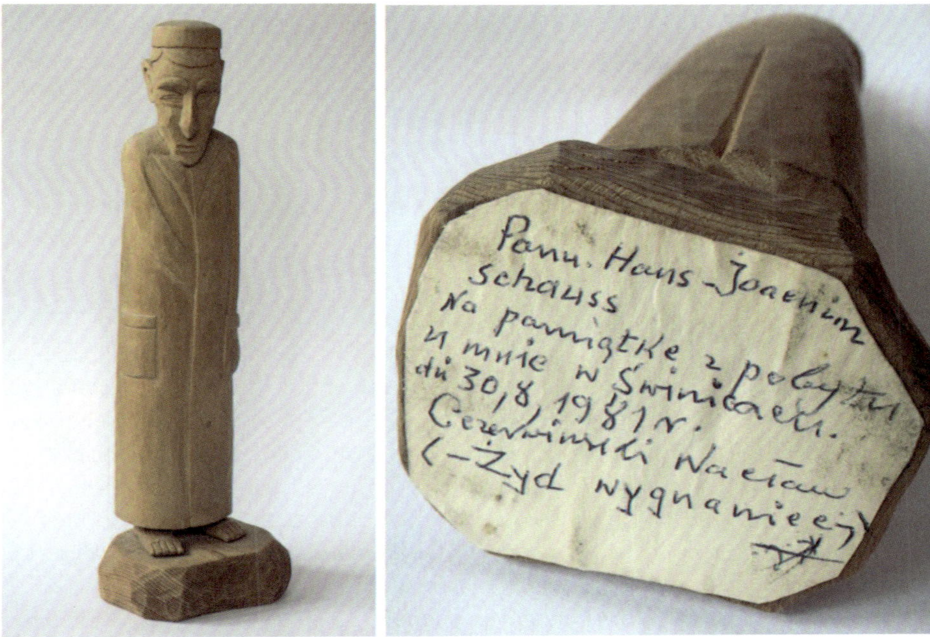

Figure 4: "Exiled Jew" ("Żyd Wygnaniec"), by Wacław Czerwiński (collection of Walter Graetz, Berlin). Photo: Wojciech Wilczyk.

my home in Świnica on August 30, 1981, Czerwiński, Władysław" (see figure 4). The other is "The Final Steps in the Lives of these Figures, 'Jews', to the Gas Chambers, Auschwitz – Hełm."[31] The jumbled text further states that "the wood of this sculpture is from the place of execution of Jews, Hełm," "For a friend, H.J. Schauss, NRD [Federal Republic of Germany]," and "Made on 14-5-1983."

30 Hans-Joachim Schauss and Dorothy Jaeschke, *Contemporary Polish Folk Artists* (New York: Hippocrene Books, 1987). Despite Czerwiński's statement about making Jewish figurines to accuse his German captors, the officers in the camp where he was imprisoned apparently liked his Jewish figurines and traded valuable commodities for them.

31 Collection of the Museum of European Cultures, Berlin. Hełm probably means Chełmno.

The possible readings of such "gifts" – transactions whose vectors are difficult to fully decipher – may include Polish accusation of Germans, German self-flagellation, a German attempt to tap into or awaken a perceived absent moral sensibility in Poles, and more.[32] Further, the individual "utterances" that comprised this trade in Jewish figurines were in constant dialogue, necessarily building on the layers of meaning accrued in previous exchanges.[33] In his tome *So-called Folk Art (Sztuka zwana naiwną)*, famed art historian Aleksander Jackowski (1920–2017) quotes from a 1984 letter he received from Czerwiński, saying that he was pleased that Zimmerer, whose collection he now understands himself to have catalyzed,

> ... became Ambassador, as he understood and heard the call of this silent dead Tribune. This is why I made this sculpture ["Jew bids farewell to his daughter before going to the gas"], to accuse and lament. Because in this sculpture is my Mother and my colleagues, and today they are gone, and there is no day I would not mention them.[34]

Whether or not Cała is correct in her contention that Czerwiński did not originally intend "Last Embrace" to depict Jews or the Holocaust, the notion that carvers gleaned ideas about how potential customers preferred to understand their works, and began to frame them accordingly, is apt. We cannot know the precise origins or intentions of a given sculpture, but the meaning Zimmerer assigned to this clearly moving work is not immediately visible in the artist's representation itself. Nevertheless, by way of the sculpture's own agency in the first instance, and later on perhaps more intentionally, Czerwiński served as a catalyst of Zimmerer's engagement with folk art as a source of moral remembering about German victimization of Poland's Jews. As an alumnus of both the Hitler Youth and the Wehrmacht, who "hated being German,"[35] Zimmerer seemed to crave such reconciliation with his Nazi past.

32 Evidence from recorded and published interviews suggests that German collectors often desired objects that artists were not keen to sell, and artists often made implicit or explicit requests for various kinds of compensation, including goods unavailable in Poland. Thus, the communicative meaning of a "gift", as well as the terms of its giving, may at times have stretched the traditional understanding of "gifting."

33 The meanings ascribed to a given figurine might be partially and temporarily stabilized by means of the titles assigned to works (by artists, collectors, ethnographers, or museum workers) on museum inventory cards, in publication captions, descriptions, or interviews, or carved or written on the objects themselves.

34 Aleksander Jackowski, *Sztuka zwana naiwną: Zarys encyklopedyczny twórczości w Polsce* (Warszawa: Wydawnictwo Krupski i S-ka, 1995), 46. This quote suggests that Czerwiński saw Zimmerer as a conduit through which the carver felt he could bring his message to a broader, perhaps specifically German public.

35 Zimmerer, *Op. Cit.*, 160.

With his outsized influence as "the first, informal FRG [Federal Republic of Germany] ambassador in Poland",[36] Zimmerer was to more fully articulate and to amplify his preferred meaning, which then seems to have travelled from collector to collector. Schauss would have gleaned his interpretation of Czerwiński's sculpture – and presumably also had his desire for a copy stoked – from Zimmerer's framing of it. The meaning-making circuit was thus multi-directional, with ideas flowing from object to collector, then from collector back to carver, and from carver to collector once again.

But Uta Karrer's interview with carver Edmund Zieliński (b. 1940) suggests that Zimmerer regarded the Polish peasant memory that so inspired him as nevertheless *incomplete*, and in need of his input to turn these local eyewitnesses into ethical witnesses.[37] There is something classically orientalising in the way Zimmerer mined the Polish provinces for the raw materials for his own, deeply felt *Vergangenheitsbewältigung*. He projected a primitive nobility onto Polish folk artists that simultaneously rendered them authentic and unmediated as sources of wartime experience and recall, yet also in need of German guidance or framing to provoke the "correct" sort of postwar reckoning. His later commissioning of Jewish- or Nazi-occupation-themed carvings was a means of materializing and capitalizing on these projections.

Folk art was, of course, a market, and in the Polish People's Republic, carvers, collectors, scholars, and museums had not only personal but public stakes in how they, their sources, and their patrons were perceived. Lest these factors be read in a simply cynical way, I suggest we extend Karrer's notion of folk art "co-creation," which she describes in direct material terms (with Zimmerer telling Zieliński precisely what to carve), to the semantic realm. The wide range of semiotic exchanges between 'naïve' artists and their elite patrons can be seen as functioning to catalyze previously inaccessible, irrelevant, or unutterable memory. The meaning-making circuits involved – and perhaps required – the input of Poles, Germans, and Jews. Representatives of these groups brought into dialogue different personal, communal, and (as Jews left Poland and returned as foreign citizens) national perspectives. While Polish-made art was an essential trigger, in the socio-political context of the PPR, it may have taken a Jewish or German gaze to intuit, evoke, valorize, or enunciate the memorial potential embedded in these art objects.

---

36 *Ibid*, 163.

37 See *Terribly Close: Polish Vernacular Artists Face the Holocaust*, (Eds.) Roma Sendyka and Erica Lehrer, Warsaw: Jewish Historical Institute, 2021.

The possibility for non-governmental public narrations of Holocaust memory expanded in Poland as the late-communist state loosened its taboo on Jewish themes. And it was perhaps no surprise that Jewish figurines were recruited as commemorative objects in such processes. Poland's first-ever Jewish Culture Festival, a grassroots initiative that took place in Kraków 1988, included a small exhibition titled Chevra (a Hebrew word meaning both a traditional burial society and a study group) in the restaurant-gallery Loch Camelot owned by folk art collector and entrepreneur Jacek Łodziński (b. 1941). It featured wooden folk art sculptures of Jews by Adam Zegadło (1910–1988), Antoni Toborowicz (b. 1941), and Józef Zganiacz (1904–1996), curated among scavenged and repurposed Jewish tombstones saved from destruction by Toborowicz, who cleaned and puzzled the fragments back together in his hometown of Wola Libertowska – a sign of ethical witness par excellence.

The foreign Jewish market for this kind of sculpture – and thus Jewish influence on its meaning as memorial art – has only grown since the end of the PPR. The rise of mass Jewish tourism to Poland developed in tandem with a boom in Jewish heritage as a national cultural product. These figurines were exposed to a vast group of international Jewish consumers seeking opportunities to bear witness to the Holocaust. Part of their response has been opprobrium; a new generation of Jews for whom Poland is associated only with mass death and Nazi collaboration – and for whom the folk-art aesthetic is kitschy and outmoded – have often taken umbrage at these inexplicable, stereotypical, and increasingly mass-produced figurines (many of which are now made by a new generation of Polish carvers with only inherited memories of the cultural group they depict). Yet the increase in Jewish participation in dialogues with carvers and sellers has also brought with it a new source of insider knowledge about Jewish culture and traditions as well as Jewish memorial desires, resulting in an expansion of artists' representational repetoire of figurines' dress and occupation – for example a shoykhet, a soyfer torah, a female partisan fighter.[38]

Ann Laura Stoler uses the linguistic term aphasia to describe "what it means [in repressive, traumatized societies] to know and not know something simultaneously, about what is implicit because it goes without saying, or because it cannot be thought, or because it can be thought and is known but cannot be said."[39] Better than "amnesia" or "forgetting," aphasia captures a society's

38 There is also the entirely new phenomenon of Żydki or talismanic Jews with coins that has exploded onto the scene in the post-Communist era. Beyond the scope of the present text, it is discussed in Lehrer, *Lucky Jews* (2014).

39 Ann Laura Stoler, "Colonial Aphasia: Race and Disabled Histories in France." *Public Culture* 23 (2011, 1, 121–156), 122.

"confused and clogged spaces", where there is a "difficulty speaking, a difficulty generating a vocabulary that associates appropriate words and concepts with appropriate things." In the context of communist-era Poland Jewish figurines provided an alternative, material language in which to express a silenced trauma. They formed a wordless discourse that was used to send messages that were impossible to utter in public – and perhaps even private – conversation, a medium in and around which memories and emotions about this past found form.

But Jewish figurines did more than just *represent* memory of the Holocaust. A close look at the biographies and social lives of individual works suggests that they also *inspired* such memory and raised questions about its character and who was properly responsible for it. Dialogues among Poles, (foreign) Jews, and Germans thus impinged on Poland's own national mnemonic frame, and indeed formed a constitutive factor in the objects' creation, circulation, and proliferation. It is only through retracing the interaction of these multiple agents, each with their own commemorative imperatives, that we can unlock the meaning of Jewish figurines as a mnemonic form.

Cultural studies scholar Mieke Bal has noted that "Art...can mediate between the parties to [a] traumatizing scene and between these and the reader or viewers. The recipients of the account perform an act of memory that is potentially healing, as it calls for political and cultural solidarity in recognizing the traumatized party's predicament."[40] While Bal stresses that traumatic events must be made "narratable" in order to enter memory and be worked through, Poland's Jewish figurines suggest the potential for art's silent or *sotto voce* agency – the way it can transmit "healing" meanings that are unable to be verbalized due to political or social sanction. But perhaps silence only goes so far.

In today's politically polarizing world, the figurines provide a unique document of three ethnic communities that were, and continue to be, bound together in a kind of memorial kinship. They also point to the different frames and impulses influencing our access to the past: personal and inter-personal, national and transnational. The continued social potency of these awkward objects is the best evidence of their status as active agents, making current emotional and political claims in the present, as much as helping to document those of the past. Museums would do well to acknowledge this power, and consider new approaches to classifying, curating, and publicly discussing the entangled and open-ended histories that are, necessarily, buried in their collections.

40 Mieke Bal, "Introduction." *Acts of Memory: Cultural Recall in the Present.* Edited by Mieke Bal, Jonathan Crewe and Leo Spitzer (Hanover and London: University Press of New England, 1999).

Dani Kranz

Gegenwartstheater, oder: Mehr als eines Menschen Zeit

Mythische Zeit, traumatisierte Zeit, chronologische Zeit und gelebte Zeit von Israeli*nnen in Deutschland (unveröffentlicht)

Zeit ist allgegenwärtig in unserer Sprache: Wir kämpfen gegen Zeit, wir gehen mit der Zeit, wir sind zur richtigen oder falschen Zeit am falschen oder richtigen Ort, Zeit vergeht gar nicht oder viel zu schnell, wir machen mit unserer Lebenszeit – eines Menschen Zeit – das eine oder andere, wir verschwenden Zeit und wir wünschen uns mehr Zeit. Zeit ist fundamental in unserem Empfinden verankert, und in der Strukturierung unseres Soziallebens. Zeit – Vergangenheit, Gegenwart, Zukunft – wird in Sequenzen unterteilt, um unseren Gesellschaften Konturen zu geben und um spezifische, religiöse oder kulturelle Rituale zu strukturieren. Zeit, die immer linear verläuft, wird durch diese Strukturierungsmechanismen in Zyklen überführt, um uns das Gefühl der Regelmäßigkeit eines Kontinuums zu geben, das uns mit (mythischen) Vorfahren verbindet, die uns in der Gegenwart begleiten und mit denen wir im Herzen wie im Kopf Zukunftsszenarien aushandeln.

Erinnerungen sind maßgeblich mit unserem Verständnis von Zeit verbunden: Wir erinnern uns als Individuen, wir erinnern uns aber auch als Teil von Kollektiven, denen wir – freiwillig oder auch unfreiwillig – angehören. Erinnern, individuell wie kollektiv, stellt die Verbindung zur Vergangenheit her, der wir nachtrauern mögen, die wir für ein goldenes Zeitalter halten mögen, die aber auch mit Trauma oder eben mit mythischen Vorfahren verbunden werden kann. Diese erinnerte Zeit mag formal in Schriftform festgehalten sein, sie kann allerdings auch in ritualisierten Bräuchen in zyklischen Abständen wiederholt werden. Diese zyklische, ritualisierte Wiederholung findet sich in religiösen Praxen, allerdings auch in ethnischen oder nationalstaatlichen Kollektiven. Verbindend für diese verschiedenen Formen von Vergemeinschaftung ist, dass sie ein oder mehrere ineinandergreifende, historische Narrative benötigen, die zum Ursprungsmythos verdichtet werden.

Zeit als Phänomen fasziniert Sozialwissenschaftler*innen. Die gerade erschienene Essaysammlung *Waiting and the Temporalities of Irregular Migration* (2020) beschäftigt sich mit einem dringlichen Thema der Gegenwart: Flucht, Vertreibung und dem enervierenden Warten an Zwischenstationen oder an Fluchtorten, an denen der Verbleib erst nach Klärung des Aufenthaltsstatus und somit vielleicht eine neue Heimat möglich wird. *The Time of Anthropology: Studies of Contemporary Chronopolitics* (2020) erlaubt Einblicke in Chronopolitiken, also in die Regulierungen von Zeit von Seiten des Staates oder in wissenschaftlichen Diskursen und wie diese sich auf gelebtes Leben, auf erfahrene Lebenszeit, auswirken. Beide Bände erschienen knapp dreißig Jahre nach einem Artikel von Nancy Munn (1992), der zusammenfasste, wie Zeit sich auf Anthropologie und ihr ethnographisches Arbeiten auswirkte und wie Anthropolog*innen diese theoretisieren. Auch wenn Zeit nicht die zentrale Forschungsfrage war, so ist Zeit immer Bestandteil ethnographischer Feldforschung. Wir verbringen eine bestimmte Zeit mit unseren Forschungsteilnehmenden in unserem Forschungsfeld, entweder, weil wir wieder abreisen oder weil unser Projekt zeitlich begrenzt ist; wir schreiben in einer bestimmten Zeit und man könnte sagen, als Anthropolog*innen sind wir Kinder unserer Zeit, auch wenn wir uns mit den Phänomenen und Beobachtungen unserer Forschung reflektiert und kritisch auseinandersetzen.

Die beiden Bände und Munns Artikel geben Aufschluss darüber, wie zeitgenössisch die Themen sind, denen sich Sozial- und Geisteswissenschaftler*innen widmen. Wir forschen zu einer bestimmten Zeit zu Spezifika, die gerade stattfinden, und wir setzen sie mit der Vergangenheit in Bezug, wir präsentieren somit immer Dinge, die schon vorbei sind, wenn wir sie verschriftlichen und die noch länger vorbei sind, ehe wir sie veröffentlicht haben. Ein Beispiel, wenn auch ein bedrückendes, ist *Life is with People: The Culture of the Shtetl* (Zborowsky und Herzog, 1952), die wohl erste Ethnographie der Erinnerung. Mark Zborowsky und Elizabeth Herzog interviewten osteuropäische Jüdinnen und Juden in den USA nach der Shoah zum Leben im Stetl in Osteuropa. Ein Leben, was zu dieser Zeit nur noch in der Erinnerung der Interviewpartner*innen weiterlebte, denn diese Lebenswelt existierte nicht mehr. Die Interviewpartner*-innen konnten diese ehemals physische Landschaft nur noch als metaphysische Erinnerungslandschaft besuchen, sie war mehr als nur zeitlich vergangen, diese Lebenswelt war vernichtet. Ihre Vernichtung untermauert die Absolutheit der Unumkehrbarkeit von Zeit. Allerdings ist diese Studie noch im ethnographischen Präsenz verfasst, einer Darstellungsform, die nunmehr auch der Vergangenheit angehört, da Anthropolog*innen die Dynamik ihres Forschungsfeldes durch

Fluidität, Mobilität, Mehrperspektivität und Reflexivität in ihre Verschriftlichungen zu integrieren versuchen: Die Forschungsteilnehmer*innen sind nicht mehr in einer Art immerwährender Gegenwart festgefroren. Gerade wegen der Unumkehrbarkeit vergangener Zeit sind kollektivierte Erinnerungen Bestandteil der Kohäsion sozialer Gruppen, stellte Maurice Halbwachs schon 1925 fest. Er theoretisierte, dass Erinnern eine soziale Praxis ist, die durch *aides mémoire* (Erinnerungshilfen) beeinflusst wird. Landschaften und auch Objekte sind mit Erinnerungen belegt, sie stellen das Framing der materiellen, mitunter raumgebundenen Erinnerungskultur, die wiederum ritualisiert ist, dar.

Die Triade Zeit, Raum und Erinnerungen formt unser Verständnis als Individuen, als soziale Gruppen und auch die Beziehungen zwischen Individuen und zwischen sozialen Gruppen. Maurice Halbwachs selbst wurde Opfer eines auf Rassismus basierenden Völkermordes, er wurde Opfer von gruppenbezogener Menschenfeindlichkeit ad extremum, er ist einer von sechs Million ermordeten Jüdinnen und Juden, er verhungerte weniger als zwei Monate vor Ende des Zweiten Weltkrieges, und damit dem Ende des Naziterrors, im Konzentrationslager Buchenwald. Keine Redewendung der deutschen Sprache trifft diese Art von „am falschen Ort, zur falschen Zeit" nur annähernd. Eine fehlende Redewendung, die symptomatisch ist für die Ungreifbarkeit des Holocaust. Dennoch ist diese Zeit die zentrale in diesem Essay: Die trennende Zeit zwischen dem Davor und Danach, das Dazwischen, lässt sich nicht mehr einfach aus einem mentalen Kontinuum zusammensetzen. Das Davor und das Danach sind durch das Dazwischen in der Mitte unweigerlich getrennt: Diese Zeit des Dazwischen lässt sich als traumatisierte Zeit charakterisieren (Kranz 2020a).

Dieses Modell lässt zumindest ein Einbinden in abstrakte Temporaltheorien zu, die Vorher/Nachher-Zustände sequenzieren, wie etwa Rituale. Im 3-Phasen-Modell von Arnold van Gennep (1909) gehen den Übergangsriten prä-Riten voraus, die der Ablösungsphase, der ersten Phase, vorgelagert sind, auf die die Liminalphase oder Zwischenphase folgt. Zuletzt folgt die Integrationsphase, die mit einer neuen Identität gekennzeichnet ist und den Abschluss bildet. In seinem Modell ist der Zustand vor der Ablösungsphase nach durchlaufenem Ritual nicht mehr möglich. Der neue Zustandsstatus ist unwiederbringlich ein anderer. Van Gennep, der Ethnologe war, hatte bei der Entwicklung seines Modells Riten im Kopf, die Lebensphasen markierten. Vor- und nachgenozidale Strukturen, Intergruppenbeziehungen oder Erinnerungskulturen und -politiken waren nichts, womit er sich beschäftigte. Und dennoch eignet sich sein Modell als Denkmodell, um die absolute Veränderung durch die prä-genozidalen Vorläufer und den Genozid zu denken, das auch das Davor,

Danach und Dazwischen umfasst, wenn auch offensichtlich von keiner Freiwilligkeit beim Durchlaufen dieser Zustände die Rede sein kann.

Der Davor-Zustand wäre der Zustand vor der Shoah[1] in Deutschland, der mitunter positiv verzerrt wird. Es gab Antisemitismus vor der Shoah und es gibt ihn bis heute. Nur scheint die Shoah zu einem kranken Maßstab von Intensität geworden zu sein. Alles, was nicht so schlimm ist, erscheint (fast) irrelevant und die Erinnerung an das Davor schillert damit zu verlockend, zu golden. Dies führt zu gesellschaftlichen Verwerfungen, die sich in erinnerungskulturellen und erinnerungspolitischen Praxen ausdrücken, wie Y. Michal Bodemann (1996) konstatierte. Das *Gedächtnistheater*, so der Titel des Buches und des Denkmodells, sieht feste Rollen für Jüdinnen und Juden und für Deutsche – sprich Nichtjüdinnen und Nichtjuden – vor: Es wird ein Binär repliziert und ritualisiert, um an die traumatisierte Zeit, das Dazwischen, zu erinnern, die auf die mythische Zeit, das Davor, folgte. Dieses und die ritualisierten Abläufe der Erinnerungsrituale der traumatisierten Zeit verdichten sich mitunter zu einer Schuldabwehr auf deutscher Seite (Salzborn 2020), da durch die ritualisierten Abläufe Emotionen unpersönlich bleiben. Trauer und Wut auf jüdischer Seite, aber auch Scham und Schande auf deutscher, können reguliert werden, wodurch eine Koexistenz, im Gegensatz zu einem Zusammenleben, auf Abstand ermöglicht wird. Gleichzeitig bleibt man sich jedoch in der Gegenwart fremd.

Diese spezifische erinnerte Zeit, die traumatisierte Zeit, ist jedoch nicht zu verwechseln mit der Zeit des Davor. Diese wird zu mythischer Zeit verklärt, die sich der historischen, also chronologischen Zeit entzieht (Yerushalmi 1982). Mythische Zeit ist dadurch gekennzeichnet, dass in ihr ritualisierte Praxen wiederholt werden, die scheinbar unabhängig von historisch-chronologischer Zeit sind. Diese Zeitkonzeption des Mythischen wiederum ist verknüpft mit Sprache, aber auch mit Landschaft und Objekten, mit *aides mémoire* (Halbwachs 1925). Die Mischung aus mythischer Zeit und *aides mémoire* aus eben jener Zeit verbindet sich zu mythischen Erinnerungen, die sich wiederum auf ein heroisches Zeitalter beziehen, und über dieses hinaus auf ein Ursprungszeitalter (Le Goff 1992). Als dieses könnte man die Zeit ab der Haskalah, der jüdischen Aufklärung, umreißen, nach der Jüdinnen und Juden immer weiter

1 Ich nutze im Weiteren den Begriff „Shoah" und nicht „Holocaust", um zu verdeutlichen, dass dieser Essay auf Jüdinnen und Juden und in Folge Israeli*nnen zugespitzt ist. Diese sind die substantiellen Anderen in der deutschen Erinnerungskultur und -politik, Sinti*zze, Rom*nja, Jenische, die ebenfalls genozidal verfolgt wurden kommt – leider – immer noch eine nachgeordnete Rolle zu. Somit repliziert die Erinnerungskultur und -politik gesellschaftliche Hierarchien, die sich durch den multiplen Genozid, also den Holocaust, nicht geändert haben.

in die (deutsche) Gesellschaft integriert wurden und sich integrierten. Bei dieser Konstruktion des mythischen Zeitalters ist zu bedenken, dass Jüdinnen und Juden und ihre nichtjüdische Umwelt durchgehend verflochten waren. Das Stetl als autarke jüdische Gemeinschaft ist historisch als Mythos befunden worden (Bartal 2007; Ciesla 2015) und auch Jüdinnen und Juden, die weit vor dieser Zeit lebten, lebten eng mit ihrer nichtjüdischen Umwelt zusammen (Silbermann 2010). Eng heißt nicht konflikt- oder gewaltfrei, nur ist die jüdische Geschichte bei Weitem mehr als *lachrymose history* (tränenreiche Geschichte), wie der Historiker Salo Wittmayer Baron (1963) feststellte. Jedoch lässt der Bezug zu mythischer und heroischer Zeit zu, das Vergangenheit, Gegenwart und Zukunft ineinanderfließen und Narrative über die Vergangenheit, Interpretationen der Gegenwart und Visionen für die Zukunft im Zusammenhang verhandelbar werden, wobei die traumatisierte Zeit die Störfrequenz im deutsch-jüdischen bzw. deutsch-jüdisch-israelischen Zeitverlauf ist, diese Zeit, die traumatisierte, zeichnet sich durch ihre eigene Erinnerungskultur und -politik aus. Man kann also überspitzt argumentieren, dass die mythische eine Zeit ist, die durch jüdische Rituale kommuniziert wird, die traumatisierte Zeit hingegen durch deutsche Rituale.

Gerade wegen dieser Störfrequenz sind Überlegungen theoretischer Zeitkonzepte hilfreich, um mit ihnen die Lebenswelten von Israeli*nnen in Deutschland zu denken. Diese Israeli*nnen navigieren in Deutschland ihre eigene, mythische Zeit und sind zeitgleich der mythischen Zeit der deutschen Umgebung ausgesetzt, die Jüdinnen und Juden, als die Israeli*nnen in Deutschland rekonstituiert werden, impliziert. Es kollidieren zwei mythische und zwei traumatisierte Zeiten. Hierbei ist vor der Shoah das heroische Zeitalter, das originäre Zeitalter der Mythen, des konzeptualisierten Raums, in dem eine (fabulierte) deutsch-jüdische Symbiose existierte, die durch traumatisierte Zeit vom wieder lebendigen jüdischen und nunmehr auch israelischen Leben in Deutschland getrennt ist, und doch sind die jeweiligen mythischen und traumatisierten Zeiten die konträren Bezugszeiträume der beiden sozialen Gruppen. Diese mythischen Erinnerungen werden zudem von familiären Mythen durchtränkt, getragen oder auch durch traumatische Erinnerungen gestört. In jedem Fall jedoch müssen Israeli*nnen in Deutschland lernen, sich in zwei mythischen und zwei traumatisierten Zeiten zurechtzufinden, um ein Leben in der Gegenwart, im Danach der Gegenwart zu führen und sie müssen mit der Unwiederbringlichkeit der historisch-chronologischen Zeit lernen umzugehen, um Zukunftsszenarien zu entwickeln.

Israeli*nnen in mythischen Erinnerungslandschaften

Zeit war nicht die zentrale Forschungsfrage, die mir durch den Kopf ging, als ich nach meiner Rückkehr nach Deutschland 2009 in meinen Feldforschungsnotizen festhielt, dass es mehr Israeli*nnen in Deutschland zu geben schien. Erste Medienberichte erschienen, wobei Israeli*nnen in Berlin nicht das heiße Thema waren, was sie wenige Zeit später wurden. Ab 2011 nahm die mediale Berichterstattung zu Israeli*nnen in Berlin – weniger in Deutschland – stark zu. Numerische Überschätzungen blähten den Mythos der Israeli*nnen in Berlin auf. Die Migrationsbewegung konnte weder wissenschaftlich noch politisch übersehen werden, was auch bedeutet, dass die Chance auf ein zeitlich begrenztes Drittmittelprojekt stieg. Forschungsförderung aus Drittmitteln, ohne die wiederum kaum Forschung möglich ist, ist in Deutschland zeitlich begrenzt. Wissenschaftliche Arbeitsverhältnisse sind zu über 90% befristet (BUWiN 2017) was zur Folge hat, dass Zeit die Forschung noch mehr bestimmt, und ebenso der Zeitgeist, der aus wissenschaftspolitischer Sicht das eine oder andere Forschungsthema förderungswürdig macht.[2] Eine Gezeitenwende ist indes nicht abzusehen, wie der neue BUWiN (2021) deutlich macht.

Am Anfang meiner Suche nach Drittmitteln hatte sich kein Förder- und Stipendiengeber für das Thema erwärmen können. Jüdisches Leben in Deutschland ist von Geschichtswissenschaftler*innen dominiert und ‚meine' Israeli*nnen sind viel zu lebendig. Zudem war man auf deutscher Seite unsicher, was man aus den Israeli*nnen machen sollte, zumal die offizielle israelische Seite auf die neu entdeckte Liebe für Berlin (weniger Deutschland) nicht begeistert reagierte. Schon aus ersten Beobachtungen wurde ersichtlich, dass gerade junge, gut ausgebildete Israeli*nnen emigrierten. Diese Beobachtung wurde durch die quantitative Datenlage der Grundgesamtheit, die wir im Rahmen des Projekts ermitteln konnten, bestätigt.

Israeli*nnen in Deutschland sind doppelt politisch aufgeladen. Zum einen verlassen sie Israel und widersetzen sich damit bewusst oder auch weniger bewusst dem zionistischen Ethos, der die Auswanderung aus Israel wenn nicht stigmatisiert, so doch kritisiert. Eine Rückkehr wird durchaus erwartet. Zum anderen verließen diese Israeli*nnen Israel nicht für irgendein Land, sondern gerade für Deutschland. Deutschland, auch wenn weniger negativ belegt

2 Dieses Förderverhalten verunmöglicht Langzeit- und Grundlagenforschung (cf. Kranz 2020b), ebenso unterminiert es die Forschungsfreiheit, da Stellen und Gelder fehlen.

als in der Vergangenheit, ist kein neutrales Land für Israeli*nnen, es ist zentral mit dem Holocaust verbunden, mit der traumatisierten Zeit, die das ‚goldene' heroische Ursprungszeitalter, das mythische *Requium Germani* (Elon 2000) von dem Zustand des Danach, das sich wenig zum Mythologisieren eignet, trennt. Diese absolute Trennung in Davor und Danach und dem Unaussprechlichen in der Mitte wirkt sich in Familiengeschichten und Erinnerungspraxen im israelischen Kollektiv aus. Israeli*nnen werden zudem entsprechend der Diskurse, der mythischen Zeit und den Hoffnungen, aber auch Ängsten und den Fantasien und Alpträumen der deutschen Gesellschaft ausgehandelt. Sie werden zu Spielbällen in von deutscher Politik und Bedürfnissen durchtränkten Identitätsspielen (Kranz 2018; Tzuberi 2020) und in der deutschen Erinnerungskultur und -politik (Bodemann 1996). Jüdinnen und Juden auf der einen Seite, und Deutsche (ergo Nichtjüdinnen und Nichtjuden) auf der anderen Seite, haben im Binär konstruierte Rollen, wobei die jüdische Seite, logischerweise, die Seite der Opfer ist, die deutsche Seite, ebenso logisch, die der Täter*innen, nur dass Israeli*nnen mitunter nicht in diese statischen Rollen passen und passen wollen. Sie brechen aus der erwarteten Performance von Jüdinnen und Juden aus und öffnen die Pforten zum Gegenwartstheater, da sie Grenzen des deutschen Diskurses überschreiten und *agency* als Israeli*nnen ausdrücken.

Im Jahr 2020 gab es einen Call des Bundesministeriums für Forschung und Bildung (BMBF), der auf Antisemitismus zugespitzt war. Jüdisches Leben in Deutschland, und somit auch das von Israeli*nnen, wurde in der Gegenwart unter Antisemitismus subsumiert. Die traumatisierte Zeit hat somit ein sehr lebendiges Nachleben, auch wenn es Antisemitismus offensichtlich gibt, wie Jüdinnen und Juden, und auch Israeli*nnen immer wieder und zunehmend lautstark zu bedenken gaben. Jüdische Lebenswelten sind allerdings ebenso wenig *lachrymose life* wie jüdische Geschichte *lachrymose history* ist. 20% unseres Samples hatten antisemitische Erfahrungen gemacht, insbesondere, und das ist wenig überraschend, waren sie von Israel-spezifischem Antisemitismus betroffen.[3] Die jeweiligen traumatisierten Zeiten spielen also eine signifikante Rolle im Leben von Israeli*nnen in Deutschland, aber spielen sie die Hauptrolle? Hier ist die eigene mythische und die eigene traumatisierte Zeit primär entscheidend. Die meisten Israeli*nnen in Deutschland sind nach 1974

3 Diese Darstellung beruht auf 804 validen Fragebögen, die wir im Rahmen des Projekts *The Migration of Israeli Jews to Germany since 1990* erhoben haben (GIF 1186, Laufzeit 2014 bis 2018).

geboren, sie gehören zur Dritten Generation.[4] Diese Generation reist mehr, ist internationaler, kosmopolitischer als ihre Eltern, sie ließ sich in Rekordhöhen in EU-Ländern einbürgern. Zudem hat die Stigmatisierung von Auswanderung abgenommen und die Lebenshaltungskosten in Israel haben rasant zugenommen. Wirtschaftliche und berufliche Gründe sind die häufigsten Auswanderungsgründe, gefolgt von der Ablehnung der Rolle der Religion im privaten Leben und politischer Unzufriedenheit. Nach Deutschland wiederum kommen Israeli*nnen aber nicht nur, um sich wirtschaftlich oder beruflich zu verbessern. Die Liebe für die deutsche Kultur und die Liebe zu eine*r deutsche*n Partner*in sind unter den Top Fünf der Einwanderungsgründe.

Die Migration von Israeli*nnen hat somit strukturelle Faktoren, aber auch sehr persönliche. Auf struktureller Ebene bieten sich Israeli*nnen eine Reihe von Stipendienmöglichkeiten und auf dem deutschen Arbeitsmarkt die Option, Berufsbilder zu realisieren, die es in Israel kaum gibt oder die das Überleben kaum sichern. Auch durch diese Struktur ergeben sich Möglichkeiten zum Annähern an die deutsche Kultur, und ebenso die Möglichkeit, Deutsche kennenzulernen. Die menschlichen Beziehungen, die sich hieraus ergaben, waren ein ungeplanter Kollateralgewinn der Außenpolitik.

Nichtsdestotrotz kommen alle diese Israeli*nnen mit ihrem persönlichen Gepäck in Deutschland an. Wie überwältigend dieses sein kann, wird an Dokumentarfilmen deutlich, in denen die traumatisierte Zeit zentral ist. Die Kulturwissenschaftlerin Liat Steir-Livny (2021) stellt beispielhaft drei Filme vor. Die deutschen Charaktere darin bleiben schemenhaft, die Israeli*nnen selbst in ihrer Geschichte und ihren Traumata verhaftet (Steir-Livny 2021), so dass die Deutschen zu Projektionsflächen werden, ähnlich, wie Israeli*nnen in Deutschland für Deutsche diese Funktion erfüllen. Die zentralen Charaktere in den Filmen gehören ebenso wie die Mehrheit der Iraeli*nnen in Deutschland zur Dritten Generation. Auch in nichtfilmischen, ethnographischen Beobachtungen unter Israeli*nnen lässt sich dieses festhalten – für Deutsche auch, aber diese stehen nicht im Mittelpunkt dieses Essays. Von besonderer Bedeutung für Israeli*nnen sind triviale Traumaerinnerungsorte, also Orte des alltäglichen Lebens, die in der israelischen Erinnerungskultur Symbole von Horror, Terror und Genozid sind. Züge, vor allem Güterzüge, triggern Israeli*nnen, ebenso Ortsnamen. Diese Trigger können zudem überlappen. Die S1 in Berlin, die als Endstation Wannsee hat, löste immer wieder Reaktionen aus (Kranz 2020a),

4 Diese Generation umfasst die Enkel der Gründergeneration Israels, die zudem häufig aus Holocaust-Überlebenden (Erste Generation) bestand.

ebenso wie bestimmte Wörter: Die deutsche ist die Sprache des Holocaust (Katz 2011).[5] Allerdings änderte sich dieses im Zeitverlauf für Israeli*nnen in Deutschland. Dass Zeit alle Wunden heilt oder traumatisierte Zeit aus dem persönlichen oder kollektiven Gedächtnis getilgt wird, entbehrt der menschlichen Kondition des Erfahrungssammelns, allerdings änderten sich Wahrnehmungen mit der Zeit. Die deutsche Sprache verlor ihre Triggerfunktion, je vertrauter sie wurde. Auch die deutsche Umgebung wurde visuell normalisiert; lediglich Mahn- und Denkmäler unterbrachen das Leben in der Gegenwart durch die Konzentration ihrer Darstellung, wobei Israeli*nnen, ebenso wie Deutsche, diese zu übersehen lernten. Dafür wurden Israeli*nnen in Deutschland allerdings von einem anderen Konfliktherd eingeholt: dem Nahostkonflikt. Dieser ist ein globaler Konflikt, über ihn wird in Deutschland obsessiv berichtet und er, der deutsche Nahostkonflikt, ist zentral in der deutschen Wahrnehmung von Israeli*nnen in der Gegenwart. Diese schweben zwischen den Polen der historisch gewollten Jüdinnen und Juden und von Israeli*nnen, die ambivalent empfangen werden.

Im Gegensatz zu Jüdinnen und Juden werden Israeli*nnen nicht als Opfer konstruiert. Sie sind keine verletzten, schützenswürdigen jüdischen Körper, sondern sie haben sich verselbständigt. Israel und Israeli*nnen in Israel werden von Deutschen zunehmend kritisch gesehen (Hagemann & Nathanson 2015). Um diese binäre Wahrnehmung zu überbrücken, die durch den spezifischen, deutschen Filter stattfindet, werden diese Israeli*nnen in Deutschland wieder zu Jüdinnen und Juden, die somit wieder beschützenswert sind. Auch wenn der Zustand des Davor, des mythischen Zeitalters, nicht mehr erreichbar ist, so lässt die jüdische und noch mehr die israelisch-jüdische Präsenz in Deutschland die Interpretation zu, dass Deutschland das grausamste Kapitel seiner Geschichte nicht wiederholen wird, aus der Geschichte gelernt hat[6] und zudem, dass man klassischen Antisemitismus und neuen, israelspezifischen Antisemitismus wirksam bekämpfe.

Diese Identitätsverquerung, die aus Israeli*nnen qua Definition Jüdinnen und Juden macht, sieht in nicht-deutsch markierten Menschen, insbesondere in Araber*innen, noch mehr in Palästinenser*innen, aber auch in muslimischen Minderheiten in Deutschland, die Hauptgefährder*innen der zu Jüdinnen und

5 Marc-Philip Hermann-Cohen (2020) greift dieses in seiner Dissertationsschrift *The Elephant in the Room: Holocaust and Conceptions of Germany by Israeli learners of German as a Foreign Language* im Detail auf.

6 Diese Aussage, aus der Geschichte gelernt haben, wird immer wieder getätigt und sie stößt mir immer wieder auf, da ich davon ausgehe, dass man nicht erst einen multiplen Genozid begehen muss um zu begreifen, dass Genozid einfach nur absolut falsch ist.

Juden gewordenen Israeli*nnen. Die Logik der Verquerung ist offensichtlich: Antisemitismus und Antiisraelismus in den eigenen Reihen darf es nicht geben, die Bedrohung für Jüdinnen und Juden aller Couleur muss in Konsequenz von außen kommen. Dieses Phänomen wiederum legt offen, wie stark die mythische Zeit auf deutscher Seite die Wahrnehmung von Israeli*nnen beeinflusst. Sie stellt die Israeli*nnen selbst jedoch vor mehrere Probleme im Hier und Jetzt. Zum einen sehen sie sich in der Mehrheit primär als Israeli*nnen und nicht primär als Jüdinnen und Juden, zum anderen stehen sie in ihrer Mehrheit der israelischen Politik, die ihre Negativwahrnehmung treibt, selbst kritisch gegenüber.

Nach dem Mythos: Leben

Gastfreundschaft beruht immer auf einer Statusungleichheit: Der Gast ist zu Gast, die oder der Gastgeber*in sind die Herrscher*innen ihres Territoriums, sei es eine Wohnung im privaten Sinn, oder auch ein Land, wo Gäste Nichtstaatsbürger*innen sind (Derrida 1997). Gäste sind zudem Menschen, die wieder gehen. Der Gast, der zu lange bleibt, wird in Georg Simmels klassischer Abhandlung (1908) zum Fremden. In der gegenwärtigen Wissenschaft stellte Aladin El-Mafaalani (2018) ein Integrationsparadox fest: Je mehr sich Migrant*innen, die oft als temporäre Gäste, sei es als Gastarbeiter*innen oder als Geflüchtete mit Duldungsstatus, integrieren wollen, und je mehr Teilhabe und Teilnahme sie fordern, desto mehr Konflikte gebe es. Dies, so argumentiert El-Mafaalani, sei in der Tat ein Zeichen gelungener Integration. Die Migrant*innen möchten bleiben, sie möchten gleichberechtigte Teilhabe und Teilnahme und sich mit ihren Besonderheiten einbringen. Beverly Weber (2019) stellte diese Konflikte anhand des Beispiels von Geflüchteten in Ostdeutschland dar, die sich auf Augenhöhe einbringen und aktiv beitragen wollten. Camillo Boano und Giovanna Astolfo (2020) stellten anhand einer Ethnographie Geflüchtete und deren Alltagspraxen im verstädterten Raum in Italien in den Mittelpunkt. Diese Geflüchteten befinden sich meist noch im unmenschlichen Zustand des Wartens auf eine Entscheidung von Seiten des Flucht- bzw. Gastlandes, ob sie bleiben dürfen. Diese Qual des Wartens stellt sich für die Israeli*nnen in Deutschland nicht: Sie sind weder nach Deutschland geflüchtet noch wurden sie über ein staatliches Programm zur Migration eingeladen (Araya-Moreno 2020). Allerdings trifft auch auf sie das Phänomen zu, dass sie weniger mächtig sind als ihre Gastgeber*innen (Pitt-Rivers 1977) und dass diese sie mit dem Nachleben ihrer eigenen mythischen wie ihrer eigenen traumatisierten Zeit überfrachten können. Das Danach, die historisch-chronologische Zeit nach der Shoah, die Lebenszeit dieser Israeli*nnen – genau wie die von anderen Jüdinnen und Juden – wird hierbei übersehen oder nicht genug gewürdigt. Dieses liegt mitunter auch daran, dass die Wissensproduktion über diese Gruppe sehr gering ist. Es fehlt ein griffiges, mehr noch ein bekanntes Narrativ, so dass die mythische und die traumatisierte Zeit entscheidend sind in der Interpretation dieser Israeli*nnen in der Gegenwart. Es fehlt schlicht und ergreifend an Wissen und Fakten über lebende Jüdinnen und Juden.

Dies lässt sich wieder anhand von Konflikten darstellen, denn diese Israeli*nnen wollen sowohl Teilhabe und auch Teilnahme. Sie fordern die deutsche (!) Erinnerungskultur und Erinnerungspolitik heraus, sie wollen sich in politischen Debatten um den Nahostkonflikt einbringen, und gerade wenn sie vereinnahmt werden, zeigen sich die Sollbruchstellen.[7] Und an diesen Stellen muss es brechen, denn Israeli*nnen bringen ihre eigenen Erfahrungen mit, und sie navigieren ihre eigene mythische Zeit, konfrontieren ihre eigene traumatisierte Zeit, während sie in chronologischer Zeit, im Hier und Jetzt, im Danach, leben, sich einbringen wollen und dabei auch noch deutsche mythische und traumatisierte Zeit durchschiffen müssen. Gerade dieses Leben, ihr wachsendes Selbstverständnis, als Israeli*nnen in Deutschland zu leben und sich mitunter in gegebener Zeit einbürgern zu lassen,[8] intime Beziehungen mit deutschen Nichtjüdinnen und Nichtjuden einzugehen[9] oder ihre Kinder in Deutschland aufzuziehen, findet zwar in der Matrix aus mythischer und traumatisierter Zeit statt, aber es ist eben weder das eine noch das andere: Es ist schlicht und ergreifend eines Menschen (Lebens)Zeit, und doch ist es historisch bedingt viel mehr als das, und so entsteht mitunter ein Gegenwartstheater vor dem Hintergrund des von Y. Michal Bodemann (1996) so treffend analysierten Gedächtnistheaters.

7 Ähnliches lässt sich für Jüdinnen und Juden aus den Ländern der ehemaligen Sowjetunion beobachten, die ebenso ihre eigenen Erinnerungen und Praxen, ihre eigenen Vorstellungen von Jüdischsein und Judentum mitbrachten, die in Deutschland, bei Jüdinnen und Juden wie bei Deutschen, mitunter auf wenig Gegenliebe stießen.

8 Dieser Punkt verbindet sich mit den Chronopolitiken des Staates, die Kirtsoglou und Simpson aufgreifen: Erst seit 2020 ist es möglich, die israelische Staatsbürgerschaft bei Einbürgerung als Ausländer*in qua Weisung des Bundesministerium des Inneren, für Bau und Heimat zu behalten, dieses war vor dieser Zeit immer eine Ermessensentscheidung der deutschen Behörden. Nur Israeli*nnen, die qua ihrer Vorfahren Deutsche sind, sind von dieser Regelung immer ausgenommen gewesen.

9 Interessanterweise wird das Gros der funktionierenden Beziehungen und Familien filmisch nicht aufgegriffen im Gegensatz zu den eher schwierigen bis pathologischen Beziehungen in den Filmen, die Liat Steir-Livny (2021) analysierte.

Literatur

Javiera Araya-Moreno: What does hospitality look like when immigrants are 'wanted'? The case of the immigration selection process in Quebec, Canada. In: Hospitality & Society, 10 (2020) 3, S. 335–350.

Salo Wittmayer Baron: Newer Emphases in Jewish History. In: Jewish Social Studies 25 (1963) 4: S. 245–258.

Israel Bartal: Imagined Geography: The Shtetl, Myth, and Reality. In: The Shtetl: New Evaluations, hrsg. von Steven T. Katz, New York 2007, S. 179–192.

Camillo Boano und Giovanna Astolfo: Notes around Hospitality as Inhabitation: Engaging with the Politics of Care and Refugees' Dwelling Practices in the Italian Urban Context. In: Migration and Society: Advances in Research 3 (2020), S. 222–232.

Y. Michal Bodemann: Gedächtnistheater, Hamburg 1996.

Bundesbericht Wissenschaftlicher Nachwuchs (BuWiN). Bundesbericht Wissenschaftlicher Nachwuchs 2017: Statistische Daten und Forschungsbefunde zu Promovierenden und Promovierten in Deutschland. Konsortium Bundesbericht Wissenschaftlicher Nachwuchs, Bundesministerium für Bildung und Forschung (BMBF), https://www.bmbf.de/files/buwin_2017.pdf, 2017.

Bundesbericht Wissenschaftlicher Nachwuchs (BuWiN). Bundesbericht Wissenschaftlicher Nachwuchs 2021: Statistische Daten und Forschungsbefunde zu Promovierenden und Promovierten in Deutschland, Konsortium Bundesbericht Wissenschaftlicher Nachwuchs, Bundesministerium für Bildung und Forschung (BMBF), https://www.buwin.de/dateien/buwin-2021.pdf, 2021.

Maria Ciesla: Jewish Shtetl or Christian Town? The Jews in Small Towns in the Polish-Lithuanian Commonwealth in the 17th and 18th Centuries. In: Jewish and Non-Jewish Spaces in the Urban Context, hrsg. v. Alina Gromova, Felix Heinert und Stefan Voigt, Berlin 2015, S. 75–79.

Jacques Derrida: De l'hospitalité, Paris 1997.

Aladin El-Mafaalani: Das Integrationsparadox, Köln 2018.

Stefan Hagemann und Robby Nathanson: Germany and Israel Today United by the Past, Divided by the Present? Gütersloh 2015, https://www.bertelsmann-stiftung.de/fileadmin/files/BSt/Publikationen/GrauePublikationen/Studie_LW_Germany_and_Israel_today_2015.pdf.

Maurice Halbwachs: Les cadres sociaux de la mémoire, Paris 1925.

Hermann-Cohen, Marc-Philip: 2020. The Elephant in the Room: Holocaust and Conceptions of Germany by Israeli learners of German as a Foreign Language. Unveröffentlichte Dissertation, University of Hamburg & University of Haifa, 2020.

Christine M. Jacobsen, Marry-Anne Karlsen und Shahram Khosravi (Hrsg.): Waiting and the Temporalities of Irregular Migration, New York 2020.

Guy Katz: Intercultural Negotiation: The Unique Case of Germany and Israel, Norderstedt 2011.

Elizabeth Kirtsoglou und Bob Simpson (Hrsg.): The Time of Anthropology: Studies of Contemporary Chronopolitics, London 2020.

Dani Kranz: Ein Plädoyer für den Alloismus: Historische Kontinuitäten, Zeitgeist und transkultureller Antisemitismus. In Flucht ins Autoritäre – Rechtsextreme Dynamiken in der Mitte der Gesellschaft, hrsg. v. Oliver Decker und Elmar Brähler. Leipzig 2018, S. 177–192.

Dani Kranz: Navigating Mythical Time: Israeli Jewish Migrants and the Identity Play of Mirrors. In: The Future of the German Jewish Past, hrsg. v. Gideon Reuveni und Diana Franklin, West Lafayette 2020a, S. 179–192.

Dani Kranz: Das Körnchen Wahrheit im Mythos. Israelis in Deutschland – Diskurse, Empirie und Forschungsdesiderate. 5 Medaon 14 (2020b), 27 – URL: http://www.medaon.de/pdf/medaon_27_kranz.pdf.

Jacques Le Goff: History and Memory. Übersetzt von Steven Rendall und Elizabeth Claman, New York 1992.

Nancy Munn: The Cultural Anthropology of Time: A Critical Essay. In: Annual Review of Anthropology 21 (1992): S. 93–123.

Julian Pitt-Rivers: The law of hospitality. In: The Fate of Shechem or The Politics of Sex: Essays in the Anthropology of the Mediterranean, hrsg. von Julian Pitt-Rivers. Cambridge 1977, S. 94–112.

Samuel Salzborn: Kollektive Unschuld: Die Abwehr der Shoah im deutschen Erinnern. Leipzig 2020.

Neil Asher Silberman: Rewriting Jewish History. In: Archaeology 63 (2010) 4, S. 18 und S. 58–66.

Georg Simmel:. Exkursus über den Fremden. In: Soziologie. Untersuchungen über die Formen der Vergesellschaftung, Berlin 1908, S. 509–512.

Hannah C. Tzuberi: The Sun Does Not Shine, It Radiates: On National(ist) Mergings in German Philosemitic Imagery of Tel Aviv. In: The Future of the German Jewish Past, hrsg. v. Gideon Reuveni und Diana Franklin, West Lafayette 2020, S. 179–192.

Arnold van Gennep: Les rites de passage, 1909. Deutsch: Übergangsriten, Frankfurt/M., 1909/2005.

Beverly Weber: Islamophobia East-West and the politics of hospitality in contemporary Germany. In: Journal of Contemporary European Studies, DOI: 10.1080/14782804.2019.1651700, 2019.

Yosef Hayim Yerushalmi: Zakhor: Jewish History and Jewish Memory, Seattle 1982.

Mark Zborowsky und Elisabeth Herzog. Life is with People: The Culture of the Shtetl, New York 1952.

Copyright Olaf Schlote, "Ohne Titel" (Arbeitstitel „La Mer"), Haifa/Israel 2019, Originalgröße 100 x 150 cm

Mit besonderem Dank für ihre Beiträge und Unterstützung an Marion Ackermann, Julia Weber, Katrin Nitzschke und die SLUB Dresden, Edmund de Waal, Jemima Johnson und Stephanie Forrest, Ulrike Damm, Sandra Boihmane, Marie Luise Knott, Yoko Tawada, Eliot Weinberger, Margaret Schlenkrich und Carolin Schmidt („kaboom"), Gary Schwartz, Martin Puchner, Vernesa Berbo, Alexander Schwarz, Ronya Othmann, Jacqueline Saki Aslan, Nataly Jung-Hwa Han und die AG „Trostfrauen", Anna S. Brägger, Krikor Beledian, Elke Hartmann, Silvina Der Meguerditchian, Ekkehard W. Haring, Durs Grünbein, Ute Puder, Michael Rothberg, Erica Lehrer, Wojciech Wilczyk und das Museum Europäischer Kulturen Berlin, Dani Kranz, Robin Cackett und Friedrich von Bose, Stefanie Bach, Barbara Höffer, Peter, Doris, Nora Pester, Thomas Schneider, Sarah Pohl und Ulrike Vetter.

In memoriam Paul Celan, Ingeborg Bachmann, Rose Ausländer, Nelly Sachs, Mascha Kaléko, Ilse Aichinger, Ruth Klüger, Walter Benjamin, Hannah Arendt, Alfred Wolfsohn, Charlotte Salomon, Susan Sontag, Audre Lorde, Heiner Müller, Michel-Rolph Trouillot und Barbara Köhler.

Die Deutsche Nationalbibliothek verzeichnet diese Publikation
in der Deutschen Nationalbibliografie; detaillierte Daten sind im Internet
über https://portal.dnb.de/ abrufbar.

Staatliche Kunstsammlungen Dresden

Herausgeber:
Staatliche Kunstsammlungen Dresden · Museum für Völkerkunde Dresden
Postfach 120551 · 01006 Dresden · Telefon 0351-4914 2000
besucherservice@skd.museum · https://www.skd.museum

Gefördert durch:

Die Beauftragte der Bundesregierung
für Kultur und Medien

Freistaat
SACHSEN

Diskursbuch Sprachlosigkeit
Ein Reader zur Ausstellung *Sprachlosigkeit – Das laute Verstummen*
im Japanischen Palais, Museum für Völkerkunde Dresden
16. April bis 1. August 2021

Redaktion: Leon Doorlag, Léontine Meijer-van Mensch, Kevin Breß, Michael Griff
Projektmanagement: Leon Doorlag
Lektorat: Sarah Pohl
Umschlag: Thomas Schneider
Gestaltung: Ulrike Vetter, Leipzig
Druck: Optimal Media

Gesamtherstellung:
Hentrich & Hentrich Verlag Berlin Leipzig
Inh. Dr. Nora Pester
Haus des Buches · Gerichtsweg 28 · D-04103 Leipzig
info@hentrichhentrich.de · http://www.hentrichhentrich.de

1. Auflage 2021
Alle Rechte vorbehalten
Printed in Germany
ISBN 978-3-95565-434-4

© 2021 Staatliche Kunstsammlungen Dresden und Autor*innen.
Alle Rechte vorbehalten. Dieses Werk ist urheberrechtlich geschützt.
Jede Verwertung außerhalb der engen Grenzen des Urhebergesetzes ist unzulässig.